KB124123

인투 더 포레스트

인투 더 포레스트

진
헤클런드 지음 ㅡ 권진아 옮김

PenguinCafe

더글라스 피셔와

가스 레너드 피셔를 위해

그리고

레너드 헤글런드를 기억하며

숲 속으로

이 글을 시작하고 있으니 기분이 이상하다. 마치 곰팡내 나는 고요한 우물 안을 내려다보며 위쪽을 쳐다보는 내 얼굴을 마주 보는 것 같다. 얼굴이 너무 조그맣고 각도가 너무 낯설어서, 그게 내 얼굴이라는 걸 알고 난 소스라치게 놀란다. 오랜 시간이 지난 후 펜을 잡으니 뻣뻣하고 어색하다. 솔직히 말해 황무지 같은 백지로 가득 찬 이 공책은 선물이라기보다는 위협처럼 느껴진다. 여기 무엇을 적을 수 있을까? 기억하는 게 상처인 일들뿐인걸.

지금에 대해 쓰면 돼, 에바는 말했다, *지금 이 시간에 대해서.* 오늘 아침만 해도 난 이 공책을 공부용으로 쓰려고 단단히 마음먹고 있었기 때문에, 에바의 제안에 코웃음 치지 않으려 애

를 써야만 했다. 하지만 이제는 에바 말이 맞을지도 모른다는 생각이 든다. 어떤 과목―경제학에서 기상학, 해부학에서 지리학에서 역사학―을 생각해봐도 모두 제자리에서 맴도는 것 같고, 모든 게 나를 피할 길 없이 지금, 여기, 오늘로 이끄는 것만 같다.

오늘은 크리스마스다. 피할 수 없다. 달력에다 너무도 성실하게 줄을 그어왔기 때문에, 아무리 그러고 싶다 해도 날짜를 틀릴 수가 없다. 오늘은 크리스마스, 크리스마스는 살아내야 할 또 하루, 조만간 이 시간도 과거가 될 수 있도록 버텨내야 할 또 하루의 날이다.

다음 크리스마스 때까지는 이것도 다 끝날 테고, 언니와 나는 정상적인 생활로 다시 돌아갈 수 있을 것이다. 전기가 다시 돌아오고 전화도 될 거다. 비행기가 다시 한 번 우리 개간지 위를 날아다니겠지. 시내 가게에는 음식들이, 주유소에는 휘발유가 있을 테고. 다음 크리스마스가 오기 훨씬 전에 지금 모자라고 간절히 바라는 모든 것들―비누와 샴푸, 화장지와 우유, 신선한 과일과 고기―을 마음껏 누리게 될 거야. 내 컴퓨터도 작동하고, 에바의 CD플레이어도 돌아가겠지. 우린 라디오를 듣고 신문을 읽고 인터넷을 할 거야. 은행과 학교, 도서관도 다시 문을 열 테고, 에바와 난 지금 난파당한 고아들처럼 살고 있는 이 집에서 떠났겠지. 에바는 샌프란시스코 발레 군무단과 함께 춤을 추고 있을 테고, 나는 하버드에서 첫 학기를 마쳤을 거야. 달력이 크리스마스라고 우기는 이 축축하고 어두운 날은 오래, 오래 전에 지나갔을 테고.

"반은 이교적이고 약간은 문학적이고 매우 상업적인 크리스마스여, 안녕." 크리스마스 아침이면 한겨울 새벽이 오기도 전 부모님 침실 밖 복도에 나란히 서 있던 에바와 내게 아빠는 늘 이렇게 인사를 하곤 했다. 우린 흥분해서 안절부절못하며 부모님에게 얼른 일어나서 아래층으로 내려가자고, 서두르라고 애원했고, 부모님은 하품을 하며 가운을 입고 세수하고 양치를 하고, 심지어 — 아빠가 특히 화나게 하려고 작정했을 때는 — 커피를 끓여야 한다고 고집을 부리곤 했다.

난장판을 벌이고 웃음을 터뜨리며 선물을 개봉한 후에는, 우리가 당연하게 여겼던 정오의 만찬이 이어졌고, 먼 곳에서 친척들의 전화가 왔고, CD플레이어에서는 헨델의 〈메시아〉가 위풍당당하게 울려 퍼졌다. 오후에는 넷이서 개간지로 들어오는 흙길을 따라 산책을 하곤 했다. 청량한 공기와 녹색 숲이 우리의 감각과 입속을 상쾌하게 씻어줬고, 다리까지 가서 다시 돌아올 때가 되면 아빠는 어김없이 이렇게 외쳤다. "이게 신이 주신 진짜 크리스마스 선물이다 — 평화와 고요와 깨끗한 공기. 6킬로미터 이내에는 이웃도 없고 50킬로미터 이내에는 도시도 없어. 감사합니다, 부처님, 시바신, 여호와, 캘리포니아 삼림 국이시여. 우리가 길이 끝나는 곳에 살게 해주셔서."

나중에 밤이 되고 크리스마스트리 전구 불빛 외엔 온 집 안이 깜깜해지면, 엄마는 예수 강탄 캐러셀(몇 개의 층으로 나눠진 회전목마 모양의 장식품으로, 크리스마스 피라미드라고도 불림 — 옮긴이)의 양초에 불을 붙였고 우리는 성가족을 둘러싸고 빙빙 도는 양치기와 현자들, 천사들을 바라보며 잠시 그 앞에 조용히 서 있곤 했다.

"그렇지." 칠면조 시체를 뜯어 먹고 차가운 자두 푸딩을 자르러 흩어지기 전 아빠는 말하곤 했다. "이야기는 그렇게 된 거야. 더 좋을 수도 있고 나쁠 수도 있지. 하지만 적어도 그 중심에는 아기가 있잖아."

이번 크리스마스에는 그런 건 아무것도 없다.

장식 전구도, 크리스마스카드도 없다. 선물 더미도, 대고모와 육촌들의 시외 전화도, 부모님과 함께하는 다리까지의 산책도, 〈메시아〉도 없다. 올해 크리스마스는 그저 며칠밖에 남지 않은 달력 위의 하얀 네모, 여분의 차 한 잔, 몇 분 동안의 촛불, 서로를 위한 단 하나의 선물에 불과하다.

왜 난리를 피워야 해?

3년 전 — 내가 14살, 에바가 15살이었을 때 — 크리스마스

일주일 전 비 오는 밤 똑같은 질문을 한 적이 있다. 아빠는 툴툴대며 아직 쓰지 못한 카드들을 쓰고 있었고, 엄마는 재봉틀을 탈탈 돌리며 작업실에 숨어 있다가 가끔 밖에 나와 오븐에서 쿠키를 한 판씩 꺼내고는 믹싱 볼을 씻으라고 나를 쪼아댔었다.

"넬, 저 그릇들 좀 씻어줘라. 자기 전에 푸딩 만들게." 마지막 쿠키 한 판을 오븐에 넣고 문을 닫으며 엄마가 말했다.

"알았어요." 나는 정신없이 읽고 있던 책의 다음 장을 넘기며 중얼거렸다.

"오늘 밤이다, 넬." 엄마가 말했다.

"왜 이런 걸 하는 거예요?" 나는 짜증스럽게 책에서 고개를 들며 물었다.

"더러우니까." 엄마는 수수께끼의 바느질 작업으로 황급히 돌아가기 전 잠시 걸음을 멈추고 내게 생강 쿠키를 주며 말했다.

"그릇들 말고." 나는 투덜대며 중얼거렸다.

"그럼 뭐 말이니, 꼬마야?" 아빠가 봉투를 혀로 핥고 목록의 이름 하나에 야무지게 줄을 그어 지우며 물었다.

"크리스마스. 이 난리법석 말이에요. 게다가 우린 정말로 기독교인도 아니잖아요."

"젠장, 그렇고말고. 우린 아니지." 아빠는 펜을 놓고 창가 테이블에서 벌떡 일어나며 말했다. 아빠는 이미 자기가 할 이야기의 에너지에 푹 빠져 있었다.

"우린 기독교인이 아니야, 자본주의자들이지." 아빠가 말했다. "이 망할 나라에 사는 사람들은 모두 자본주의자들이야, 좋건 싫건 간에 말이지. 이 나라 사람들은 다 세상에서 가장 탐욕스러운 소비자들이야. 이 가난한 지구 상의 다른 누구보다도 자원을 스무 배는 더 써재끼고 있어. 크리스마스는 그 속도를 올리는 황금 같은 기회고."

내가 다시 책을 읽기 시작하는 걸 보자 아빠는 덧붙였다. "크리스마스를 왜 기념하냐고? 나도 모르겠다. 이거 어때? 다 그만둬 버리는 거야. 기권하자고. 난 내일 시내에 가서 선물들을 다 환불할게. 쿠키는 닭들한테 줘버리고, 친구들과 친척들에게는 우린 크리스마스 대신 사순절을 지키겠다고 편지를 쓰자. 하지만 휴가를 헛되게 보내는 건 좀 유감이구나." 아빠는 슬픈 척하며 계속해서 말했다.

"알았다." 아빠는 손가락을 딱 하고 튕기며 무슨 생각이 뒤통수를 내리갈기기라도 한 듯이 갑자기 고개를 휙 숙였다. "다용도실 아래 대들보나 교체하자꾸나. 넬, 저 그릇들은 잊어버리고 잭 좀 찾아오렴."

나는 내 비판과 성질머리를 슬쩍 넘기는 그 유려한 재간에 순간 미운 마음이 들어 아빠를 노려봤다. 나는 씩씩대며 부엌에 가서 쿠키를 한 주먹 쥐고는 책을 들고 위층으로 올라가 내 방에 숨었다.

나중에 부엌에서 아빠가 내가 내버려 둔 그릇들을 씻으며 목청 높여 노래하는 소리가 들려왔다.

"오일과 타르의 왕, 우리 세 사람은
고무 여송연을 피우려 했지.
그건 장전되어 있어서 폭발했네,
저 멀리 별보다 더 높이."

다음 해에는 나도 감히 크리스마스에 의문을 던질 수 없었다. 엄마가 아팠고, 우리는 밝고 달콤하고 따뜻한 거라면 뭐든 붙들었다. 그림자를 무시하면 그 그림자들이 밝은 희망 속으로 사라지기라도 할 것처럼. 하지만 어쨌거나 다음 해 봄, 암은 엄마를 데려가 버렸고, 지난 크리스마스에 언니와 나는 아빠 ─ 와 우리 자신 ─ 에게 우린 엄마 없이도 행복할 수 있다고 발악이라도 하듯이, 최선을 다해 과자를 굽고 선물을 포장하고 노래를 불렀다.

지난 크리스마스 때 나는 우리가 불행하다고 생각했다. 엄마가 돌아가셔서, 아빠가 소원해지고 말이 없어져서 불행하다고 생각했다. 하지만 트리에는 전구 장식이, 오븐에는 칠면조가 있었다. 에바는 레드우드 발레의 〈호두까기 인형〉 공연에서 클라라 역을 맡았고, 나는 SAT 결과를 막 받은 참이었다. 성적은 하버드 입학위원회 앞으로 쓰고 있던 편지의 근거가 될 수 있을 정도로 충분히 좋았다ㅡ대학위원회 성취도 시험만 잘 친다면 말이다.

하지만 올해는 그 모든 게 사라졌거나 정지됐다. 올해 에바와 내가 크리스마스를 축하하는 것은 그저 크리스마스가 아닌 척하는 것보다 오늘이 크리스마스라고 인정하는 게 덜 고통스럽기 때문이다.

선물을 살 가게도 없고, 선물을 만들 수 있는 자기만의 시간도 공간도 거의 없으며, 자신이 가진 모든 것, 콩 한 쪽, 낟알 한 톨, 숟가락 하나, 펜, 종이 클립 하나까지 선물을 주고 싶은 상대방과 공유하고 있는 상황에서 선물을 마련하기란 힘든 일이었다.

나는 에바에게 에바의 토슈즈 한 켤레를 선물로 줬다. 2주 전 나는 에바의 스튜디오 벽장에서 가장 덜 낡은 토슈즈 한 켤레를 몰래 가져와서, 에바가 연습하고 있는 사이 몰래 최대한 수선했다. 마지막 몇 방울 남은 엄마의 얼룩 제거제로 낡아빠진 새틴을 빨고, 아빠 도구 상자에서 찾아낸 단섬유로 가죽 밑창을 새로 꿰맸다. 으깨진 앞심을 물과 목재용 풀을 섞은 용액에 흠뻑 적셨다가 최대한 모양을 잡은 다음 난로 뒤에 숨겨 말리고, 다시 적시고 모양 잡고 말리기를 반복하고 또 반복했다. 마지막으로, 촘촘히 박음질한 부분을 딛고 몇 시간이라도 더 춤출 수 있도록 발가락 끝부분의 나달나달해진 새틴을 꿰맸다.

에바는 상자를 열고 신발을 보더니 놀라서 숨이 막혔다.

"소용이 있을지는 모르겠어." 내가 말했다. "너무 물렁할지도 몰라. 뭘 알아야 말이지."

하지만 내가 여전히 뭐라 떠들어대고 있는 사이 에바는 두 팔로 나를 얼싸안았다. 우리는 1초쯤 – 하지만 그 1초는 아주 긴 시간처럼 느껴졌다 – 꼭 안고 있다가, 다음 순간 둘 다 펄쩍 뒤로 물러났다. 요즈음 우리 몸은 마치 물이 찰랑찰랑 차 있는 그릇처럼 슬픔을 담고 있어서 늘 조심해야 했다. 아주 약간 덜컹대거나 예상치 않은 움직임만 있어도, 물은 쏟아지고, 쏟아지고, 또 쏟아져버릴 것이다.

에바가 내게 준 선물은 이 공책이었다.

"컴퓨터는 아니야." 오래전 생일선물을 싼 포장지였지만 아직 불쏘시개로 희생되지 않은, 구깃구깃한 포장지에서 공책을 꺼내고 있는 내게 에바가 말했다. "하지만 완전 새 공책이야. 하나도 안 쓴 거야."

"백지라니!" 나는 깜짝 놀랐다. "이런 걸 도대체 어디서 구한 거야?"

"서랍장 뒤에서 찾았어. 몇 년 전에 그 뒤로 떨어졌었나 보지. 네가 여기다가 지금 이 시간에 대해 글을 써볼 수 있지 않을까 싶었어. 우리 손자들이나 뭐 그런 걸 위해서."

지금으로선 손자들이란 화성에서 온 외계인들보다 더 비현실적으로 느껴진다. 처음 얼룩진 마분지 표지를 젖히고 약간 곰팡내 나는, 줄 쳐진 새 공책을 휙휙 넘겨봤을 때, 솔직히 말해 나는 이 시간을 기록으로 남기는 것보다 성취도 시험공부 생각에 더 빠져 있었다. 하지만 글씨를 쓰니 좋았다. 컴퓨터 자판을 두드리던 빠른 손놀림과 모니터의 환한 빛이 그립긴 하지만, 오늘 밤엔 내 손에 들린 이 펜은 플라자에서 마시던 와인 같고, 이 단어들을 한 페이지 가득 이끌고 온 노트의 줄들은 이미 처음 상상했던 창살이 아니라 엄마의 베틀 날실처럼 보인다. 벌써 수없이 많은 이야깃거리들이 보인다.

내가 정말로 에바에게 주고 싶었던 건 휘발유였다. 에바가 CD 한 장이라도 틀 수 있도록, 그 CD의 음악이 에바의 뼛속 깊이 스며들 수 있도록 발전기를 돌릴 만큼의 휘발유만이라도 주고 싶었다. 딱 5, 6리터 정도라도 구해서 거슬리게 딱딱대는 메트로놈 소리에 맞추는 춤에서 휴식을 주고 싶었다.

하지만 휘발유는 없다. 마지막으로 시내에 갔다 왔을 때, 트럭 주유 계기판의 무자비한 바늘은 0보다 한참 더 아래로 내려가 있었다.

"마지막 5킬로미터는 가스로 달려온 셈이야." 아빠는 말했다. "얼마 동안은 가만히 있어야 하게 생겼다. 하지만 걱정 마─우리한텐 식량이 충분히 있으니까. 상황이 다시 좋아지면 내가 휘발유 깡통을 가지고 시내로 걸어가마."

지금 우리 아빠는 숲에 묻혀 있고, 텅 빈 깡통은 어수선한 아빠 작업실 어딘가에서 녹슬고 있다. 당분간 에바는 흐릿해져 가는 기억 속 선율에 맞춰 춤을 춰야 할 것이다.

언니가 땀에 푹 젖은 낡은 레오타드 차림으로 스튜디오에서 돌아온다. 몸을 굽혀 나무 난로 뚜껑을 여는 에바의 가슴이 여전히 들썩거린다. 갇혀 있던 불빛이 퍼져 나오면서 어두워져 가는 방 안에 새로운 그림자들을 만들고, 나는 잠시 글쓰기를 멈추고 언니가 불을 지피는 것을 구경한다.

나는 불 피우는 데는 재주가 없다. 내가 피운 불은 숨이 막히고 연기가 나거나 사그라져버리는데, 에바는 그건 내가 늘 생각을 하고 있기─하지만 절대 내 손이 하는 일에 대해서는 생각을 하지 않기─때문이란다. 내가 너무 참을성이 없다는 것이다. 하지만 언니는 나보다 두 배는 더 빨리 불을 피운다. 에바는 불을 살아 있는 생물처럼 다룬다. 먼지 쌓인 숯에서 불길을 어르고, 축축한 나뭇가지를 달래 불을 피우고, 깜부기불을 어떻게 쌓아놔야 아침까지 불이 살아 있을지 본능적으로 알고

17

있다. 이제 아빠가 돌아가셨으니 에바가 우리의 상시 불 관리인이다.

에바는 숯에 나무토막 하나를 더 얹고는 난로 앞 바닥에 앉아 토슈즈를 풀기 시작한다.

"어땠어?" 내가 묻는다.

"아파." 에바는 피 나는 발을 불빛에 비춰 보면서 쾌활하게 대답한다. 그 끔찍한 가을 이후 드디어 언니는 다시 춤을 추고 있다. 내가 공부를 하고 있는 것처럼.

"그건 어때?" 나는 재활용한 신발을 가리키며 묻는다.

언니는 나를 보더니 싱긋 웃는다. "좋아. 너무 어두워져서 아무것도 안 보이지만 않았다면 계속했을 거야. 공책은 어때?"

"이것도 좋아." 내가 말한다.

언니는 제3포지션(무릎을 바깥으로 향한 상태에서 양발을 턴아웃하되 한쪽 발의 뒤꿈치가 다른 발의 발등 근처에 오게 하는 자세 – 옮긴이)을 취한 채 팔을 머리 위로 들어 올리더니, 물마루를 이루는 파도처럼 바닥도 안 짚고 가볍게 자리에서 일어난다. "캐러셀에 불 붙일까?" 에바가 묻는다.

"깜깜해졌네." 내가 대답한다. "그래도 정말 이래야 할까? 저 촛불들은 더 위급한 상황을 위해 아껴둬야 하지 않나 하는 생각이 계속 들어."

에바는 어깨를 으쓱한다. "크리스마스잖아, 안 그래?"

소나무로 조각하고 밝은 에나멜 칠을 한 그 캐러셀은 둥그런 3층짜리 예수 강탄 세트로, 크리스마스에 대한 내 가장 오래되고 소중한 기억들 속 한가운데서 빛을 발하고 있는 장식품이다. 그건 중국제였는데, 아빠는 검은색 중국 농부 옷을 입은 양치기들, 중국 여자 스타일로 앞머리를 뭉툭하게 자른 검은 머리 천사들, 아기 예수는 물론이거니와 하나같이 고상한 아시아인의 눈을 가진 인물들을 보며 매년 즐거워하곤 했다.

"그 사람들한테 답례로 금발 머리 부처님을 보내주고 싶네." 아빠는 아이러니한 즐거움을 담아 말하곤 했다. "종교적 쇼비니즘을 깨부수기에는 자유 시장, 세계 경제가 안성맞춤이지."

"준비됐어?" 언니가 캐러셀이 기다리고 있는 테이블을 향해 손짓하며 묻는다.

나는 여섯 개 남은 저 양초 토막에 몇 분 분량의 빛이 남았을지 계산하지 않으려고, 오늘 밤보다 더 저 양초들이 절실하게 필요할지도 모를 때를 상상하지 않으려고 애쓰며 고개를 끄덕인다.

에바는 숯들 사이에 불쏘시개를 찔러 넣었다가 불이 붙은 불쏘시개를 들어 올려 캐러셀로 가져간다. 조그만 횃불을 맨 아래층을 둘러싼 양초 토막에 하나하나 갖다 댄다. 불길이 하나하나 옮겨 붙고, 마침내 여섯 개의 불꽃이 공기 중에 고요히 일렁거린다.

그 모습이 숨이 멎을 정도로 아름답다. 지난봄 석유등이 결국 퍼덕거리다 꺼진 이후로 밤에 이렇게 많은 불빛을 본 일이 없다. 그 광경에 우리 목소리가 달라지고 우리 발음이 둥글고 부드럽고 풍부해진다. 약간의 경외심마저 든다. 맑고 그을음 없는 불꽃들이 뻣뻣한 검은 심지를 둘러싸고 무용수들처럼 흔들대다 껑충 뛰어오르고, 방 안의 모든 것들이 따스하고 부드럽게 보인다. 나는 눈물이 가득한 눈으로 널름대는 환한 불꽃을, 그 꽃잎 같은 불길을 여전히 똑바로 응시했다.

밀랍이 녹으며 반짝거리고, 불꽃의 온도가 올라가면서 천사들 머리 위의 나무 날개가 상승 기류를 받으면 캐러셀 전체가 움직이기 시작한다. 천사와 양치기, 양, 현자와 낙타 들 모두 고정된 마리아와 요셉, 아기 예수를 둘러싸고 조용히 회전한다.

우리는 아무 말 없이 이를 지켜봤고, 그러는 동안 크리스마스의 온갖 기억들이 인정하기엔 끔찍하고 거부하기엔 불가능한, 너무나 생생한 느낌으로 우리를 덮친다.

나는 에바에게 묻는다. "언니가 예수님이 남자인지 여자인지 물었던 거 기억나?" 그건 크리스마스 때마다 트리 장식처럼 불려나오는, 가족들만의 오래된 농담이었다.

에바는 미소를 띠며 장단을 맞춘다. "엄마는 예수님은 남자지만 그건 우연일 뿐이라고 했지. 엄마는 예수님이 여자여도 나쁘지 않았을 거라 했어."

"그러면 아빠는 성모 마리아가 남자여도 나쁘지 않겠냐고 물었지."

우리는 고개를 끄덕이며 미소 짓는다. 우린 각자 과거의 기쁨을 기억하면서도 그것이 현재에 어떤 의미도 갖지 않게 하는 복잡한 작업을 하려는 중이다.

양초 하나가 비슬거린다. 불꽃은 타닥거리다 산소를 찾아 펄쩍 뛰어오르더니 그대로 주저앉는다. 캐러셀이 느려진다. 우리는 천장을 빙빙 도는 그림자들에, 남은 다섯 불꽃의 맥박에, 기억의 느린 연소와 회전에 홀린 것처럼 말없이 지켜본다.

"엄마가 틀린 것 같아." 두 번째 불꽃이 희미해지다가 마침내 사라지고 나서 에바가 말한다.

"뭐가?"

"예수님이 여자였을 리 없어."

"왜?"

"많은 게 달라졌을 거야, 오래전에."

"어떻게?" 나는 언니와 한 가지 생각을 놓고 이야기를 하고 싶어서 묻는다.

언니는 조금은 무심하게, 조금은 성마르게 어깨를 으쓱한다. 어깨를 치켜드는 동작과 몸의 움직임, 언니의 유일한 웅변.

나는 분석을 포기한다. "제세타? 제서스피나?" 나는 빈정거린다. 하지만 그건 너무 아빠 농담 같아서 재미가 없다.

촛불이 또 하나 죽고 캐러셀이 멈춘다. 약해져가는 남은 세 개의 불빛 속에서 양치기들은 양 떼 사이에서 참을성 있게 무릎을 꿇고 있다. 현자들은 나무 팔로 뻣뻣하게 선물을 들고 있다. 자신들의 목표와는 영원히 닿을 수 없이 떨어진 채. 마리아와 요셉은 나무 아기 양쪽에서 꼿꼿이 서 있다. 촛불들이 희미해지며 빛을 발한다. 마지막 심지가 비틀거린다. 마지막 불꽃이 사라진다. 크리스마스는 끝난다.

어둠이 다시 한 번 우리를 뒤덮는다.

또다시 비. 아침에 나무를 가져오고 밧세바와 릴리스, 핑키가 젖은 마당을 헤집고 다닐 수 있도록 닭장 문을 열어주러 후다닥 나갔다 온 것 외에는 하루 종일 집 안에 있었다. 크리스마스가 불과 어제였지만, 에바가 새벽에 스튜디오로 사라지지 않았고 이 공책만 없다면 누구도 그 사실을 알 수 없을 것이다.

"언닌 그 신발 또 하루 만에 다 닳아 없애겠다." 정오에 언니가 나오자 나는 말했다.

"그러게."

에바는 땀에 전 티셔츠를 가슴에서 잡아당기고 부엌 싱크대에서 한 번에 한 방울씩 모은 물을 한 모금 길게 들이켰다. 그러고는 더 이상 아무 말도 없이 휙 스튜디오로 돌아갔다.

심지어 지금도 에바는 물건을 막 써버린다. 나는 온갖 걸 다 모으고 영원히 아껴 쓰고 싶어 한다. 난 건포도 열두 알이나 오래된 지팡이 사탕 2센티미터를 저녁 내내 먹을 수도 있다. 그 즐거움이 휠체어를 타고 겨울 햇볕을 쬐러 나온 노인병 환자이기라도 한 것처럼 아껴가며 말이다. 하지만 에바는 여전히 게걸스레 꿀꺽 삼켜버릴 수 있는 사람이다.

"있을 때 즐겨." 에바는 말한다. 그리고 언니는 신발이 너덜너덜해지도록 춤을 추고, 자기 몫의 건포도를 한입에 삼켜버리고, 양초에 불을 붙이고 다 타게 내버려 두며, 잃어버린 걸 놓고 괴로워하지도 않는다. "왜 안 그러는 거야?" 에바는 고개를 휙 젖히고 능란하게 손목을 튕기며 묻는다. "영원한 건 아무것도 없어. 게다가 건포도를 다시는 못 볼 것도 아니잖아."

지난주에 백과사전에서 바하의 한 원주민에 대한 글을 읽었는데, 거기서는 고기가 너무나 귀한 진미여서 그걸 씹고 삼키는 즐거움을 다시 맛보기 위해 고기를 씹어 삼킨 다음 다시 끌어 올릴 수 있도록 고기 조각에 끈을 단다고 적혀 있었다. 그걸 읽으니 꼭 나 같아서 당황스러웠다. 아무것도 버리지 못하는 나, 아주 조그만 손실도 직면하지 못하는 나.

에바는 그렇지 않다. "음식은 충분해." 언니는 내가 케케묵은 땅콩이나 마지막 남은 간장 몇 방울을 가지고 고민하고 있으면 비웃는다. "우린 안 굶어."

언니 말이 맞다. 찬장 선반에는 우리가 마지막으로 시내에 갔을 때 사 온 비축품과, 지난여름 아빠를 도와 통조림으로 만든 토마토와 비트, 완두콩, 사과 소스, 살구, 복숭아, 자두, 배가 여전히 가득하다. 아직 쌀, 밀가루, 옥수수 가루, 강낭콩, 렌틸콩도 있다. 마카로니와 참치, 통조림 수프도 있다. 설탕, 소금, 베이킹파우더도 조금 있다. 전지분유와 치즈 가루도 있다. 쇼트닝 반 캔, 각종 향신료들, 잡다한 먹을거리들—패스트코에서 산 라벨 없는 통조림들, 적어도 족히 6년은 된 오렌지 젤오 한 상자, 속을 채운 올리브 한 단지—도 있다.

버티기에 충분하다. 하지만 그럼에도 불구하고 나는 마치—한 방울, 한 조각만 더 잃어도 영원히 표류하기라도 할 것처럼 남아 있는 걸 모조리 지키려는 욕구에 시달린다. 아무렇지도 않게 물건들을 써버리던 예전 생활 방식을 생각하면 경악스러우면서도 그립다. 그때 비운 휴지통들—화장실 휴지 마분지 심, 다 쓴 화장지, 부러진 연필, 비틀린 종이 클립, 구겨진 공책 종이들, 그리고 빈 비닐봉지들—은 지금 생각해보면 보물 상자 같다.

예전엔 찢어지거나 얼룩이 묻었거나 더 이상 유행이 아니라는 이유로 옷을 버렸다. 손도 대지 않았어도 식사 시간 동안 누군가의 접시 위에 있었다는 이유만으로 음식을 — 접시에 수북이 남아 있는 음식을 긁어 퇴비용 바구니에 — 버렸다. 넘치게 가득 찬 그 휴지통들이, 남은 그 음식들이 너무나 그립다. 건포도 한 통을 몽땅 꿀꺽 삼키고 싶다. 한꺼번에 촛불 열두 개를 켜고 싶다. 마음껏 쓰고, 잊어버리고, 무시하고 싶다. 농부 아주머니처럼 자잘한 것들에 안달복달하며 매달리지 말고 소비자처럼 태평하고 우아하게, 결과 같은 건 생각하지 않고 살고 싶다.

얼마 전에는 백과사전에서 이런 걸 읽었다. 기억상실증: 머리 부상이나 충격, 피로, 병으로 기억을 상실한 상태. 기억상실증이 장기간 지속되면, 환자는 때로 이전 상황과는 전혀 관계없는 새 인생을 살기도 한다. 이러한 반응은 "해리성 둔주"라고 불린다.

나는 책에서 고개를 들고 창문 너머로 텅 빈 마당을 파헤치고 있는 닭들을 바라보며 생각했다. 이게 해리성 둔주야 — 반쪽짜리 두 개로 쪼개진 우리 진짜 인생 사이에 끼어 있는 잃어버린 시간.

지난겨울 전기가 처음 나가기 시작했을 때, 우린 그다지 신경 쓰지 않았다. 정전이 간헐적이고 짧았기 때문이다. 우린 "전기선 공사 중인가 보지"라거나 "비 때문에 나무가 쓰러진 게 분명해. 곧 전기가 다시 들어올 거야" 하고 말하곤 했다. 그러면 곧 전깃불이 다시 깜박거리며 들어왔고, 다용도실에서는 세탁기가 다시 휘휘 돌아갔으며, 전기청소기도 다시 윙윙거리며 살아나서 또다시 전기를 당연시하게 되곤 했다.

지금 돌이켜보면 우리 세 사람은 쇼크 상태였던 게 분명하다. 우린 9개월도 지나지 않은 엄마의 죽음의 충격에서 아직 벗어나지 못했고 마비 상태에 빠져 있었다. 그래서 수십 년 동안의 경고와 예측에도 불구하고 실제로 문제가 생기기 시작했을 때 금세 깨닫지 못했을지도 모른다. 게다가 우린 멀리 떨어진 곳에 살았기 때문에, 가끔 정전이 발생하는 상황에, 번화한 지역부터 전기가 복구된 다음 우리 차례가 오기를 기다리는 일에 익숙해져 있었다. 뭔가 다른 일이 벌어지고 있다고 의심하기까지 더 많은 시간이 걸렸을 수도 있다. 하지만 도시에서마저 변화는 너무나 천천히 시작되어서 ─ 혹은 흔히 보는 문제와 불편 사항들과 너무나 닮아 있어서 ─ 그해 봄이 한참 지날 때까지 아무도 그 변화를 제대로 인지하지 못했다.

오랫동안 전기는 매일 그저 몇 분 동안, 짜증 나거나 성가실 정도로만 끊겼다. 전자레인지가 멈추고, 옷들이 축축한 채로 건조기 바닥에 툭 떨어지고, 반쯤 요리된 저녁이 오븐 안에서 식기 일쑤였다. 누군가 샤워 중에 그런 일이 생기면, 압력을 줄 전기 펌프가 없어서 물이 중력에 의한 만큼만 간신히 똑똑 떨어지곤 했다. 내가 컴퓨터 작업을 하던 중이면, 모니터가 먹통이 되고 기계가 위잉 소리를 내며 나가곤 했다. 에바가 집에서 연습을 하던 중이면, CD가 멈추고 에바는 마치 한 대 맞고 잠에서 깬 사람처럼 스튜디오에서 비틀거리며 뛰쳐나오곤 했다.

　밤에 퇴근해서 집에 있을 때 정전이 일어나면, 갑작스러운 빛의 부재에 아빠는 때로 슬픔에서 빠져나와 어둠 속에서 발을 구르고 난리를 치며 말도 안 되는 저주들을 만들어내서 우리를 즐겁게 해주곤 했다. 아빠는 "신이시여, 도넛을 세게 치소서"라거나 "똥이여, 장미를 길러내라"라고 고함지르며 손전등이나 촛불, 성냥을 찾아 허우적대다 테이블 모서리에 부딪히고 카운터에서 물건들을 떨어뜨리곤 했다. 10분에서 15분 후 불이 깜박거리며 다시 들어오면, 에바와 나는 거의 실망했다. 순식간에 조증 에너지가 다 빠져나가고 아빠가 다시 한 번 절망 속에 빠지리라는 걸 우린 잘 알고 있었기 때문이다.

　한 번이라도 정전이 일어나지 않는 날이 드물어지더니, 마침내는 전기가 들어오는 날이 드물어졌다. 어느 순간 우리는 방에 들어갈 때마다 더듬대며 전등 스위치를 찾는 습관이 사라졌다는 걸 깨달았다. 더 이상 뭔가 요리하고 싶을 때 자동적으로 난로 위 손잡이에 손을 뻗지 않았고, 배가 고플 때 자동적으로 냉장고 문을 열지도 않았다. 우린 침대에서 전기장판을 치웠고, 전기 커피 메이커를 치웠고, 더 이상 진공청소기로 청소하지 않는 카펫도 말아 치웠다. 아빠는 전에 엄마에게 못 버리게 했던 석유등의 심지를 정리하고 기름을 채우고 불 켜는 법을 가르쳐줬고, 잠시 동안은 우린 어둠이 내리면 그 등들을 켰다.

　겨울이 저 멀리 지나가고 봄꽃이 피면서 우린 전기에 의지할 수 없는 상황에 익숙해졌고, 전기가 들어올 때마다 그걸 이용하는 순서도 개발해뒀다. 부엌 등을 항상 켜뒀다가 불이 깜박거리며 들어오면, 에바는 다용도실로 달려가 세탁기를 돌리고 스튜디오로 질주해 CD를 얹고 바르 워크(바르를 잡고 하는 연습—옮긴이)는 생략한 채 춤을 추기 시작한다. 그러는 사이 나는 더러운 화장실 물을 내리고, 전기 펌프가 작동하는 동안 수도꼭지를 틀어 욕조와 싱크대에 물을 받는다. 그러고는 컴퓨터로 달려가서 기계가 다시 멈출 때까지 맹렬하게 작업을 한다.

　오래전 아빠는 불이 나서 전기가 안 들어올 경우 펌프에 전력을 공급하기 위해 가스 발전기를 사뒀다. 가끔 에바는 춤을 추고 나는 인터넷에서 뉴스 혹은 적어도 뉴스로 통하는 선전들—사이트에 따라 폭언 또는 위로—을 찾아볼 작정으로 발전기를 돌렸다. 하지만 어쩌다 전화선이 작동될 때에도 접속은 거의 불가능했다. 보통 나는 전기가 들어와 있는 동안 접속을 기다리느라 시간을 낭비하는 게 너무 화가 나서 포기해버리고, 그 대신 발전기가 칙칙거리며 돌아가는 동안 맹렬히 공부를 했다. 결국 시간이 지나고 가스가 귀해지면서 아빠는 더 긴급한 상황을 위해 발전기를 아껴두자고 우리를 설득했다.

처음에는 요리 도중에 전기가 나가면 콜맨 풍로를 꺼내 쉭 쉭거리는 버너 위에서 요리를 마저 하곤 했지만, 어느 순간 콜 맨을 아예 치우지 않게 됐다. 마지막 연료를 다 쓰고 철물점에 도 연료가 떨어지자, 우린 거실 나무 난로 숯 사이에 감자를 넣어 굽고, 난로 위에서 팬케이크를 굽고 콩을 끓이고 밥을 짓는 법을 알아냈다.

냉동실 안의 음식은 이미 오래전에 다 동났다. 결국에는 냉 장고도 포기해야 했다. 아빠는 개울에 구멍을 파고 돌멩이와 검은색 쓰레기봉투로 주위를 두른 다음, 예전에 쓰레기장에서 골라 온 '양보' 사인으로 뚜껑을 덮더니 의기양양하게 그걸 냉 장고라고 불렀다. 에바와 나는 뭐든 물에 젖지 않도록 싸야 하 지 않느냐고, 우유나 양배추, 마가린이 필요할 때마다 개울까 지 내려가야 한다고 불평했지만, 결국엔 차게 보관할 거리도 다 사라졌다.

전화는 전기와 똑같은 방식으로 사라졌다. 전기가 불안정해 진 후에도 잠시 동안은 끈덕지게 버티면 가끔은 전화를 걸 수 있었다. 머릿속에서 일곱 자리 숫자가 비웃는 소리가 들릴 지 경으로 아침 내내 전화를 돌려대도 결국엔 "죄송합니다. 지금 은 모든 선이 통화 중입니다. 전화를 끊고 다시 걸어주십시오" 하는 전화국의 예의 바른 자동응답 소리만 들을 수도 있다. 하지만 어쨌거나 조만간 전화가 연결됐고, 우린 전기회사의 자동응답기에다 전기가 또 나갔다고 신고할 수 있었다.

5월 초 어느 날 저녁 아빠는 사냥총을 들고 집에 왔고, 조금 후 어느 날부터는 아예 출근을 하지 않았다.

"올해는 여름방학이 빨리 시작될 것 같아." 그 전날 밤 아빠는 나무 난로 위에서 달걀프라이를 하며 말했다. "그 망할 패혈성 인후염 때문에 출석률이 반으로 떨어졌는데, 아무도 항생제를 못 만드는 것 같구나. 이젠 뇌막염 소문까지 돌고. 위원회에서는 한 달 더 일찍 학교를 닫으면 모두의 돈을 아낄 수 있다고 생각하는 것 같아."

아빠는 한숨을 쉬며 덧붙였다. "보통 때라면 맞서 싸우겠지만, 올해는 나도 쉬고 싶다. 게다가 다음 가을에 다시 문제가 생기기 전에 지붕널도 새로 해야 하고, 다용도실 아래 썩은 기둥도 바꿔야 하고."

이때쯤엔 우편물이 띄엄띄엄 오기 시작했고, 가게들도 더 자주 문을 닫았다. 몇 달 동안 공무원들은 약속어음으로 월급을 받았고, 결국 은행들이 정부의 약식 차용증서를 인수하기를 거부하자 월급을 아예 받지 못했다.

그런 변화에 사람들은 놀랍도록 빨리 적응했다. 병에 든 물을 마시고, 혼잡한 고속도로에서 운전하고, 어디에 전화를 해도 대부분 자동응답 목소리를 듣는 상황은 우리 숲 너머 사람들에게는 이미 익숙한 일이었을 것이다. 그때는 그들도 욕을 하고 불평했지만 곧 거기에 적응했고, 예전엔 달랐었다는 것조차 거의 잊어버렸다.

어쩌면 역사의 전환점이 된 시기를 산 사람들이 그걸 가장 이해하지 못하는지도 모른다. 에이브러햄 링컨은 남북전쟁의 원인을 묻는 시험 문제에 과연 답을 쓸 수 있었을까? 매일 아침 오던 신문이 더 이상 오지 않고 라디오 방송이 갈수록 띄엄띄엄 나오면서, 그나마 들리는 뉴스는 너무나 파편적이고 혼란스러워서 진짜로 무슨 일이 벌어지고 있는지에 대해 거의 아무 말도 해주지 못했다.

물론 전쟁이 벌어지고 있었다. 우린 엄마 라디오를 엄마 작업실에서 부엌으로 옮겨놓고, 작년 봄 배터리가 다 나갈 때까지는 저녁 차리는 사이에 라디오를 간신히 달래가며 재난에 대한 장황한 이야기를 들었다. 전쟁 소식에 아빠는 때로는 발을 구르며 욕을 했고, 때로는 저녁을 다 차리기도 전에 이층 침실로 올라가 버리기도 했다.

싸움은 지구의 반대쪽에서 벌어지고 있었다. 정치인들은 그게 우리의 자유를 지키기 위해서라고, 우리의 생활 방식을 지키기 위해서라고 약속했다. 멀리서 벌어지고 있었지만, 그 전쟁은 우리의 나날에 들러붙어 있는 것 같았다. 저 먼 곳의 고약한 연기처럼 우리 의식에 스며들어 있는 것 같았다. 전쟁은 우리가 먹는 것에, 일하고 노는 방식에 직접적으로 영향을 미치지는 않았지만, 우린 그걸 떨쳐버릴 수가 없었다—가버리질 않았다. 어떤 사람들은 그 전쟁이 붕괴의 원인이라고 말했다.

하지만 난 다른 원인들도 있었다고 생각한다. 1월 언젠가에는 어떤 준군사조직이 금문교를 폭파했다는 소리가 들렸다. 한 달도 채 지나지 않아 해외 통화시장이 무너졌다는 소식을 읽었다. 3월에는 지진으로 캘리포니아 원자로 하나가 녹아내렸고, 미시시피 강에는 감히 상상조차 할 수 없는 엄청난 홍수가 났다. 지난겨울 내내 신문—그나마 우리가 구할 수 있었던 신문—은 파괴의 뉴스로 도배되었다. 이 모든 재난들이 모여 이런 정지 상태가 벌어진 건지 궁금하다.

그리고 평소의 문젯거리들도 여전히 존재했다. 정부 적자는 사반세기 넘게 눈덩이처럼 불어나고 있었다. 오일 위기는 적어도 두 세대 이상 지속되어왔다. 오존층에는 구멍이 나고, 숲은 사라지고 있었고, 점점 더 많은 농약과 살충제를 쓰는데도 농지에서는 점점 더 적은 양의—그리고 더 유해한—식량이 나왔다. 실업률은 무시무시하게 높았고, 복지 체제는 과부하가 걸렸고, 시내에 사는 사람들은 좌절과 분노, 절망에 시달렸다. 학생들은 휴식 시간에 서로에게 총을 쐈다. 십대들은 고속도로에서 운전자들을 겨냥해 총을 쐈다. 어른들은 패스트푸드 식당에서 전혀 모르는 사람들에게 총질을 해댔다.

하지만 그 모든 일들이 너무나 오랫동안 벌어지고 있어서 그게 거의 정상 같았다. 상황이 더 심각하고 불안해질수록 사람들은 뭐가 잘못되고 있는지에 대한 새로운 설명을 찾으려 했다. 지난봄 내내 시내에 갈 때마다 우리 셋은 레드우드 너머 세상에서 어떤 일이 벌어지고 있는지에 대해 온갖 이야기들을 들었다. 그 해석들은 점점 더 많아지고 황당해져서, 마침내 우리가 주워들은 그 루머와 가십 조각들은 어린 시절 친구들끼리 낄낄대며 귓속말로 전달하던 헛소리들만큼이나 그럴듯해 보였다.

미국 대통령이 바뀌었고, 새 대통령이 재정적 곤경에서 벗어나기 위해 영연방에서 돈을 빌리려 한다는 말이 들렸다. 백악관이 불타고 있고, 워싱턴 길거리에서 주 방위군과 비밀 경호국이 전투를 벌이고 있다고도 했다. 로스앤젤레스의 물이 다 동나서, 사람들이 떼 지어 가뭄에 시달리는 센트럴밸리를 가로질러 북쪽으로 가려고 하고 있다는 이야기도 있었다. 동쪽 지역에는 여전히 전기가 있고, 제3세계가 우리를 도우려고 힘을 모으고 있다고도 했다. 그리고 중국과 러시아가 전쟁을 벌이고 있고, 미국은 잊혔다는 소리도 들렸다.

아마겟돈에 대한 근본주의자들의 예언이 점점 더 기승을 부렸고, 껌 품절부터 레드우드 중앙병원 폐쇄에 이르기까지 온갖 일들에 대해 다들 점점 더 격한 불평을 늘어놓았지만, 그럼에도 불구하고 대부분의 사람들 사이에서는 기이한 쾌활함, 일종의 은밀한 안도감이 돌았다. 몇 년에 한 번씩 레드우드를 가로질러 흐르는 강이 범람해서 도로가 유실되고 가게들이 하루 이틀 문을 닫을 때 에바와 내가 느꼈던 감정이다. 홍수가 불편하고 파괴적이라는 건 알고 있었다. 하지만 그와 동시에 우리를 넘어선 무엇인가가 일상의 냉혹함을 파괴할 정도로 거대하다는 데서 기묘한 즐거움을 느끼지 않을 수 없었다.

온갖 걱정과 혼란과 더불어 활력이, 해방감이 샘솟았다. 옛 규칙들은 일시적으로 정지됐고, 이 그 모든 격변에서 필연적으로 생겨날 변화들을 상상해보는 건, 상황이 다시 정상으로 돌아가면 어떤 교훈을 얻었을지 ─ 어떤 것들이 고쳐졌을지 ─ 생각해보는 건 즐거웠다. 모두의 생활이 불안정해졌어도 대부분의 사람들은 새로운 낙관주의를 경험하고 있는 듯했다. 모두들 우리가 최악의 시기를 견디고 있다는, 곧 ─ 상황이 정리되었을 때 ─ 이 모든 혼란의 원인이 된 문제들은 시스템에서 제거될 거라는, 미국과 미래는 그 어느 때보다 더 나은 모습이 될 거라는 느낌을 공유하고 있는 것 같았다.

사람들은 과거에서 확신과 영감을 찾았다. 도서관, 슈퍼마켓, 주유소, 심지어 플라자에서도 초기 청교도와 개척자의 희생과 고초에 대한 이야기들이 들렸다. 사람들은 사라진 신문 논설위원들과 토크쇼 사회자들을 흉내 내며 경제공황과 세계

대전에 대한 추억에 잠겼고, 그 힘든 시절을 통해 어떻게 덕성이 함양됐고 가족과 공동체가 하나가 되었으며 우리나라가 강해지고 새로운 에너지와 방향성이 생겼는지 이야기했다. 이번에도 조금만 참고 버티면 자유와 민주주의의 대의가 더 진작될 거라고 그들은 주장했다. 우린 각자 자기 역할을 하고 협력하고 기다리기만 하면 된다는 것이다.

물론 아빠는 그런 진부한 말들에 코웃음을 쳤지만, 그 경멸조차 열의가 부족했다. 엄마가 여전히 살아 계시기만 했다면, 아빠는 우리가 다른 소식들과 함께 시내에서 물어온 그 애국주의 수사를 듣자마자 인류의 멍청함과 정치꾼들의 진부함에 대해 엄청난 격론을 쏟아냈을 것이다. 하지만 아빠는 너무 슬픔에 빠져 있어서 신경도 쓰지 않았다.

그럼에도 불구하고 그해 봄 아빠는 소득세와 더불어 자진해서 기부금을 냈고, 다른 사람들처럼 가을까지는 최악의 고생도 다 끝날 거라고 예측했다. 사실 완전히 정신 나간 극단주의자만 제외하면 모두 한 가지 확신은 공유했다. 이 상황은 일시적인 것에 불과하다고, 우리가 속한 세상이 곧 다시 시작될 거라고, 지금 생활은 잠깐 동안의 해프닝, 손자들에게 들려줄 재미있는 이야기로 돌이켜보게 될 거라고 말이다.

아빠가 더 이상 출근을 하지 않자, 우리는 레드우드에서마저 고립되어 때로는 우리 숲 너머 세상에서 뭔가 이상한 일이 벌어지고 있다는 것조차 기억하기 힘들었다. 고립은 보호처럼 느껴졌다. 지난 6월 오클랜드에서 일어난 화재로 달이 붉게 물들었을 때, 그건 집에 붙어 있으라는 경고처럼 보였다. 토요일 밤 들은 소식은 그 메시지를 더 강화했다. 그래서 우리는 집에 머물며 가을을 기다렸다. 내가 시내에 가고 싶어 할 때마다 아빠가 상기시켰듯이, 적어도 여기에는 꽉 찬 식료품실, 정원과 과수원, 신선한 물, 땔감이 가득한 숲과 집이 있다. 적어도 여기에는 다른 사람들의 망상과 탐욕, 세균으로부터의 완충 장치가 있다. 적어도 여기에는 중단되어버린 우리 삶의 흔적이 — 심지어 지금도 — 약간은 남아 있다.

B는 전투기들로 시작된다 — B-17, B-24, B-29, B-52. 다음은 B 카시오페이아다. 그다음 항목은 바(Ba), 고대 이집트인들이 사후 영혼의 신성과 불멸을 상징한다고 믿었던 인간의 머리를 한 매다.

전투기와 초신성과 매처럼 생긴 영혼의 신. 죽음과 비상, 하느님과 신들. 알파벳 순서상의 우연에 불과하지만 그 병렬 속에는 뜻밖의 진실이 자리한다. 아빠가 여기 있어서 아빠가 틀렸다는 걸 증명할 수 있으면 좋겠다는 생각이 잠깐 든다.

아빠는 항상 백과사전을 비웃었다.

"거긴 시가 없어. 신비도, 마법도 없다고. 백과사전을 공부하는 건 쥐엄나무 가루를 먹고는 초콜릿 무스라고 부르는 것과 같은 짓이야. CD롬으로 사자 포효 소리를 듣고 아프리카에 갔다 왔다고 생각하는 거랑 같은 거라고." 학생들에게 백과사전 항목을 베끼게 하는 대신 올챙이를 키우고 곰팡이를 길러보는 과정을 통해 과학 연구 방법을 배우게 하라고 5학년 선생님을 설득하느라 오후 한나절을 보내고 나면 아빠는 이렇게 불평하곤 했다.

"교육이란 관계에 관한 거야. 우주 삼라만상 사이에 존재하는 관계에 대해, 레드우드 초등학교 아이들 모두가 어떻게 셰익스피어의 원자를 조금씩 가지고 있는지에 대해 배우는 거야."

"히틀러의 원자도." 엄마가 심술궂게 덧붙였지만, 아빠는 자기만의 생각에 빠져 그 말을 무시했다.

"백과사전은 세상의 모든 주제를 가져와서는 그걸 해부하고, 거기서 피를 빨아먹고, 모체에서 찢어발겨. 그게 어린 토미에게 뭘 가르쳐주겠니? 그런 연구는 무미건조하고 지루하다는 거, 티비를 보고, 사탕을 훔치고, 사유재산을 파괴하는 게 훨씬 더 재미있다는 거나 가르치겠지. 네 연구의 유일한 입문서가 백과사전이라면, 그 결과는 퍽도 밝겠구나."

"로버트." 그러면 엄마가 저녁 식탁을 차리며 대답하곤 했다. "백과사전도 자기 자리가 있어. 재니스는 그저 아이들에게 자기만의 프로젝트를 할 자유를 주기 전에 백과사전 사용법을 알려주는 걸 수도 있잖아."

"아니야. 재니스는 연구가 무미건조하고 지루하다고 생각해. 그리고 어떤 일에 관해서든 절대 아이들에게 자유를 주지 않을 거야 — 자기가 대답 못 할 질문들을 가져올지도 모르거든."

"저녁 다 됐어."

"먼저 백과사전부터 다 불태우자!"

하지만 우리 백과사전 세트는 아빠가 동료들과 함께 학교 앞에서 피켓을 들고 시위행진을 했던 해에 동료들이 선물로 줬던 책이기 때문에 절대 불탈 위험이 없었다. 그리고 가끔은 우리 중 누군가가 실제로 한 권씩 꺼내 뭔가를 찾아보기도 했고.

그럼에도 불구하고 그 백과사전은 몇 주 전 내가 꺼내기 전까지는 열두어 번 정도밖에 쓰이지 않았다. 지난봄 레드우드 공립도서관이 문을 닫을 때, 도서관 사서는 내게 책을 한 아름 가져가게 해줬다. "가져가, 얘야." 사서는 말했다. 우리 엄마가 돌아가셨으니까, 우리 아빠가 도서관 이사회에 있으니까, 난 걷기도 전부터 책을 빌려 갔으니까, 내가 하버드 입학위원회 사무실 주소를 물으러 찾아간 적 있으니까.

"네가 가져가지 않아도 올여름 동안 이 책들을 읽을 사람은 아무도 없을 거야." 사서는 3개월 뒤 날짜를 책에 찍으며 말했다. "가을에 우리가 다시 문을 열 때까지 이 정도면 읽을거리가 충분할 거다."

하지만 내가 그 책을 다 읽은 건 7월, 우리가 아버지를 땅에 묻은 건 9월, 에바와 내가 마침내 겨우 추스르고 일어나 다시 춤을 추고 공부를 하게 된 건 11월 말이었다. 그날 난 하루 종일 하버드 입학위원회에서 온 편지와 하버드 대학 공식 기록부를 나란히 놓고 식탁에 앉아 두 개를 번갈아 쳐다보며 같은 문구를 몇 번이고 다시 읽었다.

저희는 정식 입학 1년 전에 학생들을 받지는 않지만, 귀하의 서류를 검토한 결과 연구 개요와 SAT 성적으로 증명된 지적, 언어적 능력에 매우 깊은 인상을 받았습니다. 귀하의 대학위원회 성취도 시험 성적이 그와 비슷하게 높게 나올 경우, 저희는 귀하가 다음 겨울 적절한 시기에 하버드에 정식으로 지원할 것을 권합니다.

하지만 기록부에는 이렇게 적혀 있었다. *1월에 실시되는 대학위원회 성취도 시험도 자격 요건에는 부합하지만, 저희는 귀하가 12월까지 시험을 마치기를 권합니다. 일찍 지원하면 위원회가 귀하의 지원서를 가장 꼼꼼하게 검토할 수 있기 때문입니다.*

그건 마치 풀 수 없는 미적분 함수, 번역이 안 되는 생텍쥐페리 소설의 한 구절 같았다. "어떻게 해?" 결국 나는 그날 오후 스튜디오에서 나오는 에바에게 울부짖었다.

"뭘?" 언니는 다리를 쭉 뻗어 잡고는 상체와 거의 직각이 되도록 들어 올리며 물었다.

"지금쯤은 성취도 시험을 다 쳤어야 하거든."

"음, 너만 그런 게 아니야. 하버드도 올해는 규칙을 바꿀 수밖에 없을걸."

"하지만 거기선 이미 상황이 다시 제대로 돌아가고 있으면 어떡해?"

"그러면 우리도 알 수 있을 거야."

"어떻게?"

"비행기나 뭐가 있겠지. 뭔가가."

"내일 전깃불이 들어온다 해도 난 시험 칠 준비는 못 할 거야."

언니는 다리를 내리고 흔들림 없이 꼿꼿하게 아라베스크(한쪽 다리로 서서 다른 쪽 다리를 그 다리 뒤로 직각으로 곧게 뻗는 기본 자세 – 옮긴이) 자세를 취했다. "왜?"

"컴퓨터나 어학 테이프를 못 쓰잖아. 계산기 배터리도 나갔어. 남은 종이조차 없다고."

"그럼 읽어. 책은 배터리가 필요 없으니까."

"집에 있는 책은 이미 다 읽었어. 두 번씩."

"백과사전도 읽었어?" 언니는 아라베스크에서 휙 몸을 낮춰 정중한 인사 자세를 취하며 말했다.

더 빨리 시작했더라면 얼마나 좋았을까. 내가 얼마나 많은 걸 배우고 있는지 믿을 수 없을 정도다. 백과사전에는 모든 게 다 있다. 모든 날짜, 모든 장소, 모든 예술가와 철학자, 과학자, 모든 정치인과 왕, 모든 별과 광물, 종, 모든 사실과 이론, 인간 지식의 모든 조각들이 거기에 들어 있다. 모두가 한 곳에 있다. 중요한 모든 것이, 내가 필요로 할 모든 것이. 내가 할 일은 그저 책장을 넘기는 것뿐이다. 약간 무미건조하긴 하지만, 미적분 교과서나 프랑스어 테이프도 그 점에 있어선 마찬가지다. 에바가 스튜디오에서 몇 시간이고 혼자 하는 일도 건조하기론 다를 바 없다.

우리 부모님은 우리 공부에 어떤 체계도 마련하지 않았다. "하고 싶은 걸 배우게 해." 아빠는 말하곤 했다. "건강한 음식들을 주고 혼자 내버려 두면 아이는 균형 잡힌 식생활을 할 거야. 아이의 몸이 자라고 건강하게 사는 데 무엇이 필요한지 안다면, 마음이라고 왜 안 그러겠어?"

아빠는 친구들에게 이렇게 설명했다. "내 딸들은 숲과 공립 도서관을 마음껏 이용할 수 있어. 엄마는 옆에서 점심을 차려 주고 모르는 단어는 뭐든 알려주지. 학교는 방해가 될 뿐이야. 게다가 애들이 학교에 가면 매일 두 시간 넘는 시간을 차 안에서 보내야 하잖아. 물론 나야 차 타고 갈 때 옆에 사람이 있으면 좋겠지만, 우리 애들 입장에서는 숲에 있는 게 더 좋아."

그래서 다른 애들이 구구단을 외우고 물 먹을 때 허락을 구하는 동안, 에바와 나는 자유롭게 돌아다니고 마음 내키는 대로 배웠다. 우리는 함께 벽화를 그리고 연극을 만들고 요새를 쌓고 나비를 키우고 컴퓨터 게임을 만들었다. 우리는 종이를 만들고 새 쿠키 조리법을 고안하고 신문을 편집하고 피라미를 잡았다. 박을 키우고 새끼 새를 돌보고 프리즘을 갖고 놀았다. 부모님은 주 당국에 우리가 하고 있는 게 학교라고 말했다.

몇 년 동안 나는 하고 싶은 걸, 하고 싶을 때, 하고 싶은 방식으로 공부했다. 이 책에서 저 책으로 닥치는 대로 옮겨 갔고, 즐거운 대화라도 하듯이 이 관심사에서 저 관심사로 정처 없이 흘러갔다. 그 관심사들 사이의 유일한 연결점은 엄마 작업실 책장에 나란히 놓여 있다는 것뿐이었다.

시험을 칠 수 있도록 가끔 아빠가 시험지를 가지고 왔기 때문에, 12살 무렵이 되었을 때 난 내가 또래 학생들보다 적어도 4 내지 5학년은 앞서 있다는 걸 알았다. 또 학교에 가면 줄 맞춰 앉아야 하고, 따분한 학습장에 많은 숙제들을 해야 하고, 화장실에 가게 해달라고 허락을 구해야 한다는 것도 알았다. 하지만 그런 게 상관없어지는 때가, 흔들리는 노란 스쿨버스에 실려 다니는 삶을 갈망하게 되는 때가, 광택지로 된 책들을 한 아름 안고 태평하게 웃는 다른 애들과 부대끼며 살고 싶은 때가 왔다. 난 부모님에게 학교에 보내달라고 요구하는 운동을 벌이기 시작했다.

에바가 발레를 발견하고 얼마 안 지나서, 언니의 무용이 내 인생에 남긴 구멍 때문에 여전히 아파하던 때였다. 난 외로움을 덜기 위해 학교에 보내달라고 부모님을 설득했다.

"에바가 없으면 다른 사람이라도 필요해요." 나는 말했다. "여기 하루 종일 혼자 있는 건 너무 지루하다고요."

"내가 옆에 있잖니." 엄마가 대답했다.

"하지만 엄만 태피스트리 만드느라 늘 바쁘잖아요."

"네가 도와주면 되지. 넌 염료 작업을 좋아할 것 같은데. 나도 베틀에 날실을 끼울 때 도와줄 손이 있으면 좋고."

내가 눈을 굴리며 의자에 털썩 앉자 엄마는 활기차게 대답했다. "네가 뭘 하고 싶은지 스스로 알아낼 수 있다는 거 알아, 넬. 지금 시작하게 하려고 이제껏 널 학교에 안 보낸 게 아니란다. 고등학교는 내가 상상할 수 있는 한 가장 끔찍한 경험이야."

싸움은 계속됐고, 모든 전투는 나의 격렬한 분노와 부모님의 쓰라린 당혹감으로 끝났다. 부모님은 내가 행복하기를 바란다고 주장했지만, 당신들이 선택한 방식으로 행복하길 바라는 것뿐이었다.

나는 부루퉁해져서 망설였지만, 그러다 우연히 우리보다 더 외진 곳에 살며 홈스쿨링을 하는 가족에 관한 기사를 발견했는데, 그 집 아이들은 모두 하버드에 다니고 있었다. 난 그 아이들이 할 수 있다면 나도 할 수 있다고 결심했다. 에바가 춤을 그만두지 않는다면, 난 하버드에 갈 거다. 레드우드의 공립학교를 다닐 수 없다면, 이 나라 최고 대학에 입학하면 모두를 고소하게 만들 수 있겠지.

난 열세 살 생일 선물로 모뎀 달린 컴퓨터를 달라고 했고, 역사와 과학 교과서, 프랑스어 테이프, 수학 학습장을 갖다 달라고 아빠를 졸라대기 시작했다. 아빠는 항상 내 부탁을 들어줬다—비록 보통 책 더미에 미스터리 소설 몇 권을 슬쩍 끼워 넣기는 했지만. 하지만 내가 하버드 이야기를 할 때마다 아빠의 반응은 그저 애매모호하기만 했다. "그 특정 학교가 네가 죽자고 되고자 하는 전부인지 난 잘 모르겠구나, 꼬마야. 네 힘으로 거기 간다면 물론 난 자랑스러울 거야. 하지만 기억해라, 그 홈스쿨링 애들이 거기 들어간 건 꽤 예전 일이라는 걸."

"하버드는 특이한 배경을 가진 학생들을 좋아해요." 나는 말했다.

"그때는 그랬지. 지금 입학 정책이 어떤지 누가 알겠니. 어쨌거나 하버드가 뭐가 그렇게 특별한 거냐? 거기서 뭘 공부하고 싶은 거니?"

하버드에 들어가는 것 자체가 충분한 목표처럼 보였지만, 난 알렉산더 플레밍 경의 전기를 막 읽은 참이라 가장 먼저 머리에 떠오르는 생각을 말했다. "의학이오."

"의사가 되고 싶다고?"

"아마도요." 난 대답했다. "아니면 연구자나."

"음, 더 많은 힘이 생기겠구나, 꼬마야. 넌 뭘 하기로 하든 잘할 거야. 난 그저 네가 넓고 넓은 저 바깥세상을 다 맛보기 전에 너 자신을 한계 짓지 않기만 바랄 뿐이다."

시간이 갈수록 나는 훨씬 더 열심히 공부했다. 난 하버드에서 알기를 바란다고 생각되는 건 뭐든지 공부했고, 지난봄 입학처에서 답신을 받았을 때 내가 아주 많은 걸 알고 있다고 생각했다. 이제 백과사전이 새로운 페이지마다, 새로운 권마다 내가 하버드에 갈 준비를 갖추기 전 알아야 할 모든 것들을 보여주고 있었다.

🛁

나는 규율 잡힌 독서를 하려 노력하고, 흥미가 없다거나 내 공부와 관계없어 보이는 항목이라고 생략하고 넘어가지 않으려 애쓰고 있다. 난 백과사전을 처음부터 끝까지 공부하고 싶다. 하지만 오늘은 새해 첫날이니, 내가 만들고 있는 달력이 정확한지 체크하기 위해서 특별히 C로 넘어간다.

달력의 문제점은 어떤 것도 정확하게 맞지 않는다는 거다. 지구와 해와 달의 자전과 공전이 일치하지 않는 바람에 모든 게 다루기 힘든 소수로 끝난다. 양력 1년은 365.2422일이고, 음력 1개월은 29.53059일이며, 주라는 건 미신적인 우리 인간의 머릿속에서만 존재한다.

백과사전을 뒤지니 어느 요일에 특정 날짜가 떨어지는지 알려주는 대수학 공식이 있어서, 언제 다음 윤년이 오는지 알아낸 다음 공책 한 장을 통째로 희생해 달력을 만들었다. 격자를 12개 그리고 사각형들의 숫자를 세고 그 칸들이 의미하는 휴일과 생일을 표시하고 있으려니, 아직 살지 않은 이 날들 중 어떤 날이 최고의 축제일 — 세상이 우리에게로 다시 돌아와 내 수제 달력을 폐물로 만들 행운의 날 — 이 될지 절로 궁금해졌다.

⚓

매일 아침 우리는 1월의 비 사이로 스며 들어오는 맥없는 빛에 잠에서 깬다. 우리는 매트리스에서 일어나, 잘 때 입은 티셔츠를 스웨터와 청바지로 갈아입는다. 에바는 불을 지피고 나는 밖으로 나가 닭장 문을 열어주고 땔감을 더 가져온다. 그리고 아침으로 우유 없는 오트밀이나 남은 쌀에 최소한의 시나몬 가루를 뿌려 먹는다.

아침 식사 후에는 집안일, 그러니까 나무를 패거나 빨래를 하거나 기존에 하고 있던 물건 목록 작성 작업을 계속한다. 에바는 오후 내내 춤을 추고, 그동안 나는 공부하고 글을 쓴다. 어둠이 덮쳐와 하던 일을 멈추고 나면, 암탉들을 구슬려 닭장 안에 집어넣고 콩이나 렌틸, 패스트코에서 사 온 라벨 없는 깡통으로 저녁을 먹은 다음, 차례로 하루 중 최고로 만족스러운 순간을 즐긴다.

남은 비누라고는 시내까지 의기양양하게 걸어가 빈 휘발유 깡통을 채우고 인생을 새로 시작할 그날을 위해 아껴두고 있는 조각 비누뿐이다. 그럼에도 불구하고 목욕은 우리가 완전히 마음껏 즐길 수 있는 얼마 안 되는 기쁨 중 하나다. 우리가 기억하는 제대로 된 목욕의 저급 버전이 아닐 뿐 아니라 재생이 가능하기 때문이다. 샘이 계속 물탱크를 채워주고 물탱크가 파이프를 통해 집 안으로 물을 졸졸 흘려보내 주는 한, 불이 주전자를 데워주는 한, 하루 일과 끝에는 언제나 목욕을 할 수 있다. 악몽을 씻어내기 위한 목욕, 에바 맞은편 난롯가의 내 매트리스까지 어둠 속을 기어가야 할 정도로 온몸을 노곤하게 해줄 목욕을.

하지만 최고로 뜨겁고 깊고 긴 목욕도 영원히 효과가 있는 건 아니어서, 거의 매일 밤 꿈에 쫓겨 잠에서 깨는 순간이, 공포에 흠뻑 젖은 채 화들짝 정신이 드는 순간이 온다.

어젯밤 또 벌레 꿈을 꿨다. 요즘 식료품실에서 흔히 보는 작은 분홍색 벌레들이 아니라 꿈속에서 아빠의 무덤을 가득 채우고 있는 구더기들이다. 나는 온몸이 마비되고 벙어리가 된 채 그 축축한 구멍 속 아빠 옆에 누워 있다. 우리 몸—죽은 아빠의 몸과 살아 있는 나의 몸—에는 구더기가 들끓고 있다. 아빠의 몸은 나를 안심시켜주지 못한다. 그리고 나도 거기 누워 산 채로 죽음에 먹히고 있는 나 자신을 돕지 못한다.

잠에서 깨자 어둠과 언니의 목소리, 단단한 손의 감촉이 나를 맞았다.

"괜찮아." 언니가 약속한다. "꿈을 꾼 거야."

언니가 아무리 그렇게 말하고 내 의식적 자아가 고개를 끄덕이고 있어도, 꿈은 진짜 존재하는 어딘가에서 오는 거라고, 어떤 꿈이건 이미 경험한 바의 메아리일 수밖에 없다는 것을 우리 두 사람 다 알고 있다고 나는 생각한다.

"차 한 잔 줘?" 언니가 물었다.

"어제 건 벌써 먹었어." 나는 안달복달했다. "오늘 몫을 지금 낭비하고 싶진 않아."

"내 오늘 몫을 줄게."

"하지만 그건 언니한테 공평하지 않잖아."

"괜찮아."

내가 대답하지 않자, 언니는 일어나서 난로 문을 열고 그 희미한 빛 속에서 난로 뒤 주전자에서 뜨거운 물을 머그잔에 따르고 차를 최대한 조금 집어서 넣었다.

"고마워." 언니가 김이 모락모락 나는 머그잔을 주자 나는 말했다.

"자매 좋다는 게 뭐니?" 언니는 심술궂게 대답했다.

언니 말이 진심이라는 걸 안다. 하지만 언니가 너무나 가볍게 말해서, 난 내 마음이 가는 대로 반응할 수가 없었다. 언니 품에 영원히 안겨 있을 수는 없었다.

발레는 르네상스 시대 궁정의 구경거리에서 발전한 춤의 한 형태다. 그 특유의 움직임들은 양식화되고 공기처럼 가벼운 우아함을 강조한다. 이러한 효과를 내기 위하여, 무용수가 되려는 사람들은 몸이 인체의 자연스러운 동작 범위를 벗어나는 방식으로 움직일 수 있도록 매우 어린 나이에 훈련을 시작해야만 한다.

머리가 너무 복잡해서 한 단어도 더 들어가지 않는 상태가 되면, 난 백과사전을 덮고 창문 옆 테이블 내 자리를 떠나 복도를 따라 에바의 스튜디오로 걸어간다. 문은 늘 열려 있다. 내가 살짝 들어가 벽에 기대앉아도 에바는 알아채지도 못하는 것 같지만.

보통 에바는 바르에서 처음엔 약간 흔들리면서도 팔을 꼿꼿이 세우는 플리에(꼿꼿한 자세로 두 무릎을 굽히는 동작 – 옮긴이) 동작부터 시작해서 춤을 그만두는 날까지 끝나지 않을 일련의 끝없는 연습 동작들을 하고 있다. 절대 끝내지 않을 플리에 자세로 몸을 낮췄다 세우며 춤추는 언니를 보고 있노라니 러시아에 계엄령이 내려져 있을 때 볼쇼이 발레단의 한 무용수가 한 말이 생각난다. "혁명은 오고 가겠지요. 하지만 우린 여전히 여기서 바트망 탕뒤(한쪽 다리를 무릎을 편 채 밀어내는 동작 – 옮긴이)를 하고 있을 겁니다."

그 춤 – 플리에, 를르베(발을 평행으로 놓고 양쪽 발뒤꿈치를 바닥에서부터 동시에 부드럽게 들어 올렸다가 천천히 발꿈치를 다시 내리는 동작 – 옮긴이), 바트망 탕뒤, 롱 드 잠브(한쪽 발로 서서 다른 발로 마루 위에 반원을 그리는 동작 – 옮긴이), 데벨로페(한쪽 다리를 굽혀 반대쪽 다리의 무릎에 대는 파세 동작에서 다리를 들어 쭉 뻗는 동작 – 옮긴이) – 은 계속된다. 처음에는 바르에서, 다음에는 중앙에서, 가차 없는 메트로놈 소리에 맞춰 또, 또, 또다시 똑같은 알파벳을 반복한다. 그래서 백만 번쯤 반복한 후에는 각각의 동작이 유연하고 완벽하고 물 흐르듯 유려해지는 것이다. 다리를 탕뒤(쭉 뻗는 동작 – 옮긴이)로 뻗거나 팔을 제2포지션으로 펼치는 간단한 동작에도 언어를 넘어서는 어떤 갈망이나 즐거움, 인식이 담겨 있다.

가끔은 내가 거기 앉아 있으면, 언니는 연습을 그만두고 나를 위해 춤춘다. 오늘 언니는 〈호두까기 인형〉 중 클라라의 첫 번째 독무를 시작한다. 그건 빠르고 민첩하고 예쁜 디베르티스망(고전 발레에서 독무자들이 줄거리와 상관없이 다채로운 춤을 추는 부분 – 옮긴이)이다. 언니가 이 춤을 췄던 그해 크리스마스에 관객들이 즐거워하던 모습이 생각난다.

하지만 프리츠가 클라라의 손에서 호두까기 인형을 낚아채는 장면 바로 직전에서 에바의 스텝이 바뀌더니 내가 한 번도 본 적 없는 춤이 시작됐다. 삐걱거리면서도 마음을 휘젓는 그 춤은 구슬프고 느릿한 일련의 아라베스크 동작으로 시작했다가 돌연 발바닥을 바닥에 댄 안짱다리 모양의 제2포지션(무릎을 밖으로 향한 채 턴아웃한 양발을 30센티 정도 벌려 발끝 각도가 180도가 되도록 서는 자세 – 옮긴이)으로 바뀌었다. 다음 순간 에바는 발은 여전히 제2포지션으로 벌린 채 앙프엥트(발끝으로 서는 자세 – 옮긴이)로 섰다. 벌린 다리 때문에 에바는 불안할 정도로 강하고 커 보였다. 거기서 돌연 빠르고 팽팽한 고전적 회전이 이어지더니, 다시 발뒤꿈치는 바깥쪽으로 하고 발목을 곧추세운 채 팔꿈치를 치켜드는 자세로 춤은 끝이 났다. 그리고 언니는 다시 흠 하나 없는 아라베스크 자세를 갖췄다.

그 춤이 어찌나 강렬하던지, 보고 있으려니 어느 순간 언니가 추고 있는 춤의 음악이 들리는 것만 같았다. 거슬리고 불온한 음악, 강한 대비와 빠른 반전이 있는 음악이다. 거기에는 억압의 감각, 기다림의 느낌이 있었다. 하지만 팽팽하게 통제되어 있음에도 불구하고 야성의 뭔가가 깨어나는 혼란스러운 느낌도 있었다. 마치 그 곧추세운 발목과 구부린 팔꿈치, 그 깔끔한 회전과 완벽한 도약들에 의해 길들여지지 않은 뭔가가 풀려나는 듯한, 내가 전혀 알지 못했던 에바 안의 황무지가 자신을 드러내기 위해 애쓰고 있는 듯한 느낌이었다.

언니가 그런 춤을, 언제나 침착하고 우아한 언니와는 너무도 이질적인 춤을 추는 걸 보니 당황스러웠다. 나가서 백과사전의 B로 돌아갈까 생각하는 순간, 언니가 갑자기 춤을 멈췄다. 언니는 엉덩이에 손을 얹고, 왼발은 제2포지션으로 바깥쪽으로 향한 채, 고개를 오른쪽으로 돌린 채 서 있었다. 그렇게 잠시 있더니, 이번에는 몸무게를 왼발로 옮기고 오른발을 뻗고는 마치 뒤에서 뭔가 다가오는 기척을 느꼈지만 아직 돌아보고 마주할 준비는 안 됐다는 듯이 고개를 반대쪽으로 휙 꺾었다. 그러더니 손을 내리고 머리를 한 바퀴 돌리고 나서 헐떡이는 목소리로 침묵을 깼다. "어떻게 생각해?"

"잘 모르겠어." 나는 대답했다. "좋은 것 같아. 어쨌든, 달라. 흥미로워. 왜 계속 안 춰?"

에바는 빈정거리며 약간 웃더니 심호흡을 하며 말했다. "파트너가 입장할 차례거든. 그리고 파드되(두 사람이 추는 춤 – 옮긴이)가 시작되는 거지."

"뭐였어?" 내가 물었다.

"〈치간느〉 시작 부분이야. 캐더린 리가 대역 연습을 해서, 나도 버스가 올 때까지 그 애가 연습하는 걸 봤거든. 그래서 조금 외운 거야."

"파트너랑 같이 춰본 적 있어?"

"아니." 우리 둘 다 잠시 아무 말이 없었다. 그러다 언니가 말했다. "하지만 괜찮아. 어쨌거나 난 늘 리프트(남자 무용수가 여자 무용수를 들어 올리는 것 – 옮긴이)보다 도약을 더 좋아했거든. 멍청한 파트너들, 남한테 땀이나 뚝뚝 흘리면서 고깃덩어리처럼 들고 다니기나 하고."

에바는 글리사드(큰 도약을 하기 전 준비 동작으로 잘 쓰이는 미끄러지는 스텝 – 옮긴이)와 플리에 동작을 취하며 훌쩍 그랑주테(공중으로 날아올라 두 다리를 일자로 벌리는 동작 – 옮긴이)로 날아올랐다. 그 도약이 어찌나 높고 넓던지, 시간이 정지된 채 허공에 매달려 있는 것 같았다. 마침내 땅으로 돌아오기로 마음먹었을 때도 어찌나 편안한 플리에 동작으로 착지했는지, 토슈즈가 툭하고 바닥에 부딪히는 소리가 없었다면 그 도약에 노력이란 게 필요했다는 걸 믿을 수 없을 정도였다. 그리고 에바는 〈지젤〉에서 농부들의 춤, 고개를 젖힌 채 팔을 나긋나긋하게 재빨리 놀리며 잽싸게 스텝을 밟는 쾌활한 짧은 춤을 시작했다. 이 춤은 놀라울 정도로 기만적인데, 너무나 단순해 보여서 그 춤의 모든 동작이 물리학과 인체의 구조를 무시하는 미학의 일부라는 걸 기억하기가 힘들기 때문이다.

"브라보!" 춤이 끝나고 내가 지른 고함은 언니의 춤이 남긴 빈 공간을 채우기에는 너무나 작게 느껴졌다. 에바는 찡그린 얼굴로 무릎을 살짝 굽히며 시골 처녀 인사를 했고, 나는 언니가 다리를 스트레치하고, 얼굴의 땀을 닦고, 고친 신발의 찢어진 부분을 제거하고 나올 수 있도록 먼저 스튜디오에서 나갔다. 이제 우린 희미해져가는 마지막 햇살 속에서 같이 저녁 준비를 할 것이다.

그해 봄 우리 가족이 반년에 한 번씩 보러 가는 샌프란시스코 발레단 공연에 갔을 때, 에바는 열두 살이었다. 돌아오는 차 안에서 에바는 엄마처럼 말없이 냉랭한 태도로 차창에 비치는 희미한 얼굴 너머 어둠 속 움직이는 불빛만 바라봤다. 엄마의 우울함은 하루 이틀 만에 사라졌지만, 에바의 경우는 그렇지 않았다. 오히려 더 심해졌다. 에바는 발레 수업 이야기를 하기 시작했다.

"안 돼, 얘야." 엄마는 말했다. "네가 그런 식으로 인생을 망치게 할 수는 없어. 발레는 끔찍한 거야. 신경쇠약, 거식증, 자아도취, 관절염에 걸리고 무지한 사람이 될 거야. 발레는 자연스럽지 않아. 그게 날 어떻게 만들었는지 봐라."

아빠가 신문에서 고개를 들더니 물었다. "그게 당신한테 *어떻게* 했는데?"

에바는 말했다. "제발요 —"

"너무 멀어. 괜찮은 수업을 찾으려면 적어도 샌프란시스코까지 가야 할 거야. 앙프엥트를 시키는 데 급급한 레드우드의 얼치기 선생이 네 발을 망치는 꼴은 못 본다."

"아빠랑 같이 레드우드에 차를 타고 갔다가 버스 타고 올 수 있어요."

"넌 너무 어려."

"엄마가 가르쳐주면 되잖아요?" 에바가 물었다.

"난 항상 가르치는 걸 싫어했어. 그냥 분홍 튀튀를 입는 데만 정신이 팔린 어린애들을 참아야 하는 것도 싫고, 가능성이 있는 몇 명에게 혹독하게 굴어야 하는 것도 싫었어. 혹독하게 힘든 일이야. 게다가," 엄마는 비장의 수를 내밀며 덧붙였다. "넌 발레를 시작하기엔 너무 늦었어. 가능성이 조금이라도 있는 무용수들은 모두 다섯 살이나 여섯 살에 시작해 — 늦어도 여덟 살. 이 집안엔 더 이상의 무용수는 없을 거다. 이야기는 끝났어."

하지만 하루 이틀 뒤 엄마는 발레학교 추천을 받으려고 도시의 친구들에게 전화를 돌리고 있었다. 도시 북쪽에 있는 선생들 중 최고의 선생의 스튜디오가 레드우드에 있다는 걸 알았을 때 엄마는 욕설을 내뱉었고 아빠는 웃음을 터뜨렸다.

"에바 인생은 에바 거야." 엄마는 한숨을 내쉬었다.

"그리고 확실히 당신 딸이고." 아빠는 덧붙였다.

그다음 주 에바는 올챙이배를 하고 등을 한껏 젖힌 여섯 살짜리들 사이에서 무릎과 팔꿈치를 온통 어색하게 움직이며 첫 수업을 들었다. 엄마는 에바가 춤 자체가 아니라 조명과 세퀸 장식에 매혹되었길 바랐다. 고통스럽고 지루한 훈련으로 에바가 흥미를 잃을 거라고 믿고 싶어 했다. 하지만 에바는 땀으로 범벅된 연습을 좋아했다. 춤의 자유와 요구를 사랑했고 — 자신을 위해서, 또 관객을 위해서 — 춤추는 것을 사랑했다. 에바는 땅에 매여, 문자에 구속되어 살아가는 인간들과 자신의 열정을 나누고 싶어 했다.

처음부터 에바는 연습을 위해 살았고, 6개월 만에 취학 전부터 발레를 해온 동년배들을 넘어섰다. 6개월 후에는 학교 리사이틀에서 주역을 맡았고, 그로부터 6개월 뒤에는 일주일에 두 번 버스를 타고 도시에 가서 샌프란시스코 발레스쿨 수업을 들었다. 레드우드 선생님은 흥분했고, 샌프란시스코의 선생님은 가능성이 있다고 말했다. 엄마조차 에바는 익스텐션(온몸을 늘여서 연장하는 동작 – 옮긴이)과 턴아웃(발과 다리를 엉덩이 관절에서 바깥쪽으로 향하게 하는 것 – 옮긴이)이 좋다고 인정했다.

하지만 에바가 생리가 불규칙해지고 물집에서 피가 날 지경으로 춤을 추자, 엄마는 에바에게 자신의 뒤틀어진 발을 보여주면서 발레를 그만두라고 애원했다. "그건 사는 게 아니야." 엄마는 말했다. "얘야, 제발 무용가가 되지 마. 하나에 모든 걸 바치기엔 넌 가진 게 너무 많아. 서른다섯이 되어 경력이 끝나면 뭘 할 거니? 아는 거라곤 발레밖에 없고, 심지어 걷지도 못할 텐데?"

에바가 수업을 듣고 싶다고 처음 선언했을 때, 나는 거의 알아채지도 못했으면서 언제나처럼 자동적으로 언니 편에 섰다. 어쨌든 에바는 내 언니니까. 에바는 내 놀이 친구이자 최고의 친구, 쌍둥이이고 싶은 언니였다. 에바가 뭘 원하든 난 묻지도 않고 응원했다. 하지만 에바가 춤을 시작하고 얼마가 지나자, 에바의 열정이 커질수록 내 열의는 사라지기 시작했다. 언니가 나랑 – 숲에서 놀고, 집 안에서 수많은 프로젝트를 벌이고, 개간지에서 끝도 없는 가장(假裝) 게임을 짜면서 – 보내던 시간들은 이제 수업과 연습에 바쳐졌다. 처음에 나는 어리둥절

했고 조금 상처받았고, 나 역시 에바가 발레를 포기하고 내게 돌아오길 계속 기다렸다.

나중에 내가 아무리 애원하고 무엇을 약속한다 해도 에바가 춤을 그만두지 않으리라는 게 분명해지자, 난 언니의 첫 번째 토슈즈 리본을 잘랐다. 에바는 그렇게 오래 탐냈던 신발에 내가 저지른 짓에 격분했다.

"넬이 내 인생을 망쳤어요." 에바는 엄마가 베틀 위로 몸을 구부린 채 일하고 있고 난 따분해서 안절부절못하며 빈둥거리고 있는 작업실로 달려 들어오며 비명을 질렀다.

"뭐야, 에바가 내 인생을 망쳤어!" 나도 발끈했다.

엄마는 잘린 리본을 한 번 보더니 한숨을 쉬며 씨실로 쓰고 있던, 나비 모양으로 만 명주실을 내려놓았다. "누구도 다른 사람의 인생을 망치지는 못해." 엄마가 말했다. "앉아라, 에바. 페넬로프, 반짇고리 가져와."

에바가 자기 방에서 삐쳐 있는 동안, 엄마는 리본을 다시 제자리에 꿰매며 내게 말했다.

"왜 방해했니, 넬리?" 엄마는 분홍 실을 바늘에 꿰며 물었다.

"에바가 나랑 안 놀아주잖아요. 맨날 연습만 하고. 어쨌거나 그건 언니한테 하나도 안 좋아요."

엄마는 다시 한숨을 쉬었다. "음, 내가 에바를 위해 원하는 바도 아니야. 하지만 에바가 무용수가 되기로 결심했다면, 당연히 우린 에바가 가능한 한 최고의 무용수가 되길 바라줘야 지."

"하지만 이제 나랑은 전혀 안 놀잖아요."

"에바에게 너랑 놀아달라고 강요할 순 없어. 넬, 지금 네 인 생에 빈 곳이 있다는 걸 나도 알아. 하지만 그걸 어떻게 채울지 는 네게 달렸단다."

"하지만 —"

"에바 인생은 에바 거란다. 좋든 싫든 너도 그렇고."

엄마는 에바의 신발을 입으로 가져가 리본을 다시 고정한 실을 끊었다. "자." 엄마는 바위라도 녹일 것 같은 미소를 지으 며, 고친 신발을 내게 건넸다. "언니한테 갖다 주렴."

그래서 엄마의 염려와 내 외로움에도 불구하고 에바는 계속 춤을 췄다. 에바는 사과와 브로콜리, 요거트, 공기만 먹고 사는 것 같았다. 하지만 부상을 당한 적도, 아픈 적도 없었고, 서서히 엄마도 자기 딸이 진짜 무용수로 타고났을지도 모른다는 확신 을 갖게 됐다. 나도 언니가 내 인생을 넘어선 자기 인생을 가지 고 있다는 사실에 서서히 익숙해졌다. 언니의 14번째 생일에 아빠는 뒷방 마룻바닥에 마일라(강화 폴리에스테르 필름 상표 — 옮긴이)를 깔았다. 한쪽 벽을 따라서는 바르를 달았고, 반대쪽 벽에는 거울을 달았다. 에바는 누가 달래거나 뇌물을 주거나 명령하기 전에는 그 방에서 나오지 않았다.

그때쯤에는 모두의 일상이 자리를 잡았다. 매일 아침 에바는 아빠와 함께 차를 타고 시내에 갔고, 나는 고요한 집에서 공부하고 짜증을 냈고, 엄마는 태피스트리를 만들었다. 에바는 일주일에 세 번 레드우드의 미스 마르코바에게 오전과 오후 수업을 들었다. 목요일과 금요일에는 샌프란시스코행 버스를 타고 가서 발레단 수업을 들었고, 주말에는 집에서 두 선생님 누구도 시키지 않을 정도로 혹독하게 연습하며 춤을 췄다. 모두들 말했다, *일 년만 더 하면—분명 내년 봄에는—샌프란시스코 발레단에 오디션을 볼 수 있을 거야. 일 년만 더, 그럼 아무것도 막지 못할 거야.*

하지만 그해 여름—에바가 열여섯 살이 된 여름—에 우린 처음으로 엄마의 병을 알았다. 엄마는 다음 해 봄에 돌아가셨고, 그때부터 채 일 년도 지나지 않아 도시로 가는 버스가 끊겼고, 수업을 듣기 위해 일주일에 세 번 시내까지 차를 몰고 갈 만한 휘발유도 없었다. 처음에 에바는 샌프란시스코로 이사를 가거나, 적어도 레드우드로 가서 미스 마르코바와 같이 살면서 계속 수업을 듣겠다고 이야기했다. 하지만 에바가 떠난다는 생각만으로도 아빠가 너무 괴로워하는 데다, 모두들 가을까지는 모든 게 정상으로 돌아갈 거라고 확신하는 분위기여서 그 계획은 이루어지지 못했다.

전기가 나가고 휘발유가 사라지기 시작하면서 에바가 가장 고통스러워한 것은 수업을 포기해야 한다거나 오디션을 미뤄야 한다거나 심지어 파트너나 새 토슈즈 없이 춤을 춰야 한다는 게 아니라 음악 없이 춤을 춰야 한다는 것이었다. 정전이 될 때마다 음악도 사라져버렸고, 에바는 〈수상음악〉의 장중한 환희에 맞춰 그랑주테를 연습하다가 다음 순간 절벽에서 발을 헛디디기라도 한 듯이 음악 없이 곤두박질치곤 했다.

에바에게는 전깃불이 깜박거리며 들어올 때마다 춤 연습을 하는 습관이 생겼다. 한밤중이라 해도, 방금 식사를 했거나 목욕 중이라 해도, 전기만 들어오면 에바는 벌떡 일어나 스튜디오로 돌진해 음악을 틀고 춤을 췄다. 하지만 전기는 점점 더 띄엄띄엄 들어왔고 지속 시간도 점점 더 짧아졌다. 마침내 그 모든 규율과 훈련에도 불구하고 에바는 절망했다.

어느 날 난 스튜디오의 닫힌 문 밖에서 언니의 울음소리를 들었다. 언니는 다른 모든 위안에 대한 희망을 포기한 아이가 칭얼대며 잠들 때처럼 고요히 흐느끼고 있었는데, 그 울음소리는 기이한 방식으로 에바의 다른 모든 것들만큼이나 자부심에 차 있는 것 같았다. 나는 무서워서 들어가지도 못했지만, 떠날 수도 없어서 닫힌 문 앞에서 한참 동안 서 있다가 마침내 울음소리가 멈추자 살금살금 그 자리에서 떠났다. 죄책감과 참을 수 없는 외로움이 몰려왔다.

며칠 뒤 언니는 아빠와 내가 조용히 독서에 빠져 있는 거실에 불쑥 들어왔다.

"모든 게 다 사라지고 있어." 언니는 울부짖었다. "무용수의 몸은 72시간이 지나면 망가지기 시작하는데, 난 5일 동안이나 제대로 된 연습을 못 했다고요. 이래서야 어떻게 오디션 준비를 할 수 있겠어요?"

내가 에바의 드라마에 동참하려는 순간, 아빠가 말했다. "그럼 춤을 춰." 아빠는 항상 나를 격분하게 만드는 실용적인 어투로 말했다.

"어떻게요?" 언니가 한탄했다.

"알잖아." 아빠는 팔을 제3포지션으로 머리 위로 올리고 작업화 신은 발을 부들부들 떨며 허공을 휘저었다. "이렇게."

언니는 웃지 않았다. "음악이 있어야 돼요." 언니가 말했다.

"음악이 왜 필요하지?"

"음악이 없으면 춤이 아니에요 ─ 연습이지. 난 느낌, 감정이 필요해요."

"내 생각엔 훌륭한 무용수라면 그런 게 내면에 있을 것 같은데."

"하지만 그걸 끄집어내려면 음악이 필요해요."

"전기가 있기 훨씬 전에도 발레리나는 있었어. 그 사람들은 어떻게 한 거냐?"

"반주자가 있었죠." 언니는 거만하게 대답했다.

"음, 우린 피아노도, 심지어 하프시코드도 없지만, 쓸 만한 드럼은 만들 수도 있을 것 같구나. 커피 깡통이랑 낡은 자전거 튜브 하나가 여기 어디 굴러다니는 걸 본 것 같은데."

"아빠." 에바는 나직이 힘주어 말했다. "이건 내 인생이라고요."

"안다, 에바." 아빠는 한숨을 쉬었다. "그냥 도우려는 거야, 그게 다야. 너처럼 훌륭한 무용수는 머릿속에 감정을 유지할 수 있을 거야."

"리듬은요?" 에바가 의기양양하게 말했다. "어떻게 머릿속에 박자를 유지할 수 있겠어요?"

아빠는 잠시 말이 없다가 입을 열었다. "내 작업실에 네가 쓸 만한 뭔가가 있을 것 같구나. 가지 마, 곧 돌아올 테니까."

아빠가 돌아왔을 때는 날이 거의 어두워져 있었지만, 아빠는 예전처럼 환하게 웃으며 들어왔다. 아빠는 에바에게 고개 숙여 절을 하고는 메트로놈을 내밀었다. "내가 쓰레기 더미에서 건져온 마지막 꾸러미에 들어 있던 거다. 약간 낡긴 했지만, 박자는 여전히 잘 맞춘단다."

그래서 에바는 음악 없이 춤추는 법, 무정한 메트로놈의 리듬에 맞춰 춤추는 법을 익혔다. 자기의 음악을 춤에 가져오는 법을 배웠고, 덕분에 에바의 춤은 그 어느 때보다도 더 굉장해졌다. 비록 그 춤을 본 건 아직 나밖에 없지만.

오랫동안 엄마는 에바가 어마어마한 야심과 불안한 망상, 지루한 정신세계를 가진 다른 발레리나들처럼 될까 봐 걱정했지만, 아무리 춤에 빠져든다 해도 에바는 여전히 에바일 거라는 건 엄마가 돌아가시기 전에도 이미 분명했다.

에바는 항상 변함없이 자기 자신이다. 스튜디오의 벽 거울 속 자신을 대할 때 에바는 무용수의 허영심이나 강박적 비판의 시선으로 자신을 살피지 않는다. 언니는 다른 사람들을 볼 때와 똑같은 솔직함을 담아 자신의 눈을 마주 본다. 반면 나는 거울 속 내 모습을 유심히 뜯어보고, 나 자신에게 간청하고, 수줍은 체한다. 광대뼈가 더 두드러져 보이도록 뺨을 홀쭉하게 만들어보기도 하고, 코가 더 좁고 턱이 덜 둥글었으면 하고 바라기도 한다. 파란색 눈에 감탄했다가, 치아가 보이지 않도록 미소 짓는 법을 연습한다. 다른 사람이 나를 보고 있다고 상상하려고 한다.

거울 속 나에게 난 묻고 또 묻는다, 넌 누구니? 하지만 에바가 자신의 눈을 보며 자신이 누군지 궁금해하는 일은 절대 없을 것이다. 에바는 자신의 뼈 하나하나, 세포 하나하나에 이르기까지 자기 자신을 철두철미하게 알고 있다. 에바의 아름다움은 장식이 아니다. 그냥 에바의 삶의 한 요소일 뿐이다.

에바는 불을 잘 다루지만, 난 에바를 보면 항상 물이 생각난다. 에바는 우리 개간지 너머 개울처럼 가늘고 반짝거리고, 그 개울처럼 인생의 한 부분을 지하에서 보내는 데 만족하고 있는 것 같다. 자신은 어딘가로 향하고 있다고 ─ 심지어 지금도 ─ 확신하고 있는 것 같다.

춤추는 에바를 보면 알 수 있다. 춤출 때 에바는 너무나 확신에 차 있고 살아 있어서, 그걸 보는 모든 사람들에게 활기를 불어넣는다. 춤추지 않을 때 에바는 조용하고 침착하고 약간 몽상에 빠져 있는 듯 보인다. 마치 춤이 삶 자체여서, 춤 속에서 고통과 환희를 느낄 수 있는 한 보통의 일상에서는 고통과 환희를 느낄 필요가 없는 것처럼 보인다.

까탈을 부리고 분노에 찬 질문들을 던지는 사람은 나다. 자신을 불편해하고, 자기 얼굴 표정도 못 읽는 사람은 나다. 다음에 무슨 일이 벌어질지 믿지 못하는 사람, 에바가 이미 잠들고 나서 ─ 밤이면 밤마다 ─ 자신을 대면해야 하는 사람은 바로 나다.

많은 사람들이 걸작이라고 믿는 제9번 교향곡을 작곡했을 때 베토벤은 거의 귀가 먼 상태였다. 오늘 이 부분을 읽고 나는 머릿속 음악에 맞춰 홀로 춤추는 에바를 생각했다.

오늘 아침 우리는 어둑어둑하고 서늘한 위층 부모님 침실에서 옷과 장신구를 분류하고, 지금 가지고 있는 것들의 목록을 작성했다.

예전에 엄마는 이렇게 주장하곤 했다. 다른 집들에는 잡동사니 서랍 — 못, 풀림 방지 와셔, 점화플러그, 부서진 귀고리, 씹어서 망가진 연필들, 안전핀, 조개껍질, 열쇠, 오래된 식료품 영수증, 그 외 분류할 수 없는 물건들을 모아놓은 서랍 — 이 하나 있는데 우리 집에는 잡동사니 서랍이 아닌 게 하나 있다고. 게다가 그것도 단지 그 서랍이 너무 불편한 자리에 있어서 아무도 거기까지 못 가기 때문이라고.

"그래서 모든 게 너무 임시처럼 보이잖아." 엄마는 불평하곤 했다.

아빠는 쾌활하게 대답했다. "아냐, 글로리아. 이 잡동사니들은 영원토록 남을 거야 — 그중 얼마는 그 전에 유용하게 쓰일지도 모르지."

아빠가 옳은지는 두고 봐야 할 일이지만, 어쨌거나 우린 새 서랍을 열 때마다 가게가 다시 문을 열 때까지 필요하거나 사용할 수도 있을 뭔가를 발견한다. 고통스러운 일이긴 하지만, 마침내 우리가 가진 것들의 재고 조사를 하게 되니 좋다.

이 일을 시작한 건 크리스마스 겨우 몇 주 전이었다. 우린 아빠가 돌아가신 데 따른 충격으로 가을 내내 데크에 멍하니 앉아 있었다. 과수원에서는 마지막 남은 과일이 아무도 모르는 사이 땅에 떨어졌고, 정원에서는 아빠가 우리의 미약한 도움을 받아가며 심고 갈고 물을 준 마지막 곡식들이 종자로, 잡초로 변했다가, 썩고, 시들고, 부스러졌다. 가을 내내 우리는 과거도 미래도 생각할 수 없을 정도로 괴로움에 빠져 있었고, 그러는 사이 개간지를 둘러싼 상록수들 사이에 드문드문 섞여 있는 단풍나무들은 황금색으로 변해 한결같은 나머지 상록수들 사이에서 노래하다 잎을 떨궜다.

나는 공부를 하지 않았다. 심지어 책도 읽지 않았다. 에바는 하루 한 시간 종잡을 수 없이 춤췄다. 아침이면 닭들에게 나날이 적어져가는 옥수수 부스러기를 모이로 주고, 점점 더 줄어드는 달걀을 찾아 둥지를 체크한 다음, 땅을 파고 다니도록 마당에 풀어줬다. 우린 상자처럼 펼쳐지는 보드 위에서 끝도 없이 백개먼 게임을 했다. 우리는 마커를 들고 돌고 또 돌며 여행하고 어디도 아닌 곳에 안전하게 도달했지만, 그러는 내내 전화가 울리기를, 전기가 다시 들어오기를, 달력에서 또 하루의 빈 칸을 지울 수 있도록 밤이 되기를 기다렸고, 우리 인생이 어쩌다 빠진 우회로에서 구출되기를 기다렸다.

날씨가 추워지자, 우리는 데크에서 어두운 거실로 거처를 옮기고 백개면 대신 아빠가 예전에 좋아했던 1,000조각 퍼즐을 맞추기 시작했다. 비가 왔고, 우리는 나무 난로에 불을 붙이고 퍼즐을 맞췄다. 그러는 동안 식료품실에서는 콩, 쌀, 밀가루 자루가 비어가며 축 처지기 시작했고, 집에서 만든 야채와 과일 통조림들도 줄어들었다. 하지만 우린 몇 시간이고 우리 사이 테이블 위에 놓인 색마분지 조각들만 생각했다. 퍼즐에 맞춰 넣을 복잡한 조각이 하나 더 있는 한, 퍼즐을 몽땅 다 털고 다시 시작할 수 있는 한, 모든 걸 보류한 채 기다리며 안전하게 있을 수 있었다.

그러던 어느 날 아침 잠에서 깨어보니 불이 꺼져 있었다. 숨결이 차가운 공기 속으로 깃털처럼 뿜어나갔다. 땔감을 가지러 나가보니 바깥엔 흔히 볼 수 없는 서리가 소복이 내려 있었다. 우리는 수다를 떨며 다시 집 안으로 들어와 차가워진 난로 옆에 땔감을 털썩 놓았다. 나는 밤새 싱크대에 모아진 물을 찻주전자에 부어 난로 위에 올려놓고 에바가 무릎을 꿇고 불을 지피는 동안 다시 퍼즐에 몰두했다. 나무를 빠개 불쏘시개 거리를 만들고 헌 카탈로그에서 찢은 종이 4분의 1장을 구긴 다음 부엌 성냥갑에 손을 뻗은 에바가 헉 하고 숨을 몰아쉬었다.

너무 갑작스럽고 충격적인 소리라 난 언니가 뭔가에 쏘인 줄 알았다. "무슨 일이야?" 하고 묻기도 전에 내 머릿속에서는 열린 성냥갑에서 꼿꼿한 자세로 기어 나오는 전갈이 그려졌고, 전갈 침에 대한 온갖 공포가 머리를 스치고 지나갔다. 하지만 에바는 성냥갑을 던져버리는 대신 가슴에 가져가 꼭 안더니 질문에 대한 대답 대신 나를 향해 내밀었다. 너무 놀라서 말도 안 나오는 것 같았다.

조심스레 성냥갑을 받아보니, 거기엔 흉측한 갈색 전갈 대신 빨강 머리 성냥 네 개밖에 없었다 ─ 한때는 수백 개가 있었던 상자 안에 말이다.

"어떻게 된 거지?" 내가 물었다.

에바가 대답했다. "다 쓴 게 분명해."

달리 쓸 사람도 없으니, 우리가 쓴 게 틀림없다. 하지만 우린 정말로 조금씩 ─ 쌓아놓은 숯이 우리가 깰 때까지 버티지 못할 경우에만 불 피우는 용도로 며칠에 하나씩만 ─ 썼기 때문에 에바는 성냥이 반 통이, 3분의 1통이, 몇 개밖에 안 남을 때까지도 알아채지 못했다.

"더 없어?" 내가 속삭였다.

"모르겠어."

우리는 서로를 바라봤다. 에바가 무용수답게 꼿꼿한 자세로 일어났다. "찾아봐야겠어."

그래서 우리의 탐색이 시작됐다. 처음에는 온 집 안을 미친 듯이 허둥지둥 뒤졌다. 소파 쿠션과 매트리스 밑을 더듬고, 옷장과 호주머니, 서랍 안을 헤집었다. 아직 부탄가스가 찰랑대는 낡은 라이터, 낡은 종이 성냥첩 6개, 아빠의《옥스퍼드 콤팩트 영어 사전》에 들어 있는 돋보기를 모았을 때쯤에는, 당장의 걱정은 덜었지만 진짜 공포는 오히려 커졌다. 갑자기 성냥만 끝이 있는 게 아니라 식료품실의 비축 물자도 무한하지 않다는 걸, 아스피린이 병 바닥에 몇 알밖에 없다는 걸, 욕실 파란 상자 안에 탐폰이 조금밖에 없다는 걸, 우리 옷과 신발마저도 이 모든 상황이 종료되기 전에 다 낡아버릴 수도 있다는 걸 알았기 ─ 그리고 더 이상 무시할 수 없었기 ─ 때문이다.

그때부터 우리는 체계를 세웠고 집 안을 방방마다 뒤지기 시작했다. 처음에는 부엌에서 시작해 식료품실, 다용도실, 욕실로, 그리고 이제는 부모님 침실 ─ 우린 유산을 분류하고 정리하고 평가하는 중이다 ─ 까지 돌며 오래된 감기약 병, 포장 테이프, 찢어진 종이와 드라이버, 스니커즈 등, 우리 집을 채우고 있는 물건이라면 하나도 빼놓지 않고 어떻게 사용하거나 교환할 수 있을지 계획했다.

며칠 전에는 박쥐에 대해 공부하던 중 서리박쥐(frosted bat)에 대해 알아보려고 앞의 F로 넘어갔다가 그 위에 있는 한 항목을 우연히 보게 되었다. 동상(frostbite), 열 손실로 인해 살아 있는 세포 안에 얼음 결정이 형성될 때 일어나는 부상. 동상에 걸린 세포는 핏기를 잃고 단단해지고 마비된다. 감염이나 세포 괴사 같은 합병증을 방지하기 위해서는 가능한 한 빨리 살살 상처 부위를 따뜻하게 해주는 게 중요하다.

하지만 해동 과정에서 상당한 통증을 느낄 수 있다.

이 방 저 방을 돌며 어린 시절의 유물들, 이제는 없는 부모님의 물건들을 살펴보는 작업이 딱 그런 느낌이었다. 서서히 세포가 부드러워지고 따스해지고 서서히 피가 다시 돌았지만, 가끔은 해동 과정의 고통이 너무나 심해서 언 채로 그대로 있고 싶었다. 그럼에도 불구하고 일종의 생명이 얼어붙은 나 자신 ─ 비명 질러대는 세포 하나하나 ─ 을 태우며 다시 돌아왔다.

처음에는 집 전체가 우리가 더 이상 가지지 않은 것들로 가득 차 있는 것 같았다. 서랍 하나하나가 상실과 절망의 판도라의 상자였다. 여기에는 아빠의 낡은 책가방이, 오래 쓴 칫솔이, 찌그러진 머그잔이 있었다. 여기에는 엄마가 마지막으로 짜던 태피스트리가 아직 걸려 있는 베틀이, 버려진 씨실이 지나갈 수 있도록 열린 날실 통이 있었다. 여기에는 엄마의 통조림 병들과 크리스털 잔들, 그리고 ─ 아빠는 엄마 물건을 아무것도 버리지 못했다 ─ 향수병과 슬립들이 있었다.

하다못해 믹싱 볼 같은 단순한 물건마저 선반에서 들어 올려 현재와 미래의 용도를 상상하며 가치를 따져보고 있으면, 그걸 써서 마지막으로 만든 달콤한 맛을 생각하지 않으려고 애쓰고 있노라면, 어린 시절 케이크 반죽의 가치만큼이나 소중한 기억으로 가득 차 있는 것 같았다.

새 벽장을, 새 서랍을 열 때마다 나는 추억이 꼬리를 딸랑거리며 독니를 드러낸 채 내 살에 이를 박으려는 방울뱀처럼 덮쳐 올까 봐 재빨리 꽁무니를 뺄 태세를 갖추고 한껏 긴장했다. 하지만 우습게도 그 추억들에는 물려도 독성이 없었다. 오늘 오후 난 한 사람이 사라진 자리에 남아 있는 게 얼마나 보잘것없는지 서글퍼졌다. 사진 몇 장, 실크 스카프 하나, 수표책 하나—그 사람들, 한때 그 물건들을 가졌던 사람들은 어디 있을까? 우리 엄마, 아빠는 어떤 머리핀, 어떤 작업 셔츠 속에 존재하는 걸까?

난 엄마와 아빠가 어떤 사람들인지 드러내줄 뭔가를 만날 거라고 계속 생각했다. 우리 부모님을 새로운 시각에서 보게 해줄 편지 꾸러미나 포르노 서적, 오려낸 신문 기사를 발견할 경우를 대비하며 마음을 단단히 먹었다. 하지만 놀랄 일은 하나도 없었다. 우리가 발견한 모든 것들은 너무나 익숙해서 거의 아무 개성도 없었다. 사라진 엄마 가슴 모양으로 낡은 엄마의 브래지어들. 발꿈치 부분이 나달나달한 아빠의 양말.

부모님을 이해하려 하는 건 내 눈알을 보려 한다거나 내 혀를 맛보려 하는 것과 같다. 공기 바깥으로 나가려고 애쓰는 거나 마찬가지다. 하지만 부모님이 시내로 이사하거나, 새 차를 몰거나, 빳빳한 새 바지와 스웨터를 입었으면 할 때조차도, 다른 사람들이 내 부모님이 되는 건 정말이지 상상조차 할 수 없었다.

엄마는 아름다웠다. 그건 엄정한 사실이다. 엄마는 항상 예전에 무용수였을 때처럼 꼿꼿하고 가냘팠고, 놀랄 정도로 아름다운 회색 눈을 가졌고, 연한 금발은 아우라처럼 얼굴을 감싸며 자체적으로 빛을 발했다. 엄마는 마지막까지 발레리나처럼 움직였다. 항상 턴아웃을 하고 있었고, 몸짓은 마치 하나하나의 움직임, 한 순간 한 순간이 뭔가를 의미하기라도 하는 양 필요 이상으로 크고 정확했다. 그냥—세탁물을 분류한다거나 퇴비 더미를 뒤집는다거나 하는—집안일을 하고 있을 때에도 엄마의 움직임은 능률적으로 우아했다. 이불을 개거나 깎은 풀을 긁어모으는 작업이 마치 예술이나 비밀스러운 즐거움이라도 되는 것 같았다.

하지만 그런 천상의 아름다움에도 불구하고 엄마에게는 지상의 면모도 있었다. 발가락이 뒤틀리고 염증이 있는 지상의 무용수 발은 날씨가 바뀔 때마다 엄마에게 고통을 줬다. 또 엄마는 아빠가 "재미있는 악취"라고 부른 것들—배설물, 월경, 섹스, 그리고 (마침내 죽는 사람이 엄마 본인일 때까지) 죽음—에 대해서 우리에게 가차 없이 솔직하게 말해줬다.

엄마는 열여덟 살에 샌프란시스코 발레단에 입단했고, 세 시즌 동안 춤을 추다가 〈잠자는 숲 속의 미녀〉 총연습 중에 발목이 작살났다. 빨간 모자 역으로 처음으로 독무를 맡은 공연이었다. 그리고 응급실 대기실에서 엄마는 눈에 멍이 들고 팔이 부러진 채 학교에 온 2학년 학생을 데리고 있던 아빠를 만났다.

그해는 아빠가 처음으로 아이들을 가르치기 시작한 해였고, 아빠는 샌프란시스코에서 가장 힘든 학교를 선택했다. 하지만 빨간 모자 의상을 입은 채 하얀 얼굴로 소품 매니저에게 기대 다리를 절며 응급실 대기실로 들어오는 엄마를 봤을 때, 아빠는 학교의 아침 식사 프로그램 취소와 사춘기 직전 청소년 임신의 증가가 아닌 뭔가에 대해 숙고하면서 저녁 시간을 보낼 준비가 완전히 되어 있었다.

나중에, 일 년 동안의 혹독한 물리 치료 끝에 한 시즌 더 발목을 쓰면 안 된다는 말을 듣자, 그리고 그때도 다시는 직업적으로 춤을 출 수 없을지 모른다는 소견을 듣자, 엄마는 발레를 완전히 버리고 아빠와 결혼한 후 아빠가 레드우드 외곽에 발견한 소유지로 이사했다. 80에이커에 달하는 그 재생림은 주 소유의 광대한 산림에 둘러싸여 있기 때문에 고립은 보장되어 있다고 아빠는 생각했다. 그해 여름 엄마는 엉성하게 지은 여름용 이층짜리 오두막에 아빠가 실내 배관 공사를 하고 다용도실을 짓는 걸 도왔고, 다음 해 봄에는 아이를 가졌다.

아빠에게로 도망가기 전 엄마는 발레단의 최고 유망주 중 하나로 꼽혔고, 누구도 — 발레단 친구들부터 외조부모님까지

─엄마가 그 생활을 왜 그렇게 완전히 버렸는지 이해하지 못했다. 엄마는 자신의 선택을 후회하지 않는다고 주장했지만, 일 년에 두 번, 봄가을이면 우리 넷은 최대한 옷을 차려입고 그때그때 아빠가 몰던 낡은 차에 끼어 타고 3시간을 달려 샌프란시스코로 발레를 보러 갔다.

공연이 끝나고 무대 뒤로 가서 어색하고 무거운 외출용 옷차림으로 서 있으면 튀튀와 타이츠를 입은 여자들이 엄마를 둘러싸고는 기다란 목을 쭉 뻗어 엄마 볼 옆 허공에 키스를 날렸다. 그들은 말했다, 엄마가 자기들이랑 춤춘 게 겨우 어제 일 같다고, 하지만 이제 자기들은 커리어의 종점에 다가가고 있는데 엄마에게는 예쁜 두 딸이 있지 않느냐고. 그들은 가족이란 게 얼마나 멋진지, 엄마가 얼마나 부러운지, 자기들도 얼마나 결혼해서 아기를 갖고 싶은지 모른다며 극적이고 진부한 소리들을 늘어놓았다.

집으로 돌아오는 차 안은 항상 조용했다. 에바와 나는 뒷자리에서 잠들었다가 아빠가 우리를 차에서 안아 내리는 느낌에 잠에서 깨곤 했다. "뷰익은 여기서 멈춥니다." 아빠는 평소보다 더 기운차게 말했다. "배가 떠나니 상륙하실 분들은 빨리 내리세요." 우리를 안고 데크를 가로질러 집으로 들어가는 아빠 어깨 너머로 캄캄한 마당에 서 있는 엄마가 흘깃 보였다. 어깨를 꼿꼿이 펴고 고개를 치켜든 채 집을 등지고 어둠을, 별을 바라보고 있는 엄마의 모습이.

그런 여행을 하고 나면 하루 이틀 동안 엄마는 평소보다 훨씬 더 말이 없었다. 세탁물이 쌓이고, 저녁 식사는 상자와 통조림에서 나왔다. 하지만 결국 어느 날 아침 일어나 보면, 엄마 작업실 라디오에서는 바흐나 헨델, 비발디가 흘러나오고, 아래층에 내려가면 새로 말끔히 닦은 부엌 카운터 위에서 시나몬 롤이 부풀어 오르고 있었고, 다음 태피스트리를 위해 밑그림을 디자인하거나 실크를 짜고 있는 엄마 옆 테이블 위에는 차가 식고 있곤 했다.

엄마는 시골 여자가 될 수 있는 사람은 아니었던 것 같다. 엄마는 고립된 우리 집과, 아빠에게 고집해 만든 거실 전망창에서 내다보이는 숲의 정경을 사랑했다. 하지만 절대 시골 생활이나 숲을 정말로 좋아하지는 않았다. 정원 일은 싫어했고, 에바와 내가 제안한 모든 애완동물에 알레르기가 있었다. 방울뱀과 진드기, 멧돼지에 대한 공포를 절대 극복하지 못했고, 과감하게 개간지를 벗어나 나가보는 날에는 옻나무 발진이 생겨 집에 돌아왔다. 그래도 엄마는 엄마의 인생을 채우는 일과 고요, 가족에 충분히 만족한 듯 보였다.

무용을 그만둔 이래로 엄마는 몇몇 다른 예술 또는 직업을 똑같은 열정을 가지고 추구했다. 우리가 어렸을 때 엄마 작업실에는 도자기용 물레와 가마가 있었고, 난 리드미컬하게 발로 차서 물레를 돌리는 엄마 옆 마룻바닥에 앉아 도기와 우둘투둘한 동물들을 손으로 주물러 만들곤 했다.

하지만 어느 순간 다친 발목에 무리가 오기 시작하자 엄마는 전기 물레를 사거나 다른 쪽 발로 물레를 돌리는 방법을 배우는 대신, 도자기용 물레와 가마를 베틀과 정경판, 밑실 감개로 바꾸고 천 짜는 법을 배웠다. 알레르기 때문에 울을 쓰지 못했기 때문에 실크를 썼고, 복잡한 고딕 유럽 디자인에서 가져온 정교한 꽃문양으로 태피스트리를 짜서 시내 최고급 갤러리들을 통해 팔았다.

엄마는 실크를 직접 염색했다. 엄마가 주전자에 넣는 톡 쏘는 냄새가 나는 흐릿한 색 가루들이 어떻게 태피스트리를 채우는 남색, 자수정색, 에메랄드색, 진홍색, 홍옥색, 황토색, 암갈색이 되는지는 어떤 화학 공식도 설명할 수 없는 마법이었다.

부엌에는 독성 염료와 착색료를 담거나 휘저었기 때문에 조리용으로 쓰면 안 되는 온갖 냄비와 사발, 숟가락들이 걸려 있었다. 하지만 암 진단을 받은 후 엄마는 천연염료에 흥미를 보였고, 순한 명반과 식초를 착색료로 쓰는 데 관심을 가졌다. 너무 아파서 일을 못하게 되기 전까지는 숲의 식물들로 색깔을 만드는 방법을 배워야겠다고 말하기도 했다.

엄마가 우리를 사랑했다는 건 안다. 비록 대개 우리를 내버려 두기는 했지만. 엄마는 아빠처럼 말이 많지 않았고, 엄마의 사랑은 짧은 포옹과 쿠키, 일종의 초연한 관심, 그러니까 관대한 방치의 형태로 나타났다. 엄마는 자신의 삶에 푹 빠져 살았고, 에바와 나도 그렇게 하길 바랐다. 엄마는 우리의 동반자나 놀이 친구가 되어줄 필요를 거의 느끼지 못했던 것 같다. *네 인생은 네 거야*, 엄마는 대낮에 우리가 외롭거나 지루해서 엄마에게 가면 이렇게 말하곤 했다. *네가 해결할 수 있어.* 그리고 우리에게 따스하고 단호한 미소를 지어 보이고는 다시 베틀로 돌아갔다.

네 인생은 네 거란다. 우리가 상대방에 대해 불평 — 에바가 왕자 역을 안 해줘요, 넬이 인형 머리를 잘랐어요, 에바가 방을 안 치워요 — 을 늘어놓으러 엄마에게 달려가면, 엄마는 반은 엄하게, 반은 당당하게 대답하곤 했다. *언니 인생은 언니 거야. 네 인생도 그렇고. 네가 해결할 수 있어.* 그리고 엄마는 짧고 달콤한 순간 긴 손가락으로 우리 머리를 어루만지고 머리카락을 살짝 흩트려놓고는 곧 다시 베틀 북을 잡았다.

우리는 아빠 작업실의 대혼란을 정리하고 목록을 작성하면서 아침 시간을 보냈다. 아빠 작업실의 무질서한 난장판과 습한 곰팡이와 화학 약품 냄새 때문에 그곳을 좋아하지 않았지만, 이제는 전선 하나, 호스 하나, 볼트 하나, 모든 도구와 장치, 기계들이 쓸모가 있을지도 모른다. 아빠 물건들 사이에 앉아서 그것들을 건사하고 분류하고 닦으며 아빠가 절대 시간을 내지 못한 정리를 하고 있으려니 위로와 질책이 한꺼번에 느껴지는 것 같다.

아빠는 온갖 걸 다 보관하고 아무것도 분류하지 않았다. 엄마는 아빠가 식료품점 봉지, 마가린 통, 스티로폼 받침들을 꾸역꾸역 모아놓는 노망난 주부들 같다고 불평하곤 했다. 아빠는 고장 난 기구, 쓰던 화장실 덮개, 녹슨 닭장 철조망 등 가리지 않고 아무거나 다 모았다. 아빠에게는 항상 적당한 판지나 나사가 있었다. 비록 ― 엄마가 흔히 지적하듯이 ― 맞는 걸 찾으려면 오후 반나절은 보내야 했지만 말이다.

아빠의 잡동사니들이 이제 우리가 가진 최고의 보물이 될지도 모른다고 생각하니 아이러니하다. 우리 개간지 너머에는 숲, 나무, 잡초만 가득한 쓸모없는 황무지, 멧돼지와 벌레들밖에 없다. 하지만 아빠 작업실에는 결국에는 어떤 가치가 있을지도 모를 물건들이 미어터지도록 쌓여 있다.

아빠는 늘 엄마보다 훨씬 더 특이한 사람처럼 보였지만 성장 배경은 그다지 색다를 게 없었다. 아빠는 중부의 농장에서 차남으로 자랐다. "난 중간 사람이야." 아빠는 말하곤 했다. "중간 정도 수입에, 중간 계급에, 중간 나이에, 하지만 난 아직 중지가 있다 이거야. 게다가 아직 그걸 어떻게 쓰는지도 알고 있지."

지금 생각해보면, 아빠의 어린 시절은 참 어려웠던 것 같다. 그렇게 말을 많이 하면서도 절대 그런 언급은 하지 않지만. 할아버지의 농장은 항상 압류 위협에 처해 있었던 것 같다. 아빠가 일곱 살이었을 때 형이 수영 사고로 익사했고, 할머니는 그 상실에서 영영 회복하지 못했다. 하지만 그 힘든 시절이 아빠에게 남긴 흔적은 전지분유에 대한 반감과 낡은 트럭과 차들을 유지, 보수하는 기막힌 실력뿐인 것 같았다.

아빠는 심지어 중서부의 날씨조차 좋게 기억했다. 아빠가 자란 곳에서 겨울이란 오랫동안 눈과 영하의 날씨가 모든 것을 포위, 공격하는 계절이어서, 아빠는 캘리포니아 사람들이 겨울이라 부르는 날씨를 위해서는 절대 코트 한 벌도 사지 않았다. "이 정도는 여름이고 스웨터나 입을 날씨지." 아빠는 코웃음 치곤 했다. "겨울이라고 ─ 허! 적어도 일주일은 눈에 갇혀 지내는 게 당연하지 않고서야 어떤 계절도 겨울이라고 불릴 자격이 없어. 여긴 심지어 서리도 안 내리잖아"

아빠는 덩치가 큰 사람은 아니었다. 키는 엄마보다 겨우 몇 센티미터 더 컸고 ─ 야윈 체격이었지만 강했다 ─ 머리는 막

자른 후가 아니면 항상 너무 길다 싶을 정도로 덥수룩하게 하고 다녀서, 이발 직후면 이마 위, 귀 뒤, 목 뒤에 햇볕에 그을지 않은 하얀 피부가 드러났다. 아빠 눈은 세상에서 가장 파란 색이었고, 눈가에 살포시 잡히는 주름살 때문에 더욱 상냥해 보였다. 재빠른 손과 선물 같은 미소를 가졌고, 조증 환자에 가깝게 에너지가 넘쳤다. 항상 농담과 계획과 아이디어가 가득했다. 아빠는 두서없는 우리 집에 방 하나를 더하거나, 엔진을 다시 조립하거나, 정화조용 배출로를 새로 파거나, 샘을 청소하면서 늘 뭔가 두드리거나 만지작거리거나 고치고 있었다.

아빠는 늘 일을 하고 있었고, 늘 그걸 놀이라고 불렀다.

"잠깐 지붕에 놀러 가야겠어." 아빠는 지붕에 새로 난 구멍을 수선하러 가면서 엄마에게 외치곤 했다. 토요일 저녁이면 "정원에 놀러 갈 시간이다"라고 외치거나 "오늘은 저 카뷰레터를 가지고 놀아야겠어" 하고 말하곤 했다. 월요일 아침이면 커다랗고 지저분한 공책을 캔버스 가방에 쑤셔 넣고 어깨에 구겨진 코듀로이 스포츠 재킷을 척 걸치고는 선언하곤 했다. "난 교장 놀이하러 간다."

엄마는 아빠에게 무한한 놀이 능력이 있다고 말하곤 했다. 하지만 이제 생각해보니 그건 엄마를 무한히 사랑하는 능력이 아니었을까 싶다. 엄마가 가버리고 나선 그 모든 게 달라져버렸으니까. 엄마가 돌아가시고 나서 아빠 인생은 블랙홀처럼 붕괴되어버렸다. 백과사전에서 특이성이라고 부르는 밀집 상태, 그 특이성의 자장에서는 어떤 것도 빠져나오지 못하고, 그 소극성은 빛조차 잡아먹어 버린다.

1월 중순의 요즈음 일상은 별것 아닌 똑같은 일 ─ 공부하고 먹고 자려고 애쓰는 일 ─ 의 피곤한 반복이다. 에바의 낡은 침실 지붕이 새기 시작했지만, 그것 빼고는 습한 날씨와 식사와 꿈 외에는 기록할 거리도 없다. 에바는 춤추고 나는 공부하고, 새로운 소식이라고는 백과사전에서 나오는 것뿐이다. 그럼에도 불구하고 알파벳의 엄정한 순서가 얼마나 자주 내 생활을 온통 사로잡는지 기이할 정도다.

오늘은 이런 걸 읽었다. 구근. 일부 식물들의 휴면기를 구성하는 다육질의 잎 조직. 구근에 비축된 양분 덕분에 식물은 험한 날씨에 휴면에 들어갔다가 전도 상태가 돌아오면 다시 성장할 수 있다.

엄마는 전화가 끊기기 전에 돌아가셨다. 전기가 아직 숨 쉬는 것처럼 자연스럽게 느껴졌던 시절, 라디오에서 아직 새 노래가 나오던 시절에 돌아가셨다. 엄마는 병원에서 ─ 그렇게 오래전 일이다 ─ 지금 사람들을 죽이는 빠른 바이러스나 사고

가 아니라 무슨 복잡한 암으로 서서히 돌아가셨다.

엄마가 살아 있던 그 마지막 겨울, 하늘은 눅눅하고 땅은 나른했던 어느 일요일, 엄마는 차를 몰고 시내에 갔다가 쇼핑백 가득 튤립 구근을 갖고 돌아왔다.

"시내에 있는 빨간 구근은 몽땅 다 샀어." 엄마는 의기양양하게 선언했다.

"내 보기엔 갈색 같은데." 아빠는 가방 하나를 들여다보다 구근 하나를 꺼내 색깔을 체크하기라도 하는 것처럼 빛 쪽으로 들어 올렸다. "이건 뭐야? 사슴 먹이?"

"정원 가꾸기 책에 의하면 사슴은 튤립은 안 먹는대." 엄마가 말했다.

"사슴도 같은 책을 읽었어야 할 텐데." 아빠가 말했다. 엄마를 놀리며 즐거워하는 아빠를 보며 엄마는 참을성 있게 한숨을 쉬더니 눈을 굴리며 어느 정도 깊이로 심어야 좋을지 물었다. 그러고는 가방을 들고 바깥으로 나가 다음 주 내내 구근을 심었다. 엄마는 이미 암 때문에 뼈마디만 남을 정도로 앙상했지만, 그래도 신선한 흙과 조용한 구근들, 상쾌한 공기에서 활력을 얻는 것 같았다.

내가 코코아를 마시며 책을 읽고 있는 난롯가에 와서 녹이던, 추위로 발갛게 튼 엄마의 손, 엄마에게서 나던 깨끗한 흙냄새가 생각난다.

"너흰 안 도와줄 거니?" 흙과 노동, 그 수수한 덩어리 하나하나에 들어 있는 가능성에 활기를 얻은 엄마는 장난스럽게 물으며 얼음장 같은 손가락을 내 등에 집어넣기도 하고 내 목에 뺨을 묻기도 했다. 그러고는 열려 있는 에바의 스튜디오 문 앞에서 걸음을 멈추고 다시 물었다. "넌 도와줄 생각 없어?"

우리는 나중에, 이 장만 다 읽고, 조금 있다가, 이 플리에만 끝내고 하고 웅얼거리고는, 나는 코코아 잔의 아늑한 초콜릿 향기와 책 속의 닫힌 세상으로 돌아가고, 에바는 플리에를 마치고 프라페를 시작하곤 했다.

엄마는 엄마의 죽음에 대해 우리와 이야기하려고 도와달라고 한 걸까? 다친 새나 아픈 할머니들에 대해 질문하면 늘 너무나 솔직히 대답해줬던 엄마는 엄마에게 벌어지는 일에 대해서는 우리와 한 번도 이야기하지 않았다. 엄마는 다가오는 죽음에 대해 우리와 이야기할 방법을 굳이 만들려고 하지 않았던 걸까? 어쩌면 바깥에서는, 흙바닥에 무릎을 꿇고 앉아서 엄마보다 더 오래 살아남을 구근을 함께 심었다면, 우리 기분이 어떤지, 엄마는 자신의 죽음에 대해 어떻게 생각하고 있는지, 엄마가 사라지고 나서 우리가 어떻게 뭘 기억했으면 하는지 이야기할 수 있었을지도 모른다.

하지만 그때 나는 집에서 나가고 싶지 않다는 것밖에 몰랐다. 바깥은 너무 추웠고, 난 편안하게 난롯가에서 내가 잘하는 일을 하고 있었다. 엄마의 눈을 마주 보고, 암에 걸린, 죽어가고 있을지도 모를 엄마에게서 그 말들 ─ 암과 죽음 ─ 을 들어야 하는 위험을 무릅쓰고 싶지 않았다.

내 기분이 어떤지 엄마가 묻는다면, 봇물 터지듯이 쏟아져 나올 슬픔과 분노에 우리 모두가 죽어버릴까 봐 난 무의식적으로 두려워했던 것 같다. 인정하지 않은 마음 한구석에서 난 이미 울고 울부짖고 날 떠나지 말라고, 가지 말라고 애원하고 있었다. 진짜로 울기 시작하면 오직 엄마의 위로만이 그 울음을 멈출 수 있을 테고, 그 위로가 끝나기 전에 엄마가 죽어버리면 난 영원히 울 수밖에 없을 것이다. 게다가 어디선가 암 환자의 태도가 병을 유발하거나 치유할 수 있다는 말을 읽었기 때문에, 엄마가 죽어가고 있을지도 모른다는 걸 우리가 인정하면 그것만으로도 엄마가 죽을까 봐 두려웠다.

그래서 엄마는 혼자서 튤립 구근을 심었다. 모두 직접 땅에 묻었다. 구근들이 모두 땅속에 들어가자 엄마는 베틀 위의 꽃들로 돌아갔고, 다시는 바깥에서 일하지 않았다. 비가 그치고 첫 번째 튤립 잎사귀가 축축한 흙바닥에서 올라왔을 때, 엄마의 죽음은 피할 길 없는 사실이 되었다. 하지만 그때쯤엔 엄마는 너무 약해지고 우리는 너무 겁에 질려서 그 이야기를 할 수조차 없었다.

그해 봄 개간지는 길이 지나가는 곳만 제외하고 완전히 원을 그린 붉은 튤립 꽃밭에 둘러싸여 마치 불길에 휩싸인 것처럼 보였다. 숲의 사슴들은 처음에 새싹 한두 개를 갉아 먹더니 튤립이 입맛에 맞지 않는다고 결론 내렸는지, 곧 모든 창문 너머로 줄지어 핀 진홍색 튤립들이 보였다. 그 환한 색과 단순한 모양이 아이들 그림 속의 꽃이나 엄마 태피스트리마다 등장하는 1,000송이 꽃들 같았다.

튤립들은 우리 정원의 손질된 녹색과 숲의 야생 녹색 사이에 붉은 띠를 만들었다. 매일 오후 엄마는 대머리를 터번으로 감싸고 선글라스로 눈을 감춘 채, 아빠가 엄마를 위해 데크 위에 마련해준 침대 위에서 담요를 두르고 베개에 기대어 앉아, 따스한 햇살에 꾸벅꾸벅 졸기 시작할 때까지 튤립을 바라봤다. 엄마는 점점 더 잠 속에서 더 많은 시간을 보내는 것 같았다.

"저 꽃들은 매년 필 거야." 한번은 엄마가 이렇게 속삭였다. 엄마는 한 달 뒤, 집 남쪽 끝에 심은 등나무 꽃이 막 피기 시작할 무렵 돌아가셨고, 그때쯤 개간지의 경계선에 심은 엄마의 튤립들은 다 시들고 축 늘어진 꽃들에서 자라난 줄기만 남았다.

엄마는 햇살이 환하고 훈풍이 세게 부는 4월 어느 날 시내 묘지에 묻혔다. 슬픔 때문만이 아니라 여과 없이 내리쬐는 햇빛과 바람에 날아온 티 때문에 우린 눈이 아팠다. 엄마의 일부는 아빠가 장의사에게 산 관의 비단과 합판과 함께 여전히 거기서 썩어 들어가고 있을 것이다. 하지만 엄마는 구근을 심은 그 원형 꽃밭에 자신을 묻었던 것 같다. 그때 엄마 일을 도와줬더라면 좋았을 텐데.

🪦

우린 이 모든 일들이 벌어지기 전에는 심지어 차를 좋아하지도 않았다. 나는 코코아를 마셨고 에바는 카페인을 피했지만, 이제 엄마의 오래된 티백들은 요 근래 나날들을 버티게 해주는 몇 안 되는 호사 중 하나다. 에바마저 기꺼이 차 배급을 받는다. 티백 400개가 들었던 패스트코 박스에는 이제 아홉 개밖에 안 남았다. 하지만 티백 윗부분의 철침을 빼고 대접에 차를 쏟아보면, 끓는 물을 향이 희미하게 살아 있는 액체로 변화시키는 데는, 물을 문명화시키는, (적어도) 차의 유령을 되살아나게 만드는 일종의 연금술에는 정말이지 조금의 차, 찻잎 부스러기 몇 개만 있으면 된다는 걸 알게 된다.

그런 식으로 우리는 단 하나의 티백으로 일주일을 버틴다. 티백의 숫자를 세는 게 다른 어떤 달력보다도 이 시간이 어떻게 지나가고 있는지를 가장 잘 알려주는 지표일지도 모른다.

나는 질주하듯 백과사전을 읽어치우고 있다. 지난주에는 D를 끝냈고, 오늘 오후에는 에덴(Eden)에서 전기(Electocity)까지 읽었다. 비 오는 날의 우중충한 햇빛 속에서 충전과 전류, 전도체, 장에 대해 읽고 있을 때, 어쩌면 전기가 벌써 돌아왔을지도 모른다는 이상한 생각이 갑자기 떠올랐다. 6개월 전 부엌에 켜뒀던 전구가 아무도 모르는 사이에 다 타버렸을 가능성은 충분히 있었다.

테이블에 앉아 비에 젖은 마당을 바라보고 있으면 있을수록, 지금 해야 할 일은 일어나서 거실 등을 켜서 이 몽롱한 상태에 종지부를 찍는 것이라는 확신이 들었다. 전율이 몰려왔다. 뒤이어 든 경계심은 내가 틀렸을 수도 있다는 경고라기보다는 달콤한 발견의 순간을 연기할 방법에 불과했다. 이제 곧 나는 자리에서 일어나 어둑어둑한 방 안을 가로질러 불을 켤 것이다. 스위치가 딱 소리를 내며 넘어갈 때의 미약한 반동이 벌써 느껴지는 것만 같았다. 방 안을 가득 채운 불빛이 벌써 보이고, "에바, 에바, 와서 이거 봐봐!" 하고 기쁨에 차서 외치는 내 목소리가 들리는 것 같았다.

나는 최대한 기다렸다가 천천히 방을 가로질러 가 스위치에 손가락을 갖다 댄 뒤 심호흡을 하고 스위치를 눌렀다. 딱 소리가 거의 들리지도 않았다.

그게 다였다.

쓰라린 실망감이 들었지만, 다음 순간 이런 생각이 들었다. *어쩌면 이 전구도 다 타버렸을지도 몰라.*

나는 황급히 욕실로 달려가 불을 켜봤다. 간절하게 원하기만 하면, 전기가 저 수 킬로미터의 전깃줄을 타고 이 조그만 스위치까지 오기를 온 힘을 다해 바라기만 하면 불이 들어올 것 같았다. 마치 내게 그럴 능력이 있기라도 하듯이, 내가 열심히 노력하기만 하면, 모든 게 나한테 달린 것만 같았다. 나는 눈을 감고 숨을 죽인 채 스위치를 켰다.

순간 감은 눈 사이로 빛이 보이는 것 같았지만, 눈을 떠보니 욕실은 여전히 어두컴컴했다. 손이 스위치에서 맥없이 떨어졌다. 피할 길 없는 어마어마한 패배감에 온몸의 기운이 쭉 빠졌다.

그러자 심지어 더 멍청한 희망이 솟아났다. 전기가 아직 안 들어왔다면 전화는 될지도 모른다. 하지만 누가 전화 걸 생각을 하지 않으면 전혀 알 수가 없을 거다. 나는 예전에 전화가 왔을 때 달려갔던 것처럼 부엌으로 뛰어가 전화기를 들었다. 전화기 대에서 수화기를 낚아채 귀를 때리기라도 할 듯이 갖다 댔다. 하지만 전화기를 생물처럼 느끼게 해줬던 뚜우 하는 소리 대신 거기엔 침묵만 있었다. 완전히 텅 빈 침묵만이.

그 침묵 너머로 가차 없이 딱딱 울리는 에바의 메트로놈 소리가, 무질서한 빗소리가 들렸다.

᎒

잡초 무성한 마당과 묵묵히 견디는 나무 위로 줄기차게 내리는 비는 일주일 전 내린 비와 다를 바 없지만, 달력상으로 오늘은 2월 1일이다. 티백은 8개하고도 4분의 1이 남았고, 나는 F 부분을 반 이상 읽었다.

오늘은 여기까지 왔다. 숲, 나무들이 지배하는 광대하고 복잡한 생태계로, 스스로 영속할 가능성을 가지고 있다. 하지만 주요 숲의 종류 다섯 가지와 전형적인 나무 밀집도, 기후, 토양에 대해 외우기도 전에 다른 기억 하나가 떠올라, 나는 읽고 있던 페이지에서 눈을 들어 창밖 숲을 바라봤다.

아빠는 에바와 내가 걸음마를 시작하자마자 우릴 데리고 우리 개간지에서 숲 속으로 이어지는 흙길을 따라 천천히 오랫동안 산책했다. 우리는 야생화를 보고 새소리를 듣고 졸졸 흐르는 맑은 샛강에서 물장난을 했다. 아빠가 나무처럼 자애롭고 참을성 있게 우리를 굽어보는 동안 이파리를 따고 지네와 소금쟁이를 건드렸다.

조금 더 크자, 엄마는 우리끼리 다리까지 400미터 거리를 걸어, 퇴근하는 아빠를 맞으러 가는 걸 가끔 허락해줬다. *다리 건너면 안 돼*, 엄마가 하도 경고를 하는 바람에, 다리는 자연 경계선처럼 느껴졌고 다리를 건넌다는 건 생각도 하지 못했다.

우리가 정말 하고 싶었던 건 숲 속에서 노는 것이었다. 온갖 꽃과 새, 신비한 소리들이 우리에게 나무와 양치류 위로 기어 올라오라고 손짓했지만, 엄마는 절대 길에서 벗어나면 안 된다고 고집했다.

"너흰 너무 어려." 우리가 각각 여섯 살과 일곱 살이 됐을 때 숲 속 탐험을 하겠다고 애원하자 엄마는 말했다. "길을 잃을 거야. 숲은 안전하지 않단다."

"제발요." 우린 합창했다.

"거기서 도대체 뭘 하고 싶은 건데?"

"그냥 탐험요." 우린 애원했다. "산책도 하고, 요새 같은 것도 짓고. 조심할게요."

"개간지에서도 요새는 지을 수 있잖아." 엄마가 제안했다.

"숲에서가 아니면 달라요."

"하지만 숲 속에는 진드기와 방울뱀, 옻나무가 있어."

우린 잠시 말문이 막혔지만, 에바가 똘똘하게 말했다. "개간지에도 진드기랑 방울뱀이랑 옻나무는 있어요. 아빠가 나무 더미에서 방울뱀 발견했을 때 생각나요?"

"음, 하지만 멧돼지는?" 엄마가 물었다.

엄마는 돼지들을 싫어했다. 돼지들은 숲 속에서 유령 경운기처럼 살았다. 좀처럼 보이지는 않지만 그루터기와 구근을 파뒤집느라 땅에 깊은 상처를 냈고, 개울에서 뒹굴고 지저분한 진흙 구덩이들을 만들어놓곤 했다. 아는 사람 중 돼지 때문에 다친 사람이 아무도 없는데도, 엄마에게 돼지들은 숲에 대한 공포를 총체화한 존재들 같았다.

"돼지들은 몸무게가 90킬로그램이나 돼. 어금니가 면도날처럼 날카롭고. 방울뱀도 그 가죽은 뚫을 수는 없어. 돼지들은 흙과 썩은 고기를 먹는단다." 엄마는 말했다. "너희를 죽일 수도 있어. 숲 속에서 돼지를 만나면 어떻게 할래?"

영원히 개간지에서 안전하게 살아야겠다고 결심하려는 순간 갑자기 아빠가 말을 끊었다. "괜찮아, 글로리아. 다 괜찮다고. 좋든 싫든 간에 애들은 언젠가는 숲 속에서 놀게 되어 있어. 게다가 돼지들은 낯을 가린다고. 에바와 넬은 북캘리포니아에 있는 멧돼지란 멧돼지는 몽땅 다 놀라서 도망갈 정도로 소란을 피울 수 있는 애들인걸. 혹시 남은 곰이 있다면, 놈들도 다 꽁무니를 뺄 거야. 그러니까 그냥 보내줘."

엄마는 아빠를 노려봤지만, 결국에는 엄마가 물러섰다. 엄마는 우리에게 호루라기를 하나씩 주면서 문제가 있으면 불라고 했고, 온갖 규칙들로 우리를 꽁꽁 싸맸다. 호루라기 소리가 들리는 영역 밖으로 나가면 안 된다, 항상 둘이 붙어 있어야 한다, 방울뱀이 있는지 먼저 살펴보지 않고는 아무 데나 손이나 발을 들이밀어서는 안 된다, 집에 들어오기 전에는 진드기가 있는지 검사받아야 한다, 그리고 엄마가 싸준 간식 외에는 어떤 것도 먹어서는 안 된다.

"야생에 있는 건 아무것도 먹으면 안 돼." 엄마는 우리가 개간지를 떠날 때마다 주지시켰다. "알겠지? 야생 식물을 먹으면 죽을 수도 있어."

알았어요, 엄마. 네, 엄마. 약속할게요. 우리는 흥분되고 두려운 마음으로 숲 속을 향해 나아가며 말했다.

우리 숲은 잡목림이었다. 가장 많은 수종은 전나무와 재생림 삼나무지만, 드문드문 참나무와 마드론, 단풍나무도 섞여 있었다. 아빠는 벌채 작업 전 우리 땅에는 천 년 묵은 삼나무들이 살았다고 말했지만, 지금 그 신화적 공간의 흔적이라곤 바닷가에 올라온 고래 길이만 한 쓰러진 나무둥치들 몇 개와, 조그만 헛간 크기는 족히 될 그을린 그루터기들 몇 개뿐이다.

아홉 살과 열 살이 되었을 때 에바와 나는 우리 집에서 2킬로미터 정도 올라간 곳에서 그런 그루터기 하나를 찾아서 우리 걸로 정했다. 그루터기는 속이 텅 비어 있었는데, 내부가 요새와 성, 인디언 천막, 오두막으로 쓸 수 있을 정도로 넓었다. 근처에는 우리 개간지를 끼고 흐르는 샛강의 지류 하나가 있어서 그 물로 놀고, 씻고, 진흙 파이도 만들 수 있었다. 우린 이 빠진 찻잔 세트와 담요, 차려입을 옷, 부서진 냄비를 거기다 모아놓고, 짬이 날 때마다 아니면 거짓말을 해서라도 매일 거기 가서 가장 놀이를 했다.

"가장!" 오르막길을 올라오느라 여전히 헐떡거리면서도 우리 둘 중 하나는 그루터기에 도착하자마자 이렇게 외치곤 했다. "우린 인디언이야." 또는 여신. 또는 고아. 또는 마녀. "또 가장." 그럼 나머지 한 사람은 게임의 규칙대로 목소리를 한껏 낮춰 대답하곤 했다. "우린 길을 잃었어." 사슴을 쫓고 있는 거야. 요정들이랑 춤을 추러 가는 거야. 곰이 쫓아오고 있기 때문에 숨어야 해.

그 시절엔 숲 속에 우리에게 필요한 모든 게 다 있는 것 같았다. 온갖 버섯, 꽃, 양치류, 돌들이 다 선물이었다. 모든 소리는 모험의 시작이었다. 자주 사슴이나 토끼를 봤고, 야생 칠면조 울음소리도 자주 들었다. 때로는 회색 여우나 스컹크를 흘깃 보기도 했고, 한번은 놀다가 한참 늦게 저녁을 먹으러 허둥지둥 집에 돌아가는 길에 살쾡이를 본 적도 있다. 여름 햇살을 쬐고 있는 방울뱀도 두 번 봤지만, 그때마다 뱀을 약 올리는 일 없이 무사히 물러날 수 있었다.

우린 살쾡이나 뱀 이야기를 절대 엄마에게 하지 않았고, 엄마는 우리를 "숲 속의 요정"이라고 부르며 헝클어진 머리와 생채기 난 팔을 보고 웃었고, 우릴 집 안으로 들이기 전에 진드기 검사하는 것도 잊어버리기 시작했다. 모든 게 목가적이었다. 숲 속에서의 하루가 끝날 때면 우리는 상상의 삶을 버리고 서둘러 개간지와 부모님, 따스한 음식과 뜨거운 목욕, 굿나잇 키스가 있는 안락한 현실로 돌아왔다.

하지만 에바가 무용을 시작하면서 그 모든 게 달라졌다. 처음에 난 같이 숲에 가자고 매달리고 뇌물을 주려고 했다. "지금은 안 돼." 언니는 말하곤 했다. "푸에테(한쪽 발을 축으로 발끝으로 서서 다른 발을 올려 크게 흔들며 회전하는 동작 – 옮긴이) 연습을 해야 해. 나중에 가자." 언니를 설득해 점심 도시락을 싸서 함께 숲 속에 가는 흔치 않은 기회에도 놀이는 억지스럽고 유치하게 느껴졌고, 우린 늘 볕에 타고 진드기에 물린 채 짜증을 내며 집에 돌아왔던 것 같다. 혼자서 그루터기에 가보려고도 했지만, 거기서 보내는 시간은 늘 지루하게 천천히 흘러가는 것 같았다. 멀리서 들리는 멧돼지와 사슴 소리에 소스라치게 놀랐고, 떨어진 나뭇가지를 잠든 뱀으로 착각하고 펄쩍 뛰기 일쑤였다. 결국 숲은 집과 시내 사이의 끝없는 공간이라는 것 외엔 아무런 의미도 없어졌다.

비가 오고 오고 오고 오고 오고 또 온다. 찌푸린 하늘을 꿰매는 거대한 은색 바늘 같은 비가 땅바닥으로 떨어지고, 또 떨어진다. 위층에서는 엄마의 염색 냄비들이 모두 동원되어 아빠가 수리하지 못한 지붕에서 새는 빗방울을 받고 있지만, 아래층은 어둡고 따스하다. 책을 읽기 위해 빛을 조금이라도 더 들이려고 앞문을 열었더니 비에 불어난 개울 소리가 들렸다. 에바는 스튜디오에 가 있어서, 또닥이는 빗소리 위로 메트로놈 소리, 에바가 흥얼대는 〈수상음악〉 소절들, 마일라 바닥에 발이 쓸리고 부딪히는 소리가 들린다.

지난 며칠 동안 핫도그가 먹고 싶어 죽을 지경이다. 핫도그 ─ 하얀 빵에 얹은 말랑말랑한 소시지와 그 위에 지그재그로 뿌린 노란 머스터드소스. 한입 베어 물면 베개처럼 부드러운 빵에 부드럽게 톡 쏘는 머스터드, 핫도그 껍질을 뚫고 연한 고기 속으로 이가 들어갈 때 살짝 느껴지는 저항감, 빵과 머스터드와 돼지고기가 어울려 만드는 그 환상적인 맛.

마지막으로 먹은 핫도그가 기억도 나지 않는다. 분명 업타운 카페에서 에바와 엘리, 그 외 플라자 무리들과 함께였을 것이다. 평소 우린 핫도그는 생각도 하기 싫은 재료들, 돼지 입술이나 뭔지도 모를 내장과 부위들로 만들어서 역겹다고 말하며 비웃곤 했다. 하지만 가끔 누구 하나가 핫도그를 주문하면 다른 애도 따라 했고, 그러면 에바만 빼고 모두 게걸스럽게 한입 가득 핫도그를 씹곤 했다. 지금 그게 어찌나 먹고 싶은지, 업타운 카페로 돌아가 핫도그를 손에 쥘 수 있다면 이 공책이라도 줄 수 있을 것 같다.

결국 엄마가 입원하게 되었을 때도 우리 모두는 엄마가 곧 집에 돌아올 것처럼 굴었다. 돌이켜 보면 그게 두려움 때문이었는지 희망 때문이었는지, 우리가 너무 겁쟁이여서 엄마가 죽어가고 있다는 걸 인정하지 못했던 건지, 엄마가 회복하리라는 최후의 희망 한 조각에 영웅적으로 매달렸던 건지 정말이지 모르겠다. 등나무 꽃이 다 지기 전에 엄마가 집에 돌아올 거라고 서로에게 약속했던 건 공범 의식에서였을까, 무지해서였을까, 순진해서였을까.

엄마는 늦은 밤에 상태가 제일 좋았기 때문에, 아빠는 퇴근 후 당시 아빠가 보수할 여력이 있었던 유일한 차량인 낡은 다지 트럭을 몰고 미스 마르코바의 스튜디오에 가서 에바를 태운 다음 둘이 함께 나를 데리러 집에 왔다. 우리 셋은 해가 지고 있을 때 다시 레드우드로 돌아갔다. 거기서 아빠는 에바와 나를 업타운 카페에 내려주고 에바가 다이어트 소다를 마시고 내가 감자튀김을 허겁지겁 먹는 사이, 병원에 가서 엄마가 감내해야 하는 온갖 처리 과정을 도와주고 억지로라도 수프나 젤오, 물 한 모금을 더 마시도록 달랬다.

아빠의 사랑의 힘으로 엄마가 창백한 얼굴에 살짝 핏기가 돌아온 채 일어나 앉으면, 아빠는 병원을 나와 가로등 켜진 거리를 달려 손가락에 묻은 케첩을 빨고 있는 나와, 빨대로 마지막 몇 방울 남은 소다를 마시고 있는 에바가 있는 카페로 돌아왔다.

우리는 말없이 고요한 레드우드 거리를 달려 엄마가 누워 있는 병원으로 갔다. 에바와 나는 나란히 앉은 채 가로등이 만드는 원뿔 모양 불빛과 지나치는 집들의 창문을 허기진 표정으로 멍하니 응시했다. 그러면 그 열린 커튼 너머의 정상적인 생활이 흘깃 보이는 것만 같았다.

우리는 한 세계에서 다른 세계로 이동하며 차 안에서 마음을 가다듬었고, 아빠는 혼자만의 생각에 빠져 있었다. 그때 트럭 안은 말할 수 없는 슬픔으로 가득 차 있는 것 같았지만, 지금은 그 드라이브가 그립다. 우리 옆에서 함께 달리던 그 모든 두려움에도 불구하고, 아빠가 차를 몰고 있었고, 에바와 나는 아직 따뜻한 차에 탄 어린아이들이었고, 거리에는 여전히 불빛이 휘황찬란했고, 엄마는 여전히 얼굴 가득 환한 미소를 띤 채 우리를 기다리고 있었으니까.

오늘 아침 일어나 보니 밤사이에 욕조에 물이 다 차지 않았다. 샘이 말라버렸다, 샛강에서 물을 끌어올 수밖에 없다, 다시는 목욕을 못 할 거다 하는 생각이 몇 분 사이에 확신으로 굳어졌다.

"왜 겨울에 샘이 마르지?" 에바가 수도꼭지가 잠겨 있었던 게 아닌지 확인하며 물었다.

늘 그랬듯이 에바의 질문에 난 마음을 진정했고, 우리는 함께 밖으로 나가 물탱크를 살펴본 다음 샘이 솟아나는 집 뒤 언덕 중턱의 조그만 동굴로 올라갔다. 나무 뚜껑 옆 흙바닥에 무릎을 꿇고 앉으니 아래에서 물이 흐르는 소리가 들리고 미네랄 냄새도 났다. 콘크리트 수반 뚜껑을 벗겨보니 바닥 배수구가 침전물로 막혀 있었다. 물은 개간지의 물탱크로 가는 파이프로 흐르는 대신 땅으로 다시 스며들고 있었다.

그걸 수리하는 데 거의 하루 종일이 걸렸다. 물론 대부분의 시간은 연장들을 가져오고, 방법을 궁리하고, 문제를 예측하는 데 쓰이기는 했지만. 아빠는 우리가 태어나기도 전에 이 상수 시스템을 만들었고, 아빠가 만든 다른 모든 것들과 마찬가지로 이것도 단순하고 개성이 강했다. 아빠만의 논리를 보여주는 완벽한 예다.

차가운 샘물에 손을 들이밀고 아빠가 해놓은 작업을 수리하려고 애쓰고 있으니, 순간순간 아빠와 깊이 연결되어 있는 느낌이 들었다. 하지만 작업하는 대부분 시간 동안은 우리를 위한다고 일을 다 해치워 버리거나, 아니면 우리 스스로 방법을 찾도록 내버려 두는 아빠의 한결같은 방식에 화가 치밀었다.

엄마가 돌아가시고 나서도 저녁의 시내 나들이는 계속되었다. 우리 셋 모두 너무나 일상에 허기져 있어서, 엄마의 죽음과 연관된 일상조차 우리 삶에 어떤 질서를 부여하는 것처럼 느껴졌다. 한편으로 시내 나들이는 이제 더 이상 엄마가 돌아오는 척할 수 없는 집으로부터, 각자가 짊어진 무거운 슬픔의 짐으로부터 도피하는 일이기도 했다. 겉으로 보기에 에바는 나와 거의 흡사한 고통을 겪고 있었지만, 아빠의 고뇌는 우리 모두를 집어삼킬 기세였다.

게다가 엄마의 죽음이라는 악몽 속에는 크나큰 슬픔보다 훨씬 더 충격적인 순간들이 있었다. 찰나에 불과하지만 엄마가 사라져서 안도감을 느끼는 순간, 엄마에게서 해방되었다는 데서, 엄마 없이 살 수 있다는 데서 일종의 자유를 느끼는 순간들이 있었던 것이다. 어쩌다 살아 있다는 데서 강렬한 환희를 느낄 때면 나 자신이 소름 끼쳤다. 불행에 몸부림치고 있을 때조차 살아 있는 기쁨이 너무도 강렬한 순간들이 있어, 그럴 때는 엄마의 죽음도 그 감동에 비하면 지나친 대가는 아니라는 생각마저 들었다.

난 이런 생각들이 보여주는 배신감에, 그것이 증명하는 나라는 인간의 무정한 모습에 경악했다. 아빠와 에바는 비슷한 순간들을 경험했다 해도 절대 입 밖으로 꺼내지 않을 테고, 나는 두 사람을 실망시키거나 역겹게 만들지 않고서는 이런 일을 말할 방법을 상상조차 할 수 없었다. 그래서 우린 각자 홀로 슬퍼했고, 각자의 방식으로 시내로 도망갈 수 있는 그 밤들을 기다렸다.

휘발유가 부족해지기 전까지 우리 셋은 토요일 밤마다, 가끔은 주중에도 서둘러 저녁을 먹고 트럭에 끼어 타고는 레드우드로 달렸다. 시내에 가면 언제나 할 일들 — 식료품들을 사고, 철물점이나 약국에 들르고, 도서관에 갔다 — 이 있었다.

할 일들을 끝내고 나면, 아빠는 우리를 업타운 카페, 엄마가 입원한 후 에바와 내가 소심한 단골손님으로 늘 들렀던 카페에 내려줬다. 거기서 우리는 아이스콜라와 주크박스의 재미에 빠져 저녁 시간을 보냈고, 아빠는 시내 건너편 조용한 바에 가서 때로는 친구 제리를 만나기도 하고 때로는 도서관 책을 읽고 맥주 한 잔을 홀짝홀짝 마시며 혼자 앉아 있곤 했다. 오랫동안 우리는 업타운의 이방인들이었다. 에바와 나는 시골 아이들, 홈스쿨하는 애들, 이 칸막이 비닐 좌석들과 크롬 테두리 카운터의 주인처럼 보이는 시내 아이들과는 다른 부류의 아이들이었다. 그런 저녁이면 아무리 신경 써서 차려입어도 내 옷들은 늘 어딘가 약간 이상했고, 아무리 해도 내 머리는 다른 아이들처럼 되지 않았다. 처음 업타운에 가기 시작했을 때 우리를 반겨준 건 웨이트리스들뿐이었다.

다른 애들은 너무나 확신에 차 보이는 태도로 버거와 감자튀김을 주문하고, 주크박스에 신청곡을 넣고, 무슨 세련된 버전의 의자 뺏기 놀이라도 하듯이 한 좌석에서 다른 좌석으로 빙빙 돌아다녔다. 그 애들은 서로 놀리고 농담을 해댔다. 서로 꼬집고 밀고 껴안았다. 눈을 굴렸다. 몸을 기울이고 속삭이다 다음 순간 폭소를 터뜨렸다. 나는 정말이지 수렁 같은 나 자신에서 벗어나 그 무리 중 하나가 되고 싶었다.

그 경계선을 우리가 결국 어떻게 넘었는지는 잘 모르겠다. 엄마가 돌아가시고 나서 몇 개월이 지난 어느 날 밤, 한여름 해가 9시 이후에도 여전히 떠 있고 긴 황혼 속에서 부드럽고 향기로운 공기가 업타운을 휘감고 있던 날, 우리는 개울에 물 몇 방울이 더해지는 것처럼 자연스럽게 카페 무리의 일부가 되었다.

어쩌면 그 애들은 내가 너무나 두려워했던 것에 끌렸을지도 모르겠다. 슬픔과 충격의 한가운데서 나는 어떤 광적인 기쁨 같은 걸 알게 됐다. 어떤 역경에도 불구하고 에바와 나는 살아 있었고, 그 억누를 수 없는 생명력을 이해한 우리에게는 홈스쿨하는 애들 특유의 어색함을 보충하고도 남을 반짝임이 있었을지도 모르겠다. 우리에게는 생존자들의 열정이 있었고, 생존자들의 조심성 부족이 있었다. 그해 여름 우리는 불멸의 존재, 덧없는 세상의 불멸의 존재였고, 업타운의 아이들은 그걸 느끼고 우리를 받아들인 게 틀림없다.

그날 밤 이후, 시내에서 저녁 시간을 보낼 때면 우린 늘 업타운 유리문을 힘차게 밀고 들어갔고, 아이들은 "넬! 에바! 여기! 이쪽으로 와!"라고 우리 이름을 불렀다. 우리는 먼저 와 있는 아이들과 수다를 떨고, 이 자리 저 자리로 돌아다니고, 음료수와 농담을 함께 나누고, 다음에는 무슨 노래를 틀어야 한다고 고함을 질러대고, 새로 온 아이들에게 인사를 하며 시간을 보냈다. 결국 음료수 살 돈도 다 떨어지고, 자리에 다 앉지 못할 정도로 일행이 늘어나면 새로운 조바심이 모두를 덮치곤 했다. 그러면 우린 삼삼오오 상쾌한 저녁 거리로 쏟아져 나와 풀 냄새 가득한 플라자로 걸어가곤 했다.

플라자는 레드우드 중심에 자리한 넓은 잔디 광장으로, 특이하게도 야자수와 삼나무로 둘러싸여 있고, 가운데에는 광장을 가로지르는 콘크리트 십자로가, 광장 여기저기에는 나무 벤치와 나트륨 가로등들이 자리하고 있는 곳이었다. 그 한쪽 끝에는 일요일 오후에 지역 사중주단과 재즈 밴드가 공연을 하곤 하는 야외무대가, 한가운데에는 엄마가 소원을 빌라고 준 동전을 에바와 함께 던져 넣은 적 있는 멋진 분수가 있었다. 우리는 나머지 시내 아이들과 함께 거기서 모여, 웅웅거리는 오렌지색 가로등 불빛에 붉게 물든 얼굴로 나방들처럼 이 가로등에서 저 가로등으로 흩어졌다 뭉쳤다 하며 몰려다녔다.

그 저녁 시간들이 의미 있게 느껴진 게 그때 그 시절이 불안해서인지, 아니면 모든 사람들에게 자기가 선택된 사람인 것 같은 느낌, 이제까지나 앞으로나 다른 누구보다 더 환하고 뜨겁고 맹렬하게 타오르고 있는 듯한 느낌이 드는 시기가 있어서인지는 잘 모르겠다. 하지만 지금 생각해보면 우린 다가올 변화를 무슨 페로몬처럼 이미 감지했던 것 같다. 지금은 수도원처럼 고요한 개간지에서 그 저녁 시간들을 되돌아보면 공기마저도 긴박한 느낌으로 가득 차 있었던 것 같고, 우리가 아닌 다른 사람 모두에게 일종의 동정심 같은 걸 느꼈던 기억이 난다.

아빠는 11시에 플라자 남쪽으로 우리를 태우러 왔고, 우린 어깨 너머로 친구들에게 인사를 하며 신데렐라처럼 어두운 잔디밭을 가로질러, 강렬하고 생생한 토요일 밤과 슬프고 끝없는 나머지 요일들 사이의 거대한 경계를 넘어 황급히 달려가곤 했다.

비록 플라자에서 친구들이라고 부르는 아이들에게 둘러싸여 있었지만, 난 여전히 고통스러울 정도로 외로웠다. 난 책과 테이프, 하버드의 꿈과 함께 고립된 채 공부로 시간을 보냈다. 예전에 언니와 함께 있을 때, 언니가 춤을 시작하기 전, 언니와 내가 숲을 가로질러 재잘거리고 웃으며 흐르는 쌍둥이 개울처럼 살던 시절처럼 누군가와 함께 있고 싶었다.

처음에는 플라자에 모이는 다른 여자애들 중에서 단짝을 만들어보려고 노력했다. 하지만 난 신참이었고, 그 애들은 평생 서로 알고 지낸 것처럼 보였다. 내게도 상냥하게 대해줬지만, 자기들끼리 온갖 농담과 추억들, 텔레비전 쇼와 대수학 선생님들, 학교 점심 이야기를 공유하고 있었다. 나는 곧 그걸 복제하기란 불가능하다는 걸 깨달았다.

그래서 나는 여자애들에게 구애하기를 포기하고, 남자애가 내 외로움을 끝내줄 수 있지 않을까 생각하기 시작했다. 물론 난 우리 그룹 내의 남녀 관계를 관찰했고, 그 관계들이 불타올랐다가 죽는 과정을 봤으며, 심지어 그들을 둘러싼 거미줄 같은 소문에 내 관찰과 소견을 보태기까지 했다. 난 그 커플들이 몇 시간이고 이야기를 나누고 말없이 서로의 눈을 바라보는 모습을 혼란스러운 동경을 품고 연구했다. 그 아이들이 어두운 숲 속으로 사라졌다가 한참 후에 말랑말랑한 얼굴로 헐떡거리며 나와 단추도 잘못 채운 구깃구깃한 옷차림으로 가로등 아래서 눈을 깜박이며 서 있는 걸 봤다. 그리고 나도 남자 친구만 있다면 슬픔을 달랠 수 있지 않을까 생각했다.

하지만 어떻게 해야 남자 친구를 만들 수 있을지 알 수가 없었다. 그 가로등 아래서는 《안나 카레니나》와 《폭풍의 언덕》, 《로미오와 줄리엣》에 관한 지식들은 아무 소용 없어 보였다. "언닌 남자 친구 안 원해?" 한번은 에바에게 물어본 적 있다. 하지만 에바가 너무도 깜짝 놀라며 "도대체 왜?" 하고 답해서, 나는 말문이 막혀버렸다.

난 항상 에바가 플라자에서 가장 예쁘다고 생각했다. 하지만 금발에 짙은 눈동자, 무용수의 다리를 가진 에바는 그 긴 여름밤 애써 무심을 가장하며 접근하는 소년들에게 눈길조차 주지 않는 것 않았다. 에바는 그 소년들에게 다 상냥하게 대해줬지만, 너무나 속을 드러내지 않아 그 누구도 에바의 볼을 빨갛게 물들이거나 웃게 하지 못했다. 에바는 가로등에서 가로등으로 왔다 갔다 하는 소년들 중 아무도 몰래 계속해서 지켜보지 않았다. 그 소년들도 그걸 알고 다른 여자아이들을 찾아갔다. 에바가 무엇을 놓쳤는지 눈치챈 건 나뿐인 것 같았다.

어느 가을밤 가로등 불빛이 닿지 않는 어두운 잔디밭에 무리 지어 서 있을 때, 누군가 내게 병 하나를 건넸다. 병에 든 액체가 출렁거리는 게 느껴졌고, 난 병을 들어 입술에 갖다 대면서 잠시 공포와 환희를 느꼈다. 나는 고개를 젖히고 한 모금 길게 들이마신 다음, 알코올의 충격이 온몸에 퍼져나가는 걸 느끼며 병을 옆으로 넘겼다. 술이 튀어나가지 않게 하려고 혀를 꼭 깨물었고, 어둠이 눈물을 감춰줘서 다행이라고 생각했다. 하지만 병이 다시 돌아왔을 때 한 번 더 마셔보니 두 번째는 더 쉬웠다. 공원에 있는 높은 미끄럼틀을 두 번째 내려갈 때와 거의 같았다. 그 미끄럼틀도 이렇게 가팔랐지만, 뒤에는 다른 아이들이 초조하게 줄 서서 기다리고 있었고, 게다가 나는 무사히 한 번 해낸 바 있었다. 그 흥분과 설렘이 두려워할 만한 가치가 있다는 걸 난 이미 알았었다.

처음 술을 마시고 나자 같은 병에 입을 댄 친구들에게 따스하고 새로운 동지 의식이 느껴지기 시작했다. 외로움이 조금 덜해진 것 같았다. 아무도 별다른 말을 하지 않았지만, 어쩐지 평소와 다름없는 대화들이 그 사이에 존재하는 모든 걸 암시하는 일종의 코드이기라도 한 듯 전보다 더 의미 있어 보였다.

그날 밤 이후 난 병이 돌 때면 언제나 거기 있었고, 병에 뭐가 들어 있건 가리지 않고 마셨다. 보통은 맥주나 와인이었지만, 가끔은 럼이나 진, 브랜디일 때도 있었다. 어둠 속에 친구들과 둥글게 서서 이 손에서 저 손으로 건네지는 병의 술을 마시는 게 일주일 중 가장 달콤한 순간이 되었다. 그건 때로는 종교적으로 느껴지고, 때로는 아이들의 원놀이처럼 보이는 의식이었지만, 언제나 내 끝없는 외로움을 달래줬다.

때로 누군가 내게 올 날이 있기는 할까, 내가 마음을 열 수 있는 어떤 소년이 ─ 남자가 ─ 있을까 궁금하다. 내가 항상 이런 식일지, 홀로, 언제나 스스로 나 자신을 만족시켜야 하는지 궁금하다. 나는 손을 다리 사이에 넣어 내 몸을 무(無)의 깨끗한 공허를 에워싼 일종의 원, 영(0)으로 만든다. 뫼비우스의 띠나 우로보로스 ─ 자기 꼬리를 삼키고 있는 뱀 ─ 처럼.

난 내가 주고픈 것을 요구할 누군가를 간절히 원한다. 그리고 그 욕망의 대상으로 떠오르는 얼굴은 여전히 엘리뿐이다.

지난겨울 내내 업타운 카페는 우리가 토요일에 갈 때마다 점점 더 어두워지는 것 같았다. 크리스마스가 지나고 얼마 후

창문의 네온사인이 꺼졌다. 머리 위 형광색 튜브도 하나하나 다 타서 꺼지더니 새것으로 교체되지 않았다. 코카콜라는 점점 더 맛이 묽어지고, 감자튀김에서는 점점 더 불쾌한 냄새가 나고, 버거는 점점 더 작아지더니 마침내 그 모든 것들이 거의 다 사라져버렸다. 주크박스는 고장 났고 수리되지 않았다. 종이 냅킨과 빨대가 사라졌다. 문 닫는 시간인 9시가 되기도 전에 뚱뚱한 주인이 자리마다 돌아다니며 으름장을 놓는 일이 점점 더 잦아졌다. "자, 여러분. 카페 문 닫습니다. 이제 가야 해요. 곧 또 오세요, 알겠죠?"

우린 투덜대며 가져갈 음료수 – 음료수를 담을 종이컵이 아직 있는 한 – 를 주문하고는 마지못해 옷을 챙겨 입고 겨울밤 차가운 공기 속으로 나오곤 했다.

1월 말이 되자 겨울 태풍을 원인으로 돌릴 수 없을 정도로 정전이 잦아졌고, 2월 말이 되자 레드우드 시는 플라자의 가로등 전력을 감당할 수 없게 되었다. 물론 우린 농부들 집 불은 꺼져도 성의 불은 들어오는 제3세계 국가들에 대한 삐딱한 농담들을 해댔지만, 한편으로는 윙윙대며 환하게 켜진 가로등 불빛이 없어진 게 거의 기뻤다. 밤은 더 길어지고 가까워지고 활기차졌고, 어둠 속에서 한두 시간 몰려다니고 나서 우린 불을 발견했다.

모닥불 피우기는 또 하나의 의식이 되었다. 누군가 텅 빈 분수대의 콘크리트 물받이를 모닥불 구덩이로 쓸 수 있겠다고 머리를 짜냈고, 어느덧 모두들 태울 만한 것들을 플라자로 가져오는 습관이 생겼다. 쪼개진 두께 5센티미터, 폭 10센티미터 재목들, 나뭇가지, 뒤틀린 합판, 솔방울 한 아름.

충분한 목재와 쓰레기가 분수대에 모이자, 누군가 성냥불을 켜서 장작더미 아래에 깐 종잇조각들과 말린 풀에 갖다 댔다. 우리는 불길이 얼기설기 놓은 나뭇가지들과 판자들을 휘감고 올라가 첫 번째 불똥이 별을 향해 튀는 걸 말없이 지켜봤다. 오랫동안 우리 등 뒤를 육박해오는 새로운 어둠을 의식하고 있었지만, 엄숙한 분위기는 곧 깨어졌고 우리의 관심은 서로에게로, 토요일 밤마다 우리가 만드는 무리에게로 향하곤 했다.

한 주, 한 주가 지나고 날씨가 조금씩 따뜻해지면서 소문은 점점 더 시끄럽고 무서워졌다. 악성 변종 결핵과 에이즈뿐만 아니라 새로운 출혈성 열병이 전국을 휘젓고 있다는 소문이 돌았다. 사방에서 폭동이 일어나고 있고, 로스앤젤레스에서 벌어진 화재들에서 발생한 연기가 너무 심해서 공항이 폐쇄됐고, 고속도로는 앞이 안 보여 운전할 수 없게 된 운전자들이 버린 차로 꽉 막혔다는 소문이 돌았다.

전기가 완전히 나갔을 때조차 토요일 밤 플라자에 모인 우리는 우스울 정도로 그런 소문들을 심각하게 여기지 않았다. 그 소문들은 오락의 일부이자 생각할 거리, 대화의 소재였지만, 그 이상은 아니었다. 플라자 너머의 세상은 미쳐 있었고 통제 불가능했지만, 그건 하등 새로울 게 없었다 ─ 어른들의 세계는 늘 그렇지 않았던가? 우리에게 중요한 건 우리 모닥불 불빛이 닿는 원 안에서 벌어지는 일들이었다. 다른 어떤 곳에서도 그보다 더 흥미진진한 일들이 벌어질 수는 없을 것 같았다.

3월 언젠가 위스키가 한 병 나타났고, 그걸 마시자 목이 라이터 가스처럼 타들어 가는 것 같았다. 나는 차례가 돌아올 때마다 다시, 또다시 마셨고, 마침내 병은 더 이상 돌지 않았다. 갑자기 밤이 그 어느 때보다 더 향기롭고 생생하고 충만해졌고, 나는 그 모든 아름다움에 마음을 열지 않았던 게 깊이 후회되었다.

후회는 익숙한 감정처럼 느껴졌다. 마치 익숙한 방의 불이 꺼진 것처럼 내 마음은 마음속을 더듬거리며 돌아다녔고, 결국엔 엄마가 없다는 아픔에 걸려 넘어졌다. 엄마가 돌아가신 게 거의 1년이나 됐다고 생각하자 마음이 에이는 것 같았다. 하지만 그 아픔조차도 밤의 아름다움에 대해 느끼는 슬픔보다 통렬하지 않았다.

"아름답고, 아름답고, 아름다운 밤이야." 나는 에바에게 말했다. 내 입은 마치 금방 치과에서 나온 것처럼 둔하게 느껴졌지만, 눈은 눈물로 쓰라렸다.

에바는 나를 이상하다는 듯이 바라봤다.

"음악 같아." 나는 말했다. "아름다운 음악. 〈수상음악〉. 아름다운 밤의 수상음악."

그리고 나는 춤을 췄다.

나는 어깨를 움츠리며 재킷을 벗고 신발을 차 던지고 양말을 잡아당겨 벗고는, 잔디밭을 가로질러 뛰고 돌고 달리며 밤의 음악에 맞춰 춤췄다. 나는 별에 맞춰 춤췄고, 에바가 몇 년에 걸친 훈련을 통해 배운 것들을 본능적으로 췄다. 저 모든 사람들, 두꺼운 옷을 입고 있는 저 아이들, 그들이 불쌍했다. 내가 몸으로 알고 있는 이 모든 것들을 그들은 이해하지 못했다. 그들은 자신의 달콤한 근육을, 근사한 폐의 힘을 알지 못했다. 중력과 나는 새로운 합의에 도달했다. 내 몸은 살과 불과 오로지 나만 들을 수 있는 음악의 순간적 결합체였고, 내가 명하는 것이라면 뭐든지 하게 할 수 있다는 걸 알았다.

춤을 추면서 난 나도 발레리나가 되겠다고 결심했다. 나도 엄마의 소원을 무시하고 엄마 뒤를 따라갈 것이다. 새로 발견한 근육들 속에서 난 내가 에바만큼 훌륭한 — 아니 어쩌면 더 훌륭한 — 무용수가 될 수 있다는 걸 알았다. 우리는 함께 훈련을 하고, 함께 춤을 출 것이다. 예전에 함께 숲을 가졌던 것처럼 스튜디오를 함께 쓰면 된다. 난 다시는 외롭지 않을 것이다. 언니와 나는 함께 인생을 무용에 바칠 것이다.

나는 에바를 찾아, 그 매혹적인 어둠을 뚫고 에바에게 외치려고 돌아섰다. *이제 난 알아. 난 이해해. 나를 봐! 나를 봐!* 그 순간 최후의 영광스러운 투르 주테(한 발로 점프하여 공중에서 반 회전하고 다른 발로 착지하는 동작 – 옮긴이)가 나를 플라자 한가운 데 보도로 발사했고, 나는 내 엄지발가락이 살이 아니라 분필 이라도 되는 양 콘크리트 위로 문지르며 맨발로 글리사드를 했다.

나는 깜짝 놀란 채 숨을 헐떡이며 보도에 널브러졌다. 머리 위에서는 별이 빙빙 돌았고, 나는 동그랗게 둘러서서 나를 내 려다보는 얼굴들에게 "괜찮아, 괜찮아. 난 멀쩡해" 하고 말하고 있었다. "그냥 넘어진 거야." 나는 설명했다. "넘어졌다고."

그 순간에는 거의 아무것도 느끼지 못했지만, 그 도약 때문 에 난 그 후 며칠 동안이나 허벅지까지 쑤시는 아픔을 맛봐야 했다. 하지만 그날 밤에는 내 발의 새로운 감각, 고통이 아니라 변화밖에 느끼지 못했다.

에바가 나를 돌보며 집까지 데려왔다. 언닌 누군가 내민 스 카프로 내 발을 싸맸고 아빠가 데리러 왔을 때 이렇게 말했다. "넬이 그루터기에 발가락을 부딪쳤어요." 언니가 그렇게 말한 건 아빠의 실망과 분노에서 나를 보호하기 위해서였다기보다 딸이 만취한 걸 알아야 하는 고통에서 아빠를 보호하기 위해 서였을 것이다. 그때 나는 언니의 분별에 감사하면서도 아빠 가 진실을 몰랐던 게 안타까웠다. 진실을 알았다면 그 무관심의 늪에서 깨어났을지도 모르는데.

하지만 에바는 축 늘어져 문에 기대 졸고 있는 나를 내버려 둔 채 아빠 옆 좌석에 앉아 길동무 역할을 했다. 집에 도착해서도 에바가 나를 집 안으로 데려가 침대에 눕혔고, 아빠는 그저 멍하니 "잘 자라, 애들아. 아침에는 발가락이 낫길 바란다, 꼬마야" 하고 말했을 뿐이었다.

아침이 되자 숙취가 몰려왔다. 어찌나 심하던지 — 당황스러움에도 불구하고 — 아픔을 숨길 엄두조차 낼 수 없었다. 하지만 겨우 침대에서 나왔을 때는 아빠는 나무를 베러 벌써 나간 뒤여서 집에는 에바밖에 없었다. 내가 절뚝거리며 아래층으로 내려가자, 에바는 테이블에 앉아 꼼꼼히 자몽을 자르고 있었다. 온몸이 엉망진창인 것 같았다. 피부는 텅 빈 뼈들 위를 기어가는 것 같았고, 뇌는 안으로 파 들어가는 것 같았다. 두통에 비하면 발가락의 고통은 새 발의 피였다.

"안녕." 나는 간절히 동정을 구하며 수줍게, 비참하게 인사했다.

"안녕." 에바는 아무것도 안 주며 대답했다.

"미안해."

"괜찮아."

"도와줘서 고마워."

언니는 어깨를 으쓱했다. "자매 좋다는 게 뭐니?" 언니가 물었다. 언니는 고통과 고독에 몸부림치는 나를 내버려 둔 채 스튜디오로 사라졌다.

에바와 나는 식료품실에서 밀가루와 옥수수 가루를 체 쳐서 벌레와 거미줄을 가려내고, 국수와 콩에서 퍼덕거리며 나오는 나방들을 죽이며 오늘 오전 시간을 보냈다.

식량에서 처음 벌레를 발견한 건 지난 7월 즈음이었다. 나무 난로 위에서 끓고 있는 물에 오트밀 한 컵을 붓다가 아래를 내려다보니 벌레 한 마리가 오트밀 사이에서 올라오려고 꿈틀대고 있었다.

"우엑." 나는 나도 모르게 외치며 컵을 내동댕이쳤고, 오트밀은 난로 위와 바닥에 쏟아졌다.

책장도 안 넘기면서 책을 들고 구부정한 자세로 테이블에 앉아 있던 아빠가 깜짝 놀라 나를 쳐다봤다.

"뭐야?" 아빠가 물었다.

"벌레요." 역겨우면서도 바보 같은 기분으로 나는 대답했다. 난로 위에 떨어진 오트밀은 연기를 내며 타들어 가기 시작했고, 그 냄새에 속이 더 느글거렸다.

"어디서 왔을까?" 아빠가 물었다.

"오트밀요. 오트밀 안에 있었어요."

아빠는 책을 탁 덮고 테이블에서 의자를 밀어 일어났다. "가자."

아빠를 따라 식료품실에 가 오트밀 자루를 열자 나방 몇 마리가 가루를 날리며 퍼덕퍼덕 날아 나왔다. 찢어진 종이에는 거미줄이 가루를 뒤집어쓴 채 엉겨 있었다. 가느다란 벌레 몇 마리가 오트밀 속에서 꿈틀거렸다.

소름이 좍 끼쳤다.

"이거 버려야겠어요." 내가 말했다.

"안 돼."

"이건 못 먹어요."

"그럼 어떻게 할까, 꼬마야? 트럭 타고 패스트코에 가서 더 사 와? 이젠 벌레 몇 마리가 있다고 해서 음식을 버릴 순 없어."

"하지만 벌레를 먹을 순 없잖아요."

"그럼 벌레를 없애야지. 체로 걸러내자. 개척자들이 그랬던 것처럼."

"하지만 체로 걸러도 거미줄이나 알이나 그런 게 남아 있을 거예요. 여전히 그 생각이 날 거라고요."

아빠는 지친 듯이 어깨를 으쓱했다. "생각 때문에 죽진 않아

— 알이나 거미줄도 마찬가지고. 특히 배가 고프다면 말이지."

덥고 힘든 날이었다. 콩과 마카로니, 쌀을 골라 나누고, 밀가루와 옥수수 가루를 엄마 체로 치느라 나중에는 손에 영원토록 쥐가 날 것만 같았다. 우리 셋은 힘을 모아 캔과 자루, 상자들을 다 옮겼다. 선반과 모든 통조림 병을 끓는 물과 마지막 남은 표백제로 씻고 말린 다음 체 친 밀가루와 나눠서 정리한 날 알들을 담았다. 벌레가 들끓는 음식과 엄마 식료품실의 벌레들을 생각하니 눈물이 날 것 같아, 나는 하루 종일 죽어라고 일했다.

이제는 그런 게 그저 일상적인 일일 뿐이라 후회와 역겨움에 면역이 됐다. 나방들을 죽이고 체로 애벌레를 골라내고 나서 한 시간쯤 후, 아빠가 "와인 창고"라고 부른 선반 위에 놓인 마지막 병 두 개가 문득 눈에 들어왔다. 갑자기 다시 기억이 밀려왔다. 그 먼지 쌓인 병들이 불러낸 기억들은 사소했지만, 그 순간들을 다시 겪는 것처럼 고통스러워 잠시 동안 숨을 쉴 수가 없었다.

8월 중순, 아빠가 돌아가시기 불과 몇 주일 전 어느 날이었다. 옥수수와 토마토, 삶은 감자로 저녁을 먹고 있는데, 아빠가 벌떡 일어나더니 식료품실로 사라졌다.

"특별한 날이 따로 있는 게 아니야." 아빠는 잠시 후 레드와인 한 병과 엄마의 크리스털 와인 잔 세 개를 가지고 돌아왔다.

아빠는 코르크 마개를 따고 병 주둥이를 잔 가장자리에 갖다 댄 다음 한 잔 가득 따랐다. 아빠는 고개 숙여 절을 하며 그 잔을 에바에게 건넸고, 나와 아빠 잔도 가득 채웠다. 그러고는 우릴 향해 잔을 들었다. "너희들을 위해서." 그 목소리가 어찌나 열렬했던지, 난 아빠가 예전 모습으로 돌아오려고 애쓰는 것 같아 안도감이 들면서도 그게 그렇게나 오래 걸렸다는 게 화나서 몸을 움찔했다.

아빠는 잔을 빙빙 돌리고 와인 향기를 맡은 다음 홀짝홀짝 마시더니 만족스럽게 고개를 끄덕였다. "자, 애들아, 죽 들이켜고 소감을 말해봐라. 술이 어디 우리 어른들만 살아보자고 들이붓는 거냐?"

에바가 냉정한 아이러니를 담은 눈길을 휙 내게 보냈고, 난 에바도 토요일 밤 플라자 일을 생각하고 있다는 걸 알았다. 하지만 에바는 아무 말도 하지 않고 딱 한 모금만 마시고는 나머지는 손도 대지 않고 내려놓았다. 나는 엘리 생각을 하지 않으려고 애쓰며 천천히 마셨다. 집 안에서, 잔으로, 아빠와 함께 마시니 와인 맛이 전혀 다르게 느껴졌다. 아빠는 자기 잔을 비우고 에바 잔을 비우더니 병까지 다 비웠고, 그러는 내내 마법으로 공기 중에서 행복을 불러내기라도 하려는 듯이 농담을 하고 떠들어댔다.

있지도 않은 흥을 억지로 짜내는 아빠를 보고 있자니 고통스러웠지만, 아빠가 던지는 썰렁한 농담, 어색한 대화 하나하나는 내가 거의 어쩔 수 없이 계속 기록해나가고 있는 아빠의 마이너스 장부에 더해질 뿐이었다. 나는 맞장구를 칠 마음도, 능력도 없이 목석같이 앉아 있었고, 마침내 병이 다 비자 우린 각자 잠자리에 들었다.

그날 이후 남은 술이라고는 거의 다 마신 셰리주 한 병과, 부엌 기름때와 먼지가 너무 많이 묻어 술이 얼마나 남아 있는지 보이지도 않는 그랑 마니에르 한 병뿐이었다.

"저 두 병은 마시지 말고 버텨야 해." 아빠가 말했다. "의료용으로. 뱀에게 물리거나, 동상에 걸리거나, 출산을 대비해서. 그러니까," 아빠는 계속해서 말했다. "당분간 여기서 술을 퍼마실 일은 없을 거다. 빙산이 움직인다거나, 우리 중 누가 친절한 방울뱀에게 물리지 않는 한."

우린 버티고 있어, 나는 벌레가 들끓는 밀가루를 체로 치며 생각했다. *계속해서 — 우릴 공격하는 건 추억뿐이야, 고통스러운 건 후회뿐.*

오늘 나는 허쉬, 밀튼 스네이블리에서 책을 덮는다. 왜 잃어버린 모든 것들 중에서 때론 음식이 가장 그리운 걸까?

당시에는 몰랐지만, 발가락에서 피를 흘리며 누워 빙빙 도는 밤하늘을 쳐다보고 있는 날 내려다보던 얼굴들 중 어딘가에는 엘리가 있었다. 사자 갈기 같은 황갈색 머리칼에 느릿느릿한 담갈색 눈을 가진 엘리, 오른쪽 귓불에 에메랄드 스터드 귀고리를 하고 입에는 하모니카를 문 엘리, 혼자 유유자적 다니는 엘리, 사고 다음 주 토요일에 내게 와서 "네가 춤추는 거 봤어" 하고 말했던 엘리. "발가락은 어때?"라거나 "아빠가 뭐라 하셔?"라거나 심지어 "숙취로 고생 안 했어?"가 아니라 *네가 춤추는 거 봤어.*

나는 여전히 절뚝거리고 있었지만, 엘리는 내 발가락에 대해서는 묻지도 않았다. 대신 그는 "네가 춤추는 거 봤어" 하고 말했고, 나는 그가 내가 뛰어올랐다가 넘어진 걸 다 봤다는 걸 알았다. 발가벗은 기분이 들었다. 으쓱하면서도 당황스러웠다. 그 말에 난 마음을 빼앗겼다. 그 말에 내 가슴에는 젖꼭지가 생겼고, 내 허리는 낭창낭창해졌고, 내 다리 사이 새로 발견한 그곳에는 어렴풋한 갈망이 생겼다.

그건 그가 내게 처음 건넨 말이었다. 물론 난 엘리를 알았고, 다른 플라자 무리들의 명단에 그를 올려뒀고, 심지어 내 외로움을 달래줄 남자 친구로 잠재성을 따져보려고도 했었다. 하지만 그의 은근한 유머 감각과 그가 연주하는 음악의 허기를 좋아하긴 해도, 도무지 뚫을 방법을 알 수 없는 방패가 그의 주위를 둘러싸고 있는 것 같았다.

엘리는 초연했고, 난 그게 멋지면서도 낯설지 않았다. 그는 혼자 유유자적한 관찰자로 언제나 경계선에서 맴도는 것 같았고, 난 그 과묵함에서 내 모습을 봤다고 생각하고 싶었다. 무리에 완전히 속하지 못하는 게 내가 복잡하고 세련된 사람이라서 그렇다고 생각하고 싶었다. 난 엘리와 나는 동족이라고, 다른 애들은 어른 흉내를 내는 어린애들이지만 우리는 그냥 어린애처럼 굴어주는 어른들이라고 생각했다.

네가 춤추는 거 봤어, 그는 말했고, 그 순간부터 우리는 짝이 된 것 같았다. 그날 저녁 우리는 나란히 서서 모닥불을 바라봤고, 나는 내 바로 옆에 있는 그의 온기에서, 내 머리 위 어둠 속에서 들려오는 그의 목소리에서 안온함을 느꼈다. 그는 마치 내가 거기 없다는 듯이 하모니카를 불었지만, 옆에 서서 그 소리를 듣고 있자니 전에 한 번도 느껴보지 못한 살아 있는 느낌, 모든 모공이 열리고, 모든 세포가 깨어나는 느낌이 들었다. 내가 이렇게나 강렬하게 그의 존재를 느끼고 있는데, 그 사람도 그만큼 나를 의식하지 않기란 불가능한 것 같았다.

그는 그다지 말이 없었지만, 그가 한 모든 이야기 ― 목재 저장소가 문을 닫아서 지난주에 일자리를 잃었다는 것, 악보 읽는 법을 독학하고 있다는 것, 어디에 가면 와인이 더 있는지 알고 있다는 것 — 에는 은밀히 내게만 전달하는 메시지가 있는 것 같았다.

그다음 주 토요일 나는 엘리랑 당장 결혼할 작정을 하고 시내에 갔다. 내 슬픈 인생 전부를 그의 발아래 던지고, 하버드 계획을 포기하고, 레드우드에서 그와 영원히 살 준비가 되어 있었다. 나는 은색 단추가 주르르 달리고 통 넓은 벨벳 소매가 있는 에바의 나바호 블라우스를 빌려 입고 갔는데, 해가 지고 나서도 재킷으로 그 블라우스를 가리기 싫어 얼어 죽을 지경으로 추운데도 꾹 참았다. 하지만 저녁 내내 기대감에 들떠 기다렸지만 엘리는 나타나지 않았다.

그 주 내내 나는 그가 나를 좋아하지 않는다는 공포와 그가 죽었다는 확신 사이에서 안달복달했다. 하지만 그다음 주 토요일 그는 다시 모닥불로 돌아왔고, 나는 옆에서 거의 아무 말도 하지 않은 채 그의 말을 열렬하게 들으며 저녁 시간을 보냈다. 밤이 깊어갈 때 그는 비가와 자장가의 중간쯤 되는 달콤하고 매끄럽고 슬픈 곡조 하나를 하모니카로 연주했다. 나를 후벼 파면서도 얼러주는 듯한 노래였다. 난 그가 나를 위해, 나를 향해, 나에 대해 연주하고 있다고 확신했다. 그 음악이 내게 *이해해, 알아, 다 괜찮아* 하고 말하고 있다고 확신했다.

난 우리는 서로 연결되어 있어서 말 없이도 서로의 존재를 의식하고 있다고 확신했다. 아빠가 우리를 태우러 오기 바로 몇 분 전, 엘리가 내 허리에 손을 갖다 댔을 때 나는 거의 숨조차 쉴 수 없었다. 아, 난 그 순간을 절대 잊지 못할 것이다. 무수히 많은 별들과 어둡고 무한한 공간으로 가득 찬 우주가 바로 우리 머리 위에 있는데도, 프톨레마이오스의 생각이 옳지 않다는 걸 믿을 수가 없었다. 어떻게 우리 지구가, 우리 종족이, 내 허리에 갖다 댄 엘리의 손이 만물의 중심이 아니란 말인가.

다음 주 토요일 엘리는 또 나타나지 않았고, 나는 그 주 내내 침울하게 공부만 팠다. 다음 토요일이 됐을 때, 난 그 모든 게 내 상상일 뿐이었다고 생각을 고쳐먹었다. 하지만 그날 밤 우리가 플라자에 갔을 때 엘리는 광장 주변 나무들 아래 서서 내가 아빠에게 작별 인사를 하고 트럭 문을 닫는 걸 바라보며 기다리고 있었다.

그날은 처음으로 밤 날씨가 따뜻했던 4월 말 저녁이었다. 공기는 마시는 물처럼 부드러웠고, 석양이 모든 것을 연자줏빛으로 물들였다. 거기 엘리가 우리 앞 보도 위에 서 있었다.

"안녕." 그가 말했다.

에바가 대답했다. "안녕." 그러고는 샤세(빠른 동작으로 발을 끄는 스텝 – 옮긴이)로 그를 지나쳐 방금 불이 붙은 모닥불 쪽으로 갔다.

하지만 난 걸음을 멈추고 서서 엘리를 바라봤다.

"안녕." 그는 다시 한 번 인사했다. 이번에는 그 한 마디 말이 너무나 은밀해서 아무도 엿들어서는 안 되는 것처럼 나직하게 말했다.

난 그에게 묻고 싶어 죽을 지경이었다. *지난주엔 어디 있었어? 여기 안 올 때는 뭐 해? 내 머리 이렇게 하니까 어때?* 엄마의 장례식, 아빠의 침묵, 최근 미적분 공부의 획기적 진전, 저녁 메뉴에 대해 이야기하고 싶었다. 대신 나는 "안녕" 하고 말했다.

"자." 그는 과장된 몸짓으로 나를 향해 뭔가를 내놓으며 대답했다.

받아보니 진홍색 장미였다. 바깥쪽 꽃잎은 이미 다 피어서 부드러웠고, 안쪽 꽃잎은 아직 팽팽하게 말려 있었다.

그는 내 기쁨의 침묵을 오해했는지 덧붙였다. "맘에 들면."

"좋아." 나는 장미를 머리에 꽂으며 대답했다. 장미는 저녁 내내 그 자리에 있었고, 나는 귀를 누르는 장미의 무게, 따갑게 찌르는 줄기와 가시를 무시하려고 애썼다.

다음 날 아침, 햇살이 비치는 내 침실에서 나는 꽃잎 하나를 먹고 하나는 브래지어 안에 넣은 다음 나머지 꽃을 꽃병에 꽂아놓고는, 다음 며칠 동안 무슨 우상이라도 되는 양 유심히 관찰하며 그 원형질 조각들 속에서 사랑을 끄집어내려고 애썼다.

그런 일이 토요일마다, 5월 내내, 그리고 6월로 접어들 때까지 계속됐다. 엘리는 어떤 때는 오지 않았고, 어떤 때는 와서도 내게 신경도 쓰지 않았다. 그가 아는 척할 때조차 나는 그 앞에서는 늘 뻣뻣하고 입이 떨어지지 않았다. 내 농담들은 너무 정교했고, 대화는 너무 심각했고, 침묵은 너무 길었다. 그럼에도 불구하고 순간순간 레드우드에서 사라진 모든 전기가 우리 사이에서 흐르는 것만 같았다.

토요일 밤들 사이의 길고 긴 날들에는 미적분을 공부하고 프랑스어 불규칙 동사들을 외우고 결혼 계획을 세우고 아기들 이름을 지었다. 유럽사를 개괄하고 《일리아드》를 읽고 크렙스 회로를 공부하고 엘리의 이름을 썼다. 행운을 빌기 위해 숨을 참았고, 별똥별과 네잎 클로버에 대고 소원을 빌었다. 여기 쓰기조차 너무 민망할 정도다.

아빠는 자기만의 슬픔에 너무 깊이 빠져 있어서 내가 뭘 하고 있는지 알아채지도 못했지만, 에바는 마침내 눈치챘다.

"그 사람이랑 뭐 있니?" 6월 초 어느 일요일 아침, 아빠가 정원에 나간 사이 다용도실 아연 도금 싱크대에서 함께 빨래를 하고 있다가 에바가 물었다.

"누구?" 나는 물에 젖은 뻣뻣한 청바지를 잡고 문지르며 말했다.

"엘리."

"그 사람이 뭐?" 나는 우리 집에서 그의 이름을 듣는 데 전율을 느끼며 물었다.

"그 사람이 뭐?" 에바가 반복했다.

"그 사람이 좋아." 나는 청바지를 힘차게 헹구며 대답했다.

"왜?"

"왜냐면," 나는 말을 시작했다가 곧 멈췄다.

에바는 빨래를 문지르기를 멈추고 나를 쳐다봤다. "뭐 때문에?"

"그냥." 난 이번에는 그런 멍청한 질문에는 이게 충분한 대답이라는 듯이 분개하며 말했다.

"그 사람 분명 적어도 스무 살은 됐을 거야."

"그래서?"

"대학에는 언제 갈 거래?"

"몰라. 그런 이야긴 해본 적 없어." 나는 마치 우리가 다른 이야기를 하느라 너무 바쁘다는 듯한 어조를 취하려고 애쓰며 대답했다.

"평생 책은 읽어본 적 있대?"

"어, 물론이지."

"무슨 책?"

"뭐든 그게 뭐가 중요해? 언니도 안 읽잖아."

"그래, 하지만 넌 읽잖아."

"그래서?"

에바는 이상하다는 듯이 나를 바라봤다. "내게 남자 친구가 있다면, 그 사람은 발레에 대해 알아야 해."

그때 나는 언니가 질투하는 거라고 생각했고, 다음에 언니가 물어보면 막힘없이 대답하려고 왜 내가 엘리를 좋아하는지, 왜 엘리가 나와 맞는 사람인지 이유들을 줄줄이 적었다. 하지만 언니는 다시는 묻지 않았다.

⚓

정원에 꽃이 피기 시작하고 해가 진 후에도 여름 더위가 한참 동안 남아 있는 6월 중순 어느 토요일 밤, 레드우드에서 집으로 돌아가는 길에 아빠가 말했다. "얘들아, 너희들을 실망시키긴 싫지만, 오늘을 마지막으로 이제 얼마 동안은 시내에 못 갈 것 같다. 휘발유가 없어진 지 2주째야. 트럭에 11리터 정도가 있긴 하지만, 언제 휘발유가 다시 생길지 확실히 알기 전까지는 비상시를 대비해서 아끼는 게 좋을 것 같다."

아빠와 에바 사이에서 말없이 괴로워하며 앉아 있던 나는 아빠의 말에 숨이 멎을 정도로 놀라 갑자기 사적 고뇌의 세계에서 끌려나왔다.

"하지만 다음 주에는 가야 해요." 나는 헐떡대며 말했다.

아빠는 앞을 밝히는 트럭 전조등 불빛을 바라보고 있었다. "왜?" 아빠는 물었지만, 다른 생각에 빠져 있는 듯한 어조였다.

"왜냐하면," 나는 절박하게 대답했지만, 더 이상 아무 말도 할 수 없었다.

엘리를 봐야 했으니까.

그날 저녁 난 은행이라도 터는 듯한 절박하고 확고한 계획을 가지고 시내에 갔다. 우리 사이를 갈라놓고 있는 어색한 경계를 마침내 부수고 들어갈 작정이었다. 난 한 주 내내 내가 짠 계획이 영화 대본이라도 되는 양 머릿속에서 상상하고 또 상상하며 여기 대사를 바꿔보고 저기 손짓을 바꿔봤고, 마침내 이미 다 해본 것처럼 그 결과를 확신했다.

난 엘리와 확실한 관계를 맺고 싶은 마음이 내 자존심이나 두려움보다도 더 크다고 결정했고, 무슨 술이 돌든 간에 내 몫을 다 마신 후 엘리의 손을 잡고 무리에서 빠져나올 계획이었다.

나는 밤마다 다른 커플들이 말랑말랑한 분위기로 함께 숲속으로 들어갔다가 돌아오는 것을 지켜봤다. 엘리와 내가 숨 막히는 모닥불과 다른 친구들에게서 벗어나 어둠 속에서 피난처를 찾을 수만 있다면, 그렇게만 하면 우리 사이에서 커져가고 있는 힘을 표현할 길을 분명 함께 찾게 될 것이다. 말로 넘어야 할 길을 몸으로 만들어나갈 수 있을 거라고 생각했다. 엘리와 편하게 있을 수만 있다면 내 모든 슬픔에서 빠져나올 수 있을 것만 같았다.

난 목욕물을 데우고 햇빛 아래서 머리를 빗어 말리고 공들여 옷을 차려입느라 오후 내내 준비했다. 아빠가 우릴 플라자에 내려줬을 무렵, 나는 엘리가 도착하는 걸 기다리느라 사냥꾼이면서 동시에 사슴이 된 기분이었다.

하지만 그는 그날 밤 늦게야 왔다. 난 새로운 사람이 모닥불 쪽으로 올 때마다 몰래 지켜보느라, 그가 아니라는 걸 깨달을 때마다 새로운 아픔을 느끼면서 긴긴 세 시간을 고통스럽게 보냈다. 물론 엘리가 어디 있는지 물어보기엔 난 너무 수줍었고, 가끔 누군가 "엘리는 어딨어?" 하고 물으면 어깨를 으쓱하며 가능한 한 무심하게 "누가 알겠어?" 하고 대답했다.

병이 나타나 돌아가고 다 빌 때까지도 그는 나타나지 않았다. 다른 커플들은 벌써 오래전에 어둠 속으로 사라졌다가 벌써 모닥불 가로 돌아오기 시작했다. 모닥불도 깜부기불로 사그라지고 있었다. 내 계획은 얽힌 날실처럼 꼬이고 엉클어지고 있었고, 내 마음은 이제는 익숙한 걱정과 분노의 미로를 질주하고 있었다.

엘리는 아빠가 우리를 태우러 오기 30분 전에야 마침내 나타났다. 나는 엘리를 포기하고 사그라져가는 모닥불 옆에서 긴장되고 들끓는 심정으로 서 있었는데, 갑자기 어떤 본능에 이끌린 것처럼 뒤를 돌아보게 됐다. 엘리가 서두를 거 하나 없다는 듯한 태도로 달빛 비치는 보도를 어슬렁거리며 걸어오고 있었다. 그는 내가 자기를 쳐다보는 걸 보고 팔을 들더니 총을 쏘거나 상품을 고르는 것처럼 집게손가락으로 나를 가리켰다. 그 손짓이 아이러니하면서도 소유권을 주장하는 것처럼 친밀하게 느껴져, 평소 같았으면 분명 좋아했을 것이다. 하지만 엘리는 내가 있는 곳까지 오기 전에 걸음을 멈추더니 꺼져가는 모닥불에서 멀리 떨어져 서 있는 사람들과 이야기를 나눴다.

"안녕, 엘리." 그들이 말하는 소리가 들렸다. 대답하는 그의 목소리, 하모니카의 나지막한 곡조가 들려왔다. 나는 남은 모닥불을 향해 고개를 돌렸다. 뜨거운 눈물에 눈이 따끔거렸다. 눈물로 흐려진 시야에 어른거리는 불길을 바라보며 나는 불현듯 내겐 상처받거나 화낼 권리도, 불평하거나 분노할 권리도 없다는 걸 깨달았다. 우리 사이는 그 정도로 막연했다. 우린 심지어 싸울 수도 없었다. 싸움이 가능할 관계를 인정한 적도 없으니까. 어떤 면에서 우리는 전혀 모르는 사람들보다도 더 멀었다. 모르는 사람들끼리는 적어도 아직 관계를 만들지 않았다는 가능성이라도 있지 않은가.

나는 불길이 다시 모여 살아나고 눈물이 들어갈 때까지 모닥불을 물끄러미 응시했다. 마침내 그가 모닥불 쪽으로 슬슬 걸어왔을 때, 나는 다른 사람과 열심히 대화를 나누고 있었다. 아빠 차 경적 소리가 들리자 나는 엘리의 시선은 본 척도 않고 사람들에게 작별 인사를 한 다음, 엘리 생각은 한 적도 없다는 듯이 잔디밭을 가로질러 기다리는 트럭을 향해 걸어갔다.

"왜냐하면," 나는 아빠의 질문에 어설픈 대답을 시도하며 다시 말했다. "음식이 필요하잖아요."

"한 달 정도는 버틸 만큼 있어." 아빠가 말했다. "특히 텃밭도 잘되고 있으니까."

"하지만 작별 인사를 해야 할 사람들이 있어요." 나는 무심결에 불쑥 말해버렸다.

"특별히 해야 할 사람이라도 있어?" 아빠가 유일한 놀이를 그만둬야 하는 충격을 덜어주려고 애쓰고 있다는 건 알았지만, 그 농담은 내 좌절감을 증폭하기에 완벽한 자극이었다.

"도대체 왜 미리 이야기해주지 않은 거예요?"

"그게 말이다, 넬, 오늘 밤에 또 휘발유를 넣으려 하기 전까진 나도 몰랐어. 제리 말이, 레드우드에 휘발유가 동난 지 2주째란다."

"봐요 — 아빠는 알았어야 했어요. 아빠가 자기 말고 다른 데 관심이 조금이라도 있었다면, 알았을 거라고요."

뒤이은 침묵 속에서 에바가 놀라서 헉 하는 소리가 희미하게 들렸다. 아빠는 그 어느 때보다 더 피곤해 보이는 목소리로 말했다.

"네 말이 맞을지 몰라. 미안하다. 하지만 걱정하지 마, 꼬마야. 네 남자 친구는 널 안 잊을 거야. 혹시 그런다면," 아빠는 계속해서 말했다. "그런 놈은 열대 우림의 거미 방귀만큼의 가치도 없어."

"그 사람은 내 남자 친구도 아니고, 난 아빠의 빌어먹을 꼬마도 아니에요." 난 단호하고 냉정하게 커다란 목소리로 말했다. 차 안은 아빠의 당황스러운 상처와 내 비열한 고통으로 터질 것 같았다. 하지만 그렇게 화를 내버리자, 나를 휩쓸어 버리겠다고 위협하지 않는 감정을 마음껏 터뜨리고 나자, 솔직히 뭔가 상쾌했다.

풀고 넘어갈 수도 있었다. 뭐 대단한 게 필요하지도 않았을 것이다 ─ 그저 말 한 마디, 농담, 손짓 하나면 됐을 것이다. 아빠 무릎에 손을 얹고, 어깨에 머리를 대고, "미안해요" 하고 말할 수도 있었다. 하지만 그 대신 나는 나도 한 번은 다른 사람들에게 벽을 쳐버리는 사람이 될 수 있다는 걸 기뻐하며 뻣뻣하고 고고하게 앉아 있었다.

⚓

그 끔찍한 밤 이후 우린 한 번 더 시내에 갔다. 6개월쯤 전인

8월 말경의 일이지만, 이제는 다른 생에 꾼 꿈처럼 아득하게 느껴진다. 레드우드에 마지막으로 간 이후로 아홉 번의 토요일이 지나갔다. 전기가 안 들어온 지 5개월째이고 전화도 적어도 4개월 동안 울린 적 없지만, 우린 여전히 가을 — 아니면 늦어도 겨울 — 에는 모든 게 복구될 거라고 말했다.

며칠 동안 아빠는 식료품실과 텃밭에서 계산을 하더니, 어느 날 밤 저녁을 먹으며 말했다. "애들아, 내일 시내에 가야 할 것 같다. 식료품이 떨어지고 있는데, 다시 채워놓는 게 빠르면 빠를수록 좋을 것 같아. 휘발유를 쓰고 싶지는 않지만, 레드우드까지 왕복할 정도는 있을 것 같아. 어쨌거나," 아빠는 한숨을 쉬었다. "시도는 해봐야 해."

그날 밤 나는 물을 좀 더 데워 머리를 감았다. 다리털을 면도하고, 눈썹을 뽑고, 전기 다리미를 난로 위에서 데워 녹색 여름 드레스를 최대한 말끔히 다림질했다.

내가 다림질을 하고 있는 동안, 아빠는 돈을 셌다.

"돈을 찾아둬서 다행이야." 아빠는 테이블 위에 100달러짜리 네 장을 이기는 카드 패처럼 펼쳐놓고 말했다. "그리고 이틀 뒤에 은행이 문을 닫았거든." 아빠는 돌이켜보며 고개를 저었다. "저축도 찾았다면 좋았을 텐데."

에바가 그 위에 73달러를 얹었다. 나는 59달러를 줬다.

우린 그게 많은지 적은지 전혀 몰랐다.

"물론 돈은 갚아줄게." 아빠는 낡은 봉투 뒷면에 공들여 약식 차용 증서를 써서 우리에게 하나씩 주며 말했다. "은행이 곧 문을 열어서 저축을 찾을 수 있게 되면 돈을 돌려줄게. 이자까지 쳐서."

다음 날 아침 우린 모두 일찍 일어나 시내로 출발했다. 구경을 하고 음악을 듣고 맛있는 음식을 먹고 어쩌면 리본이나 새 반지 같은 걸 사러 장날 시내에 가는 시골 소녀, 연인을 만나러 먼 시내까지 가는 동화 속의 소녀가 된 기분이었다.

그보다 더한 흥분, 순수하고 선언적인 즐거움에 푹 젖은 그날 아침보다 더 달콤한 아침은 있을 수 없었다. 나는 시내에 가고 있었다. 햇살이 따뜻했다. 나는 녹색 여름 원피스를 입고 있었다. 머리카락이 맨어깨를 살랑살랑 스쳤다. 난 엘리를 만날 거다.

한껏 고양된 내 기분에도 불구하고, 우리 개간지 바깥세상은 기이하게 낯설어 보였다. 길에는 벌써 왕래가 없었던 흔적이 보이기 시작했다. 새로 갈라진 틈들과 경사로 사이로 잡초가 자라났고, 길 중간에 생긴 넓은 골에 자라난 풀들이 트럭 차대를 때리고 스쳤다.

우리 집에서 6킬로미터 떨어진 곳에 있는 가장 가까운 이웃집에 도착했다. 콜먼 가족은 기독교 근본주의자들이었고, 아빠는 우리와 그 사람들 사이에는 어떤 공통점도 없기 때문에 우리에게는 완벽한 이웃이라고 말하곤 했다. 그 집과 우리 집 사이에는 국유림이 자리하고 있어서 심지어 땅 경계선조차 공유하고 있지 않았다. 하지만 한때 깔끔했던 그 집은 이제 약탈당한 꼴을 하고 있었다. 창문들은 박살이 났고, 현관문은 경첩이 하나만 남아 삐딱하게 붙어 있었고, 마당의 잔디는 누렇고 듬성듬성했다.

"여기서 기다려." 아빠는 이렇게 말했다. 아빠가 장총을 들고 그 집으로 올라가 안에 대고 이름을 불러보는 사이, 우리는 차 안에 앉아 있었다.

"아무도 없어." 돌아와서 아빠는 이렇게만 말했다. "암퇘지가 그 안에서 새끼를 치고 있는 것 같아."

"그 사람들은 어디 있을까요?" 내가 속삭였다.

아빠는 어깨를 으쓱했다. "어쩌면 시내로 갔겠지."

콜먼 씨네를 지나 5킬로미터를 더 가자 포장된 시골길이 나타났다. 트럭이 속도를 더할수록, 우리는 점점 더 말이 없어졌고, 박물관이나 장례식에 간 것처럼 속삭이며 이야기했다. 지나치며 본 몇몇 집들은 완전히 불에 탔거나 약탈당한 꼴이었다. 뼈가 앙상한 개 한 마리가 창문을 판자로 막은 창고에서 컹컹 짖으며 달려 나왔다. 마침내 시내에서 몇 킬로미터 떨어진 곳에 이르자 가느다란 연기가 굴뚝에서 솟아오르는 게 보였다.

레드우드가 가까워지자, 사람들의 자취가 조금 더 보였다—

빨랫줄에 세탁물을 널고 있는 여자, 무서운 표정으로 자전거를 타고 가는 남자, 술래잡기 놀이를 하다 멈추고 지나가는 우리 차를 쳐다보는 몇몇 아이들. 하지만 화창한 여름날 아침인데도 그 시골 마을에서는 포위된 지역 같은 답답하고 긴장된 분위기가 느껴졌다.

마침내 에바가 입을 열었다. "무슨 일이 벌어지고 있는 거죠?"

아빠는 헛기침으로 목을 틔우고 말했다. "알아보자꾸나."

하지만 알아낼 수 있는 게 거의 없었다. 보도 옆에 승용차와 트럭이 몇 대 서 있긴 했지만, 메인스트리트로 접어들며 보니 움직이는 차라곤 우리 차밖에 없었다. 플라자를 둘러싸고 있는 가게들 안은 모두 컴컴했다. 어떤 가게들에는 "닫힘" 표지가 걸려 있었고, 내일이라도 옷을 잘 차려입은 가게 주인들이 돌아와 문을 열기라도 할 듯이 창가에 10시를 가리키는 조그만 시계가 걸려 있는 가게들도 있었다. 다른 창문들은 정육점 종이들이나 합판으로 막혀 있었고, 몇몇 창문들은 깨져 있어서 날카로운 깨진 틈 너머로 텅 빈 실내가 보였다.

업타운을 지나치면서 창문들 틈으로 안을 들여다보니 벽에서는 포스터가 흘러내리고, 주크박스는 옆으로 넘어져 있고, 테이블들은 뒤집혀 있었다. 길 건너 플라자는 텅 비어 있었다. 한때 푸르렀던 잔디는 바싹 말라 잡초가 뒤엉켜 있었고, 가로등들은 총에 맞아 깨져 있었다. 변함없어 보이는 건 나무들뿐이었다.

"모두 어디 있는 걸까?" 에바가 속삭였다. 시골 사람들도 여기로 왔을지도 모른다고 했던 아빠의 말은 아무도 입에 올리지 않았다.

아빠가 말했다. "제리한테 들러 이야기를 좀 들어봐야겠다."

제리 밀러는 레드우드 초등학교 6학년의 수학, 과학 담당 선생님이었고, 아빠의 아주 친한 친구였다. 제리는 덩치가 크고 조용한 사람으로, 애들을 좋아하고 정치를 싫어했기 때문에 MIT의 자리를 마다하고 여기로 왔다. 몇 년 동안 아빠는 매주 금요일 밤이면 퇴근 후 숲으로 돌아오기 전 제리와 함께 맥주를 마시곤 했다.

제리의 아내는 시내에서 변호사로 일했는데, 그분과 엄마가 저녁 시간을 같이 보내는 걸 편하게 여기지 못하는 바람에 가족들끼리 자주 만나지는 않았다. 그래도 어쩌다 그 집에 갈 때면 에바와 나는 안뜰에서 이야기를 나누는 어른들의 목소리를 들으며 수영장에서 헤엄을 치면서 늘 신 나는 시간을 보냈다.

밀러 가족은 초등학교에서 몇 블록 떨어진, 레드우드 유일의 진짜 부촌에 살고 있었다. 하지만 굽어진 도로를 따라 동네로 들어서 보니, 집 앞의 기다란 잔디밭은 누렇게 변한 채 풀이 덥수룩하게 자라 있었고, 보도 옆에는 잭으로 들어 올렸거나 타이어가 없는 차들이 늘어서 있었다.

아빠는 밀러 가족의 타일 지붕 집 앞 순환도로로 차를 운전해 들어갔다. 아빠가 차 시동을 끄자, 문을 열기도 전 어떤 남자가 집에서 나와 우리를 맞았다. 그 남자는 험상궂은 표정을 하고 옆구리에는 총구를 바닥 쪽으로 한 엽총을 끼고 있었다.

아빠가 창문 밖으로 몸을 내밀었다. "안녕하세요." 아빠는 초등학교 교장 선생님의 견실한 공적 목소리로 말했다.

남자가 고개를 끄덕였다.

"밀러 씨 계십니까?" 아빠가 물었다.

남자는 고개를 저었다.

"밀러 부인은요?"

남자는 다시 한 번 고개를 저었다. "아뇨." 그가 말했다.

"아, 예." 아빠는 그 모든 게 말이 된다는 듯이 고개를 끄덕였다. "그 사람들 어디 갔는지 혹시 아시는지요? 제리는 제 친구거든요."

"아마 남쪽으로 갔겠죠."

"시내로 말입니까? 밀러 부인이 일하는?"

"어쩌면요."

"언제 떠났죠?"

"몰라요. 우리가 여기 오기 전이에요."

"그게 언제인데요?"

남자는 어깨를 으쓱했다.

"그러니까 밀러 씨네가 올 때까지 관리를 하겠다는 거요?"

남자가 눈을 부라리며 총구를 땅바닥에서 3, 4센티미터 정도 획 들어 올렸다.

"뭐," 아빠는 여전히 가볍게 말했다. "우리도 가려고요."

남자가 고개를 끄덕였다.

아빠는 그 남자를 지나쳐 운전하는 대신 후진으로 차를 차도로 뺐다. 우리는 밀러 씨 가족이 어디로 갔을지, 그 사람들에게 무슨 일이 생겼을지, 언제 다시 만날 수 있을지 상상하지 않으려고 애쓰며 말없이 달렸다.

마침내 아빠가 입을 열었다. "학교는 어떤지 좀 봐야겠다." 우리는 낯익은 거리 위에 덧씌워진 낯선 모습에 정신이 멍해져 꿈꾸는 기분으로 몇 블록을 달려갔다.

레드우드 초등학교에 도착하자, 아빠는 텅 빈 깃대 옆에 차를 세웠고, 우린 트럭 안에 앉아 수년 동안 아빠의 제2의 집이었던 곳을 살펴봤다.

앞문들에는 쇠사슬이 묶여 있었고, 길게 이어진 교실 창문들은 판자로 막혀 있었다.

"마이크가 한 게 분명해." 아빠는 아빠보다 더 오래 거기서 근무한 관리인 이름을 대며 말했다. "떠나기 전에 제리도 도와줬을지도 모르고."

우리는 넓게 펼쳐진 학교 운동장 건너편에 있는 텅 빈 놀이 기구들을 쳐다봤다. 정글짐에는 불길하게 밧줄이 매달려 있었고, 한때 의자와 연결되어 있던 그네 쇠사슬들은 의자 없이 흔들리고 있었다. 어디에도 아이들은 보이지 않았다.

아빠는 한참 그렇게 있다가 차에 후진 기어를 넣었다.

"안 들어가요?" 내가 물었다.

"아니." 아빠는 말했다. "지금 저기서 내가 할 수 있는 일은 아무것도 없어. 그리고 될 수 있는 대로 빨리 볼일을 보고 집에 돌아가는 게 좋을 것 같다."

잠시 또 말이 없다가 아빠가 덧붙였다. "아는 사람을 찾아서 소식을 들어보고 싶지만, 근처에 사는 사람들 중 믿을 만한 사람이 생각이 안 나는구나. 돌아다니느라 더 이상 휘발유를 낭비할 수도 없고 ─ 사실 집까지 가는 것도 상당히 불확실한 상황이야."

아빠가 시내에 간다고 말했을 때부터, 나는 새로운 ─ 일시적인 ─ 사회의 활기찬 중심지로서 레드우드 이미지를 마음에 품고 있었다. 플라자에는 사람들이 북적대고 야외 시장처럼 가판들이 둥글게 늘어서 있을 거라 생각했다. 뻑뻑거리는 닭들과 신선한 달걀, 집에서 재배한 채소를 파는 농부들과, 소리 지르며 예쁜 장신구와 중고 도구들을 파는 행상인들을 상상했다. 거리 악사들, 음식 노점상들, 물건을 사고 잡담을 나누러 걸음을 멈추는 바구니 든 쇼핑객들을 머릿속에 그렸다. 심지어 손수레와 말들이 즐비한 모습까지 상상했다. 마치 우리가 예전에 알던 삶이 다시 시작되길 기다리고 있는 사이에 다른 사람들은 색다르고 그림 같은 옛날 세상으로 돌아가기로 결정해버린 것처럼 말이다.

난 너무나 오랫동안 어떻게든 시내까지 50킬로미터만 가면, 우리 개간지와 플라자 사이의 거리만 해결하면 엘리를 만날 거라고 생각했다. 그리고 엘리를 다시 만나기만 하면 우리 사이는 다 잘될 거라고 생각했다. 하지만 텅 빈 플라자를 보니 마음속에서 서서히 자라나고 있던 깨달음이 명확해졌다. 난 엘리를 만날 수 없을 것이다. 난 그가 어디 사는지, 어떻게 찾아야 하는지도 몰랐다. 전화도 걸 수 없었다. 에바와 아빠를 동원해서 시간과 휘발유를 써가며 엘리를 찾을 수도 없었다. 게다가 엘리가 아직 시내에 있는지 아닌지도 몰랐다. 아직 살아 있기나 한지조차 확신할 수 없었다.

게다가 간신히 엘리를 찾아낸다고 한들, 뭘 어쩌겠나? 마지막으로 봤을 때, 난 그를 못 본 척했다. 갑자기 엘리에 대한 모든 희망이 내 상상 속의 장날처럼 비현실적이라는 생각이 들었다. 난 엘리가 어떤 사람인지도 몰랐다. 내가 아는 것이라곤 내 상상들뿐인데, 이제는 그것마저 사라졌다. 텅 빈 플라자 잔디들처럼 숨도 못 쉬고 시들어버렸다.

맹목적인 분노가 치밀어 올랐다. 두드려 패주고 싶었다. 삶이 내게 그랬던 것처럼 누군가에게 모질게 대하고 싶었다. 난 숨도 제대로 못 쉬고 망연자실하게 앉아, 아빠나 언니에게 할 잔인한 말들을, 아빠나 언니도 고통스럽게 할 방법을 생각해 내려고 애썼다. 하지만 난 결국 아무 말도 못 한 채 고통과 허무에 시달리며 음산한 레드우드 거리를 달릴 뿐이었다.

아빠는 먼저 세이브웰 식료품점에 갔지만 문은 판자로 막혀 있었다. 자물쇠가 채워진 우체국 옆의 경쟁 슈퍼마켓 문도 마찬가지였다.

"다들 문을 닫았나 봐." 에바가 속삭였다.

"그럴지도." 아빠가 어깨를 펴며 대답했다. 아빠는 연료 계기판을 흘낏 보더니 시내 경계선에 있는 패스트코로 차를 몰았다.

패스트코는 멀고 조그만 레드우드까지 진출한 유일한 할인 마트였다. 패스트코를 거부하는 지역 주민들도 있었지만, 그곳은 언제나 쇼핑객들로 북적였다. 패스트코의 상품들은 모두 대용량 포장—4리터 병에 든 설거지용 세제, 20킬로그램 포대에 든 밀가루—이었다. 아빠는 그걸 "강력 쇼핑"이라고 불렀고, 엄마가 사 온 화장지 패키지 사이즈를 가지고 놀리며 즐거워하곤 했다. 또, 거기서 물건을 사려면 유료 회원에 가입해야 한다는 이야기를 듣더니 "여기 미국에서는 이제 쇼핑의 특권을 누리려면 돈을 내야 하지" 하고 설명하길 좋아했다.

그 시절 패스트코 주차장은 항상 카트와 차, 아이들로 북적 댔다. 하지만 오늘 거대한 아스팔트 주차장은 여기저기 주차된 딱한 몰골의 차 몇 대를 제외하고는 텅 비어 있었다. 가게 창문들은 캄캄했고, 창문에 붙여놓은 참치 캔과 신선한 아스파라거스, 섬유유연제 세일 광고지들은 빛이 바래고 너덜너덜했다. 우린 어쨌거나 차를 세우고 트럭에서 내린 후 아빠가 글러브박스를 뒤져 다 써가는 포장 테이프를 찾을 때까지 기다렸다. 그리고 함께 창고형 매장을 향해 걸어갔다.

"열렸나?" 반응 없는 자동문에 다가가며 에바가 물었다.

아빠는 알아채지도 못할 정도로 잠시 멈췄다가 말했다. "알 방법은 하나밖에 없지." 아빠가 문을 밀자, 문은 안으로 밀렸다. 성당처럼 싸늘하고 높다란 매장 안에 소리가 울려 퍼졌다. 우리는 문 안으로 들어가 잠시 걸음을 멈추고 어두컴컴한 실내에 눈이 적응될 때까지 기다렸다. 저 위 천장에는 쇠파이프들이 얼기설기 지나가고 있었고, 그 너머 섬유 유리 천창 몇 개에서 햇빛이 희미하게 들어오고 있었다.

"아무도 없어요?" 아빠가 외쳤다.

"있습니다." 어둠 속에서 기운찬 목소리가 들려왔다. "남은 물건은 별로 없지만, 현금으로 계산만 하신다면야 다 고객님 겁니다."

그 거대한 창고형 매장이 그렇게 어둡고 텅 비어 있는 모습을 보니 충격적이었다. 넓은 통로들에는 사람이라고는 없었다. 일회용 기저귀와 시리얼 상자들을 수북이 실은 카트를 부산히 밀고 다니는 엄마들은 없었다. 새 모이나 술을 비축하는 은퇴한 노부부들도 없었다. 디스플레이 코너들을 휩쓸고 다니는 지게차도 없었다.

음식도 없는 것 같았다. 콘크리트 바닥에서 까마득한 천장까지 높이의 반 정도는 될 높은 선반들은 거의 비어 있었다. 보이는 것들이라고는 식료품이라기보다 쓰레기 같았다. 흩어진 잡동사니 더미들에 부서진 상자들, 찌그러진 캔 깡통들.

"너무 늦었어." 에바가 속삭였다. "아무것도 안 남았어."

하지만 아빠는 이미 작전에 돌입해서 가게 앞에 모여 있는 카트 줄에서 카트를 하나 떼어내고 있었다. 아빠는 예전의 결연한 태도로 카트를 첫 번째 통로로 밀고 왔다. "아직 많아." 우리를 부르는 아빠 목소리가 어찌나 단호한지 나도 거기 전염되는 것 같았다. "그냥 뒤지기만 하면 돼. 너희도 카트 하나씩 끌고 따라와라."

우리는 그 통로들을 따라 한때는 익숙했던 왔다 갔다 걷기 의식을 시작했고, 곧 아빠 말이 옳다는 걸 알게 됐다. 선반으로 쓰이는 합판들 위 여기저기에는 건질 만한 먹을거리들이 약간씩 남아 있었다.

처음 들어간 통로는 예전에 제빵 용품들이 쌓여 있던 곳이었다. 이제 선반 위에는 합성 바닐라 향 열두어 병, 머핀 종이컵, 업소용 사이즈 갈릭소금과 베이킹파우더 통들이 아무렇게나 놓여 있었다.

"이건 쓸 만할 거다." 아빠는 베이킹파우더와 갈릭소금을 카트에 던져 넣으며 말했다.

"또 뭐가 필요하지?" 우린 아빠의 질문에 어느 정도의 아이러니가 포함되어 있는지 알 수가 없어 서로를 멍하니 쳐다봤다.

"밀가루요." 에바가 말했고, 우리는 지저분하게 떨어져 있는 코코아 가루와 찢어진 옥수수 가루 상자 외에는 아무것도 없는 선반을 지나 걸어갔다.

맨 아래 선반 제일 안쪽 컴컴한 구석에서 20킬로그램짜리 밀가루 포대 여섯 개를 찾았지만, 에바의 카트에 실으려고 몸을 구부려 살펴보니 포대의 반은 비어 있었다. 게다가 들어 올리려고 하자 밀가루가 우수수 쏟아졌다.

"이게 필요할 줄 알았지." 아빠가 주머니에서 포장 테이프를 꺼내며 말했다. "테이프로 고칠 수 있는 한은 어떤 것도 쓰레기가 아니야." 아빠는 엄마가 질색하곤 했던 본인의 경구를 인용했다.

우리는 아빠를 도와 포대에 커다랗게 X 자로 테이프를 붙인

다음 함께 카트에 실었다. "이거면 6개월은 쉬이 버틸 거다." 아빠는 손과 바지의 가루를 떨며 말했다. "에바가 발레를 그만두고 스모를 하겠다고 나서지만 않으면 말이지."

"다른 사람들을 위해 좀 남겨둬야 하지 않을까요?" 낑낑대며 마지막 포대를 겨우 카트에 실었을 때 에바가 말했다. 에바는 눈높이에 걸린 표지를 가리켰다. *다른 사람을 생각해서 적당히 가져갑시다 ― 정부 강제 배급을 피합시다!*

아빠는 잠시 고민하더니 말했다. "우린 조만간 여기 다시 오지 않을 테니, 이 정도는 적당할 거야. 어쨌든 이걸 가지러 급하게 올 사람들도 없을 것 같고."

그 통로 끝에서 5킬로그램짜리 설탕 봉지를 찾았지만, 언제 습기가 찼는지 봉지 안 설탕은 콘크리트처럼 딱딱하게 굳어져 있었다.

"이건 안 되겠어요." 내가 설탕을 만져보고 말했다.

"왜?" 아빠가 물었다.

"딱딱하잖아요."

"문제가 없었으면 벌써 옛날에 누가 채갔겠지만, 맛은 여전히 달단다."

우리는 카트에 설탕을 담았다.

다음 통로 선반들에는 대용량 변기 세정제 몇 병과 찌그러진 식기세척기용 세제 몇 통, 밀대 몇 개, 찢어진 스펀지 묶음들이 있었고, 암모니아 냄새가 올라오는 녹색 물이 쏟아져 있었다. 우리는 깨진 비누 몇 조각이 든 비닐봉지를 챙겼고, 아빠는 거의 다 빈 빨래 세제 박스에 테이프를 발라 우리 짐에 얹었다.

"양초가 필요해." 에바가 말했다. 하지만 부러진 흰 초 한 개밖에 찾을 수 없었다.

우리는 시커먼 물밖에 안 든 냉장고들과 공비디오테이프, 자동응답기, CD플레이어, 컴퓨터 프로그램, 팩스 상자들이 놓인 선반들을 지나 쓸 만한 물건과 먹을 수 있는 음식을 찾아 어둑어둑한 매장을 뒤지고 다녔다.

어둠이 짙은 매장 구석에서 우리는 남들 눈에 띄지 않은 수프와 참치, 칵테일, 사워크라우트 통조림들을 발견했다. 통조림들은 모두 녹이 슬거나 찌그러져 있었고 대부분은 상표가 떨어지고 없었지만, 우리는 어쨌거나 카트에 다 실었다. 짓밟힌 5킬로그램 스파게티 두 상자와 망가진 마카로니도 한 상자 실었다. 반쯤 빈 강낭콩 봉지들도 발견했다. 가루가 된 2킬로그램 과자 상자 하나와, 뚜껑에 검은 타르 같은 게 묻어 있는 커다란 플라스틱 땅콩버터 통도 3개 발견했다.

마침내 아빠는 이만하면 됐다고 말했다. "조림용 병뚜껑들이 좀 더 있으면 좋겠지만, 그래도 전기가 들어올 때까지 이만하면 충분해. 텃밭이랑 올가을 과수원 수확물도 있으니까."

가게 입구에서 보초처럼 줄지어 기다리고 선 계산대로 카트를 밀고 가니, 한 남자가 가운데 계산대에 앉아서 머리 위 천창에서 들어오는 희미한 빛으로 책을 읽고 있었다. 우리가 다가가자 남자가 고개를 들었고, 나는 그 사람을 전에 본 적 있다는 걸 깨달았다. 그는 패스트코 로고가 붙은 재킷을 입고 있었고, 스탠이라는 이름과 부매니저라는 단어가 가슴께에 새겨져 있었다.

"계산하시겠습니까?" 그는 자리에서 벌떡 일어나 미소를 지으며 물었다.

"네." 우리는 그의 활기, 그 사람이 거기 있다는 것 자체의 기이한 정상성, 그리고 그 외에도 그의 갈색 눈 속에 살짝 비치는 광기에 놀라 중얼거렸다.

"카드 보여주시겠습니까?"

아빠는 잠시 멍한 표정을 지었다가 뒷주머니에서 반지갑을 꺼내 은행카드, 신용카드, 신분증, 도서관 카드들을 뒤적이다 마침내 패스트코 회원임을 증명하는 밝은 오렌지색 카드를 찾았다.

"감사합니다, 고객님." 아빠의 얼굴과 카드의 사진을 대조한 후 스탠이 말했다.

우리는 그가 테이프로 수선한 봉지들과 찌그러진 캔들을 카트에서 꺼내 종이 상자에 깔끔하게 집어넣으며 암산으로 가격을 더하는 걸 경이로운 눈길로 지켜봤다. "3.49 더하기 4.95는

8.44. 더하기 1.95는 10.39. 더하기 7.39는 17.78. 더하기 6.49 는 24.27. 더하기 3 곱하기 1.89는 29.94."

그는 가격들을 멋대로 책정하고 있는 것처럼 보였지만, 난 그가 라벨 없는 통조림들을 모두 99센트로 계산하고 있는 걸 알아차렸다. 누구도 그의 가격 책정법이나 계산법에 의문을 제기할 생각조차 하지 않았다.

마침내 그는 마지막 찌그러진 상자를 나머지 물건들과 함께 꾸린 뒤, 아빠를 보며 말했다. "여기에 11.89를 더하면 404.54 달러입니다. 이게 전부입니까, 고객님?"

아빠는 헛기침을 하며 말했다. "다예요."

"그럼 총 404.54달러입니다. 요즘은 세금이 안 붙어요." 스탠 이 윙크를 하며 덧붙였다.

아빠가 지폐를 세서 건네자, 그는 손가락으로 지폐를 문지르 며 돋보기로 꼼꼼히 들여다보더니 마침내 그릇에 담긴 투명한 액체를 면봉에 묻힌 다음 지폐 모서리 부분을 한 장 한 장 톡톡 두드렸다.

"요즘 위조지폐가 많나 보죠?" 아빠가 물었다.

"요새는 별로 못 봤습니다. 그래도 늘 조심해야 하니까요. 그 래서 여기 셰일라를 늘 옆에 두고 있답니다." 그는 또 미소를 지으며 손을 내려, 이제는 작동하지 않는 스캐너에 기대놓은 소총을 가볍게 쳤다. 그제야 거기 총이 있다는 게 갑자기 눈에 들어왔다.

"셰일라는 진짜 친구죠. 약탈꾼들이 몰려 들어오려고 했을 때는 특히요."

그는 갑자기 진절머리가 난다는 듯이 고개를 세차게 저었다. "공짜 심보를 가진 족속들 — 그것 때문에 이 꼴이 된 겁니다. 하지만 셰일라는 저만큼이나 그런 일에 가차 없죠. 그래서 그 놈들도 여기서는 돈을 내는 고객들만 환영받는다는 걸 곧 깨달은 겁니다." 그는 잠시 총신을 만지작거리다가 아빠가 내민 돈을 의자 아래 있는 잠긴 현금통 홈에 쑤셔 넣었다.

"우린 시내에서 멀리 떨어진 데 살아요." 아빠는 가볍게 대화를 이어가려고 애쓰면서도 목소리를 낮춰 말했다. "그래서 들은 소식이 별로 없어요."

"별 소식이 없어요." 스탠은 호주머니에서 동전을 꺼내 세서 아빠 손바닥에 놓으며 대답했다.

"다들 어디 있는 겁니까? 시내가 텅 비어 보이던데."

"많이들 떠났어요, 물론. 소문을 따라서 말이죠. 어떤 사람들은 새크라멘토로 갔고, 어떤 사람들은 남쪽으로 갔어요. 그쪽에는 일자리가 — 전기며 수도며 설비들이 있다고들 합디다. 삶의 질, 알죠?" 그는 어깨를 으쓱했다. "이 모든 소문들 말이에요. 제가 보기엔 다 너무 불확실해요. 하지만 제가 뭘 알겠습니까? 돌아온 사람들은 아직 아무도 없어요. 하지만 그건 좋을 수도, 나쁠 수도 있죠. 무슨 말인지 아시죠?"

"너무 빨리 일어났어요." 내가 말했다.

"그래요." 그는 기뻐 보였다. "대부분 그렇게 이야기하죠. 하지만 식료품상 정기 총회에 가면 일을 사흘만 제대로 안 해도 매장 선반이 비기 시작한다는 소리를 늘 합니다. 그걸 생각하면 우리가 이 정도로 버틴 건 놀라운 일이죠."

우리는 고개를 끄덕였다.

"사람들이 떠났으니까 시내가 대개는 비어 보일 거예요. 하지만 병 때문에 빈 것도 있어요. 홍역이 한 달 전쯤에 휩쓸고 지나가서 꽤 많은 사람들을 데려갔죠. 우리 막내도 그때 잃었습니다. 그러더니 또 다른 게 왔죠 ― 위 뭐였는데. 그러고는 더 많은 게 닥쳤고. 다른 식으로 죽은 사람들도 있어요 ― 프토마인 식중독, 몇몇은 맹장염. 베이기만 해도 죽을 수 있어요. 피를 너무 많이 흘린다거나 감염이 되면."

"의사들은 어디 있는데요?" 내가 물었다.

그는 1분쯤 멍하니 나를 쳐다보다가 말했다. "어, 아직 여기 있을 겁니다, 몇몇은요. 그래도 별 소용은 없어요. 약이 다 동났고 그 대단한 의료 기구들도 못쓰게 됐으니까. 시내에 약초를 다루는 여자가 하나 있어서, 어떤 사람들은 도움이 필요할 때 그 여자한테 가요. 모르겠어요, 나라면 차라리 알약을 먹겠네요. 하지만 그건 좀 기다릴 수밖에 없겠죠. 상황이 제대로 돌아갈 때까지 의사 필요할 일이 없길 바라야죠 뭐."

"아직 여기 남아 있는 사람들 말입니다, 그 사람들은 어디 있죠?"

"집에요. 대개 다들 집에 붙어 있어요. 그러니까 텃밭을 가꾸고, 닭도 키우고, 그런 걸 하면서요. 기다리는 거죠."

우리는 동의의 표시로 고개를 끄덕였다.

"전 좀 달라요." 그는 계속했다. "전 밖에 좀 나오는 게 좋더라고요. 여기 오고, 바쁘게 일도 하고." 그는 미안하다는 듯이 고개를 저었다. "정부가 다시 제대로 될 때까지는 별로 할 일도 없지만."

"그쪽은 무슨 소식 있습니까?"

"소문에 따르면, 가을에는 다시 세금을 걷을지도 모른다네요. 하지만 소문들이야 뭐 ─ 허! 그랜츠빌에서는 우주선을 만들어서 달로 가는 티켓을 팔고 있다는 소문도 있어요."

그는 갑자기 어깨를 들썩하며 경멸조의 웃음을 터뜨렸고, 순간 그의 얼굴에서는 훈련된 유쾌함이 사라지고 절박한 표정이 떠올랐다. "그럼 뭐에 세금을 부과하죠? 전 모르겠습니다. 고객님이 내신 돈은 얼마 만에 보는 진짜 돈인지 몰라요. 아무도 아무것도 사지 않아요. 돈은 다 사라졌고."

"시내에 휘발유가 있습니까?" 아빠는 남은 돈을 낡은 지갑에 넣으며 물었다.

스탠이 다시 똑같은 신랄한 비웃음을 지었다. "엑손의 올드 믹 미터는 당장에라도 휘발유가 들어올 것처럼 말하죠. 하지만 믹을 아시잖아요. 아, 모를 수도 있겠네. 그냥 이야기하는 걸 좋아하는 거예요. 6월부터 계속 휘발유가 들어오길 기다리고 있거든요." 스탠은 패스트코 부매니저 미소를 지었지만, 그 눈에는 여전히 거칠고 텅 빈 뭔가가 깃들여 있었다. 그는 에바의 카트에 마지막 식료품 상자를 담고 물었다. "싣고 나가는 거 도와드려요?"

오늘은 크리스마스보다 더 끔찍한 날이다. 오늘을 피할 수만 있다면 아무리 아까워도 달력도 다 버려버리고 싶다. 오늘은 강철 같은 후회와 상실, 슬픔 외엔 다시는 어떤 의미도 가질 수 없는 날이다―너무나 단단하고, 너무나 날카롭고, 너무나 차가워서 공기마저 잔인하게 느껴진다. 숨 쉬는 것조차 아프다. 심장이 뛰는 것도 아프다. 역전된 미다스의 손처럼 내가 만지고 보는, 읽고 기억하는 모든 것들이 먼지가 된다. 오늘은 아빠 생일이고, 아빠에 대한 생각들은 모두 아빠의 죽음의 기억으로 얼룩져 있기 때문이다.

지난 9월 초였다. 아침에는 바다 안개가 껴서 쌀쌀하고, 오후에는 찌는 듯이 덥지만, 감미롭고 탁 트이는 저녁이 되면 맨팔에 닿는 공기는 실크처럼 부드러웠고 어두워져가는 파란 하늘에는 분홍 구름이 높이 걸렸다. 텃밭은 한창때를 넘어섰다. 양상추와 시금치, 겨자는 몇 달 전에 이미 끝장났다. 순무와 강낭콩은 이미 오래전에 다 먹었고, 옥수수와 비트, 당근도 거의 다 먹어가고 있었다. 콩과 호박, 토마토도 줄어들고 있었고, 과수원 사과는 추수할 때가 거의 다 되어가고 있었다.

아빠는 우리가 태풍을 견디고 있다고 했다. 곧 전기가 돌아올 거라고 약속했다. 다시 전화가 울릴 테고, 그럼 아빠가 자전거를 타고 시내로 가서 휘발유를 사 올 것이다. 그러고 나면 레드우드 초등학교도 다시 문을 열 테고, 에바는 발레 수업을 다시 시작하고 오디션을 보고, 나는 진지하게 11월의 성취도 시험 준비를 시작할 수 있을 것이다.

슬픔이 우리 삶에 묶어놓은 지혈대가 완전히 풀려버린 것 같은 느낌이 들었다. 아빠는 여전히 해가 지기 훨씬 전에 이층으로 사라져버리는 일이 잦았지만, 나무를 자르고 텃밭을 가꾸는 동안에는 새로운 활력이 생기는 것처럼 보였다. 전처럼 멀게 느껴지지도 않았고, 때로는 심지어 농담을 하기도 했다.

그러는 사이 어느덧 나는 집 안의 모든 소설을 다 읽어 — 아니, 재독까지 다 해 — 버렸다. 도서관에서 가져온 마지막 책 더미를 끝낸 지도 오래였다. 어학 테이프는 말이 없었고 컴퓨터는 먼지 쌓인 상자일 뿐이고 계산기도 죽었으니, 생각과 감정과 자극을 얻기 위해, 정지되어버린 내 삶과는 다른 삶을 구경하기 위해 난 소설에 탐닉했다.

《싯다르타》, 《살인의 M》, 《호빗》, 《황금 노트북》, 《더버빌 가의 테스》, 《캐치-22》, 《화성 연대기》, 《아담 비드》. 소설을 읽는 동안은 그 이야기 속에 흠뻑 빠져들었고, 다른 모든 것들은 방해물 같았다. 나는 쉬지 않고 몇 시간이고 책을 읽었고, 그걸 방해하는 모든 것들 — 질문, 식사, 일몰 — 에 발끈하고 화를 냈다.

가끔은 엘리에 대한 백일몽에 빠져들지만, 그 판타지에서는 절박함이 거의 다 사라졌다. 엘리에 대한 기억은 한때는 애정을 바쳤지만 결국에는 자라면서 멀어진 낡은 테디 베어 같았다. 오랜 습관에서 이따금씩 붙잡기는 하지만, 결국 난 에바의 말이 맞다고, 엘리는 나랑 어울리지 않다고 생각하게 되었고, 심지어 그를 대체할 다른 사람 — 하버드에서 만날 소년 — 을 상상하기까지 했다.

아침에는 통조림을 만들었다.

엄마는 양가 친척 아주머니에게 물려받은 통조림 병들로 간혹 특별한 통조림들 — 허브를 넣은 당근이나 조미한 통조림, 토마토 처트니 — 을 몇 통씩 만들었다. 엄마가 돌아가신 후 우리는 식료품실에서 패스트코 조림용 병뚜껑 한 통이 거의 고스란히 남은 것을 발견했다. 토마토 줄기에 열매가 묵직하게 달리고, 비트가 땅에서 고개를 내밀고, 기다란 손가락 같은 콩들이 줄기가 휘도록 매달린 어느 여름 저녁, 아빠는 《홈 통조림 완전 정복》이라는 책을 무릎에 펴놓고 데크에 앉더니 목차부터 찾아보기까지 전체를 읽었다. 마침내 깜깜해져가는 하늘에서 마지막 분홍빛 구름이 사라지고 있을 때, 아빠는 책을 덮고 고개를 들더니 말했다. "이거면 되겠다, 얘들아. 올여름에 먹을 수 있는 건 먹고, 먹을 수 없는 건 통조림으로 만드는 거다."

그 후 아빠는 매일 새벽 에바와 나를 깨웠고, 우린 아침 내내 따고 썻고 껍질을 벗기고 자르고 집어넣고 필요한 처리를 했다. 손가락 주름과 지문들이 토마토와 비트, 자두 즙에 영구히 물들고, 우리 얼굴과 팔은 끓는 물주전자 위로 늘 숙이고 있느라 벌겋게 달아오르고 부어올랐다.

《홈 통조림 완전 정복》에서 말하는 대로 통조림용 주전자의 물을 계속 팔팔 끓이려면 난로를 줄기차게 때야 했다. 오전 시간이 반쯤 지나갈 무렵이면 집 안이 어찌나 후덥지근해지는지 숨쉬기조차 힘들었다. 쌓여 있던 과일이 점차 줄어들고, 씨 더미와 깐 껍질이 늘어났다. 서서히 테이블 위에는 펄펄 끓는 과일이 든 병들이 가득 차고, 장작 타는 소리 위로 조림용 병뚜껑들이 식으면서 펑 하고 봉인되는 소리가 조그맣게 들리기 시작했다. 에바와 나는 점점 동작이 굼뜨고 점점 더 뚱해졌고, 그러면 아빠는 말하곤 했다. "애들아, 힘내라. 난 이 마지막 더미를 해치울게. 20리터야. 오전 중에 대단한 일을 해치웠어."

한번은 내가 참지 못하고 화를 냈다. "이걸 도대체 왜 하는 거예요? 곧 모든 게 정상이 될 거라고 그랬잖아요."

"어, 글쎄다." 아빠는 약간 지나칠 정도로 평온하게 말했다. "과일 조림은 언제든 유용할 수 있을 것 같은데. 다른 게 아니라면 물물교환용으로라도 말이야. 게다가 요즘은 뭐든 버리는 건 부끄러운 짓 같거든."

나는 오만상을 찌푸렸고, 에바와 나는 모든 걱정과 청소를 아빠에게 맡겨버리고 집 안보다는 그나마 덜 찌는 바깥으로 뛰쳐나왔다. 지금 생각해보면 아빠는 아빠가 인정하는 것보다 더 많은 걸 알고 있지 않았을까 싶다. 그래서 집 안에 있는 모든 병들을 다 채울 때까지, 엄마가 산 뚜껑이 100개도 안 남을 때까지, 바람에 떨어진 사과와 벌에 쏘인 복숭아들까지 통조림으로 만들어 식료품실 선반들이 다 찰 때까지 우리를 다그치며 오전마다 일한 게 아니었을까?

마침내 아빠는 하루 중 가장 더운 시간에야 집에서 나와 텃밭에서 일하거나 숲에서 나무를 베곤 했다.

"올여름에는 지붕 기와를 새로 하고 다용도실 지주를 보강

할 계획이다." 아빠는 말했다. "하지만 지금 당장은 땔감과 음식이 더 중요해." 아빠는 겨울비가 올 때까지 적어도 3년 치의 땔감은 마련해뒀으면 좋겠다고 했다. 그리고 여분의 땔감은 팔고 싶다고 했다.

"올가을에는 좀 앞서 갈 필요가 있겠다." 한번은 아빠가 말했다. "공립학교들은 단연코 최후의 순간까지 버틸 제도야. 그런데 나한테는 얼마 안 있어 지참금을 요구할 딸들이 둘 있단 말이지. 아니면 적어도 토슈즈라거나 수업료, 립스틱 같은 거. 어디 보자, 그게 키스미퀵크림슨이었나, 아니면 무브오버모브였나? 뭐든 간에 립스틱 살 돈은 좀 챙겨둬야지."

아빠가 우리 사이의 뚱한 분위기를 없애려고 노력하고 있다는 걸 알았다. 하지만 아빠의 농담에 장단을 맞추고 싶은 마음이 간절한데도, 화가 나서 입이 떨어지지를 않았다. 한편으로는 아빠가 날 놀리고 웃고 꼬마라고 부르는 걸 듣고 싶었지만, 한편으로는 아빠가 이제야 행복한 모습을 보여주는 게 여전히 화가 났고, 그렇지 않은 모습을 보였다는 게 그만큼이나 화가 났다. 나는 내 분노의 힘을, 내가 점하고 있는 안전한 우위를 고수했다. 평화 공물이 또 거부당하는 걸 본 아빠는 전기톱과 활톱을 들고 개간지를 떠났다. 성큼성큼 걷는 아빠의 어깨 너머로 노랫소리가 들렸다. "옛날 옛적에 가진 거라곤 이름과 숲 속 조그만 오두막집뿐인 가난한 나무꾼과 립스틱이 필요한 건

장한 두 딸이 살고 있었다네……."

그렇게 아빠는 숲을 돌아다니며 나무를 베어 여름 햇살에
말리고, 벤 나무들의 가지를 정리하고, 난로에 넣기 적당한 길
이로 자르고, 옛 벌목도로 옆에 쌓아, 휘발유가 생기기만 하면
트럭에 싣고 올 수 있도록 준비해뒀다.

아빠는 전기톱용으로 휘발유를 조금 아껴뒀다. "이게 잘하
는 거야." 시내에 가는 데는 휘발유를 못 쓰면서 아빠 전기톱용
으로는 쓴다고 내가 불평하자 아빠는 설명했다. "전기톱은 현
존하는 가장 효율적인 소형 내부 연소 엔진 중 하나란다. 그리
고 지금 당장은 시내에 가는 것보다 땔감이 훨씬 더 필요해."

여름이 깊어갈수록 아빠는 활톱과 도끼를 더 많이 사용했지
만 그건 일의 속도가 지루하게 느렸고, 신경 거슬리는 모기처
럼 윙윙대는 전기톱 소리가 멀리서 여전히 가끔씩 들려왔다.

아빠가 오후를 숲에서 보내는 동안, 에바와 나는 개간지에서
마지못해 텃밭의 잡초를 뽑거나, 점점 더 휑해져가는 부엌에
서 꾸무럭대며 일하거나, 예전에 열정을 바쳤던 일을 해보려
고 애썼다. 하지만 우리는 점점 더 자주 일하는 시늉을 포기하
고 숨 막히는 집을 떠나 작열하는 더위 속으로 나가버리곤 했
다. 우리는 언덕 위 물탱크 옆 그늘진 솔잎들 위에서 나란히 대
자로 누워 시원한 한 줄기 바람을 기다리면서 헐떡대며 졸곤
했다.

그날 오후에도 우린 물탱크에 가 있었다. 아빠가 개간지로 돌아올 시간이 거의 다 됐기 때문에 저녁 차릴 생각을 해야 하는 늦은 오후였다. 나는 너무 심심해서 얼마 안 남은 매니큐어를 손톱에 바르고 있었다. 시원하게 간질대는 솔의 촉감과 사각형 병에서 흘러나오는 톡 쏘는 화학적 냄새, 과일즙 물이 든 손가락과 대비되는 아직 덜 마른 진홍빛 손톱 색, 내 의식 속 어딘가에서 윙윙대는 전기톱 소리가 여전히 생생하다. 내 기억 속 그 순간의 나는 행복 외에는 아무것도 모르는 순진무구한 아이다.

갑자기 비명 소리가 들렸다.

그건 우리가 현실이라고 믿게 된 모든 것을 산산조각 낸 소리였다. 모든 것이 정지된 듯한 그 순간, 우리는 그 소리에 의미를 부여할 수 없었고, 머릿속은 그 원인을 찾고자 미친 듯이 맹목적으로 내달렸다.

난 아빠의 비명 소리를 한 번도 들어본 적 없었고, 그런 걸 상상해본 적도 없었다. 엄마 장례식에서 아빠가 울었을 때 난 부끄러웠다. 아빠의 새로운 모습 때문이 아니라, 아빠가 울 ─ 거나 비명을 지를 ─ 수 있다는 것 자체를 생각해본 적이 없었기 때문이다.

아빠의 비명이 분명했다. 다른 사람이라곤 없으니까. 그럼에도 불구하고 숲 속을 달려가면서도 그 소리가 아빠의 비명이라는 걸 여전히 믿을 수 없었고, 피로와 공포에 질린 채 숨이 턱에 차서, 허벅지에 깊은 상처를 입은 아빠가 피를 쏟으며 누워 있는 곳에 들이닥쳤을 때도 믿을 수 없었다.

어떻게 아빠가 그쪽 방향에 있다는 걸 알았는지는 앞으로도 영원히 알 수 없을 것 같다. 아빠는 그 넓은 숲 속 어디에나 있을 수 있었고 소리는 언덕들 사이에서 이상하게 퍼졌지만, 우린 백일몽에서 확 깨어나 비명의 메아리 방향으로 곧장 달렸다. 뒤얽힌 옻나무와 검은 딸기나무를 뚫고, 뱀과 돼지 같은 것들은 까맣게 잊어버린 채 아빠가 흙바닥에 피를 흘리며 죽어가고 있는 곳으로 달려갔다.

아빠는 얼굴이 하얗게 질려 있었고, 피부는 광대뼈 위에서 팽팽하게 당겨져 있었다. 셔츠를 벗고 있어서, 톱밥에 뒤덮인 갈색 팔뚝과 창백한 가슴이 구역질 나는 대조를 이루고 있었다. 아빠의 눈은 짙었고 이미 초점을 잃어가고 있었지만, 우리를 보고는 미소를 짓더니 내게 너무도 따뜻하고 슬프고 사랑스럽고 너그러운 눈길을 던졌다. 때로는 그게 내 모든 악몽의 원인이라는 생각도 든다.

"괜찮아." 아빠는 속삭였다. "괜찮아."

고꾸라질 것처럼 숲 속을 가로질러 달려와 놓고도 우린 피가 묻을까 봐 까다롭게 주저하는 것처럼, 너덜너덜 찢어진 근육과 힘줄과 지방 범벅이 되어버린 아빠를 보기가 꺼려지는 것처럼 잠시 머뭇거렸다. 우린 무엇이 일어났는지 인정하고 싶지 않았던 것 같다. 두려워서가 아니라, 아빠가 다쳤다는 걸 인정하지 않으면 안 다친 게 될 것 같은 말도 안 되는 희망, 그 상처를 보지 않으면 아빠가 누워 있던 자리에서 일어나 우리 와 같이 향기로운 여름 숲을 지나 집으로 걸어갈 거라는 말도 안 되는 희망을 품었던 것 같다.

하지만 그 순간은 곧 지나갔고, 우리는 어느새 전나무 잎과 부식토, 아빠의 피가 엉긴 흙바닥에 무릎을 꿇고 앉아 있었다.

"어떻게 된 거예요?" 에바가 흐느꼈다.

아빠의 얼굴이 팽팽하게 당겨지더니, 가까스로 말이 나왔다. "가지. 떨어졌나 봐. 날 쳤어. 뒤에서. 밀려서 넘어졌어. 톱 위에."

"그럴 리가 없는데." 나는 이를 드러내고 웃고 있는, 피에 젖은 톱을 공포에 질려 쳐다보며 헐떡거리며 말했다.

아빠가 얼굴을 찌푸렸다. "떼버렸어. 체인브레이크를. 지난 주에. 멍청했어. 벌 받은 거야."

"뭘 해야 하지?" 에바가 말했지만, 누구에게 묻는 건지 분명 치 않았다.

우리의 불가지론자 아빠는 미소를 지으며, 죽어가는 사람이 낼 수 있는 한 최대한 낄낄대는 소리로 대답했다. "기도해."

"뭘 해야 해?" 에바가 다시 물었고, 이번에는 내게 한 말이었다. 내 첫 번째 반응은 ─ 몇 달 동안이나 고립되어 살았으면서도 ─ 도움을 요청하는 것이었다. 911 번호가 머릿속에 떠오르더니, 집으로 달려가 전화기를 낚아채고 그 신성한 세 자리 숫자를 누르는 내 모습이 그려졌다. 그러자 반년째 죽어 있는 수화기에서 흘러나오는 막다른 장벽 같은 침묵이 느껴졌다.

다음에는 6킬로미터 떨어진 곳에 사는 콜먼 가족이 생각났고, 머릿속에서 난 이미 거기로 달려가고 있었다. 하지만 그 집 사람들은 다 떠나버렸다는 것, 그 집은 돼지우리가 됐다는 것이 생각났다. 미친 듯이 시내로 차를 몰고 가 도움을 요청할까도 생각했지만, 트럭에는 남은 휘발유가 없었다. 마침내 엄마가 예전에 부적처럼 우리 목에 걸어줬던 경찰 호루라기가 생각났다. 내 손가락은 심지어 호루라기를 찾아 가슴께를 더듬고 있었다. 잃어버린 그 호루라기를 찾아 있는 힘껏 불기만 하면 산 자와 죽은 자 사이의 경계가 무너지면서, 엄마가 짜고 있던 베를 버리고 우릴 도우러 집에서 달려 나올 것만 같았다.

누군가 아빠를 구해줬으면 싶었다. 내 손으로 직접 아빠를 구하기가 무서웠다.

"제발," 에바가 소리쳤다. "뭐라도 해야 해."

"뭘?" 나는 애원했다. "뭘 해야 하는지 모르겠어."

반창고와 요오드, 구급 매뉴얼이 들어 있는 욕실 구급상자가 생각났다. "구급상자." 내가 벌떡 일어서며 말했다. "매뉴얼을 보면 뭘 해야 할지 알 수 있을 거야."

하지만 아빠가 말했다. "가지 마, 넬리. 네가, 보고 싶을 거야.
너무너무."

여덟 살 때 열이 40도까지 올라간 적 있는데, 온몸의 감각이
어찌나 고통스러울 정도로 예민해지던지 손가락 지문들이 산
처럼 보이고 현실의 결 하나하나가 다 느껴지는 것만 같았다.
그때 내 기분이 딱 그랬다. 이제까지의 삶은 모두 온화한 꿈에
불과했고, 이제 잠에서 깨서 그 아래 내내 존재하던 비명 소리,
매일의 일상 아래 지하수처럼 흐르고 있던 공포를 마주한 느
낌이었다.

유일한 탈출구는 광기를 향해 나 있었다. 일어나서 햇살 환
한 숲 속을 걸어 나가면 다시는 제정신으로 돌아오지 못할 것
이다. 마음 한편에서는 그러고 싶은 생각도 들었다. 하지만 거
기에는 아빠가 누워 있고, 내가 아빠를 구하길 바라는 언니가
있었다. 그래서 난 내가 할 수 있는 일을 했다. 비록 결국엔 아
무 소용 없었지만.

아빠는 허벅지 위쪽을 꼭 쥐고 있었다. 손을 떼어내고 보니
전기톱 때문에 청바지가 살 안쪽으로 파고 들어가 있었다. 나
는 헉 하고 숨을 들이쉬었다. 나는 아무 생각 없이 떨리는 손으
로 아빠의 허벅지를 쳐서 다리를 다시 제 모양으로 맞추려고,
다시 눌러 맞춰 더 이상 피가 나오지 않게 하려고 했다.

대퇴부 동맥이 절단된 것 같았다. 우리가 도착했을 때에는 이미 출혈이 거의 멈췄지만, 아빠가 움직일 때마다 내 손가락 사이로 조금씩 피가 흘러나왔다. 한순간 동맥을 눌러 출혈을 멈출 수 있다는 게 생각났다. 나는 동맥이 지나가는 곳이라 짐작되는 치골을 손목 아랫부분으로 눌렀다. 조금 더 빨리 그렇게 했다면 아빠가 살았을까? 알 수 없는 일이다.

아빠는 몸을 떨기 시작하더니 결국 쇼크 상태에 빠졌다. 나는 에바에게 셔츠로 아빠를 덮어주라고 하고는 아빠 발을 에바 무릎에 올려 다리를 높게 했다. 하지만 다리를 높게 하고 셔츠를 덮어줘도 아빠는 땅바닥에 눈이라도 덮여 있는 것처럼 온몸을 덜덜 떨었다.

아빠가 목이 마르다고 해서 에바가 보온병을 가져왔고, 난 아빠가 보온병의 남은 물을 다 마실 수 있도록 부축했다. 하지만 남은 물은 안타까울 정도로 조금밖에 없었다. 조금의 물, 면 셔츠, 우리 손 네 개로는 아빠 다리를 치료할 수 없었고, 할 수 있는 일이 아무것도 없었다.

아빠는 해가 지고 있을 때 돌아가셨다. 우리는 아빠를 안고, 얼굴을 만져주고, 엄마들이 아픈 아이들에게 하듯이 아빠에게 말을 걸었다. 괜찮을 거라고 약속하고, 사랑이나 필요의 힘에 의해 스스로를 초월해서 일종의 진실이 되는 거짓말들을 중얼거렸다. 아빠는 그 거짓말들을 들었고, 조용히 쉬려고 했다.

"괜찮아." 도저히 말을 할 수 없는 상태가 되고도 한참 후 아빠가 헐떡거리며 말했다. "괜찮아." 그러더니 사라져가는 힘을 다 그러모아 내게로 시선을 돌리고 말했다. "걱정 마라, 꼬마야."

아빠의 눈에서 빛이 사라지고 온몸의 떨림이 멈추고 헐떡대는 숨소리가 사라진 지 한참 후에도 우리는 계속 아빠에게 말을 걸었다. "미안해요." 맑은 밤하늘에 고요한 별들이 나타나기 시작할 때 나는 목멘 소리로 간신히 말했다. 하지만 내가 그 말을 할 수 있었을 때는 이미 아빠가 돌아가신 후였다.

그리고 우리는 밤이 몰려들고 있는 숲 속에서 고아가 되었다. 다음에 어떤 일이 벌어진다 해도, 어떤 일들을 겪어야 한다 해도, 그날 밤처럼 끔찍한 시간은 있을 수 없었다. 우리는 아빠 옆에 있어야 했다. 아빠의 시신을 돼지들에게 내버려 두고 간다는 건 생각만 해도 견딜 수가 없었지만, 돼지들이, 뱀이, 밤이 되면 분명히 나타날 유령들이 끔찍하게 두려웠다.

담요와 성냥을 가지러 집에 돌아가기엔, 어둠에 맞설 용기를 내기 위해 총을 가지러 가기엔 너무 늦었기 때문에, 우린 아빠 셔츠로 최대한 피를 닦았다. 그래도 손은 여전히 끈적거리고 사방에서 비릿한 피 냄새가 났다. 우리는 야구 방망이 비슷한 무게의 나뭇가지를 하나씩 주워 와 아빠 시신 옆에 같이 쪼그리고 앉은 다음, 하늘에서 마지막 빛이 사라지고 어둠이 땅을 감싸는 걸 지켜보며 우리를 끝장낼 맹수나 귀신을 기다렸다.

아무 일도 일어나지 않았다. 우리는 추위와 충격으로 말은 고사하고 울 정신도 없이 멍한 상태로 서로 껴안은 채 으스스한 밤을 보냈고, 나뭇가지가 부러지거나 나무가 삐걱대는 소리, 올빼미 울음소리가 들릴 때마다 소스라치며 무릎에 놓은 나뭇가지를 잡았다. 우리는 견뎠다. 한 시간, 또 한 시간을 견뎠고, 마음속으로는 끝없이 비명을 질렀다. 별빛이 보일락 말락 희미해지기 시작했을 때도 우리는 여전히 거기서, 여전히 숨을 쉬고 있었고, 아빠는 여전히 우리 옆에서 날카롭고도 축 처진 얼굴로 죽어 있었다.

하지만 뭔가는 달라졌던 것 같다. 숲이 다시 보이기 시작했을 때, 그 광경은 우리에게 안도감을 주지 못했다. 숲은 더 이상 어린 시절의 자애로운 장소도, 어제의 중립적인 장소도 아니었다. 밤이 물러나며 드러나기 시작한 숲은 무정하고 무심한 곳, 한 남자가 생명의 피를 흙 속에 쏟았는데도 나무와 바위와 그 피를 받은 흙에 어떤 변화도 없는 곳이었다. 무슨 일이 벌어졌는지 관심 있는 건 오로지 독수리와 돼지, 벌레들뿐이었다.

우리는 아빠를 그 비정한 숲 한가운데, 아빠의 피로 흠뻑 젖은 흙으로 덮어 묻었다. 그럴 수밖에 없었다. 우리를 아빠에게 데려온 사슴들 다니는 길이 보일 정도로 사방이 환해지자, 에바가 집에 가서 삽과 물, 수건, 깨끗한 셔츠를 가져왔고, 나는 아빠의 시신 옆에서 멍하니 기다렸다. 에바가 돌아오자, 우리는 일종의 조잡한 입관 의식을 했다. 아빠 얼굴을 씻기고 팔다리를 가지런히 한 다음 끙끙거리며 셔츠를 입혔다.

그날 우리는 하루 종일 땅을 팠다. 아빠가 누워 있던 자리 가까운 곳에 묻기로 했지만, 햇볕에 바싹 마른 땅에 처음 삽을 내리친 결과는 어깨의 충격과 땅 표면의 흙먼지뿐이었다. 거의 포기하고 싶었다. 땅에 생긴 움푹한 자국에 다시 삽을 찔러 넣은 건, 오로지 아빠를 묻지 않은 채 두고 갔을 때 벌어질 일이 두려웠기 때문이었다.

그래서 우리는 힘겹게 한 삽, 한 삽 찔러가며 아빠의 무덤을 팠다. 우리는 구멍의 반대편 끝에서 작업했다. 오전 시간이 반정도 지나자 손에서는 물집이 터져 피가 났고, 내 깨진 손톱에 발려 있던 우스꽝스러운 진홍색 에나멜은 사라진 지 오래였다. 정오가 되자 에바가 가져온 물이 다 동났지만, 우리는 쉬지 않고 일했다. 어떤 돼지도 파 헤집을 수 없는 무덤을 만들 작정이었다. 머리 위에서 선회하는 독수리들이 땀 흘리는 우리 등위에 차가운 그림자를 던지고 지나갔다.

하룻밤을 더 바깥에서 보낼 수 없다는 두려움 때문에 우리는 겨우 멈췄다. 땅 파기를 멈췄을 때는 이미 해가 언덕 뒤로 넘어가 있었다. 파낸 흙으로 아빠를 덮어야 했기 때문에 작별 인사는 짧았다. 우리는 아빠에게 키스하고, 시신을 무덤가로 옮겨 가서 밀었다. 천천히 내린다거나 부드럽게 할 방법이 없었다. 이게 구덩이로 굴러떨어지는 시신이라는 걸 감출 방법이 없었다. 아빠 얼굴에 흙을 퍼붓는 걸 피할 수도 없었다. 아빠의 시신이 반쯤 흙으로 덮이자 그럴 수밖에 없었다. 할 수 있는 거라곤 비명이 터져 나오려는 걸 참는 것뿐이었다.

겨우 일을 마쳤을 때는 황혼 녘이었다. 우리는 삽과 수건, 보온병과 빈 물통, 활톱을 엉망이 된 손에 챙겨 들었다.

"전기톱은 어떡해?" 에바가 물었다.

나는 톱을 내려다보고, 검은 얼룩과 엉긴 핏자국에 몸서리를 쳤다. "그냥 두자."

"아빠가 우릴 죽일 거야." 에바가 속삭였다. "필요할지도 몰라."

집에 도착하자 우린 침대 매트리스를 아래층 거실로 질질 끌고 갔다. 문에 빗장을 걸고, 창문을 잠그고, 차가운 욕조에서 차례로 빨리 목욕을 했다. 절대 지워지지 않을 것 같은 흔적을 아껴뒀던 비누로 애써 씻어낸 다음, 우린 물을 뚝뚝 흘리는 채로 매트리스에 쓰러졌다. 너무 망연자실하고 지쳐서 음식을 먹거나 울거나 몸을 말릴 정신도 없었다.

그렇게 우리는 각자 웅크린 채 며칠을 앉아 있었고, 그사이 잡초들이 가을 정원을 차지했다. 아빠의 죽음 뒤에 찾아온 공허감을 다시 직면하느니 차라리 아빠가 죽는 모습을 지켜보는 고통을 견디는 게 낫겠다는 생각이 든다. 그 뒤에 찾아온 것은 완전한 무력감이었다. 우리는 잊어버린 뭔가를 멍하니 기다리는 알츠하이머병 환자처럼 슬퍼하지도 희망을 품지도 못한 채 멍하니 백개먼 게임을 하고 퍼즐을 맞췄다.

그때 언제쯤 악몽이 시작됐다. 나는 밤마다 아빠가 무덤에서 찢어발겨지는 꿈을 꿨다. 돼지들이 결국 아빠를 찾아내서 잔인한 엄니로 땅에서 파내는 꿈을 꿨다. 삽으로 다시 흙을 떠서 아빠 시신을 덮으려 하면, 삽이 녹아버렸다. 손으로 무덤에 다시 흙을 떠 넣으려 하면, 손이 녹고 팔이 그루터기로 변해버렸다. 아빠를 묻을 유일한 방법이라고는 팔 없는 내 몸으로 아빠를 덮는 것뿐이었지만, 나는 아빠에게 닿는 게 두려웠다. 아빠에게 닿으면 아빠의 죽음이 내게 전염될까 봐 두려웠다.

하지만 아빠에게 닿건 도망치건 간에, 꿈을 꾸건 깨어 있건 간에, 아빠의 생일이건 아니건 간에, 내 삶은 모조리 아빠가 죽었다는 그 사실에 오염되어버렸다.

오늘 우리는 마지막 남은 완두콩을 먹었다. 나는 유리병 뚜

껍을 비틀어 열며 그때의 후덥지근한 열기와 내 목의 경련, 무릎에 얹은 사발 위로 몸을 구부리고 일할 때 속에서 들끓던 우울한 분노, 탁 소리를 내며 까지던 완두콩, 끓는 물에서 김이 펄펄 나는 콩을 체로 건져 올리던 아빠를 떠올리고, 또 떠올리지 않으려고 애쓴다.

오늘 우리는 놀랍고 경이롭고 기적적인 발견을 했다! 오늘 우리는 빛과 온기와 음악을 발견했다! 우리는 전기와 여행의 원천을, 모든 것을 바꿀 액체를 찾아냈다! 오늘 우리는 휘발유를 발견했다! 이 공책을 온통 느낌표로 채운다 해도 우리가 얼마나 행복한지를 표현할 수 없을 것이다.

정오였다. 오전 내내 우린 아빠 작업실에서 작업대와 선반 위의 대혼란을 정리했다. 내 손가락은 추위에 곱고 기름때가 시커멓게 묻었다. 목에서는 경련이 일어났다. 발가락은 감각이 없었다. 안으로 들어가 불을 지피고 손을 씻고 뭔가 먹어야 할 시간이었다. 에바는 연습을 해야 했고, 나는 저녁 먹기 전 F를 마치고 싶었다.

나는 철제 책상에 앉아 눅눅한 마분지 상자 안을 정리하고 있었다. 그리고 그 내용물들에서 마침내 한 줌 정도밖에 안 되는 끈적끈적한 보조 너트, 녹슨 강모, 꼬인 철사, 심지어 지금도 쓰레기일 것 같은 알 수 없는 검은색 고무 조각들을 골라냈다.

에바는 선반 정리를 마치고 뒤편 구석에서 지저분한 깡통 더미 ― 페인트, 니스, 페인트 희석제, 녹 제거제, 자체 제작 라벨들의 색이 바래고 떨어져나간, 음산해 보이는 용액이 가득 찬 조림용 병들 ― 를 뒤적거리고 있었다. 아직 건드리지 않은 가장 큰 더미로, 두려워서 마지막까지 미루고 있던 것이었다.

"그건 아직 건드리지 마." 내가 말했다. "이 상자 끝내는 거나 도와주고, 오늘은 그만하자."

"그냥 여기 뭐가 있는지 보려고." 에바는 솔과 페인트 롤러, 녹슨 흙손이 가득 든 과일 상자를 옆으로 치우며 중얼거렸다.

"내일 해도 되잖아. 들어가자. 난 추워."

"잠깐만. 와서 이 압축기 치우는 것 좀 도와줘."

"언니, 춥다니까. 들어가자." 나는 거듭 말했다.

목에서 짜증이 치밀어 올랐다. 갑자기 에바가 소리를 지르며 공기 압축기 뒤로 달려들었다.

"넬리, 이거 봐!" 에바가 얽혀 있는 정원 호스 아래에서 붉은 플라스틱 통을 잡아당기며 말했다.

"뭔데?" 내가 물었다.

"휘발유 같아!" 에바가 대답했다.

나는 자리에서 벌떡 일어났다. 하지만 솟구치는 아드레날린 뒤로 또다시 실망할까 봐 두려운 마음이 몰아닥쳤다. 나는 경계하며 물었다. "확실해?"

에바는 뚜껑을 비틀어 열고 냄새를 맡더니 통을 내게 내밀었다.

"맡아봐." 에바가 말했다.

코로 공기를 들이마시자, 그 냄새가 마약처럼 나를 덮쳤다. 어찔한, 날것 그대로의 달콤한 주유소 1,000개의 향기가 머릿속에서 꽃을 피우더니, 어떤 특정 기억이 아니라 완전히 다른 시간 속으로 나를 던졌다. 잠시 동안 내 몸은 다른 세포들로, 백과사전에서 오래전 내 몸에서 떠났다고 한 세포들로 구성되었다. 나는 다시 부모님이 꾸르륵거리는 검은 호스로 휘발유를 넣고 있는 주유소로 돌아가 뒷좌석에 앉은 채 기다리고 있었다. 휘발유 냄새가 뒷자리까지 진동했다.

"거의 꽉 차 있어." 에바가 말했다. "20리터는 된다고!"

"믿을 수가 없어." 내가 대답했다.

싸늘한 아빠 작업실의 난장판 한가운데서 우리는 얼싸안고 펄쩍펄쩍 뛰면서 야생 동물처럼 포효했다.

하지만 어제는 우리를 구해주겠다고 했던 것이 이제는 모든 걸 망쳐놓았다. 언니와 나 사이에 불편한 기류를 만들어놓았다.

우리는 휘발유 통을 집 안으로 가져와 테이블 위에 올려놓고 강낭콩을 먹으며 흐뭇하게 바라봤다. 주맥을 찾은 시굴자들처럼 기분이 뿌듯했다. 오후 내내 우리는 들떠 있었다. 우리에겐 휘발유, 휘발유, 휘발유가 있다! 그걸로 우리 문제는 해결된 거나 다름없었다.

그 사용처에 대해 합의를 하려 들기 전까지는 말이다.

"난 발전기를 돌릴 거야." 밤이 다가오면서 흥분이 좀 가라앉고 나자 에바가 말했다.

"뭐라고?" 내가 물었다.

"난 발전기에 넣을 거야." 에바는 벌써 휘발유 통 손잡이에 손을 대고 반복해서 말했다.

"지금 말이야?"

"물론이지. 지금 당장." 에바가 말했다. "좀 더 있으면 너무 어두워서 내가 뭘 하는지 보이지도 않을 거야."

"하지만 왜?"

"축하하려는 거지."

"뭘 축하해?"

"오늘 밤 파티를 하는 거야. 불을 켜서 뜨거운 샤워를 하고 옷도 다 빨 거야. 그리고," 에바는 의기양양하게 덧붙였다. "음악을 트는 거야. 내가 춤을 추고."

"그럴 순 없어." 내가 말했다.

"왜? 발전기는 분명 아직 작동해."

"휘발유를 쓰면 안 된다고."

"왜 안 돼?"

"트럭을 위해 아껴둬야 해. 시내까지 걸어가지 않게."

"하지만 어쨌거나 지금 당장 시내에 갈 건 아니잖아. 지난번 생각나?"

"그래. 하지만 조만간 가야 할 거야. 그때가 되면 휘발유가 필요할 거고."

"여기엔 20리터는 있어. 시내까지 가는 덴 8리터면 충분할 거고."

"돌아올 8리터도 있어야지."

"그럼 16. 하지만 그래도 지금 4리터는 남잖아."

"휘발유를 더 얻을 때까지 얼마나 차를 몰고 가야 할지 누가 알아? 게다가 우리 중 누가 아파서 발전기를 돌려야 한다거나, 전기톱이나 뭐 다른 일에 써야 할 일이 있으면? 물물교환용으로 필요할 수도 있어. 그냥 다 써버릴 수는 없다고."

"다 쓰는 거 아니잖아. 그냥 음악 좀 들을 정도로만 쓰자고. 지금 한 번만. 그건 낭비가 아니야."

"에바, 미안해. 하지만 긴급 상황을 위해 아껴둬야 해."

"지금이 긴급 상황이라면?"

"긴급 상황이라고?" 나는 바보같이 따라 했다.

에바는 격하고 절박한 목소리로 대답했다. "난 춤을 춰야 해, 넬. 음악에 맞춰 춰야겠어. 몇 분이라도 좋아. 용기를 낼 수 있도록."

나는 휘발유 통의 빨간 손잡이를 잡고 있는 언니의 기다란 손가락을 쳐다봤다. 왠지 모르지만 튤립 구근을 소중하게 들고 있던 엄마의 차가운 손이 생각났고, 순간 이 미친 짓에 맞장구를 쳐버리고 싶은 마음이 들었다. 하지만 숲 속에서 피 흘리며 죽어가던 아빠의 모습이 선명하게 떠올랐고, 트럭에 휘발유가 없다는 사실이 생각났다.

"나도 언니가 춤을 추면 좋겠어. 언니가 춤 췄으면 하는 거 언니도 알 거야. 하지만 모르겠어? 저 휘발유는 우리의 생명보험이야."

"*우리의 생명보험이라고?*"

"그래."

"*우리 것이지? 반은 내 것이고?*" 에바가 물었다.

"물론 반은 언니 거야. 모든 게 반은 언니 거야. 알잖아."

"내 몫을 쓰겠다면?"

"그럼 무엇도 제대로 못할 양만 남을 거야. 몽땅 다 아껴둬야 해. 정말로 필요할 때를 대비해서."

나는 언니의 반박을 기다렸지만, 그 얼굴에선 아무 감정도 보이지 않았다. "그땐 이미 너무 늦을지도 몰라." 에바는 이렇게 말하더니 끈적끈적한 휘발유 통 옆에 날 혼자 남겨놓고 방에서 나갔다. 안 된다고 말한 내 자신이 미웠다. 옳은 말을 한 내 자신이 미웠다.

꼭

릴리스에게 뭔가 문제가 생겼다. 오늘 아침 닭장을 여니 릴리스가 문 옆에 웅크리고 앉아서는, 핑키가 음식 부스러기를 향해 돌진해오느라 밟고 지나가도 꼼짝도 하지 않았다. 바구니를 기울여 내용물—얇은 감자 껍질 몇 조각과, 먹을 수 있는 데까지 먹고 남긴 사과 속심—을 보여줘도 그저 멍하니 바라볼 뿐이었다. 발로 살짝 밀자 힘겹게 몇 걸음 비척비척 걷더니 다시 쭈그리고 앉았다. 항문이 부어 보였고, 거기서 지저분한 고름 같은 것이 흘러나오고 있었다.

뭘 해야 할지 알 수가 없었다.

어렸을 때 에바와 나는 우리가 쌍둥이여야 했다고 생각했고, 쌍둥이인 척했다. 일 년에 사흘씩은 동갑이었기 때문이다. 우리는 똑같은 옷을 입고, 운을 맞춘 이름을 쓰고, 서로의 반쪽이라 생각했다.

어렸을 때 에바와 나는 쌍성처럼 서로의 빛을 반사하며 공통의 중력 중심을 돌았다. 똑같은 꿈을 꾸고 아침에 일어나는 일이 너무 많아서 그걸 당연하게 여겼다. 나중에는 매달 같은 날 생리를 했다. 에바의 생리가 춤 때문에 불규칙해지기 전까지는.

물론 싸울 때도 있었다. 우리는 거의 매일 작은 전투들을 치렀다. 아빠는 이 싸움들을 "갸냐 전쟁"이라고 불렀는데, 어떤 싸움이건 늘 다음과 같은 근본적 갈등으로 귀결되었기 때문이었다. 말다툼의 원인이 뭐였든 간에 한 사람이 "아니야"라고 하면, 다른 하나는 "맞아" 하고 대답했다. *아니야. 맞아. 아냐. 먀쟈. 쟈! 냐!* 그때쯤이 되면 우리는 이미 킬킬대고 있었고, 우리의 불화가 만들어낸 우스꽝스러운 이름에 즐거워하며 다시 사이좋은 자매로 돌아가곤 했다.

하지만 지금 우리는 심지어 무엇이 우리 목숨을 구해줄지에 대해서도 합의를 못 하고 있다.

오늘 아침 닭장에 가니, 밧세바와 핑키가 문 옆 건초 더미 위에 누운 릴리스의 부은 항문을 쪼아대고 있었다. 나는 경악해서 두 녀석에게 달려가 발로 차고 소리를 질렀다. 놈들은 바닥에 미동도 않고 누운 릴리스를 내버려 두고 분노해서 꽥꽥대며 흩어졌다. 릴리스가 눈을 떴다. 숨 쉴 때마다 구겨진 몸이 들썩거렸다. 나는 옆에 무릎을 꿇고 앉았지만 손을 갖다 댈 수가 없었다.

백과사전을 찾아보려 달려갔지만, 가금류 항목이 든 책을 들고 돌아왔을 때 릴리스는 이미 죽어 있었다. 알이 나오지 못한 채 막혀 있었던 것 같다.

난 언니와 사이좋게 지내지 못한다. 심지어 닭도 제대로 못 키운다.

적어도 릴리스를 어루만져 줄 수 있었다면 좋았을 텐데.

에바는 연습을 하고 있다. 비가 내린다. 마당에는 우울한 물안개와 나무 연기가 가득하다. 비는 연기 사이로 내리지만 연기를 걷어내지는 못했다. 나는 백과사전의 K 부분 진도를 빼려고 애써 읽어나가지만 진흙탕을 터벅터벅 걷는 것 같았다. 관심 가는 항목만 골라 뛰어 넘겨가며 읽지 않는 게 그나마 내가 할 수 있는 유일한 일이었다.

나는 지겨운 테이블 자리에서 일어나 방 안을 서성거렸다. 나도 모르게 어느덧 복도를 따라 에바의 스튜디오로 가고 있었다. 하지만 휘발유 사건의 기억이 차가운 밀물처럼 덮쳐와 나는 문 앞에서 발길을 돌렸다. 휘발유를 발견한 지 사흘째였지만, 우린 아직도 말을 하지 않는다.

대신 나는 싸늘한 계단을 올라가 예전에 내 침실이었던 방으로 들어갔다. 방은 어둡고 으스스하고 죽어 있었다. 방에서는 먼지 냄새가 났고, 그 아래로 오래전에 사라진 향낭의 달콤한 향기가 희미하게 났다. 벽에는 여행 포스터들 ─ 섬과 대양, 성, 불빛 환한 도시의 야경 ─ 이 붙어 있었다. 컴퓨터는 뚜껑이 열려 있었고, 봉제 인형과 머리핀, 구슬 목걸이들이 거기 살던 주인이 급히 떠나기라도 한 것처럼 바닥에 널려 있었다.

아직 우리 방 물건들의 목록은 작성하지 않았다. 거기 뭐가 있는지 잘 아는 데다, 도움 될 만한 거라곤 거의 없었기 때문이다. 나는 하릴없이 서랍장 서랍을 뒤적이며 이제 입을 이유가 없는 옷들을 살펴봤다. 마치 다른 사람 옷 같았다 ─ 구겨진 팬티스타킹, 레이스 장식이 붙은 발목 양말, 다채로운 색깔의 무륻 양말들. 뒤얽혀 있는 차가운 슬립들 사이로 팔꿈치까지 깊숙이 팔을 집어넣는데, 갑자기 손가락 끝에 뭔가 단단한 것이 만져졌다.

서랍에서 그걸 꺼집어냈다. 예전에 아빠가 학회에 다녀오면서 사다 준 조그만 하트 모양 상자였다. 나는 어떤 보물을 그 안에 숨겨놓았을지 기억하려 하면서 거의 아무 생각 없이 뚜껑을 열었다. 거기, 상자 바닥에 깔린 공단 안감 위에는 깨진 장식 팔찌와 뜯고 남은 티켓, 환한 색깔의 머리핀들, 지빠귀 깃털, 조개껍질 두 개가 있었다.

그리고 껌 네 개.

그리고 은박지로 싼 키세스 초콜릿 하나.

나는 상자를 닫았다. 그리고 다시 열었다. 아직도 거기 있었다 ─ 껌 네 개와 은박지에 싼 키세스 하나. 껌 하나쯤은 아무것도 아니던 시절, 먹고 싶으면 키세스를 한 주먹이라도 먹을 수 있었던 시절, 너무 부자여서 껌 네 개와 키세스 하나쯤은 잊어버릴 수 있었던 시절에 넣어둔 것들이었다.

난 내가 소녀 시절을 보낸 방바닥에 앉아 부드럽고 달콤한 껌과 초콜릿을 한입에 몽땅 쑤셔 넣고 싶었다. 그때 에바가 생각났고, 잠깐 동안은 에바의 스튜디오로 달려가고 싶었다.

하지만 에바는 아직 내가 휘발유를 아낀 걸 용서하지 않고 있었다.

나는 손바닥 위에 키세스를 올려놓고 서 있었다. 그동안 내가 단것을 먹는 걸 볼 때마다 에바가 화냈던 게 생각났다. *내 눈앞에서 먹지 마*, 에바는 쏘아댔다. *그런 쓰레기를 꼭 먹어야겠으면 내가 보는 데서는 먹지 마. 냄새만으로도 살이 찔 것 같으니까.*

나는 이미 꽃잎을 벌어지게 하려고 건드리는 것처럼 키세스 은박지를 조금씩 잡아 벌리고 있었다. 오래돼서 색이 좀 바래기는 했지만, 초콜릿 향기는 여전했다. 음식에 대한 내 모든 갈망을 집약해놓은 것 같은 깊고 부드러운 향기였다. 나는 초콜릿을 손바닥에 올려놓은 채 잠시 견줘보다가, 나도 모르는 사이에 입에 넣고 그 얼룩진 표면을 이로 긁었다. 초콜릿 향이 입안에 확 퍼졌고, 키세스에 잇자국이 났다.

돌이키기에는 너무 늦었다. *게다가*, 나는 생각했다. *에바는 내가 이걸 먹은 걸 알 필요도 없어. 에바는 너무 바빴고, 에바에게는 춤이 있었으니까. 고마워할지도 몰라. 어쨌거나 휘발유를 가지고 그렇게 고집을 부리지 말았어야 했어.* 나는 생각했다, *껌을 하나 줘야겠다.*

나는 심오하고 세속적인 만족에 흠뻑 빠져 차가운 바닥에 앉아 키세스를 빨았다. 에바고 휘발유고 비고 다 잊어버리고 달콤하고 황홀한 꿈속에 있는 기분으로 초콜릿을 먹어치웠다.

다 먹고 나서, 나는 은박지를 조그만 공 모양으로 꽁꽁 뭉쳐 껌이랑 같이 다시 상자 속에 넣고 상자를 다시 서랍 안에 넣었다. 아래층에 내려와서는 곧장 화장실로 가서 거울을 보며 입술을 닦고 또 닦았다. 그리고 맑은 물만 나올 때까지 물을 거듭 마시고 뱉으며 입을 헹궜다.

아침에는 해가 나더니 3월 비가 다시 내리기 시작한다. 에바는 스튜디오로 사라지고, 나는 다시 K 항목들을 읽기 시작하지만 어찌나 우둔한지 눈 대신 손으로 페이지들을 따라가는 게 더 나을 지경이다. VCR에 불이 들어오게 할 수 있다면 영혼이라도 팔 것 같다.

에바는 어두워지기 직전에 스튜디오에서 나와 난로 문을 열고 바닥에 앉더니, 종아리를 문지르며 난롯불을 물끄러미 바라본다.

"저녁으로 뭐 먹지?" 내가 묻는다.

"배 안 고파."

"쌀이랑 토마토?"

"상관없어."

"자두가 한 병 있어. 그거 먹으면 돼."

"더 이상 이렇게는 못 하겠어." 에바는 불에 대고 말한다. "메트로놈에 맞춰 춤을 출 수는 없어. 오늘 도약 연습을 했는데, 전만큼 높이 뛸 수가 없어."

에바는 덫에 걸린 동물 같은 사나운 눈길로 나를 올려다본다. "발란신은 음악이 무용의 마룻바닥이라고 했는데, 내겐 바닥이 없어, 딛고 뛸 마룻바닥이 없다고. 그냥 떨어지고 있는 기분이야. 다시는 도약하지 못할 것만 같다고."

갑자기 에바는 애원하기 시작한다. "넬, 제발 부탁이야. 휘발유 조금만 쓰자. 정말 조금만. 내게 음악을 십 분만 줘. 제발."

나는 대답을 할 수가 없다. 에바가 절망 속으로 빠져드는 걸 볼까 봐 두렵지만, 휘발유를 남김없이 다 써버린다는 것도 그 못지않게 두렵다.

마침내 나는 말한다. "에바, 미안하지만 우린 안 쓰고 버텨야 해. 조금만 더."

"난 못 해." 에바가 멍하게 말한다. "더 이상은 이렇게는 못 추겠어."

"그래야 해." 나는 언니의 춤에 내가 얼마나 많이 기대게 되었는지 깨닫고 깜짝 놀라며 말한다.

나는 가장 먼저 떠오른 생각을 붙든다. 슬퍼하는 아이의 기분을 풀어주려고 애쓰는 엄마처럼 환하게 말한다. "놀래줄 게 있어. 휘발유처럼 좋은 건 아니지만, 어제 찾은 거야. 언니가 좋아할 거 같아."

내가 거실에서 나가도 에바는 고개를 들지 않는다. 하트 모양의 상자를 들고 아래층으로 내려왔을 때도 쳐다보지도 않는다.

나는 상자를 에바에게 내민다. "열어봐!"

반응이 없자 나는 뚜껑을 열어 에바에게 내용물이 보이도록 상자를 불 쪽으로 기울인다.

"봐. 껌 네 개." 내가 말한다.

"어디서 났어?" 에바가 집게손가락으로 껌을 살짝 건드리며 말한다.

"어제 언니가 연습하고 있을 때 찾았어. 내 속옷 서랍에서. 키세스 초콜릿도 하나 있었어."

"그건 어딨어?" 에바가 묻는다.

"내가 먹었어."

"언제?"

"찾았을 때."

"난 어디 있었는데?"

"스튜디오에."

"내가 거기서 춤추려고 애를 쓰고 있는 동안 넌 초콜릿을 먹었다고?"

"언니는 개의치 않을 거라 생각했어."

"내가 *개의치 않을 거라고* 생각했다고?"

"어, 언닌 연습하고 있었잖아. 방해하고 싶지 않았어."

"믿을 수가 없어."

"어차피 초콜릿은 먹지도 않잖아."

"난 여전히 이 집에 있는 모든 것의 절반에 권리가 있어."

"하지만 그건 *내* 키세스였어."

"왜?"

"내 서랍에서 내가 찾았으니까."

"그럼 휘발유는 내가 찾았으니까 내 거겠네?"

"하지만 그건 내 서랍에 있었다고. 내가 거기 뒀어. 이 모든 일이 시작되기 전에 내 거였다고. 봐." 나는 분노와 괴로움 사이에서 비틀대며 말했다. "미안해."

하지만 에바는 이미 캄캄한 스튜디오 안으로 달려 들어가 문을 쾅 닫아버렸다.

⚓

키세스 싸움 후 이틀이 지났다. 나는 에바에게 껌을 몽땅 줬지만, 에바가 그걸 씹었는지 아닌지 모른다. 그건 이미 우리가 나눌 수 있는 즐거움이 아니다. 누구도 사과하지 않았지만, 삶은 비실비실 흘러간다. 때로는 언니에게 소리 지르고 싶다. "그냥 바보 같은 초콜릿 한 조각일 뿐이잖아." 때로는 울고 싶다. "미안해, 미안해. 휘발유 다 써. 날 용서해줘." 하지만 난 아무 말도 하지 않고, 언니도 마찬가지다. 우리는 같은 난롯가에서 자고, 같은 주전자에서 끓인 물을 나눠 마시고, 같은 음식을 먹지만, 순간순간 우리의 다툼이 또 다른 악몽일 뿐이라는 생각마저 든다.

삶 전체가 한 사람과 묶여 있을 땐 싸움조차 사치다.

우린 하루 일과를 마치고 집 안에 있다. 밧세바와 핑키는 닭장 안에 있고, 난롯가에는 나무들이 쌓여 있고, 문은 잠겨 있고, 목욕물이 끓고 있다. 오후 늦게 맑은 하늘에 있던 흰 구름 몇 점이 시커멓게 변하더니 비가 내리기 시작했다. 너무 한결같고 조용해서 거의 위로처럼 느껴지는 비였다. 그날 싸움 이후로 여전히 별로 말은 하지 않았지만, 침묵도 부드러워지기 시작해서 마치 우리 사이에 상처 입은 새로운 다정함이 자라나고 있는 것 같은 느낌이었다.

우리는 창가 테이블에 마주 앉아 저물녘의 희끄무레한 빛 속에서 비트 통조림과 삶은 마카로니 부스러기들을 먹고 있었다. 빗소리와 장작 타는 소리, 주전자에서 물 끓는 소리, 우리를 둘러싼 밤을 편안하게 해주는 소리들을 들으며 조용히 식사를 하고 있었다.

그때 문에서 노크 소리가 들렸다.

가벼운 똑똑 소리에 불과했지만, 그 소리는 비명처럼 우리를 뚫고 지나갔다. 아드레날린이 확 솟구쳤다가 모든 게 마비되었다. 우리는 잠시 간담이 서늘해진 채 앉아 있었다. 그때 그 소리가 다시 났다 — 이번에는 좀 더 빨리 두드리는 소리였다. 노크 소리를 들어본 지 몇 년은 되는 것 같았다. 우리의 최악의 공포나 최고의 희망이 마침내 도착했음을 알리는 소리였다.

"난로 열어." 난 에바에게 최대한 소리 낮춰 말했다.

에바는 무릎을 꿇고 난로 문을 당겨 열었다.

불빛의 도움으로 나는 코트장 안을 더듬어 아빠의 총을 찾아냈다. 총을 잡는 법도, 겨누는 법도 몰랐기 때문에 총은 뻣뻣한 세 번째 팔처럼 내 앞으로 불쑥 튀어나와 있었다. 문밖에 있는 미지의 존재가 두려운 것만큼이나 총도 두려웠다. 나는 문 쪽으로 살살 걸어가서 마치 문 뒤에 숨은 사람의 의도를 나무의 맥박 같은 걸 통해 느낄 수 있기라도 한 듯이 문에 바싹 붙어 섰다.

"누구세요?" 나는 두려움에 꽉 잠긴 목소리로 으르렁 — 아니, 으르렁대려고 애썼다.

"넬?"

"원하는 게 뭐예요?"

"거기 넬 있어요?"

"아." 에바가 난로 옆에서 일어나 나를 쳐다보며 속삭였다.

"넬? 나, 엘리야. 넬 너야?"

갑자기 안도감이 몰려왔다. 휙 쏘아보는 에바의 시선이 느껴졌지만, 난 신경 쓰지 않았다. 아찔한 기쁨이 따뜻한 빗줄기처럼 내 온몸에 흘러내렸다. 나는 내가 뭘 입고 있는지, 머리는 빗었는지 생각하려고 애쓰며 쏜살같이 문을 열었다.

바깥에 선 사람은 1년 전의 엘리가 아니었다. 더 크고 더 강해 보였다. 얼굴은 비에 젖었고, 물방울이 엉클어진 머리에서 무릎까지 내려오는 판초 위로 뚝뚝 떨어지고 있었다. 판초 밑에 멘 배낭 때문에 엘리는 거대한 바다 거북이처럼 보였다.

언니가 아닌 다른 사람을 본 충격 때문일 수도 있지만, 순간적으로 난 문을 닫고 노크 소리를 못 들은 척하고, 안전하진 않더라도 적어도 우리를 위협하지 않는 그 모든 익숙한 것들과 함께 있고 싶었다. 하지만 난 안으로 움직였고, 그는 문 안으로 들어섰다.

환영의 뜻으로 그에게 손을 뻗어 만져야겠다는 생각이 머리를 스쳤다. 하지만 한편으로는 그러고 싶으면서도, 한편으로는 나와 플라자의 그 소녀를 갈라놓고 있는 무한과도 같은 변화들과 시간이 의식되었다. 그때 마지막으로 그를 봤던 날 깨달았던 게 떠오르면서 살짝 울컥한 기분이 들었다. 우리 사이는 너무 아무것도 아니어서 내겐 포옹을 요구할 권리조차 없었다.

"안녕." 나는 약간 건조하게 말했다.

그는 눈치 못 챈 것 같았다. "에바, 넬." 그는 처음에는 에바 쪽으로, 다음에는 나를 향해 살짝 몸을 숙여 인사했지만, 배낭과 판초 때문에 그 인사는 대단히 우아하게 보이지는 않았다.

다음 순간 그가 비에 젖은 집게손가락을 뻗어 내 목 아래 쇄골이 만나는 오목한 부분에 살짝 갖다 댔다. 이상한 손짓이었다. 이전의 그 어떤 접촉보다 더 친밀해서 나는 또 무슨 장난을 치는 건가 하고 그를 쳐다봤다. 하지만 그는 예전의 기분 좋은 초연한 표정이 아니라 진지하고 지쳐 보이는 얼굴을 하고 있었다. 그 손길의 여파로 목구멍이 간질거렸고, 그곳을 만지기 않기 위해서 난 손을 꼭 잡고 있어야 했다.

"아버지는 어디 계셔?" 엘리는 희미한 난로 불빛이 닿지 않는 컴컴한 방 안을 애써 살피며 물었다.

우리는 그간 살아온 이야기를 몇 마디로 줄여 말해야 하는 상황이 당황스러워 잠시 아무 말도 하지 못했다. 마침내 에바가 입을 열었다. "돌아가셨어."

"아." 그는 여전히 문간에 서서 말했다. "그런데 너희는 괜찮아?" 그는 먼저 나를, 다음에는 에바를 보며 물었다. "너희는 아프거나 그런 거 아니지? 너희 둘은 괜찮은 거야?"

"우린 괜찮아." 울고 싶은 심정이었다.

"여긴 어떻게 왔어?" 에바가 물었다.

그는 어깨 위로 판초를 잡아당겨 벗고 삐걱대는 배낭을 내린 다음 머리를 흔들었다. 흔들리는 머리칼에서 흩어져 내린 물방울들이 난로 위에 떨어지자 치익 하는 소리가 났다. "처음에는 자전거를 타고 왔지만, 곧 고칠 수도 없을 정도로 펑크가 나버렸어. 그래서 걸어왔어. 어제 출발했어. 어느 게 너희 집인지 몰라서 집집마다 다 들러야 했어. 여기 너희뿐이라는 거 알아? 이 길 적어도 16킬로미터 내에는 아무도 없어."

나는 그에게 달려가 안겨 미친 듯이 엉엉 울고 싶었다. 그의 가슴에 머리를 바싹 기댄 채 잠들 수 있을 때까지 울고 싶었다. 하지만 마지막으로 봤던 날 우리는 심지어 말도 하지 않았다. 그는 늘 낯선 사람이었다. 그런 그가 이제 내가 사는 곳에 이방인으로 왔다.

나는 "배 안 고파?" 하고 물으며, 조그만 음식 냄비 위로 몸을 구부리고 그의 몫 이상을 세 번째 접시에 덜었다.

그가 함께 있으니, 또 하나의 목소리가 어둠을 채우니 그 방이 너무나 달라 보였다. 토요일 밤의 각광에서 벗어난 곳에서 엘리와 함께 있으니, 그가 옷을 펴서 말리는 걸 돕고 있으니,

목욕물을 준비해서 어두운 욕실로 안내해주고 있으니 기분이 너무나 이상했다. 그가 물에 들어가 한숨 돌리는 사이, 나는 더듬거리며 위층으로 올라가 벽장을 뒤져 담요와 여분의 베개를 꺼내 왔다.

엘리가 목욕을 마친 후, 에바는 난롯불을 지폈고 불길이 바닥에 쐐기꼴 불빛을 떨구었다. 우리 셋은 일렁거리는 반원의 불빛 가장자리에 다리를 꼬고 앉았다. 잠시 우리는 불빛을 바라보며 말없이 앉아 있었다. 나는 플라자 생각을 하며 그 모닥불과 이 불을, 초연하고도 장난스러웠던 엘리와 이 말없는 남자를 연결하려고 애썼다. 하지만 플라자는 딴 세상 같았고, 우리는 더 이상 야자나무와 삼나무 아래서 킬킬대며 활보하던 그때의 어린애들이 아니었다.

"시내에는 무슨 일 있어?" 마침내 에바가 패스트코에서 스탠과 이야기하던 아빠처럼 애써 가벼운 어조로 물었다.

"시내?" 엘리는 누가 갑자기 깨우기라도 한 것처럼 잠긴 목소리로 말했다. 그는 목소리를 가다듬고 말했다. "뭐 그다지."

"아직 전기는 안 들어와?" 나도 불쑥 말했다.

"아니. 아직."

"새로운 소식 없어? 언제 전기가 들어온다든지?"

"아니. 어떤 사람들은 음, 동부에는 다시 전기가 들어왔다고도 하는데." 그는 잠시 주저하는 것처럼 말을 멈추더니, 재빨리 덧붙였다. "하지만 그건 다 소문이야."

"또 어떤 소문이 있어?"

"별로 없어. 사람들은 대개 집에 붙어 있어. 다들 병균을 무서워하거든. 나갈 이유도 별로 없고. 직장도 안 하고. 학교도 안 하니. 많은 사람들이 떠나버렸어. 아니면 죽거나."

"죽었다고?" 에바가 물었다.

"올가을에 한 6주쯤 독감 ─ 아니면 뭔가가 심하게 돌았었거든." 그는 불을 바라보며 불을 향해 말했다. "그게 뭔지 제대로 아는 사람은 아무도 없었어. 뭘 어떻게 해야 할지도 몰랐고. 하지만 많은 사람들이 죽었고, 그 일로 모두 편집증이 되었어. 우리 엄마도 돌아가셨어."

"어머니가?" 내가 물었다.

"응." 그는 잠시 말을 멈췄다가 계속했다. "플라자 애들 ─ 그중 몇 명도 죽었어."

"누가?" 나는 질문했지만, 내가 정말 알고 싶었던 것은 엘리의 어머니가 어떻게 되었는지, 엘리가 그 상실을 어떻게 견뎠는지였다.

"저스틴이랑 베스. 내가 아는 한은 그래. 아, 그리고 빅 마이크도. 맹장염이었던 것 같다고 하더라. 너희들이 더 이상 시내에 오지 않았을 때 난 너희도 죽은 줄 알았어."

"휘발유가 다 떨어졌어." 내가 말했다. "지난여름에 식료품을 구하러 한 번 갔지만, 아무도 못 봤어."

"자전거 가지고 있어?" 그가 물었다.

"아니." 에바가 대답했고, 내가 설명했다. "아빠가 학교 애들한테 줬거든. 어쨌거나 애들용이었어."

"안타깝네." 그가 말했지만, 내가 그 이유를 묻기 전에 에바가 화제를 바꿨다.

"그럼 왜 여기까지 온 거야? 우리가 죽은 줄 알았다면서." 나는 에바를 저주하고 에바에게 감사하면서 숨을 죽였다.

"말했듯이," 그가 대답했다. "시내에 아무것도 없으니까. 난 변화가 필요했던 것 같아."

⚓

어젯밤 잠들기 전 우린 문단속하는 걸 잊어버렸다. 나는 방 구석에서 들리는 엘리의 숨소리에 한 번 잠에서 깼지만, 몸이 순식간에 졸아들 정도로 치밀어 오른 공포심은 곧 녹아내렸고 새로운 온기가 시내 가던 시절의 간질거리는 흥분감과 함께 온몸에 퍼져나갔다.

아침이 오자 그가 거기 있었다. 담요에서 나와 기지개를 켜는 그의 어깨와 팔 근육이 꿈틀거렸다. 그는 아빠의 구깃구깃한 낡은 면 셔츠를 입고 있는 나를 보고 말했다. "난 네가 일어났을 때 모습이 환상적일 거라고 늘 생각했어."

얼굴이 불타는 것처럼 화끈거리며 머리가 어찔했다. 그의 목소리에서 반어법과 솔직함을 구분할 수가 없었다. 마침내 내가 겨우 내놓은 대답은 너무 길고 슬펐다. "적어도 아직 농담은 할 줄 아네." 나는 얼른 욕실로 들어가 숨었다.

난 어둑어둑한 그 피난처에서 벽장을 뒤져 에바와 내가 '화장품 등'이라고 표시해놓은 상자를 찾았다. 상자를 열고 한때 엄마 서랍장 안에 있던 프랑스 향수병을 꺼냈다. 마개를 열고 나서야 이걸 써도 되는지 에바에게 물어보지도 않았다는 게 생각났다. 하지만 욕실 안에는 이미 엄마가 우리 빼고 아빠와만 외출을 하는 드문 날 밤에 뿌렸던 향수 냄새가 진동하고 있었다. 그런 날 하이힐을 신은 엄마는 평소보다 훨씬 더 커 보였고, 잘 자라고 키스해주는 엄마에게서는 이국적이고 달콤한 향기가 났다.

나는 셔츠를 걸고 향수 마개를 명치에 갖다 댔다. 그러고는 마개를 다시 병에 꽂아 상자에 담고, 상자를 다시 벽장에 넣었다. 나는 언제나 어두침침한 욕실 안에서, 머릿속에서는 아직 느낄 수 없는 인식을 거기서는 볼 수 있을 것처럼 거울에 비친 내 모습을 들여다봤다. 거울 속 나와 눈이 마주치자 나는 평생 처음으로 내 얼굴에 놀라서 뒤로 물러났다. 어제는 제대로 쳐다보지도 않았던 똑같은 얼굴, 똑같은 푸른 눈에 연한 머리카락, 똑같은 커다란 입에 평범한 코였지만, 오늘은 뭔가 달라 보였다. 쳐다볼 가치가 있는 얼굴, 눈에서 상큼한 강렬함이 빛나는 부드러우면서도 인상적인, 사랑스러운 얼굴이었다.

그 순간 에바가 양치질을 하러 들어왔고, 나는 당황하면서 거울에서 돌아섰다. 봐서는 안 될 걸 보고 있다가 들킨 기분이었다.

에바는 킁킁거리며 냄새를 맡더니 나를 쏘아봤지만, 그냥 "어떻게 생각해?"라고만 말했다.

"뭐가?" 나는 떨리는 손에 차가운 물을 담아 얼굴을 묻고, 눈꺼풀에 느껴지는 싸늘한 충격을 음미했다.

"엘리 말이야."

"만나서 기뻐." 나는 물이 뚝뚝 떨어지는 얼굴을 들고 말했다. 왜 대답하기가 싫은지, 그렇게 무해한 ─ 정직한 ─ 대답을 하는데 왜 거짓말을 하는 것 같고 당황스러운지 이해할 수가 없었다.

에바는 나도 아직 모르는 비밀을 알고 있다는 듯이 날카로운 눈초리로 잠시 나를 쳐다봤다. "흠." 에바는 내게 수건을 건네주며 말했다.

아침 식사 후에 우리는 엘리에게 주위를 구경시켜주었다. 잠시 비가 그친 사이 밧세바와 핑키를 소개하고, 정리된 작업실을 보여주고, 동면 중인 과수원으로 데려갔다. 그는 닭들에게 꼬꼬 하고 말을 걸고, 헛간 안의 서랍들을 열어보며 깔끔하게 정리된 모습에 감탄했고, 내게 나무들 종류에 대해 물어봤지만, 집을 보여주는 우리의 열성만큼 집 구경에 관심이 있어 보이지 않았다.

난 언제 가지치기를 해야 할지, 트럭 배터리가 버틸 수 있을지, 어떻게 하면 릴리스를 살릴 수 있었을지 물었지만, 그는 과일나무 가지치기는 한 번도 해본 적 없고 배터리나 닭에 대해서도 잘 모른다고 대답했다. 그의 관심은 딴 데 있는 것 같았다. 그에게 중요한 삶은 다른 곳으로 이어져 있는 것처럼.

내가 이 글을 쓰고 있는 동안 엘리는 난로 앞에 앉아 부드럽게 하모니카를 불고 있다. 자기 생각을 하모니카에 속삭이고 있는 것처럼 손을 오므려 하모니카를 잡고 있다. 그는 이따금씩 나를 쳐다보는데, 딴 곳을 바라보며 연주하고 있을 때 그의 음악은 마치 내가 이해하지 못하는 언어로 나에 대해 이야기하는 비밀 이야기 같다.

나는 초조하고 노출된 기분이다. 그가 떠나면 좋겠다. 하지만 그가 오던 날 오후에 내리기 시작한 비는 이틀 뒤인 지금도 여전히 내리고 있고, 그는 그 빗속으로 급히 다시 나갈 생각이 전혀 없어 보인다. 암탉들은 가끔 밖에 나와 젖은 마당을 돌아다니며 혹시라도 놓친 지렁이나 싹들이 있는지 살핀다. 그 외에는 내리는 비만 제외하면 개간지는 괴괴하기 이를 데 없다.

우리는 집 안에 있다. 엘리와 나는 거실에, 에바는 문을 닫은 채 스튜디오에 있다. 심지어 난로를 체크하러 나오지도 않는다. 하지만 난로에 장작을 넣는 덕에 엘리와 내겐 서로를 신경 쓰는 것 외에도 할 일이 생겼다.

이렇게 오랜 시간이 흐른 후 집 안에 누군가 다른 사람이 있으니 불편하고 힘들다. 어제는 비 내리는 날 따뜻한 방 안에 엘리와 단둘이 있는 게 좋았다. 어떤 복잡한 방식으로 내 삶이 마침내 내가 바라던 모양대로 되기 시작하는 것 같았다. 하지만 오전 내내 플라자 시절과 전혀 다를 바 없이 밋밋하고 어색한 대화를 하고 나니, 나도 모르게 '소원을 빌 때는 조심해야 한다'라는 교훈을 가진 온갖 동화들이 생각났다. 바보나 어린애, 노처녀 같은 기분을 느끼지 않고는 앉지도 서지도 말하지도 못하고, 언니와 화해를 하지도 못하고, 공부를 하지도 못하고, 엘리의 존재를 견디는 것 외엔 아무것도 못 하는 내 꼴을 보라.

지금까지 우리는 비에 대해 많은 이야기를 나눴고, 플라자 아이들에 대해 조금 이야기했다. 하지만 그런 이야기조차 이젠 견딜 수 없는 무게로 닥쳐오는 솔직함에 대한 압박 때문에 아슬아슬하게 느껴진다. 엘리는 방 안을 서성이고, 난 계속 이야기를 하려고 애쓰면서, 아무 말도 하지 않으려고 애쓰면서, 그가 떠나기를 바라면서 새침하게 테이블에 앉아 있다.

오늘 아침 에바는 엘리와 내가 일어나기도 전에 스튜디오에 갔다. 세수도 하지 않고 심지어 난롯불을 피우지도 않았다. 시들어빠진 사과 두어 개를 먹으러 정오에 나왔을 때도 에바는 초연하게 미소 지을 뿐, 내 눈을 마주치지도 않았다. 그러고는 다시 황급히 스튜디오로 돌아가 문을 닫았다.

엘리는 하모니카를 불다 고개를 들고 내게 물었다. "항상 저런 식이야?"

"연습을 많이 해." 나는 정확히 반쪽으로 나눠진 내 충성심에 당황했지만, 양쪽 모두에게 거의 아무런 신의도 느껴지지 않아 깜짝 놀랐다. 에바는 여전히 휘발유 몇 리터와 키세스 초콜릿 하나 때문에 화가 나 있었고, 엘리는 내 집에서 너무 많은 공간을 차지하고 있는 이방인이었다.

"더 상냥한 줄 알았는데."

"상냥한 사람이야. 그냥 열심히 하고 있는 거지. 혼자 있을 때 자신을 몰아붙이기란 힘든 법이야."

"왜 그러는 거야?"

나는 어깨를 으쓱하고 화제를 바꾸려고 했지만, 갑자기 내 말이 엘리에게 어떤 영향을 미치건 상관없다는 생각이 들었다. 예의를 지키는 게 짜증 났고, 조심하는 것도 지쳤다. 엘리는 우리 음식을 먹고 있다. 내 집에서 날 포로로 삼고 있다. 내 슬픔을 좀 감당하게 하면 어때? 얼굴이 벌게져서 헐떡대는 내 꼴을 보면 날 내버려 두고 떠나버릴지도 모르지. 그럼 백과사전이나 공부하고 언니랑 사이좋게 지내려고 애써야지.

그래서 나는 이야기를 시작했다.

에바가 어떻게 발레를 발견했으며, 에바가 처음 무용에 인생을 바쳤을 때 내가 얼마나 버림받은 기분이었는지 이야기했다. 어떻게 하버드에 갈 결심을 했으며, 엄마가 죽어가고 있던 그 암울한 시간 내내 내가 얼마나 공부에 몰두했고 에바는 계속해서 춤을 췄는지 이야기했다. 절대 다른 사람에게 할 수 없을 것 같던 일들을 이야기하고, 엄마가 돌아가신 후 안도감을 느꼈던 그 경악스러운 순간들에 대해 고백했다. 마지막으로 시내에 갔을 때 무슨 일이 있었는지, 에바와 내가 어떻게 아빠를 묻었는지, 그 이후 어떻게 살았는지, 에바가 어떻게 계속해서 춤을 추는지 다 이야기했다.

나는 울지 않았다.

이상하게도 엘리의 마음을 찢어놓을 거라 상상한 이야기들을, 내 망신거리가 될 이야기들을 하고 있는데도, 심지어 슬프거나 부끄럽지도 않았다. 하지만 난 더 이상 동정이나 공감, 심지어 이해도 바라지 않았다. 사실 내가 가장 강하게 느낀 감정은 분노에 가까웠던 것 같다. 난 내 이야기에 진절머리가 났고, 그 이야기들을 살아가는 게 피곤했고, 그걸 너무 오래 끌고 다니느라 지쳤다. 이제 그 이야기들을 없애버리고 싶은데, 엘리가 마침 그 자리에 있었던 거다. 어떤 면에서 폴 번연(미국 설화에 등장하는 덩치 큰 나무꾼 – 옮긴이)의 옛 전설, 그러니까 어느 겨울 한 벌목 캠프장에서 날씨가 어찌나 추웠던지 사람들이 하는 말이 모두 얼어붙어 버렸고, 마침내 봄이 와서 얼음이 녹자 얼어붙었던 말들이 모두 다시 살아나서 대기가 녹은 이야기로 가득 찼다는 이야기가 생각났다.

다음은 엘리의 차례였다.

그는 시내 상황이 어땠는지 들려줬고, 그 이야기를 들으니 상황은 내가 생각했던 것보다 더 끔찍했다. 그동안 난 내내 우리 싸움이 가장 힘들었다고 생각했고, 레드우드에서는 모든 게 더 수월하고 안전하지 않을까 궁금했고, 시내에 돌아가지 않은 게 실수였다고 걱정했었다. 하지만 엘리는 굶주림과 분노, 두려움에 대해, 의심과 미신의 부활에 대해, 암울한 현재와 막연한 변화의 약속에 대해, 사람들 속에 쌓여가는 짜증과 초조함에 대해, 알고 지낸 지 얼마 안 되는 이웃들에 대한 사람들의 불신에 대해 말해줬다. 습관이 의미 없어진 지 오래인데도 이상하게 과거의 습관에 매달리는 사람들 — 마지막 배달이 온 것이 반년 전인데 여전히 아침마다 우편함을 체크하러 터벅터벅 나가는 주부들, 세차를 할 만한 수압도, 차를 몰 휘발유도 몇 달 전에 다 사라졌는데 일요일 오후면 차를 닦는 남자들 — 에 대해 이야기해줬다. 지난가을 어느 날 밤 플라자에서 환호성과 고함 소리가 들리더니, 다음 날 아침 은행장이 썩은 가지색 얼굴을 하고 누렇게 마른 잡초에 발가락이 닿을락 말락 한 모습으로 가로등에 매달린 채 발견된 사건에 대해서도 들려줬다.

독감이 퍼졌는데 치료해줄 사람도 약도 없다는 걸 깨달은 사람들의 충격과 분노, 공포에 대해서도 말해줬다. 도시에 퍼진 감염의 공포가 어땠는지, 사람들이 어떻게 악수를 피하고 음식을 함께 먹지 않고 각자의 집 안에 숨었는지, 그러고도 계속해서 죽어나갔는지 이야기해줬다.

그의 어머니도 그렇게 돌아가셨다. 그는 어떻게 어머니를 묻었는지 이야기해줬다. 그와 형제들이 낡은 울타리와 깨진 문짝으로 만든 관에 어머니를 넣고 묻는 동안, 아버지는 거실에서 아무것도 없는 텔레비전 스크린을 바라보며 전기가 들어올 때 축하하려고 아껴둔 브랜디를 마셨다고 했다.

엘리는 마침내 모든 이야기를 다 마치더니 돌덩어리처럼 꼼짝 않고 앉아 지겹게 내리는 비를 내다봤다. 나는 잠시 그를 바라보다 말 대신 자리에서 일어나 그의 옆에 가서 축 처진 그의 어깨에 손을 올려놓고 가만히 있었다. 그 어느 때보다 진중하고 참을성 있고 현명하게. 마침내 그가 고개를 돌려 나를 쳐다봤다.

우리의 모든 이야기들은 그 황금색 눈 속에서 사라졌다.

그때 에바의 스튜디오 문이 쾅 열렸고, 우리는 불에 덴 것처럼 깜짝 놀랐다.

"불은 어때?" 에바가 난로 문을 확 열고 숯을 쑤시며 물었다. "좀 약해진 것 같은데."

⚒

그게 어제 일이다. 오늘 나는 다시 수줍어졌지만, 오늘의 수줍음에는 달콤함이 있다. 우리의 대화는 어제처럼 깊이 있는 건 아니지만 내가 두려워하던 어색함이나 가시 돋친 구석은 사라졌다. 오늘 나는 공부를 할 수 있고, 그가 뭘 볼지, 들을지, 생각할지 고민하지 않고 일어나서 화장실에도 갈 수 있다. 오늘 엘리의 하모니카 소리는 듣기가 좋다.

"임신만 하지 마." 오후 늦게 장작을 가지러 나갔을 때 에바가 낮게 속삭인다.

"뭐라고?" 나는 깜짝 놀란다.

"뭘 하든 조심하라고. 내가 바라는 건 그것뿐이야."

"무슨 소리를 하는 거야?"

"지금 가장 감당할 수 없는 건 아기야. 게다가 엘리는 곧 떠난다는 거 알잖아."

"왜 엘리가 뭘 할 거라고 생각하는 거야?"

"엘리가 아냐. *너와* 엘리지." 에바는 미소 지었고, 나는 방심한 채 완전히 당했다. 그 목소리에 담긴 감정들을 읽어낼 수가 없다.

오늘 아침은 맑고 화창했다. 암탉들을 내보낼 때는 쌀쌀하고 축축했지만, 공기 중에는 따뜻한 기운이 배어 있었다.

내가 장작을 가득 안고 돌아왔을 때 엘리는 문간에 서서 나를 기다리고 있었다. "산책 가자." 그가 말했다.

에바의 스튜디오 문을 두드려도 아무 대답이 없어서, 나는 딸깍 문을 열고 들어갔다. 에바는 나를 등진 채 바르를 잡고 서 있었지만, 거울을 통해 물처럼 고요한 얼굴이 보였다. 에바는 손을 당당하게 바르 위에 얹고 그랑바트망을 하고 있었다. 다리가 느낌표처럼 경쾌하게 위로, 위로 올라갔다.

"엘리랑 산책 가려고." 나는 에바의 꼿꼿한 등에 대고 말했다.

"그래." 에바는 다시 다리를 들어 올리며 대답했다.

"이따 봐." 나는 생각에 잠긴 듯이 말했다.

에바가 나를 향해 돌아섰다. "잘 놀다 와. 야생에 있는 것은 아무것도 먹지 말고." 언니가 엄마가 하던 말을 절묘하게 비꼬아 하는 바람에, 나는 그 농담을 함께하고 싶어 간절하게 언니 쪽으로 발을 움직였다. 하지만 언니 눈을 보고 난 충격을 받았다. 그 속에는 유머도 아이러니도 없었고, 찰나의 순간 날것 그대로의 슬픔만 얼핏 보였다.

엘리와 나는 해방된 아이들처럼 바깥으로 달려 나와 비에 흠뻑 젖어 빛나는 마당을 가로질러 깔깔대며 숨차게 뛰어갔다. 작업실을 지나갔고, 작년에 심은, 썩어가는 튤립 꽃밭을 뛰어넘을 때는 순간 뭔가 잡아당기는 듯한 기분이 들었다. 하지만 난 물방울을 떨어내는 개처럼 고개를 흔들어 그 생각을 떨쳐버리고 엘리와 함께 숲으로 들어갔다.

줄곧 비가 온 뒤라 숲은 습기로 가득 차, 갑자기 비친 햇살에 김을 내뿜으며 관능미를 뽐냈다. 나는 오래 병을 앓고 깨어난 사람처럼 당황스러우면서도 새로 살아난 기분이었다. 사방의 잎사귀와 가지에서는 물방울들이 떨어지면서 저 멀리서 흐르는 시냇물 같은 소리를 내며 환한 비를 뿌렸고, 가까운 시냇물은 강물처럼 시끄러운 소리를 내며 흘렀다. 삼나무 솔잎들이 반짝반짝 빛났고, 조그만 주먹이나 팽팽하게 긴장한 젖꼭지처럼 단단하고 빈틈없는 꽃봉오리들이 사방에 움터 있었다. 상쾌한 공기가 우리 폐를 깨끗하게 씻어주었다. 우리는 젖은 숲에 반사된 눈부신 햇빛에 실눈을 뜨고 개울 상류로 올라갔다.

함께 지낸 지 닷새가 지났는데도 여전히 낯선 사람과 같이 걷는 기분이었다. 우리는 걷고 먹고 자고 이야기하는 곰팡내 나는 방을 떠나 이제─처음으로─진정 단둘이서만 있었다.

"날 어디로 데려가는 거야?" 엘리가 내 뒤에서 개울을 따라 흩어진 나뭇가지들과 돌덩어리들을 넘으며 물었다.

"내가 왜 어디로 데려가야 하는데?" 나는 놀리며 대답했다.

"네 숲이잖아."

여긴 내 숲이 아니라고 항의하려던 순간, 에바와 내가 예전에 우리 것으로 정했던 삼나무 그루터기가 생각났다.

양심의 가책이 가슴을 찔렀고, 그곳을 엘리에게 보여주면 에바가 날 배신자라고 할지 궁금해졌다. 하지만 거기 가자고 아무리 애원해도 에바가 스튜디오를 떠나길 거부했던 그 수많은 순간들이 떠올랐다. 난 생각했다, *언닌 상관도 안 할걸. 어쨌거*

나, 상관없어.

"좋아." 내가 말했다. "갈 데가 있어. 따라와 봐."

"어디로 가는데?"

"가보면 알아." 우리는 가파른 숲 언덕에 도착했고, 길이라곤 전혀 보이지 않는데도 올라가기 시작했다. 나는 무릎을 굽히고 발을 옆으로 들어 걸치면서 기어 올라갔다. 미끄러지지 않도록 땅에 수북이 떨어진 참나무와 월계수 잎들을 밟으려고 애썼고, 여차하면 균형을 잡거나 뭔가를 붙들 수 있도록 손은 내밀고 걸었다.

"옻나무만 잡지 마." 나는 엘리에게 외쳤다. 아래쪽에서 엘리가 기어 올라오는 소리가 들렸다. 발에 밟힌 부식토 냄새가 났다. 한번은 무릎을 찧으며 미끄러졌지만, 축축한 잎사귀들을 움켜잡고 넓적다리로 사면에 매달려 겨우 미끄러지는 걸 멈출 수 있었다. 거칠게 숨을 몰아쉬면서 마침내 꼭대기까지 올라오자, 청바지 무릎이 온통 축축했다. 나는 돌아서서 마지막 몇 발자국을 올라오는 엘리를 지켜봤다.

"이 위에 뭐가 있는데?" 엘리가 숨을 헐떡이며 물었다.

"숲."

"고작 숲을 더 보자고 이 고생을 하며 올라왔단 말이야?"

"보면 알아." 내가 놀렸다.

우리는 잠시 나란히 서서 숨을 돌렸고, 나는 방향을 가늠하려고 애썼다. 개울보다 이만큼 더 위로 올라오면 숲이 약간 트이기 시작한다. 물론 나무들은 여전히 울창해서 방향을 유지하기 힘들고 활짝 열린 하늘이 그리워지기도 하지만, 덤불은 적어진다. 나무들은 더 크고, 여기저기에는 삼나무들이 원을 그리며 넓은 구렁을 둘러싸고 있다. 오래전 어느 나무의 무덤이다.

"그래서 내가 뭘 보게 되는데?" 엘리가 물었다.

"와봐." 내가 말했다. "보면 알게 돼."

그는 내게 고개 숙여 인사했고, 우리는 다시 출발했다.

걷기 시작하자 내 자의식이 다시 발동됐다. 에바와 내가 인디언 가장 놀이를 했던 때가 생각났고, 난 수줍음을 떨쳐버리기 위해 엘리에게 발목까지 쌓인 잎사귀들과 얽힌 가지들을 헤치고 가능한 한 살금살금 걷는 법을 가르쳐줬다. 마침내 엘리는 내가 더 조용히 걷는다고 결론 내렸다. 그가 넘어진 나무에 날 밀치자, 게임은 추격전으로 바뀌었다. 우리는 반짝반짝 빛나는 숲을 가로질러 개울물처럼 시끄럽게 숨을 헐떡이고 웃으며 질주했다.

"에바랑 같이 여기서 놀곤 했어." 마침내 달리기를 멈추고 나란히 서서 숨을 돌리고 있을 때 내가 말했다.

"어릴 때 여기 왔다고?"

"항상. 거의 이 위에서 살다시피 했어."

"왜 그만뒀는데?"

얼굴에서 웃음기가 싹 사라졌다. 나는 어깨를 으쓱했다. "에바가 무용을 시작했거든. 그러고는 엄마가 아팠고. 우리는 자랐고, 뭐 그런 거지."

엘리는 고개를 들어 잠시 나를 바라봤지만, 마음을 바꾸고 아무 말도 하지 않았다. 대신 내 손을 잡고 물방울이 뚝뚝 떨어지는 숲 속을 걸었다.

손을 잡고 숲 속을 걷는 건 쉬운 일이 아니다. 나뭇가지도 피해야 하고, 통나무들도 넘어야 하고, 나무도 비켜 가야 한다. 그래도 우리는 계속 손을 잡고 걸었다. 멀리서 시끄러운 개울물 소리가 한결같이 들려왔지만, 지금은 수많은 잎사귀들 때문에 소리가 한풀 죽었다. 나는 조용한 스튜디오 안에서 표정 없이 등을 꼿꼿하게 펴고 물 위에 떠 있는 것처럼 손을 바르 위에 살짝 올려놓은 채 고요한 공기 속으로 다리를 다시, 또다시 들어 올리고 있는 언니와, 멀리 이 위 싸늘하고 상쾌한 숲 속에서 다른 사람과 행복하게 있는 나를 생각했다.

몇 번이나 난 방향을 잃었다. 엘리 때문인지 숲이 자라서 변했기 때문인지는 알 수 없지만, 나무란 나무가 다 낯설어 보여 포기하기 일보 직전이었다. 언덕을 내려가자고 하면서 할 농담을 준비하고 있는데, 갑자기 근처에서 물소리가 들렸다. 그쪽을 향해 방향을 틀자 그루터기 근처에서 흐르던 작은 시내가 눈에 들어왔다.

엘리를 데리고 시내 상류 쪽으로 90미터 정도 올라오자, 늘 그랬듯이 불현듯 그루터기가 나타났다. 분명 빽빽이 뒤얽힌 나무들에 둘러싸여 있었는데, 다음 순간 갑자기 조그만 방만큼이나 커다란, 속이 텅 빈 삼나무 그루터기에서 6미터 떨어진 곳에 있는 것이다.

우리는 손을 잡은 채 걸음을 멈췄다.

그게 얼마나 크고 단단했는지 완전히 잊고 있었다. 그루터기는 나무라기보다는 돌처럼 보였지만, 살아 있는 것만 같았다. 바깥쪽은 이끼들이 조그만 숲을 이루고 있었다. 북쪽에는 어린애 둘이 손을 잡고 들어갈 수 있을 정도로 넓은 구멍이 있었다. 나는 엘리를 데리고 그 구멍으로 들어갔다. 안쪽은 오래전 산불에 그을어 시커멓고 이끼에 뒤덮이고 비바람에 풍화되어 있었고 오래된 연기 냄새가 희미하게 풍겼는데, 너무 오래 전 일이라 그 불길을 기억하는 사람은 아무도 남아 있지 않을 것 같았다.

엘리는 작년에 떨어진 잎들 위에 서서 양팔을 펼친 채 천천히 빙빙 돌았다. 벽은 언제나 엘리의 손끝에서 적어도 60센티미터는 더 떨어져 있었다.

"이걸 보여주려고 날 데려온 거야?" 그가 물었다.

"어떻게 생각해?"

"네가 보여주고 싶어 할 것처럼 생겼어." 그는 이렇게 대답하더니, 그 말이 무슨 뜻인지 생각도 하기 전에 손을 뻗어 나를 끌어당겼다. 그러고 나선 나도 갑자기 덮친 부드러운 입술의 충격 때문에 다른 의미에 대해서는 생각할 겨를조차 없었다.

우린 뿌리라도 내릴 기세로 오랫동안 거기 서 있었다. 날개가 자라나 천사들처럼 날아갈 것만 같았다. 방금 갑자기 우리가 공유하고 있다는 걸 발견한 무언의 언어, 그 유창하고 정확한 혀의 언어로 계속 이야기를 나누며 그루터기 구멍 사이로 솟아올라 하늘 위로 날아갈 것만 같았다. 때로 숲은 그냥 자기 일을 계속하고 있는 것 같았고, 때로는 우리 주위를 맴돌며 조여 들어오는 것 같았다.

우린 사랑을 나누었다. 아니, 우리 사이에 벌어진 일에는 '더 듬었다'가 더 적당한 표현일지도 모르겠다. 단추가 허둥지둥 풀리고, 셔츠 소매와 바지 자락이 얽히고, 수줍고 탐욕스럽고 소름 돋은 몸이 드러났다. 우리는 나뭇잎들 위에 옷을 늘어놓고 천 년 묵은 삼나무들이 즐비한 차가운 숲 바닥에서 상대와 함께할 수 있는 일을 했다.

내가 알게 된 섹스의 가장 놀라운 점은 엘리의 페니스가 아니었다. 뒤얽힌 황갈색 음모 사이에서 솟아나와 줄에 매달린 꼭두각시처럼 우리 사이에서 흔들리고 있는 그것은 너무 부드럽고 간절해서 어쩐지 거의 소녀 같은 느낌이 들었다. 대신 정말 놀라운 것은 내 몸과 완전히 맞닿은 그의 몸, 절묘하게 변화하는 그 결과 온도, 무게였다. 내가 받은 가장 큰 충격은 우리의 차이가 아니라 우리의 동일성이었다.

우린 그가 내 안에 들어오게 하려고 오랫동안 애썼다. 우리에게 딜레마를 더한 게 엘리 역시 경험이 없어서인지는 난 모르겠다. 하지만 우리 둘 다 백과사전에서 삽입이라고 부르는 것의 역학뿐만 아니라 예의도 몰랐던 것 같다. 그는 오랫동안 내게 자기 몸을 밀었고, 마침내 나까지도 그에게 도움이 필요하다는 걸 깨닫게 되었다. 결국 난 욕망 때문이 아니라 당황스러워서 얼굴을 붉히며 그를 도우려고 애썼다. 하지만 그건 네 개의 다리 사이에 허둥대는 손 두 개를 더했을 뿐이다.

내가 예의 바르게 이 모든 걸 중단할 방법을 생각하려고 머리를 짜내고 있는데, 갑자기 뭔가 밀리는 느낌, 나도 몰랐던 새롭고 미끈한 측면이 느껴졌다. 희미한 아픔과 조금 다른 저항감이 느껴지더니, 그가 내 안에서 움직이고 있었다. 마지막 어느 순간 그가 너무나 순수한 소리로 고함을 질러 그의 영혼의 목소리를 들은 것 같은 기분이 들긴 했지만, 솔직히 말해서 좋다기보다는 이상한 느낌이었다.

그게 끝나자 우리는 잠시 함께 누워 있었고, 잠시 후 엘리가 내게서 스르륵 빠져나가자 내 다리 사이에는 지저분한 끈적임이 남았다. 우리는 뒤엉킨 청바지와 셔츠 소매들 위에 큰대 자로 뻗었다. 날카로운 참나무 잎이 우리의 등과 팔꿈치와 무릎을 찔렀고, 삼나무 잎과 머리카락이 엉켰다. 나는 눈을 뜨고 그루터기 틈 사이로 촘촘히 얽힌 나뭇가지들 너머 하늘을 올려다봤다. 유령 같은 나무를 따라 올라가는 수액 소리가 들리는 것 같았다.

언덕을 내려오는 기분은 이상했다. 내 옷은 구깃구깃했고, 머리는 이파리들 때문에 따끔거렸고, 사타구니는 예민하고 끈적거렸고, 엘리는 내 손을 잡고 있었다.

집에 도착하니 에바가 부엌에서 아침 설거지를 하고 있었다. 에바가 싱크대에서 고개를 들고 물었다. "재밌었어?"

"넬이 그루터기를 보여줬어." 엘리가 친하게 지내려고 애쓰며 말했다. 순간 에바는 상처 입은 표정을 지었다. 하지만 다음 순간 얼굴에서 표정이 사라졌고, 에바는 내게 돌아서서 물었다. "무슨 그루터기?"

다음 날 오후 엘리와 나는 또다시 그루터기 안에 함께 누워 있었다. 우리는 막 사랑을 나누었고, 나른한 기분에 빠져 졸기도 하고 서로를 놀리기도 하고 불에 탄 벽 너머로 미풍이 부는 하늘을 희미한 미소를 띠고 바라보기도 하며 뒹굴고 있었다. 나는 엘리의 가슴에 머리를 기대고 그 든든하고 단단한 심장 박동 소리를 듣고 있었다.

하지만 어느 순간 나른한 기분이 아침 햇살 앞 안개처럼 사라졌다. 나는 일어나 앉아 그를, 이 모든 기다림이 마침내 끝났다는 소리를 하는 그를 바라봤다. 그는 동부에서는, 보스턴 근처에서는 다시 상황이 제대로 돌아가고 있다고 했다. 거기에는 전기가 다시 들어왔다고 했다. 전화가 된다고, 사람들은 일을 한다고, 가게에는 음식이 있다고 했다.

"어떻게 알아?" 나는 기쁨과 불신 사이에서 동요하며 물었다.

"삼촌 친구가 말해줬어."

"거기서 온 분이야?"

"새크라멘토에 갔다 왔거든. 지난주에 돌아왔어."

"하지만 어떻게?"

"집에 돌아오는 길에 어떤 사람을 만나서 대부분의 길을 함께 걸어왔대. 그랜츠빌 어딘가에 가족이 있는 사람이라는데, 하여간 찰리가 맘에 들었는지 레드우드에 도착하기 직전에 그 이야기를 다 해줬다는 거야. 자기도 가족을 데리러 집에 가는 길이고, 가족들을 데리고 다음 겨울이 되기 전에 보스턴에 갈 거라고 했대."

그랜츠빌에서 온 남자는 잠시 동안은 동부에서도 상황이 끔찍했고, 심지어 여기보다 훨씬 더 안 좋았다고 했다. 무시무시한 폭동들이 벌어졌고, 남아 있는 질서라곤 갱들의 질서밖에 없었다. 많은, 수많은 사람들이 굶주림이나 유기, 병으로 죽어 갔다. 하지만 엘리는 지금쯤은 그것도 다 끝났다고 말했다. 남은 사람들은 왕처럼 살고 있다고 말했다.

사람들은 보스턴을 재건하는 중이다. 임시 정부를 세웠고, 버려진 건물들을 보수해서 거주하겠다고 동의한 사람들에게는 그에 대한 권리주장을 허용하는 체계를 만들었다. 보스턴은 신흥 도시다. 하지만 이미 거기 있는 사람들은 소문을 내지 않으려고 애쓰고 있다. 엘리는 말했다. "전국에서 그 소식을 다 듣게 되면 보스턴에 폭도들이 몰려들 거야. 그래서 찰리가 이 사람이랑 160킬로미터나 걷고 나서야 그 이야기를 들은 거지. 그 이야기를 들은 사람들은 다 짐을 꾸려 동쪽으로 갈 테니까."

"거꾸로 된 골드러시구나!" 나는 벌떡 일어나며 말했다. "왜 더 빨리 말해주지 않았어?"

그는 씩 웃으며 팔꿈치로 몸을 지탱하고 일어났다. "네가 어떤 사람인지 먼저 알아야 했으니까."

"무슨 소리야? 내가 누군데?"

"나랑 같이 갔으면 하는 여자."

그의 앞에 발가벗고 서서 우리 사랑의 흔적을 숲의 부식토 위에 뚝뚝 흘리는 와중에도, 나는 나를 여자라고 부르는 엘리의 말에 깜짝 놀랐다.

"무슨 소리야?" 나는 되풀이했다.

"네가 나와 함께 갔으면 해."

그 말을 듣자, 내 안에 기운 없이 텅 비어 있던 뭔가가 새로운 허파처럼 부풀어 올랐다. 나는 그의 이야기를 중단시키고 그 말을 음미하고 싶었다. 그가 방금 한 말―나와 함께―을 축하하고 싶었다. 하지만 그는 쉬지 않고 말했다.

"곧 출발해야 해." 그가 말했다. "그래야 겨울을 사우스다코타 어디쯤에서 보내지 않을 수 있어. 우리가 하루씩 낭비할수록 누군가 우리보다 앞서 나가게 돼."

"에바는?" 내가 물었다.

"에바도 같이 갈 수 있어."

그의 형제들도 간다. 그리고 사촌도. 에바까지 합치면 모두 여섯 명이다. "여섯은 좋은 숫자야." 엘리가 말했다. "관리하기 힘들 정도로 많지 않지만, 자력으로 살아가기엔 충분한 숫자지. 하지만 빨리 떠나야 해." 엘리는 되풀이해서 말했다. "이제 봄이 오고 있으니까. 벌써 3월 중순이고, 시내까지 걸어서 돌아가는 데도 하루하고 반나절은 걸릴 거야. 마이크와 아담은 딱 이 주일만 기다려주겠다고 했어. 난 벌써 여기 일주일 있었고."

누군가 다시 주에 대해 이야기하는 걸 들으니, 주라는 게, 주

216

말을 중심으로 돌아가는 5일의 평일이 아직 어딘가 존재하고 있었다고 생각하니 기분이 이상했다. 월요일 아침이나 토요일 밤이 얼마나 의미 있게 느껴졌는지 생각났다. 나는 보스턴에서는 그 말들이 다시 의미를 찾았다는 걸 간절하게 깨달았다.

그걸 생각만 해도 대범하고 관대하고 살아 있는 기분이 들었다. 나는 휘황찬란하게 불이 켜진 보스턴을 상상했다. 식료품점과 주유소, 박물관과 쇼핑몰, 레스토랑과 아케이드와 극장을 상상했다. 잡동사니들을 그러모으고 위축되고 슬퍼하며 살지 않는다는 건 어떤 기분일지 생각했다. 태어나서 처음으로 나는 기쁨의 눈물을 흘렸다.

"미쳤구나." 그날 밤 난롯가에 우리 셋이 앉아 있을 때 그 이야기를 하자 에바는 말했다. "절대 성공하지 못할 거야."

"물론 우린 해낼 거야." 엘리가 난로 안 숯을 뒤적거리며 말했다. 우린 예전에 텔레비전을 볼 때처럼 홀린 듯이 집중해서 불꽃을 응시하고 있었다.

"보스턴까지 걸어간다고?" 에바가 말했고, 나는 그 목소리에 담긴 비웃음에 움츠러들었다.

"그래." 엘리가 말했다.

"다음 겨울 전까지?"

"그래."

"거기까지 못 가면 어떻게 할 거야?"

"그럼 어디선가 임시로 머물러야지."

"어디서? 누가 겨울 동안 여섯 사람을 더 받아주겠어?"

"먹을 건 스스로 구할 거야. 조에게는 총이 있어. 탄약도. 너희가 간다면 너희 총도 있고. 우린 사냥을 하고 나무를 벨 수 있어. 괜찮을 거야."

"사냥할 줄 알아?"

"물론이지." 그가 씩 웃었다. "못 할 거 뭐 있어? 난 빨리 배워."

"보스턴에는 우리한테 없는 게 있다고?"

"그래."

"뭐?"

"전기. 음식. 일."

"어떻게 알아?"

"말했잖아. 삼촌의 친구가 —"

"그 사람이 틀렸으면? 그것도 또 하나의 소문에 불과하면?"

"그게 소문이라면 이 사람이 그렇게 오랫동안 비밀로 감췄을 것 같아? 그 사람과 찰리는 160킬로미터를 같이 걸었고, 그제야 그 이야기를 해줬다고. 그게 소문처럼 들려? 게다가 찰리는 똑똑한 사람이야. 그 사람이 가짜라면 찰리가 알았을 거야."

"어떻게?"

"알 거야. 하지만 봐. 찰리가 틀렸다고 해도 — 분명 아니지만

─그래도 지금보다 더 나빠질 건 없어. 적어도 상황이 다시 정상이 될 때는 거기 있게 될 거야."

"찰리 말이 맞다고 그렇게 확신한다면, 비행기들은 어디 있는 거야?"

"비행기들?"

"그래. 그렇다면 왜 누가 서부로 날아서 ─ 아니면 차를 몰고 오지 않는 거야? 동부에서 모든 게 제자리로 돌아갔다면, 우리가 그걸 왜 모르겠어?"

"이봐, 에바." 그는 참을성 있게 말했다. "그 불들은 휘발유로 켜진 게 아니야. 휘발유는 오래전에 사라졌어. 대체 연료야 ─ 모든 게 태양열 아니면 바람이라고. 비행기들이 없는 게 당연하지. 게다가 아무도 비밀이 새나가는 걸 원하지 않아. 모두에게 충분할 정도는 없으니까."

"그럼 넌 왜 가는 거야?"

"행운을 찾아서 가는 거야. 계속 살기 위해서." 그는 잠시 말이 없었고, 그 어느 때보다 슬퍼 보였다. "레드우드에서 그동안 정말 힘들었어."

"에바." 내가 불쑥 말했다. "언닌 춤을 출 수 있어. 거긴 음악이 있을 거야. 선생님들도. 언닌 발레단에 들어가고 ─ 난 하버드에 갈 수 있어."

에바는 경고처럼 보이는 눈길로 내 눈을 똑바로 바라봤지만,

그 메시지는 너무 이해하기 어려웠고 난 그 의미를 해석하기엔 너무 들떠 있었다.

"엘리의 형들이 손수레를 만들고 있어. 말도 구하려 하고 있고." 내가 말했다.

"미쳤구나." 에바가 대답했다.

엘리가 말했다. "여기 있으면서 전기가 다시 들어오기를 기다리는 것보다는 덜 미쳤어. 여기 산속에 숨어서 못이랑 고무줄이나 세고 식료품실이 비어가는 걸 보는 것보다는 덜 미쳤어. 여기 있으면 너희 둘한테 어떤 일이 벌어지겠어?"

"아무 일도. 우린 괜찮을 거야."

"아무 일도. 맞는 말이야. 아무 일도 일어나지 않을 거야 — 운이 좋다면 말이지. 운이 좋으면 식량이 다 떨어지기 전에, 아니면 둘 중 하나가 다치거나 아프기 전에, 혹은 집에 불이 나기 전에 전기가 다시 들어오겠지. 운이 좋다면 말이야. 너희들이 그렇게 운이 좋다고 치자. 전기가 다시 들어올 때까지 여기서 어떻게 살아남았다고 쳐. 그러면? 너흰 여전히 시내에서 50킬로미터 떨어진 곳에 있어. 저 젠장할 유령 도시에서 50킬로미터 떨어진 곳에 말이야. 심지어 이 모든 일이 벌어지기 전에도 레드우드는 떠나는 곳이었어. 넌 이해할 줄 알았는데, 에바."

에바는 한껏 곤두섰다. "물론 알아. 하지만 나는 무언가 진짜가 있을 때 떠날 거야. 그냥 광기가 아니라."

"떠나는 게 여기 있는 것보다 덜 미친 짓이야."

"적어도 여기 있으면 살아 있을 수는 있어." 에바는 냉담하게 말했다. "그 말밖에 해줄 게 없네. 너희들이 다음 겨울 전에 5,000킬로미터를 걸어가겠다면 말이야."

"너희들끼리 여기 있는 게 우리랑 같이 가는 것보다 더 위험할 수 있어." 엘리가 누그러진 목소리로 말했다. "에바, 제발. 그건 모험이야. 같이 가자. 그건 넬에게도 부당한 일이잖아."

"넬의 인생은 넬 거야." 에바는 일어나서 난로에 장작을 더넣었다. "넬이 원하면 가겠지."

물론 난 원했다. 이제까지 원했던 그 어떤 것보다도 엘리와 함께 보스턴으로 걸어가고 싶었다. 하지만 엘리는 가고 없다. 엘리는 나 없이 대륙을 횡단해서 살아 있는 세계의 불빛을 향해 가고 있고, 나는 마치 떠난 적도 없는 것처럼 여기 돌아와 여행 이야기를 쓰고 있다. 에바는 춤을 추고 있고, 또 비가 내린다.

양말은 기웠고, 청바지에는 천을 두 겹으로 댔다. 아빠 작업실에서 발견한 곰팡이 슨 여분의 군대 배낭을 빨아서 수선한

다음 정리하고 또 정리한 짐으로 채웠다. 난 하버드에서 온 편지와 SAT 점수표, 먹통이 된 계산기, 이 일기장을 챙겼다. 스웨터, 성냥, 몽당연필, 실패, 낟알 하나하나까지 고심하고 또 고심하며, 여행에서의 가치를 그 무게와 부피와 비교하며 따져봤고, 거기에다 여기서 에바가 어느 정도 필요로 할지도 고려했다.

돈은 나눠 가졌지만, 돋보기와 마지막 티백 두 개는 에바에게 주었다. 그리고 휘발유도.

"전에 못 쓰게 해서 미안해." 그리고 생각에 잠겨 덧붙였다. "하루 더 있으면서 전에 말한 파티도 하고 언니가 춤추는 걸 보면 좋을 것 같은데."

에바는 고개를 저었다. "아니, 갈 거면 출발하는 게 좋아."

에바는 우리가 엄마 옷장 구석에서 찾아낸 등산화를 내게 줬다. 그리고 내가 총을 가져가야 한다고 고집했다.

"필요할 거야." 에바가 말했다. "나보다 더 —"

나는 그 말을 자르고 고맙다고 했다. 그 순간에는 내 기쁨 외에는 아무것도 느낄 수가 없었다. 난 열일곱 살이었고, 강하고 자유롭고 갑자기 아름다워졌다. 난 연인과 함께 세상 속으로 모험을 떠나는 여자였다. 온갖 일이 있었지만, 난 결국 하버드에 갈 테고 어떤 심술궂은 언니도 내 기쁨을 망칠 수는 없었다.

솔직히 말해서, 에바가 남겠다고 하면 안도감을 느낄 것 같다는 생각이 들 때도 있었다. 게다가 난 여전히 마지막 순간에는 에바가 마음을 바꿔 우리와 함께 갈 거라고, 여행을 통해 우린 다시 동지가 될 거라고 반쯤 확신하고 있었다. 짐을 정리하고 꾸리고 계획을 짜면서도 나는 에바가 결국 항복하고 짐을 싸기 시작하는 순간을 계속 기다리고 있었다.

하지만 마지막 날 아침 엘리가 마지막 장작을 가지러 나간 사이 차가운 햇빛 속에서 둘이 함께 테이블에 앉아 맛없는 차를 마시고 있을 때도, 에바는 여전히 완강했다. "아니, 넬. 난 여기 있을 거야. 그 여행은 미친 짓이야."

"하지만 춤은 어쩌고? 언닌 이 와중에도 지금까지 계속 춤을 췄어. 누구도 못 할 상황에서 말이야. 이제 그걸 다 내버릴 거야?"

"난 내버리지 않아. 계속 춤을 출 거야."

"하지만 에바, 이게 유일한 기회일 거야."

에바는 움찔했다가 재빨리 대답했다. 그 대답이 너무 빨라서, 언니도 같은 생각을 하고 있었다는 것을 알 수 있었다. "어쩌면 그건 가장 중요한 게 아닐지도 몰라."

난 목소리에 두려움을 내비치지 않으려고 애쓰며 물었다. "그럼 뭐가?"

"나도 몰라."

나는 잠시 휘청거렸지만, 문가에 약속처럼 기다리고 있는 짐

꾸러미들을 보고 다시 설득을 시도했다. "우리한테 가족이라 곤 서로뿐이야. 우린 같이 있어야 해."

"아니, 안 그래." 에바는 내가 약한 곳을 찌르지 못하도록 고 개를 저었다. "괜찮아, 넬. 우린 각자 선택을 한 거야."

"여기 혼자 있을 수는 없어."

"왜 안 돼?"

그때 엘리가 장작을 안고 들어왔고, 에바와 나는 말을 멈췄 다. 우리는 차를 마시는 척했다. 닭들과 날씨 이야기를 하고 시 답잖은 농담을 했다. 마침내 엘리가 우리의 타성을 깨고는 마 지못해 하면서도 사무적인 태도로 자리에서 일어났다. "음. 정 말 마음 안 바꿀 거야, 에바?"

"응." 에바는 가볍게 말했다. "정말로."

"고집이 세구나."

"맞아." 에바가 말했다. "나 고집 세."

그들이 어찌나 강하고 명랑하고 확고한 이해심을 갖고 서로 에게 미소 짓는지 약간 질투심이 들었다. 마치 노력조차 하지 않고 내가 갈망하던 자리를 강탈해간 기분이었다. 에바가 내 게 돌아서더니 내 손을 잡고 너무나 사랑스러운 눈길로 쳐다 봐서, 난 그 순간에라도 언니가 마음을 바꿀 줄 알았다. 하지만 언니는 말했다. "잘 가, 넬리. 난 언제나 네 언니일 거야." 슬픔 을 참으려고 에바는 덧붙였다. "나무 동전은 가져가지 마. 일자리 구하면 편지하고."

나는 휘발유를 발견한 이후 처음으로 언니를 포옹하며 멍청하게 고개를 끄덕였다. 엘리는 어깨에 배낭을 걸치고 총을 들고 문을 열고 있었다. 결국 아무것도 할 일이 없어지자, 나도 배낭을 바닥에서 들어 올려 어깨에 둘러메고 엘리를 따라 집 밖으로, 이른 아침 햇살이 환하게 빛나는 바깥으로 나왔다.

아름다운 아침이었다. 공기는 차가웠지만, 저만치 떠 있는 태양은 환했다. 눈에서 눈물이 나왔고, 호흡이 점점 더 거세졌다. 엄마의 시든 튤립 꽃밭이 길과 교차되는 개간지 경계선에 도착하자, 나는 걸음을 멈추고 돌아서서 손을 흔들어 작별 인사를 했다.

에바는 평온한 얼굴로 열린 문 앞에 서 있었다. 지붕 굴뚝에서 연기가 새어 나와 주변 공기가 흐릿하고 흔들리는 것처럼 보였다. 우리는 개간지를 사이에 두고 족히 1분은 마주 보았고, 그러고는 에바가 나를 향해 손을 들었다. 그 단순한 동작에도 무용수로서의 우아함과 기량이 배어 있었다. 돌아섰을 때 내 눈에는 뜨거운 눈물이 가득했다.

하지만 난 눈물이 떨어지기 전에 눈물을 훔쳤고, 그 뜨거운 눈물 때문에 그 순간의 강렬함이 더 강해지는 것 같았다. 그 순간 나는 신부이고 모험가였고 개척자였다. 새로 뜬 태양 빛을 받은 나무들은 불타는 것 같았고, 길에서는 환한 수증기가 유령처럼 피어올랐다. 숲에서는 월계수와 전나무 냄새가 났고, 지저귀는 새소리가 들렸다. 저 너머에는 푸르스름한 산자락이 아련하게 솟아 있었고, 그 산을 넘고 계속해서 걷기만 하면 내 꿈을 모두 이룰 수 있었다.

다리까지 걸어가서 나는 걸음을 멈추고 부서진 판자 사이로 저 아래 흐르는 물을 내려다봤다. 잠시 동안 시간 자체가 액체가 된 것 같았다. 굴뚝 위 공기처럼 꿈결처럼 흔들리는 것 같았다. 어렸을 때 이 다리가 내 세계의 경계선이었던 게 떠올라, 나는 걸음을 멈췄다.

"올 때는 튼튼했는데." 엘리가 말하자 나는 고개를 끄덕이며 다리를 건넜다. 말없는 손들이 나를 뒤로 잡아당기는 것만 같았다.

다음 순간 난 다리 건너편에 있었고, 한 걸음 걸을 때마다 내 모든 망령의 원천에서 점점 더 멀어지고, 내게 약속된 모든 것들에 점점 더 가까이 다가가고 있었다. 그 길을 17년 동안 다녔지만, 걸어서 가본 적은 한 번도 없었다. 엘리와 내가 이미 새로운 땅을 함께 탐험하고 있는 것 같았다. 길이 굽어질 때마다 한 번도 본 적 없는 것 같은 곳들이 나타났고, 모든 것이 햇빛에 빛나고 비를 맞아 녹색을 띠고 너무나 아름다워서, 여길 떠나기 위해 걸어가고 있다는 것을 믿을 수가 없었다.

엘리는 걸음이 빨랐다. 난 엄마 부츠가 발에 익지 않아, 쫓아

가느라 곧 땀을 뻘뻘 흘려야 했다. 그럼에도 엘리와 속도를 맞추려고 애쓰는 게, 마침내 다시 뭔가를 위해 노력하는 게 정말 기뻤다. 새로운 곳에 가고 지나칠 때마다, 드디어 어딘가에 가고 있는 기분이었다.

겨울은 길에 험한 흔적을 남겼다. 배수로를 늘 깨끗하게 정비하고 지하 수로에서 블랙베리 덤불을 꺼내 치우는 아빠가 없으니, 길바닥에는 빗물이 깊은 도랑을 이루고 있었다. 언덕 사면이 길 위로 쏟아져 내려온 곳들도 있었다. 길 한 군데는 우리 집 길이만큼 유실되어, 언덕 바로 아래로 차 한 대 지나갈 정도만 남아 있었다.

"우리 트럭으로는 지나가지도 못하겠네." 나는 한때는 길이었던 골짜기를 내려다보며 말했다.

"알 수 없지." 엘리가 앞장서서 성큼성큼 걸으며 말했다.

우리는 아직 공기가 차가울 때 콜먼 씨 집을 지났고, 정오 전에 군(郡) 도로에 다다랐다. 다시 아스팔트를 보니 마음이 약간 싱숭생숭해지면서, 나도 모르게 목소리를 더 낮춰 이야기하고 어깨 너머를 자꾸 돌아보고 때로는 분명 차 소리가 들린 것 같아 엘리에게 좀 조용히 하고 들어보라고 말하곤 했다. 하지만 차는 오지 않았다.

점심때가 되자 우리는 몇 분간 걸음을 멈추고 개울물과 어제 만든 콩 요리를 약간 먹었다. 엘리는 점심을 다 먹자마자 벌떡 일어나 총을 잡고 배낭을 휙 메더니 다시 앞장섰다. 우리는 오후 내내 걸었고, 엘리는 레드우드에 도착하면 뭘 할 건지 커다란 소리로 계획을 말했다. 나는 고개를 끄덕이며 보스턴을 상상했다. 배낭 끈 때문에 쇄골 바로 위 피부가 쓸려 벗겨졌다.

엘리 말이 맞았다. 그날 우리가 지나친 집들은 모두 비어 있었다. 집들에 가까워지면, 그 텅 빈 창문들과 들리지 않는 이야기들의 위협을 무시하려고 애쓰며 발걸음을 재촉하고 시선을 돌리고 서둘러 지나가는 사람은 나였다.

그날 밤 우리는 도로와 개울 사이에서 발견한 조그만 평지에서 야영을 했다. 엘리는 나뭇가지로 불을 피웠고, 나는 나머지 콩을 데워 치즈 가루를 조금 뿌려 먹었다. 식사 후 나는 개울에서 포크와 냄비를 닦고, 엘리는 불가에 침낭을 펴서 잠자리를 만들었다.

우리는 나란히 누워 달 없는 밤하늘에 별들이 떠오르는 걸 지켜봤다. 엘리는 여행 이야기 — 어떤 바퀴가 손수레에 최적일지, 어떻게 내 총 탄약을 더 구할지, 어디서 넘어야 로키 산맥을 가장 쉽게 넘을지 — 를 하고 싶어 했다. 하지만 나는 내가 방금 뭘 두고 왔는지, 내가 떠나온 모든 것들에 대해 이야기하고 싶어 죽을 지경이었다. 그 반짝이는 별들 아래서 일종의 의식 같은 것을, 내가 방금 저지른 일을 인정하고 고백하는 뭔가를 하고 싶었다. 하지만 우리가 서로에게 했으면 하는 말들은 나오지 않았고, 대신 우리는 엄마의 부츠가 얼마나 오래 버틸지, 어떤 경로로 가는 게 제일 좋을지, 다음 겨울 오하이오에서는 언제 첫눈이 올지 이야기했다.

불이 잦아들면서 우리 대화도 줄어들었고, 마침내 우리는 찬란하게 빛나는 별들을 바라보며 아무 말 없이 누워 있었다. 나는 나만의 생각에 빠져들었고, 내 생각은 에바에게로 향했다. 지금쯤은 저녁을 먹었을 것이다. 문을 잠그고 난로에 불을 지폈을 것이다. 어두운 집에 앉아 외로운 난롯불을 바라보고 있는 에바의 모습이 선했다. 에바가 무슨 생각을 하고 있을지, 그렇게 완전히 혼자 있는 건 어떤 기분일지 궁금했다.

에바를 두고 떠날 결심이 흔들리기 시작했다. 나는 마음을 다잡기 위해 우리 사이가 얼마나 멀어졌고 우리가 얼마나 달라졌는지 생각했고, 내가 떠나는 게 우리 둘 다에게 최선이라고 거듭 다짐했다. 우리 사이의 수많은 의견 충돌을 생각했고, 에바가 엘리에게 얼마나 차갑게 굴었는지, 임신하지 말라고 내게 얼마나 사납게 경고했는지 기억하며 분노했다.

그러자 다른 생각이 들었다. 나는 엘리 쪽으로 돌아누우며 말했다. "넌 피임 이야기는 한 번도 안 하더라."

엘리가 너무 오래 아무 말도 없어서, 난 못 들었다고 생각하기 시작했다. 그때 그가 일어나 앉더니 나뭇가지를 뻗어 불을 뒤적였다. 깜부기불이 치익 하며 무너져 내렸다. 대답하는 그의 목소리는 거의 경계하는 어조였다. "난 네가 알아서 하는 줄 알았어."

"어떻게?"

"나도 모르지. 네가 했지?"

난 나도 모르게 일어나 앉아 삼나무 가지로 불을 뒤적이며, 이파리들이 타 들어가며 꼬부라지는 걸 뚫어질 듯 바라봤다. 설명할 수는 없지만, 난 본능적으로 우리 애정 행위의 결과에 대한 생각들이 지금에서야 갑자기 떠오른 척했다. 마침내 내가 말했다. "처음 생리를 시작했을 때 엄마가 배란기 계산하는 법을 알려줬어. 아마 안전했을 거야."

"좋아." 그는 내 허벅지를 어루만지며 말했다. "네가 조심할 줄 알았어."

"내가 조심하지 않았으면 어떻게 하려고 했어? 아니면 혹시나 실패하면?" 난 가벼운 어조로 말하려고 애쓰며 물었다.

"몰라." 그가 대답했다. "하지만 아이를 가진 상태로는 이 여행을 해낼 수 없을 거야."

그는 내게 몸을 굽혀 내 두 눈에 키스했다. 눈꺼풀을 누르는 따뜻한 입술 덕분에 볼 필요가 없어졌다. 그가 입술에 키스하기 시작하자, 말하고 싶은 마음도 다 사라졌다.

우리가 사랑을 나누고 있을 때 사방이 너무 캄캄해서 숨결이 맞닿고 있는데도 그의 얼굴이 보이지가 않았다. 대신 난 별들을 쳐다봤다. 별빛이 점점 더 밝아지면서 휙 하고 내려와 우리 바로 위에 있는 것만 같았다. 원하기만 하면 엘리의 어깨 너머로 손을 뻗어 새로운 모양으로 배열이라도 할 수 있을 것 같았다. 하지만 갑자기 지상에서 벌어지는 일에 난 온통 정신을 빼앗겼다. 나는 눈을 감았고, 새로운 은하계가 내 안에서 피어났다.

그러고 나서 우리는 일어나 불을 점검하고 구겨진 침낭을 다시 정리했고, 난 엘리의 품에 안겨 잠들었다.

아빠의 무덤에 다시 와 있는 꿈을 꿨다. 아빠를 묻은 날과 전혀 달라진 게 없었다. 내가 에바의 도움을 받아 판 구멍이 있었고, 삽 두 개, 피 묻은 전기톱, 아빠 셔츠까지 고대로 있었다. 열린 무덤 옆 땅바닥에는 아빠 피가 묻어 있었다. 나는 앞으로 보게 될 것을 두려워하며 무력하게 그쪽으로 걸어갔다. 하지만 내 눈에 비친 광경은 내가 두려워하던 것보다 더 끔찍했다 — 무덤이 비어 있었다.

나는 미친 듯이 아빠를 부르며, 난도질당한 아빠의 시신이라도 찾으려고 필사적으로 숲 속을 뒤졌다. 하지만 아빠는 사라지고 없었다. *에바에게 말해야 해*, 나는 생각했다. 하지만 목이 쉬도록 이름을 부르며 찾아다녀도 에바의 흔적은 어디에도 없었다.

새벽에 나는 눈물을 줄줄 흘리며 잠에서 깼다. 꿈꾼 것뿐이라고 달래주는 언니는 옆에 없었다. 엘리는 여전히 옆에서 올림포스 신처럼 아름답고 먼 모습으로 잠들어 있었다.

나는 엘리를 깨우지 않으려고 살금살금 일어나서 옷을 입고 나무 뒤로 가서 쪼그리고 앉아 소변을 본 뒤, 개울로 내려가 찬물로 눈물을 씻었다. 돌아왔을 때 엘리는 일어나 앉아 밝아오는 새벽빛 속에서 기지개를 켜며 하품하고 있었다.

"어제처럼만 하면 이른 오후 정도면 레드우드에 도착할 거야." 그가 말했다. "어때?"

나는 꿀꺽하고 마른침을 삼킨 다음 두려워하던 이야기를 꺼냈다. "난 안 갈래."

"뭐라고?" 그는 뒤엉켜 있는 침낭에서 벌떡 일어났다.

"안 갈 거라고." 난 되풀이해서 말했다.

"안 간다고?" 그가 믿을 수 없다는 표정으로 물었다.

"어." 난 대답했다.

"왜?"

"모르겠어. 그냥 못 가겠어."

"여행하는 게 두려워서 그래?"

나는 고개를 저었다. "그런 거 아냐."

"나랑 가기 싫은 거야?"

"아니, 난 —"

"그럼 뭐야?

"에바를 두고는 못 가겠어."

"에바는 괜찮다고 했잖아."

"알아."

"넬, 에바라면 널 두고 갔을 거야."

"아니, 안 그럴 거야."

"너랑 같이 오지 않으려고 했잖아."

"그건 달라." 난 무력하게 말했다.

"아."

"미안해." 내가 말했다. "정말 미안해."

"봐, 넌 이미 에바를 떠났어. 나랑 같이 왔다고. 지금 돌아갈
순 없어."

"아, 엘리 —"

"이러면 어때? 동부에 가서 자리를 잡은 다음, 사람을 보내
에바를 데려오자. 오래 걸리지 않을 거야."

"얼마나?"

"다다음 여름 정도에는 다시 같이 있을 수 있을 거야."

난 그게 얼마나 긴 시간인지, 모든 게 얼마나 불확실한지, 얼
마나 많은 것이 바뀔 수 있는지 생각했다.

"그러고 싶어." 나는 대답했다. "하지만 못 가겠어."

"물론 넌 할 수 있어. 넌 안 가겠다고 하고 있는 거야."

"아니, 난 —"

"넬." 그가 말했다. "넌 안 가겠다고 말하고 있는 거라고."

"그렇다면……. 그래, 안 갈 거야." 나는 그의 도전적인 어조에 거의 감사하는 마음으로 말했다.

그가 새로운 주장을 펼 준비를 하는 게 보였다. 하지만 갑자기 그는 뭔가 새로운 것을 보는 듯한 눈으로 나를 쳐다봤다. 입을 열었을 때, 그 목소리에서는 날이 사라졌고 그냥 무덤덤하고 조용했다. "에바 말대로, 네 인생은 네 거지."

"미안해." 나는 다시 말했지만, 그는 벌써 등을 돌리고 옷을 챙기고 있었다. 그는 말없이 옷을 입었고, 우린 말없이 침낭을 말고 배낭을 쌌다. 그가 꺼진 모닥불 위로 말없이 흙을 차서 뿌렸다.

마침내 더 이상 할 일도 없어졌다. 그는 등에 배낭을 걸치고 내게 총을 건넸다.

"잘 있어, 넬."

"잘 가." 나는 그 총을 어색하게 잡고 따라 말했다. 그러다가 총을 엘리 쪽으로 밀며 덧붙였다. "네가 가져가는 게 어때?"

그는 잠시 망설이다 단호하게 말했다. "아니. 총은 네가 가지고 있어야 해."

그는 손을 뻗어 내 뺨을 만졌다. "몸조심해." 그가 말했다. "어떻게든 널 사랑할 거야."

엘리는 다 탄 모닥불 옆에 날 두고 돌아서서 성큼성큼 걸어갔다. 엘리가 남기고 간, 너무나 간절하게 듣고 싶었던 그 말이 귓속에서 계속 울려서, 난 엘리의 이름을 부르지 않으려고 피가 날 때까지 이로 입술을 꽉 물고 있어야 했다.

한참 시간이 지난 후에 난 오던 길을 다시 돌아갔다. 환한 아침 햇빛에 눈이 부셔 눈물이 그렁그렁한 눈을 가늘게 뜬 채, 한기에 덜덜 떨면서 난 집으로 돌아가는 먼 여정에 올랐다. 무거운 배낭을 등에 진 채 납덩이처럼 무거운 엄마의 부츠를 끌고 비틀거리며 1킬로미터, 또 1킬로미터 걸어갔다. 물 마실 때 외에는 멈추지도 않고 하루 종일 걸었고, 부츠 때문에 발꿈치와 발가락에는 물집이 생겼다. 내 마음에도 물집이 생겨, 똑같은 부위가 쓸리고 또 쓸렸다.

개간지에 다시 들어갔을 때는 황혼 녘이었다. 집은 어두워져 가는 숲을 배경으로 돌비석처럼 서 있었고, 열린 문 앞에는 언니가 서 있었다. 그 얼굴에 눈물이 선물처럼 빛나고 있었다.

그렇게 그는 가버렸다. 보스턴까지 내내 걸어서. 그가 무엇을 발견할지, 누구를 만날지 말해줄 사람은 아무도 없다. 어떤 기적이 일어나 내가 그를 다시 만나게 될지도 알 수 없다.

이제 낮은 점점 더 커져가는 침묵을 둘러싸고 돈다. 이제 밤은 그 어느 때보다 길다. 때로는 엘리를 떠났다는 생각만 해도 어마어마한 절망이 몰려와 숨조차 쉴 수 없다. 때로는 그를 사랑했었다는 것만으로도, 그와 몸을 맞대고 몸부림치고 꿈틀댔다는 것만으로도 수치심으로 얼굴이 확 달아오른다. 그러고는 그것도 지나가고, 다시 그가 그리워진다.

다시 돌아오는 건 철 아닌, 달갑지 않은 비뿐이다. 바깥에는 꽃봉오리들이 나뭇가지 끝에서 떨며 옴츠리고 있다. 에바는 춤을 추고, 난 부지런히 백과사전의 L 항목들을 읽으며 공부에 집중하려 하고 있다. 장작이 젖어 난롯불이 구중중한 연기를 내며 탄다. 식료품실 안의 포대들은 납작해졌고, 통조림들은 사라지고, 병들은 비었다.

영원히 이런 식이었던 것 같다.

* * *

오늘 낡은 속옷 사타구니에 피가 묻어 있는 걸 발견했다. 형언할 수 없는 안도감이 밀려와 순간 기절이라도 할 것 같았다. 하지만 핏자국을 보자 구원받았다는 생각과 더불어 솔직히 안타까운 마음도 들었다. 이제 내 몸에서 그의 흔적은 모두 사라져버렸다.

물집 잡힌 발은 나아가고 있다. 에바가 그 무용수의 손으로
내 발을 쥐고 어찌나 정성껏 돌봐줬는지, 벌써 뒤꿈치와 발가
락에는 분홍빛 새살이 올라왔다. 요즈음 에바와 나는 서로 잘
해 주고 있지만, 우리 사이에는 거리감이 느껴진다. 우리가 서
로에게 친절한 건 지금 느끼는 친밀감 때문이 아니라 후회와
상실감에서 나온 것 같다. 우리는 별로 이야기를 하지 않는다.
에바와 이야기하고 싶은 마음이 너무나 간절하지만, 너무 소
심하거나 너무 지쳐서 난 우리 사이의 침묵을 깨지 못한다.

언젠가 오래전에 도서관에 돌려준 책에서, 차 농사를 짓는
중국 농부들은 정작 차를 사 마실 형편이 되지 못한다는 이야
기를 읽은 적 있다. 그 농부들은 대신 뜨거운 물을 마시며 그걸
'백차'라고 부른다고 했다. 내일이면 우리가 마시는 차도 백차
가 될 것이다.

오늘 밤 우리는 패스트코 상자 바닥에 떨어진 마지막 가루
들을 긁어모아 넣은 뜨거운 물을 마셨다. 그 가루들이 우리 머
그잔 속의 뜨거운 물에 더한 것은 너무나도 미약한 색과 향, 맛

이어서, 모르는 사람이 보면 차가 아니라 물을 마시고 있다고 생각할 것이다.

하지만 우린 이게 차라는 걸 안다. 그리고 내일이면 더 이상 차가 없으리라는 것도 안다.

이제 삶이란 건 마지막들의 연속인 것 같다. 맑은 물에 가까운 이 마지막 차 한 잔. 우리 혀와 입천장을 문지르며 마지막 한 알까지 다 녹아 한 방울 한 방울 목구멍으로 서서히 넘어간 마지막 설탕 4분의 1숟갈. 마지막 마카로니 조각. 마지막 렌틸콩.

우리는 오늘 마지막 사과 소스 한 병을 점심으로 먹었다. 에바가 보고 있지 않을 때 난 빈 그릇에 얼굴을 묻고 깨끗이 핥아먹었다. 이젠 아무것도 쓰고 싶지 않다. 한 모금 마시고, 한 입 먹고, 한 조각 삼키는 것이 다 고뇌다. 지울 수 없는 감소와 결핍의 이미지가 내 의식에 문신처럼 새겨진다. 요즘은 식료품실에 들어가려면 용기가 필요하다. 우리가 하루에 얼마나 먹고, 며칠 치의 음식이 남았는지 보여줄 간단한 곱셈, 뺄셈 산수를 대면할 수가 없다. 20킬로그램 밀가루 포대에 밀가루가 몇 컵 남았는지, 마지막 강낭콩 자루에 몇 끼 분량이 남았는지 계산하려고 하면 머리가 굳어지고 멍해진다.

난 우리가 얼마나 소비했는지 전혀 몰랐다. 마치 우리가 식욕으로만 이루어진 존재 같다. 인간이란 게 그저 세상을 거덜

내는 욕구의 덩어리 같다. 그러니 전쟁이 존재하는 것도, 땅과 물과 공기가 오염되는 것도 당연하다. 에바와 내가 살아남는 데도 이렇게 많이 쓰이는 걸 보면 경제가 붕괴되는 것도 당연하다.

때로는 우리 욕망들을 다 정지시킬 수 있다면, 물과 집과 이 모든 음식에 대한 욕구를 벗어버릴 수 있다면 얼마나 좋을까 하는 생각이 든다. 왜 고민해야 하나? 그게 무슨 소용이 있길래? 그래봤자 조금 더 숨 쉬며 살 뿐인데.

에바와 나는 하루 종일 서로를 물어뜯고 찌르며 말싸움 일보 직전의 경계선에 서 있다. 우리 둘 다 에바와 같이 있기 위해서 내가 뭘 포기했는지는 벌써 안중에도 없는 것 같다. 한편으로는 텅 빈 찬장과 유실된 길, 내 모든 외로움이 다 에바 탓이라고 으르렁대고 잡아 뜯고 싶다. 하지만 한편으로는 싸움 생각만 해도 몸이 움츠러들고, 내 옆에 남은 유일한 사람과 잘 지내고 싶은 마음이 너무도 절박하다.

어젯밤 에바는 쌀 요리에 향을 가미하려고 마지막 토마토 병을 열려고 했다. 하지만 백과사전에서 라임에 대한 설명을 읽은 후로 난 계속 괴혈병이 걱정됐다.

"그건 아껴둬야 할 것 같아." 내가 말했다. "그 토마토 병은 우리한테 남은 유일한 중요한 비타민 C 공급원이야."

에바는 피곤하다는 듯이 나를 쳐다보고는 식료품실 문을 열고 들어가며 어깨 너머로 내게 말했다. "뭘 위해 아껴둬? 우리 장례식?"

"정말 필요할 때를 위해 아껴둬야지." 난 식료품실 안으로 따라 들어가며 대답했다. "여기 얼마나 더 오래 있을지 모르잖아."

"바로 그거야." 에바는 머리 위 선반 위의 병에 손을 뻗으며 말했다. "그러니까 이따금 만찬을 해야 하는 거지."

"에바!" 나는 소리를 지르며 언니의 팔을 잡았고, 병은 순간적으로 균형을 잃으면서 우리 사이로 미끄러져 떨어져 산산조각 났다. 유리와 과일이 뒤섞여 엉망진창이 됐다.

우린 한참 동안 우리 치료제가 되어줄 수도 있었을—아니면 적어도 식사의 단조로움을 덜어줄 수도 있었을—테지만 이제는 유리 조각 범벅이 된 토마토를 바라보기만 했다. 피처럼 붉은 과즙이 바닥에 흥건했다.

"동작 퍽도 매끈하네." 에바가 야유했다. 그러자 갑자기 충격과 후회가 분노로 바뀌었다. 나는 손에 잡힐 만한 단단한 물건—언니를 때려줄 만한 물건을 찾아 식료품실을 한 바퀴 훑어봤다.

난 이미 병 하나를 잡고 손아귀에 느껴지는 묵직한 중량감을 만끽하고 있었다. 순간 난 내가 무슨 짓을 하려고 하는지 불현듯 깨닫고 또 한 번 충격에 빠졌다.

나는 산산조각 난 토마토 옆에 털썩 무릎을 꿇고 앉았다.

"뭐 하는 거야?" 에바가 물었다.

"모르겠어." 난 고개를 저으며 말했다. "모르겠어."

"손에 뭘 들고 있는 거야?"

"뭘 들고 있냐고?" 나는 멍하니 되풀이했다. 갈색 병은 차가웠고, 오래돼서 약간 끈적끈적했다. 나는 병을 돌려서 라벨을 읽었다.

"그랑 마니에르." 내가 대답했다.

"그랑 마니에르로 청소를 하려는 거야?"

"아니." 나는 킬킬 웃기 시작했다.

"뭐가 웃겨? 일 분 전만 해도 저 토마토를 구하겠다고 그렇게 결연하게 굴더니, 이제 다 망쳐놓고는 웃어?"

"마시자." 내가 제안했다. 나는 언니를 죽이지 않았다는 안도감에 젖어 갑자기 기분이 한껏 고양됐다.

"뭐라고?"

"그랑 마니에르가 오렌지로 만든 거 아니야? 마시자고. 여기 비타민 C가 좀 들었을지도 모르지."

"흥, 그럼 네 주장에 따르면 그걸 아껴둬야지." 에바가 말했다.

"뭘 위해서?" 나는 언니 목소리에 담긴 냉소를 무시하며 코웃음 쳤다. "뱀에 물리거나, 동상에 걸리거나, 출산에 대비해서? 게다가 아직 셰리주도 있어. 마시자고." 나는 다시 아빠 말을 인용하며 재촉했다. "특별한 날이 따로 있는 게 아니야."

나는 에바의 팔을 잡고 식료품실에서 끌고 나오려 했지만, 에바는 그 팔을 떨쳐버리고 빗자루를 잡았다.

난 거실에 앉아 부엌에서 들려오는 빗자루 소리와 달그락거리는 유리 소리를 들었다. 갑자기 난 다시 11살로 돌아가 있었고, 에바는 연습하느라 너무 바빠서 나랑 숲에 가주지 않았다. 나는 주저하다 병뚜껑을 돌려 땄다. 오렌지와 알코올 향이 공기 중에 확 퍼졌다. 나는 단호하게 병을 들고 입에 갖다 댔다. 첫 한 모금은 달콤했다. 먹은 후 뜨거운 불길이 확 올라오는 것 같은 오렌지 시럽 맛이었다. 나는 또 한 모금 마셨다.

"에바?" 내가 불렀다.

"왜?"

"좀 줘?"

"아니."

"왜?"

"네가 쏟은 토마토에서 유리를 골라내고 있거든."

"내가 쏟은 게 아냐. 우리가 그랬지."

"웃기고 있네."

"여기 와봐." 나는 졸랐다. "이거 좀 마셔봐."

"싫어."

나는 한 모금 더 마셨고, 걷잡을 수 없는 외로움의 무게가 나를 덮쳤다. 나는 또 마셨다.

"오렌지 막대 사탕 같은 맛이야." 내가 소리쳤다.

피곤한 듯 한숨 쉬는 소리가 들려왔다. 잠시 후 에바는 토마토 한 그릇을 들고 거실에 들어왔다. 그러고는 빛이 가장 잘 드는 창가에 앉아 포크로 과일을 뒤적이고 손가락으로 토마토 조각을 문질렀다.

"뭘 하는 거야?" 내가 물었다.

"먹기 전에 유리 조각을 다 골라내려고. 네가 날 죽이고 싶어 했지만."

"아." 나는 다시 술을 마셨다. "안 그래서 다행이야." 나는 덧붙였다. 배 속에서는 이미 익숙한 온기가 느껴지고 머리가 느슨해지기 시작했다.

"에바?"

"뭐?" 말투에 칼날 같은 짜증이 묻어 있었다.

"정말이지 언니랑 이거 같이 마시고 싶어. 제발. 언니가 정말 그리웠어."

에바는 작게 한숨을 쉬고는, 토마토 그릇 위로 몸을 구부린 채 한참 동안 아무 말 없이 앉아 있었다. 그러고는 마침내 일어나서 그릇을 부엌에 갖다 놓았다. 부엌에서 다시 나왔을 때 에바의 손은 깨끗했다. 에바는 내 맞은편에 앉아 손을 뻗어 병을 받았다. 그러고는 또 다른 집안일이라도 하는 것처럼 병을 들어 입에 대고 마셨다.

"어때?" 내가 물었다.

"뭐가?"

"오렌지 막대 사탕 같지 않아?"

"그런 것 같기도 하고." 에바는 한 모금 더 마시고 내게 병을 돌려줬다.

해가 뉘엿뉘엿 넘어갈 때까지 그랑 마니에르는 그렇게 테이블 위를 조용히 오갔다. 병이 더 이상 보이지 않자, 에바가 일어나 불을 피우고 난로 문을 열었다. 나는 난롯불에 비친 언니 얼굴의 윤곽과 굴곡을 관찰했다. 우리 사이의 그 모든 어색함, 우리 사이의 거리를 좁히기 위해 묻거나 해야 할 말들에 대해 생각했다. 언니의 고요하고 슬픈 얼굴을 보면 볼수록 말을 꺼내는 게 더 불가능하게 느껴졌다.

에바가 내게 병을 넘겼고, 나는 마셨다. 마침내 에바가 말했다. "흠."

"뭐가?" 나는 어떤 대화의 가능성이라도 덥석 잡으려고 물었다.

"그냥 이런 생각이 들어 ─ 아빠라면 뭐라고 했을까?"

"뭐에 대해서?"

"그랑 마니에르를 마시는 거."

"'병 돌려.'" 내가 말했다.

"네가 갖고 있잖아." 에바가 대답했다.

"뭘?"

"병."

"아니, 아빠라면 그렇게 말했을 거라고."

"뭐라고?"

"'병 돌려.'"

우리는 킬킬대고 웃기 시작했다. 킬킬대니 정말 기분이 좋았다. 킬킬 웃는 게 너무 쉬워서 ─ 그리고 이상하게 멈출 수가 없어서 ─ 웃음소리는 점점 더 커지며 자기만의 생명력과 운동력을 얻었고, 마침내 우리는 배가 아프고 눈물이 흐를 때까지 발작하듯 웃어댔다.

"네가…… 갖고…… 있잖아." 에바가 히스테리 발작처럼 웃어대다 불쑥 말했다.

"뭘?" 내가 헐떡대며 말했다.

"병." 에바가 대답했고, 우리는 뺨 근육이 아플 때까지 웃어댔다.

"이러다 바지에 오줌 싸겠어." 에바가 외쳤다. 그게 지금까지 중 제일 웃겼다.

"생각나?" 겨우 말을 할 수 있을 정도로 숨통이 트이자 내가 토하듯 말했다. "아빠 학교 관리인이 저녁 먹으러 여기까지 왔던 날, 우리가 웃음보가 터졌던 거?"

에바는 배를 잡고 신음하며 바닥에서 구르고 있었다.

"언닌," 내가 내뱉었다. "콧구멍으로 우유를 내뿜었어."

"샐러드 위에 온통." 에바가 비명을 질렀다.

"그리고 엄마는—"

"아, 그만해, 그만." 에바는 내가 발을 잡고 간지럼이라도 태우고 있는 것처럼 애원했다.

"그걸 부엌으로 다시 가져가서 우유 묻은 부분을 골라내고—"

"다른 접시에 담아서 내놨지—"

"샐러드가 그것밖에 없었거든—"

"아, 제발. 그만해. 제발."

"—우린 스테이크를 먹고 있었는데, 그때 막 그분이 채식주

의자라고 했잖아."

"엄마는 샐러드를 다시 내왔고 —"

"하지만 그걸 먹은 사람이라곤 —"

"관리인 아저씨 —"

"삼분의 일이나!"

마침내 우리는 웃다 지쳐 잠잠해졌다. 나는 병을 에바에게 넘겼고, 우리는 마지막으로 살짝 킥킥대며 웃었다. 에바는 병을 느른하게 머리 위로 기울이고 마셨다.

"엄마라면 뭐라고 할까?" 내가 생각에 잠겨 물었다.

에바가 즉각 대답했다. "엄마라면 '무용수는 술 안 마셔'라고 했을 거야."

"그래서 플라자에서 한 번도 술을 안 마신 거야?"

에바는 고개를 끄덕였다.

"그런 거야? 난 항상 언니가 나한테 화가 나 있다고 생각했어. 언니가 우리를 다 무시한다고 생각했거든."

"음, 어쩌면 그랬을지도 몰라, 약간. 너희들 다 너무 바보 같았거든."

"재밌었다고." 나는 방어적으로 말했다.

"알아." 언니는 한숨을 쉬었지만, 이번 한숨은 슬퍼 보였다.

"질문 하나 해도 돼?" 내가 물었다.

"뭘?"

"대답해줄 거야?"

"몰라, 어쩌면."

"왜 엘리를 싫어했어?"

"좋아했어."

"하지만—"

"하지만 네가 엘리를 좋아하는 방식이 맘에 안 들었어."

"어떤—"

에바는 어깨를 으쓱했다. "그렇게밖에 말 못 하겠어. 엘리랑 같이 있을 때면 넌 네가 아닌 것 같았거든."

에바는 손을 뻗어 병을 들고 길게 한 모금 마시고 말했다. "내 차례야."

"무슨?"

"너한테 질문할 차례. 엘리가 그렇게 좋다면 왜 돌아온 거야?"

왜 돌아온 거야? 그거야말로 내가 나 자신에게 1,000번도 더 물어보며 괴로워한 질문, 대답을 찾을 수가 없는 질문이었다.

왜 돌아온 거야? 난 내 안 깊은 곳에서 빛나는 어둠에 물었고, 그러자 이유가 물처럼 간단하게 솟아올랐다. "니가 내 언니니까, 바보야."

에바는 테이블 너머로 팔을 뻗어 내 어깨를 쓰다듬었고, 우린 오랫동안 불을 바라보며 앉아 있었다.

마침내 내가 병을 들고 마지막 질문을 했다. "에바, 왜 계속 춤을 추는 거야?"

에바는 어깨를 으쓱했다. "그것 말고 시간을 때울 길이 없잖아."

그러더니 에바는 말이 없었다. 너무 오랫동안 아무 말도 안 해서 딴생각을 하고 있는 줄 알았는데, 갑자기 에바가 입을 열었다. "비밀을 말해줄게." 그러고는 고개를 젖히고 한 모금 더 마셨다. "병이 비었어." 에바는 술을 꿀꺽 삼키고 말했다.

"그게 비밀이야?"

"아니. 그건 아쉬운 일이지."

우리는 잠시 더 키득댔고, 언니는 이야기를 계속했다. "비밀은 이거야. 휘발유가 없다면 난 계속 춤추지 못할 거야."

"휘발유?" 나는 찔려하며 따라 말했다.

"그것 때문에 계속 출 수 있는 거야. 그 휘발유가 있는 걸 아니까 계속 추는 거라고. 정말로, 정말로 써야 할 때가 되면 언제라도 음악을 틀 수 있다는 걸 아니까."

언니 목소리에는 질문이 숨어 있었다. 난 애정과 술에서 나온 관대함으로 즉각 대답했다. "물론이지."

에바는 잠시 동안 아무 말 없이 내 선물을 흡수하고, 말했다. "그 휘발유가 모든 걸 믿을 수 있게 해줘. 이거 아니? 난 때로는 그냥 휘발유가 있는지 보러 살짝 가보곤 해. 때로는 뚜껑을 열고 향수처럼 살짝 발라보기도 해. 그래서 나중에 춤을 출 때 그 냄새를 맡을 수 있게. 오로지 그 휘발유 덕분에 계속할 수 있는 거야."

흐느끼는 소리가 들리는데도, 장작 받침 옆에 누워 있는 언니를 봤을 때 난 다짜고짜 생각했다. 죽었어, 우리 언니가 죽었어. 이제 난 정말 혼자가 됐어.

난 허둥지둥 달려가 고꾸라지듯 앉아 떨면서 신음하고 있는 언니를 안았다. "에바, 에바, 에바. 무슨 일이야? 어떻게 된 거야?" 나는 애원했지만, 에바는 울면서 아무 말도 하지 않았다.

마침내 얼굴을 든 에바는 입이 붓고 피가 흐르고 있었고, 눈은 한 번도 본 적 없는 사람의 눈 같았다.

"무슨 일이 있었던 거야?" 나는 다시 물었다. 마침내 에바는 터진 입술 사이로 쥐어짜듯 말했다. "어떤 남자가—그 사람이 날 강간했어."

나는 언니를 달래 일으켜 세워 집 안으로 데려와 문을 잠그고는, 너무 급한 나머지 신문 한 장을 몽땅 써서 불을 피웠다. 귀한 셰리주를 몇 모금 먹이고 난로 위에 주전자와 냄비를 얹

었다. 물이 끓기 시작하자 겨우 언니가 이야기를 토해내기 시
작했다. 내게 등을 돌리고 이야기하는 에바의 목소리는 때
로는 떨리며 갈라졌고 때로는 에바같지 않게 무심하고 건조
했다.

에바는 마당에서 도끼를 가볍게 휘두르며 의기양양하게 춤
추듯 장작을 패고 있었다. 햇살이 따뜻하고 환했다. 산들바람
이 불고 있었다.

그 사람이 바로 옆에 올 때까지도 에바는 다가오는 소리도
듣지 못했고, 기척도 느끼지 못했다.

숨을 헉 몰아쉬었지만, 그 사람은 놀라게 하고 싶지 않은 동
물인 양 에바를 붙들고 달랬다. "괜찮아." 그가 말했다.

그 사람은 그랜츠빌에 있는 친구들에게 가려고 북쪽으로 향
하는 중인데 길을 잘못 든 것 같다고 했다. 도끼 소리가 나고
연기 냄새가 나서 이렇게 멀리 누가 사나 싶어 들러서 인사나
하자고 생각했다고 했다.

그는 절대 자기 이름을 말하지 않았다.

"너희 식구들은 어떻게 버티고 있어?" 그는 마당을 둘러보
며 물었다. "나무는 많아 보이네."

에바는 다른 사람과 이야기하는 게 익숙하지 않아서 약간
어색하긴 했지만 두렵지는 않았다.

에바는 도끼를 쪼개진 그루터기에 기대어 세워놓고 물었다. "소식 들은 거 있어요? 전기는 언제 다시 들어온대요?"

그가 말했다. "누가 알겠어?"

언니가 말했다. "동부에서는 상황이 정상이 되고 있다고 하던데요."

"누가 그런 말을 해?"

"친구가요."

"여기 친구들이 있어?"

"지금은 아니에요. 제 여동생을 만나러 왔지만, 가고 없어요."

"그렇군. 나도 보스턴 이야기는 들었어. 심지어 소문을 쫓아 대륙을 가로질러 그쪽으로 떠나는 바보들 이야기도 들었어. 오래 버티진 못할 거야."

에바가 말했다. "저도 그렇게 말했어요!"

그들은 서로 미소를 교환했다. 그러자 그가 말했다. "너희 자매한테는 좋은 장작들이 많이 있네."

"네." 에바가 말했다.

그는 장작더미를 쳐다보다 눈을 가늘게 떴다. "이 나무들을 다 손으로 벤 건 아니지?"

"아빠가 잘랐어요."

"아빠?" 그가 날카롭게 말했다. "아버지도 여기 계셔?"

"네." 에바는 스스로도 놀랄 정도로 아무렇지 않은 목소리로 대답했다. "여기 계세요."

"어디 계셔? 이야기 좀 해보자. 아버지가 알고 계신 거 좀 들어보게."

"좀 기다리셔야 될 거예요." 에바는 평온하고 아무렇지 않은 목소리로 말했다. "숲에 나가셔서요."

"혹시 휘발유 남는 거 있어?" 그가 집 쪽으로 목을 길게 빼며 말했다.

에바는 그가 빨리 갔으면 싶었다. "미안해요."

"뭐가?" 그가 물었다. "휘발유가 없어서 미안한 거야, 아니면 못 줘서 미안한 거야?"

에바는 어깨를 으쓱하며 일을 계속하려고 도끼를 잡으려 했다.

에바의 손이 도낏자루에 닿기 직전에 그가 손목을 잡아채 등 뒤로 팔을 비틀었다.

"잘 들어, 이년아." 그가 말했다. "긴급 상황을 위해서 휘발유를 아끼고 있는 거라면, 그게 지금이라고 생각해야 할 거야. 휘발유 어디 있어?"

대답이 없자 그는 에바를 돌려세웠다. 그의 표정이 험악해지고 눈이 가늘어지더니 눈 아래 근육이 실룩거리며 떨렸다. 그래도 에바는 그를 노려봤다. 그러고는 그의 손에서 한쪽 어깨를 빼내며 사타구니를 무릎으로 찼다.

겨냥은 빗나갔다. 그래도 허벅지를 어찌나 세게 찼는지 그는 숨을 몰아쉬며 휘청거렸다. 그들은 붙들고 몸싸움을 하며 바닥에 쓰러졌다. 그가 에바의 얼굴을 정통으로 때리지만 않았다면, 무용으로 단련된 힘 덕분에 그 상황을 모면할 수도 있었을지 모른다. 하지만 머릿속이 온통 울리는 듯한 그 일격에 순간 앞이 캄캄해지면서 에바의 머릿속은 온통 엉망이 되어버렸고, "어디 있어?"라는 질문에 그저 "안 돼, 안 돼, 안 돼"라는 말밖에 못 했다.

일을 끝내고 나서, 그는 일어나서 에바를 내려다보며 바지 단추와 쩔렁대는 무거운 벨트를 잠갔다. 에바는 발치에 웅크리고 누워 있었다. 그는 그 옆 땅바닥에 침을 탁 뱉었다.

"아빠가 올 때까지 못 있어서 미안하네." 그가 말했다. "하지만 환대 고맙다고 전해줘." 그는 옆에 도끼를 둔 채 충격과 공포, 고통으로 마비되어 꼼짝도 못 하고 누워 있는 언니를 내버려 두고 개간지를 떠났고, 샘을 청소하고 돌아오던 나는 그 자리에서 언니를 발견했다.

마침내 주전자 물이 끓자 나는 욕조에 물을 채우고 에바를 욕실로 데려갔다. 옷을 벗기고 상처를 살펴보는 동안 에바는 아이처럼 가만히 서 있었다. 팔에는 이미 멍들이 나타나기 시작했다. 얼굴은 찢어지고 부어올랐고, 허벅지에는 핏자국이 얼룩져 있었다.

김이 나는 뜨거운 물에 들어가자 에바는 몸을 떨었다. 에바가 또 울지도 모른다고 생각했지만, 열기와 물 덕분에 긴장이 약간 풀어지는 것 같았다. 강간 이야기를 한 후 처음으로 에바가 입을 열었다. "비누 있어?"

"크리스마스 비누가 있어." 내가 말했다. "가져올게."

한때는 분명 솔향기였을 향이 나는, 조그맣고 깨진 이상한 녹색 비누 조각이 우리에게 남은 마지막 비누였다. 엄마 물건들 사이에서 찾은 조그만 비누 선물 바구니에 있던 비누들 중 마지막 비누였다. 우린 배급을 해가며 비누를 아껴 썼고, 마침내 동전 크기의 이 비누 조각, 시내로 승리의 행진을 할 날을 위해 아껴두기로 한 이 조각 하나만 남았다.

비누를 손에 쥐여주자, 에바는 그걸 코에 가져가 희미한 향을 맡고는 나를 바라보며 물었다. "하지만 아껴두고 싶지 않아?"

"아니." 난 그 질문에 담긴 천진난만한 비난에 움찔하며 말했다. "지금 써."

목욕 수건을 달라기에 줬더니, 에바는 피를 보기라도 할 것처럼 온몸 구석구석 피부를 빡빡 닦았다. 처음에는 비누로, 비누가 차가운 물 안으로 사라지고도 한참 동안 목욕 수건으로 빡빡 문질렀다. 다리 사이를 처음 건드렸을 때는 몸을 움츠리며 눈에 눈물이 고였지만, 곧 이를 악물고 눈물을 참더니 의사처럼 냉정하고 철저하게 몸을 씻기 시작했다. 허벅지와 배, 가슴, 어깨와 팔꿈치, 손목과 손가락, 무릎과 정강이와 발목과 발가락 사이사이까지 다 닦았다. 그리고 엉망이 된 얼굴에 조심스레 물을 축였다.

마침내 에바가 내 쪽으로 몸을 돌리고 욕조에서 나오려고 했다. 나는 언니가 나오는 걸 부축하고 난로 옆에 데워둔 수건으로 몸을 감싸줬다. 매트리스로 데려와 셰리를 넣은 백차를 쥐여주고 마지막 아스피린을 삼키게 했다.

아스피린을 주자 에바는 거절했다. "이건 아껴둬야 해."

"괜찮아. 먹어."

"나중에 필요할지도 몰라. 반 정도만 먹어도 될 거야."

"반은 아무 소용 없어. 반으로 자르면 몽땅 낭비하는 거야." 난 아스피린 한 알이 강간에 무슨 도움이 될까 생각하며 대답했다.

에바는 아스피린을 삼키고, 내가 소파를 문 앞에 밀어놓고 코트 벽장에서 총을 꺼내 와 서투른 동작으로 약실에 총알을 장전하는 모습을 말없이 지켜봤다. 나는 안전장치를 열두 번은 점검하고 불을 지핀 다음 총을 무릎 위에 올려놓고 에바의 매트리스 옆 바닥에 앉았다.

에바는 아침이 다 되어서야 잠이 들었고, 난 그 옆에서 숨 쉬기조차 두려워하며 바람 소리에 움찔하고 불을 지켜보면서 뜬 눈으로 밤을 지새웠다.

🔥

안전하다 싶은 곳이 없다. 나무를 가지러 나가려 해도 있는 용기를 다 그러모아야 하고, 그래도 시시각각 누가 공격할 것 같아 움찔하며 움츠러든다. 한 시간에도 열두 번은 창밖을 내다보고 숲을 둘러본다. 거기서 우릴 지켜보고 있을 사람의 형상이 당장이라도 보일 것 같다.

총이 경고처럼 문틀에 기대 서 있으니 거실이 달라 보인다. 총은 기분 나쁜 물건이다. 그 차가운 총신과 무거운 개머리판, 날씬한 방아쇠는 안도감을 주는 대신 다른 모든 것만큼이나 겁을 준다. 사방에 폭력이 존재한다는 걸 일깨워준다.

탈출할 곳이 없다. 심지어 난롯불마저 위협적으로 보인다. 수액이 타서 갈라지는 나무에서 끓어오르고, 불꽃이 타닥거리며 솟구친다. 우린 숲에 둘러싸여 있듯이 폭력과 분노, 위험에 둘러싸여 있다. 숲은 우리 아빠를 죽였고, 그 숲에서 그 남자 ─ 아니면 남자들 ─ 가 와서 우릴 죽일 것이다.

어제 용기를 쥐어짜서 겨우 바깥에 나가 작업실 뒤 고물 더미를 뒤져 물결 모양 양철 판 몇 장을 찾았다. 그걸로 거실 창문을 제외한 아래층 창문들을 다 막았다. 에바가 부은 얼굴을 벽 쪽으로 돌린 채 매트리스에 꼼짝도 않고 누워 있는 사이에, 난 부엌에서 다용도실로 가는 문을 못을 쳐서 막고, 다용도실에서 바깥으로 나가는 문 앞에는 세탁기로 바리케이드를 쳤다.

그래서 이제 우리 집에는 창문 하나와 출입구 하나밖에 없다. 하지만 그건 그 사람이 우리 옆까지 오기 전에 침입하는 소리를 들을 수 있다는 걸 의미한다.

날씨는 화창하고 해도 길어져가지만, 에바와 나는 집 안에 있다. 몇 시간이고 우리는 우리 집에서 유일하게 빛이 들어오는, 양철 판을 대지 않은 창문 옆 테이블에 앉아 있다. 아침으로는 쌀 한 컵을 나눠 먹는다. 배가 고파서가 아니라 습관에서다. 점심은 집에서 만든 과일 통조림 반 통, 저녁은 콩 한 그릇이다. 이 세 가지 사건이 우리의 삶을 구성한다.

공부를 하려 하지만, 단어들은 의미 없이 내게서 빠져나간다. 관심을 끄는 단어들은 지금 내게 없는 것들을 상기시키는 말들뿐이다. 린도스(그리스의 유적지 — 옮긴이), 리스트, 런던.

🐦

나는 회색 하늘 아래 차가운 평원에서 갈색 혈암 덩어리를 파내는 꿈을 꾸다 잠에서 깨어난다. 무거운 절망감에 움직일 수조차 없다.

🐦

런던 증시 다음에는 런던데리가 나온다. 런던데리 다음에는 론레인저다. 론레인저 다음에는 샌니콜라스 섬의 외톨이 여인(Lone Woman of San Nicolas island)이 나온다.

1853년 산타 바바라 해변에서 110킬로미터 떨어진 섬에서 완전히 혼자 살아온 인디언 여인이 발견됐다. 당시 기록에 따르면 그 여인의 부족이 1835년 산타 바바라 선교회의 명령에 의해 섬에서 이주하던 중 태풍이 일어났고, 그 혼란 속에서 한 아이가 뒤에 남겨졌다. 아이가 없다는 걸 깨달은 엄마는 아이를 찾기 위해 헤엄쳐서 섬에 돌아갔지만, 폭풍이 더 거세지는 바람에 선장은 엄마 없이 출발하라고 명령했다.

18년이 흐르고 나서야 외톨이 여인은 바다수달 사냥꾼들에게 발견되었다. 말이 통하는 사람은 아무도 없었지만, 여인은 손짓으로 능숙하게 의사를 전달했다. 여인은 아이를 찾지 못했고, 들개들이 아이를 잡아먹은 것 같다고 했다.

여인은 사냥꾼들과 함께 본토로 돌아왔지만, 부족 사람들이 아무도 없다는 걸 알고 크게 실망했다. 여인은 7주 후에 사망했다.

백과사전의 가차 없는 순서는 그렇게 또 내 인생에 말을 걸고, 이번에는 최악의 진실을 대면하게 한다. *우릴 구출하러 올 사람은 없을 거야.*

이 상황이 시작된 이래 우린 늘 구조되기를 기다려왔다. 멍청한 공주들처럼 우리의 정당한 삶이 다시 복구되길 기다려왔다. 하지만 그건 자기기만에 불과했다. 그저 또 다른 동화를 연기하고 있었을 뿐이다. 우리 이야기는 외톨이 여인과 마찬가지로 해피엔딩이 될 수 없다. 여기 전깃불이 켜지는 일은 다시는 없을 것이다. 우리에게 전화가 오는 일은 다시는 없을 것이다. 에바와 나는 ― 악착같이 모으고 움츠리고 살다 마침내 굶어서 ― 죽을 때까지 이 꼴로 살 것이다. 운이 좋아서 먼저 목을 긋지 않는 한다.

어떻게 죽든 간에 우린 여기서 죽게 될 것이다. 외롭게. 하버드 입학식도, 샌프란시스코 발레단 데뷔도 없을 것이다. 여행도, 학위도, 커튼콜도 없을 것이다. 더 이상은 연인도, 남편도, 아이들도 없을 것이다. 저 젠장할 닭들이 글을 배우지 않는 한 이 일기를 읽을 사람도 없을 것이다.

물론 이런 일은 항상 일어난다. 그걸 알 만큼은 역사를 공부했다. 문화들은 와해되고, 사회들은 붕괴되고, 아주 소수의 사람들만 살아남아 음식을 구하고 기아와 병, 약탈자들에게 맞서느라 고군분투하는 사이, 궁전의 바닥에서는 풀들이 자라나고 사원들은 허물어진다. 로마와 바빌론, 크레타, 이집트를 보라. 잉카나 미국 인디언들을 보라.

설령 지금이 또 하나의 2,000년 문명의 종말은 아니라 해도 온갖 소규모 파멸들을 보라 — 우리가 읽던 뉴스 잡지의 매끈한 페이지들엔 온통 전쟁과 혁명, 허리케인과 화산 폭발, 가뭄과 홍수, 기아와 역병 소식들이 가득했다. 폐허들 사이에 웅크리고 있는 생존자들의 사진을 생각해보라. 남미와 남아프리카, 중앙아시아, 동유럽을 생각해보라. 우린 어떻게 그렇게 젠체하고 있을 수 있었을까? 샌니콜라스 섬의 외톨이 여인을 생각해보라. 왜 우리가 구조될 거라고 생각했을까?

튤립이 피고 있다. 우리를 숲과 나누는, 무(無)와 무를 나누는 화려하고 쓸모없는 벽. 내게 감정이 있다면 튤립을 보면 화가 날 것 같다. 저 꽃들의 몸짓은 너무나 쓸모가 없어서 엄마가 튤립 심는 걸 돕지 않았던 게 옳았다는 생각이 든다. 저 꽃들이 날조, 사기, 또 다른 거짓말이 아니라면 뭐란 말인가?

난 한때, 다른 생애에서는 가족들과 함께 팝콘을 먹고 스크래블을 하고 비디오를 봤던 동굴 같은 방에 앉아 있다. 지금 나는 엄마의 튤립을 바라보며 자살을 생각한다.

그건 갈증이나 섹스보다 더 강한 육체적 충동이다. 내 머리 왼쪽 중간에는 총알의 충격을 염원하는, 그 뜨거움, 그 최후의 텅 빈 열상을 갈망하는 지점이 있다. 이 동굴에서 나가 편안한 죽음에 나를 내맡기고 싶다. 슬픔과 고투와 걱정에 지쳤다. 슬퍼하는 언니에게 지쳤다. 마지막 불을 끄고 싶다.

난 할 수 있다.

이 의자에서 일어나 *나 나무 가지러 나가* 하고 말할 수 있다. 에바는 말없이 살짝 고개를 끄덕이겠지만, 고개를 들어 날 쳐다보지도, 내가 문간에서 총을 들고 나가는 것도 보지 않을 거다.

난 문을 열 수 있다. 밖으로 나가 마지막으로 문을 닫을 수

있다. 개간지를 빙 둘러싼 엄마의 튤립들을 지난다. 옆구리에
총을 뻣뻣하게 든 채 황혼 녘의 숲으로 들어간다. 새 길을 내며
들어간다. 난 나무들로 둘러싸인 어슴푸레한 땅바닥에 앉는다.
신발을 벗는다. 발가락을 차가운 방아쇠에 건다. 방아쇠를 더
듬거리다 마침내 당긴다.

　결국 내 인생은 내 거니까.

　나는 자리에서 일어났다. 총을 들고 문을 열었다. 문간에 서
서 시커먼 나무들 뒤로 희미해져가는 석양빛을 바라보고 있는
데, 두려움에 갈라진 에바의 목소리가 들렸다.

　"어디 가는 거야?"

　"그냥. 나무 가지러." 난 에바의 얼굴을 마주 보지 않았다. 뺨
과 손에 닿는 숲 공기가 차가웠다.

　"총은 왜 들고 있어?"

　"해가 거의 졌잖아."

　"하지만 왜 총을 가져가느냐고?"

　"그러고 싶으니까. 됐어?" 내가 너무나 격하게 화를 내며 으
르렁거려서 우리 둘 다 놀랐다. 에바는 내 시선을 똑바로 마주

보았다. 그 얼굴에는 여전히 어두워져가는 하늘처럼 멍이 들어 있었다.

"알았어." 에바가 마침내 말했다.

나는 밖으로 나가 문을 닫고 떨면서 정원으로 나갔다. 총은 차갑고 무거웠다. 나는 튤립 화단 안으로 개간지를 한 바퀴 돌았다. 꽃잎들이 까만 불꽃, 벨벳 컵 같았다. 하지만 그 너머 숲은 단단하고, 뚫고 들어갈 수 없을 것처럼 보였다. 들어가는 길을 찾을 수가 없었다. 나는 붉게 타오르는 하늘 아래 개간지에 서서 보라색과 노란색이 사라질 때까지, 말없는 샛별이 떠오를 때까지 지켜봤다.

어둠 속에서 나는 장작을 한 아름 모았다. 그 어둠 속에서 나는 다시 집에 들어왔다.

한 번 더 언니 때문에 나는 가고 싶은 곳에 가지 못했다.

🪓

하루하루가 꾸물꾸물 흘러간다. 4월 중순쯤 된 것 같지만, 어느 순간부터 날짜를 세지 않았다. 여기 뭔가를 쓴 지 몇 주는 흘렀다. 달력의 빈 사각형들과 우리가 견뎌온 날들을 맞춰보려고 해도 정리할 방법을 모르겠다.

숨을 쉬면 밤이 또 찾아오니, 시간이 가는 줄은 안다. 하지만 내 달력은 폐물이 됐다.

⚓

어젯밤 누가 숲 경계선에 서서 작업실의 엄마 베틀 밑에 웅크리고 숨은 에바와 나를 협박하고 비웃는 꿈을 꿨다. 나는 가위를 들고 에바에게, 저 사람이 가까이 오면 머리를 잘라버리자고 속삭이고 있었다. 갑자기 벽이 사라졌고 나는 개간지 너머로 총을 겨누고 있었다.

쏠 거야! 내가 그에게 고함쳤다. 흥분이 밀려왔다. 죽여버릴 거야, 죽일 거야, 죽일 거라고! 나는 소리 질렀다. 의기양양하게 방아쇠를 당겼다. 아무 일도 일어나지 않았다. 필사적으로 방아쇠를 다시 당겼지만, 총열에서는 총알 대신 구더기들이 꾸역꾸역 흘러나왔다. 나는 공포에 질려 잠에서 깼지만, 꿈이었을 뿐이라고 마음을 다잡으며 진정하기도 전에 총 쏘는 법을 배워야 한다는 걸 깨달았다.

오늘 아침 나는 총을 들고 데크에 나가 그나마 아빠가 총에 대해 설명해준 것들을 기억하려고 애썼다. 총알을 낭비하고 싶지 않았기 때문에 몇 번이고 거듭해서 장탄하고 안전장치를 풀고 숲을 겨냥했다. 한 시간 넘게 시늉만 해보다가 마침내 나는 남자 키만 한 막대를 개간지 경계선 길가에 꽂고 그 위에 피클 병을 거꾸로 씌웠다. 그리고 다시 데크로 돌아가 난간에 기대어 자세를 잡고 조준을 한 뒤 방아쇠를 당겼다.

탕 소리가 너무 크고 세게 나서 난 내가 맞은 줄 알았다. 어깨가 따갑고 귀가 울리고 나도 모르게 눈물이 흘러내렸다. 나는 정신을 수습한 후 난간에서 세 걸음 뒤로 갔다. 피클 병은 멀쩡했고, 에바가 문간에 움츠리고 서 있었다.

"미안해." 내가 말했다. "해야만 했어."

"알아." 에바는 속삭이고 집 안으로 사라졌다.

나는 용기를 내어 다시 시도했다. 하지만 이번에는 개머리판이 어깨를 때릴 걸 예상하고 있어서 허겁지겁 조준한 뒤 방아쇠를 당기기도 전에 총이 튀는 걸 피해버렸다. 총신이 휙 돌아가면서 총알은 공중으로 날아갔다.

이번에는 제대로 하겠다고 결심했다. 발사되는 순간을 모르도록 방아쇠를 천천히 놓아서 지레 움츠리지 않겠다고 결심했다. 이번에는 반동의 타격이 어깨를 때린 후에도 총신은 똑바로 있었지만, 총알은 숲 속으로 사라졌고 병은 막대 위에 그대로 있었다. 그다음에도 움츠리지 않았지만, 또다시 총알은 나무들 사이로 휙 날아가 버렸다.

두드려 맞은 기분이었다. 어깨가 얼얼하고 아팠다. 머리가 울리고 손은 땀에 젖었고, 더 이상은 방아쇠를 당기지 못할 것만 같았다. 하지만 피클 병이 남자만큼이나 위협적으로 개간지 경계선에서 나를 조롱하고 있었다.

나는 필사적으로 탄도와 포물선에 대해 아는 것들을 재고해본 후, 총알이 떨어지기 전에 먼저 올라가야 한다는 결론을 내렸다. 나는 약간 아래에서 조준하고 최대한 부드럽게 방아쇠를 당겼다. 눈 깜짝할 사이에 피클 병이 산산조각 났고, 난 흥분과 공포에 떨었다.

얼굴은 나아가고 있지만, 언니는 날이 가도 말이 없다. 침울하진 않지만, 무력하게 상냥하다. 아빠가 죽어가며 지었던 미소 같다. 할 수만 있으면 충격과 공포를 낡은 껍질처럼 기꺼이 벗어버리기라도 할 듯이 거의 미안해한다. 언닌 다시 불 피우는 일을 담당하기 시작했지만, 다른 얼마 안 되는 일들은 내가 한다. 언니에게 음식을 주고 남은 건 내가 먹거나 다음 식사 때를 위해 아껴둔다.

"백개면 할래?" 한번은 이렇게 청해봤지만, 언니가 너무 기운 없이 어깨를 으쓱하길래 판을 차려봤자 소용없겠다 싶었다.

강간 사건 이후로 언니는 한 번도 스튜디오에 들어가지 않았다.

"왜 춤을 안 춰?" 어제는 언니에게 권해봤다.

에바는 무릎을 물끄러미 보고 있다가 깜짝 놀라며 고개를 들었다. 마치 왜 백파이프를 안 부느냐거나 왜 하늘을 안 나느냐는 질문이라도 받은 것 같았다.

"못 해." 언니가 말했다.

"휘발유를 쓰자." 내가 말했다. "다시 음악을 좀 들을 수 있게."

하지만 언니의 몸은 무기력했고, 얼굴에서는 어떤 열망도 보이지 않았다. "아니." 언니가 대답했다. "아니. 아껴두는 게 좋아."

⚓

오늘 아침 잠에서 깨어보니 얼굴에 햇살이 환하게 비치고 있었고 며칠 동안 나를 괴롭히던 두통도 싹 가시고 없었다. 아프고 난 후의 미약한 에너지가 온몸에 가득 차 천사처럼 온몸이 가벼웠다. 폐는 납작하고 근육은 축 늘어진 느낌이었지만,

내 몸은 움직이길 갈망하고 있었다. 나는 총을 들고 나가 데크를 비질했다. 그러고는 빨래를 한 무더기 하고 햇볕 냄새 나는 바람에 널어 말렸다. 숲 쪽을 힐끔힐끔 보는 와중에도 빗자루를 휘두르고 따스한 산들바람을 맞고 있으니 찰나의 순간이나마 기쁨이 느껴졌다.

빨래를 널고 오다가 텃밭을 지났다. 텃밭이 엉망이어서, 열패감과 죄의식으로 가슴이 아팠다. 우린 지난가을 추수조차 아직 마치지 못했다. 묘목을 만들지도, 씨앗을 보존하지도, 뿌리를 덮지도 않았다. 과수원 가지치기도 안 했다. 지난 2월에는 실내 난롯가에 묘목을 심었어야 했다. 밀과 귀리는 지난달에 씨를 뿌렸어야 했다. 토마토, 고추, 오이, 멜론 모종은 지금 시작해야 한다. 하지만 우리가 마지막으로 삽을 든 건 아빠 무덤을 팔 때였다.

나는 출입구를 열고 텃밭으로 들어갔다. 사슴들을 막으려고 쳐놓은 철망 울타리 바로 안쪽으로 텃밭을 천천히 한 바퀴 돌며, 안 배우려고 기를 썼던 농사일들을 기억하려고 애썼다. 뒤엉킨 잡초들 아래 자생 토마토 잎들이 보였다. 나는 총을 옆에 놓고 무릎을 꿇고 앉아 머뭇머뭇 잡초를 한 주먹 쥐고 잡아당겼다. 잡초들은 쉽게 뽑히지 않았다. 머리카락이, 두피에 뿌리박고 있는 머리카락이 생각났다. 나는 몸서리를 치며 이를 악물고 더 세게 잡아당겼다. 마침내 뿌리가 뽑혔고, 그 바람에 거의 엉덩방아를 찧을 뻔했다. 뿌리에 딸려 나온 흙덩이는 검고 축축했다. 흙덩이 안에 손을 집어넣자, 흙이 손가락 사이에서 부서지고 손톱 밑으로 밀고 들어왔다. 갑자기 나는 무성한 잡초들 사이로 손을 집어넣고 한 움큼씩 잡아 뽑기 시작했다. 손바닥에 풀물이 들고 풋내가 진동할 때까지 뽑았다.

태양이 내 어깨에 손을 올려놓고 있는 것 같았고, 개간지 경계선에서는 새들이 울어댔다. 한번은 나비 하나가 바로 옆 흙바닥에 앉더니, 잠시 동안 그 자리에서 날개를 접었다 폈다 하다가 다시 날아갔다. 침입자가 올까 봐 숲을 살피는 것조차 나는 잊어버렸다.

씨앗 생각이 났다. 나는 벌떡 일어나 작업실로 달려가 맨 위 선반 위에서 종이봉투가 가득 든 플라스틱 밀폐 용기를 찾아냈다. 상자 안 봉투 일부는 홍보용 우편물들이었지만, 대부분은 청구서 봉투들을 재활용해서 집에서 재배한 씨앗들을 넣고 아빠가 이름들을 하나하나 써둔 씨앗 봉투들이었다. 나는 철조망 울타리 안으로 다시 돌아와서 봉투들을 바닥에 늘어놓고 열심히 뒤섞으며 텃밭을 구획했다.

정오까지 일해서, 나는 텃밭 한쪽 면의 잡초를 다 뽑고 땅을 갈아서 씨 뿌릴 준비를 마쳤다.

백과사전은 꽃의 존재 이유가 씨앗 생산이라는 걸 상기시킨다. 씨앗들의 그 다양한 색깔과 냄새, 즙은 오로지 꽃가루를 운반하기 위해서, 오로지 벌레들의 관심을 끌거나 바람을 이용하기 위해서 존재한다. 꽃들의 존재 이유는 이 움직이지도 못하고 보잘것없는 작은 알갱이들과 덩어리들, 언젠가 우리의 음식이 되어줄 수도 있는 이 염색체들이다.

오늘 아침에는 호박씨를 심었다 — 텃밭 서쪽 면을 가로질러 연속으로 세 개씩 심었다. 씨앗을 발견한 봉투에는 아빠의 글씨로 이렇게만 적혀 있었다 — 호박('꼬마'라고 번역한 넬의 애칭의 원어는 pumpkin이다. 영어에서 pumpkin은 다정한 애칭으로 사용된다 — 옮긴이). 처음 그걸 읽는 순간 나는 아빠가 내게 남긴 봉투인 줄 알았다. 하지만 봉투를 찢어발기자 그 안에는 핼러윈 호박 등을 만들 때 퍼냈던 것과 똑같은 씨앗들밖에 없었다. 나도 모르게 참을 새도 없이 눈물이 그렁그렁 차올랐다.

하지만 때로 눈물 가득한 눈으로 세상을 바라볼 때 선명해지는 것들이 있다. 마치 그 눈물이 자신이 찾고 있는 게 무엇인지를 명료하게 보여주는 렌즈이기라도 한 것처럼 말이다. 아빠가 쓴 글자를 물끄러미 바라보고 있자니, 결국 그게 내게 보내는 메시지일지도 모른다는 생각이 들었다.

＊

　너무 아파서 이 펜을 쥐고 있는 것조차 힘들다. 손이 물집과 상처로 온통 쓰라리고 흙일을 하느라 뻣뻣해져서, 아무리 빡빡 씻더라도 완전히 깨끗해질 수 없을 것 같다. 팔이랑 다리, 등도 독감이라도 앓는 것처럼 아프다. 텃밭을 가꾸는 게 이렇게 힘든 일인지 정말 몰랐다.

　지금까지 씨앗을 반 정도 심었고, 내일은 헛간 있는 곳까지 텃밭을 넓힐 수 있도록 철조망 울타리를 걷어낼 생각이다. 생존을 위해서라면 적어도 그 정도 공간은 있어야 한다.

＊

　"도움이 필요해." 오늘 아침 나는 백차를 후후 불어 마시며 말했다. "텃밭에."

　에바는 손도 대지 않은 밥을 내려다보았다.

　"혼자서는 새 울타리 말뚝들을 못 박겠어. 철조망을 혼자서 치는 건 거의 불가능하고. 계속 다시 말려버리니까."

　에바가 말했다. "내일 하자."

　"나가도 이 안에 있는 것만큼이나 안전해." 나는 설득했다.

"더 안전해 — 내겐 총이 있고 도망갈 길도 더 많으니까."

"난 그냥 — 오늘은 밖에 나가고 싶지 않아."

"하지만 에바, 언니 기분이 내킬 때까지 텃밭은 기다려주질 않아. 최대한 빨리 나머지를 심어야 해. 게다가 이미 심은 씨앗들이 싹을 틔우기 전에 울타리를 다시 치지 않으면 사슴들이 새싹을 다 먹어버릴 거야."

"상관없어."

"뭐라고?"

"우리가 뭘 하든 상관없어. 사슴들이 새싹을 먹건 말건 상관없다고."

마치 한 대 맞기라도 한 기분이었다. 에바의 말이 내 손의 물집을 찌르고 아픈 등과 허벅지를 후려갈겨, 그 아픔에 맞서 폭언을 퍼붓고 싶어졌다. 나는 머그잔 안의 차로 투지의 열기를 불태우기라도 할 것처럼 뜨거운 물을 꿀꺽 마셨다. 하지만 내가 뭐라고 하기도 전에 에바의 말이 내 심장에 와 닿았다.

"언니 말이 맞아." 나는 조용히 말했다.

에바가 깜짝 놀라 고개를 들었다. "뭐라고?"

"언니 말이 맞다고. 상관없어. 이 씨앗들이 싹을 틔우기도 전에 우린 아마 죽게 될 거야."

에바는 고개를 숙였다. 침묵 속에서 나는 밥과 물을 마저 먹으며, 어떻게 하면 울타리용으로 잘라놓은 삼나무 말뚝을 혼자서 박을 수 있을지, 어떻게 하면 언니 도움 없이도 철조망을 잘 펴서 팽팽하게 고정시킬 수 있을지 계획을 세웠다.

하지만 내가 테이블에서 일어나자 에바도 일어나더니 강간 사건 이후 한 번도 나오지 않았던 마당으로 따라 나왔다.

나는 이미 조그만 나무 여섯 개를 가지를 정리해서 잘라놓았고, 아빠의 낡은 말뚝 착공 기계로 말뚝을 넣을 구멍들도 파놓았다. 에바는 헛간으로 따라와 내가 반쯤 찬 시멘트 포대를 들어 올리는 걸 보고 있다 휘청거리며 텃밭으로 가는 내 뒤를 따라왔다. 내가 양동이에 시멘트를 낑낑대며 붓는 동안, 에바는 양손을 축 늘어뜨린 채 얌전하게 옆에 서 있었다.

그러더니 숲 쪽을 한 번 힐끔 보고는 몸을 굽혀 양동이를 붙들었다. 처음 작업 분량의 시멘트를 붓자마자 에바는 자기 일은 끝났다는 듯이 다시 자세를 바로 했다.

"잘했어." 내가 말했다. "이제 이걸 섞어야 해. 내가 물을 가져올 테니 그동안 섞을 거 뭐 좀 찾아볼래?"

에바는 막대기를 가져왔고, 나는 계속해서 말했다. "내가 부을 테니 언니는 저어. 그렇지 ─ 양동이 바닥까지 깊게 휘저어. 물을 좀 더 넣을게. 좋아, 이제 이 첫 번째 말뚝을 구멍에 넣고 꼭 잡고 있을게. 언니는 이 돌멩이들을 그 주위에 끼워 넣어. 좋아 ─ 잘했어. 이제 그 위에 시멘트를 채워 넣어야 해. 돌멩이 좀 더 갖다 줄래?"

우리는 차례차례 말뚝을 세웠다. 나는 설명하고 독려했고, 에바는 무뚝뚝하게 내 요청에 응했다. 정오가 되자 텃밭 서쪽 면을 따라 새 말뚝 세 개가 세워졌다.

점심 때 나는 두 번째 복숭아 병을 열어야 했고, 해 질 무렵에는 한 개만 제외하고 동쪽 면의 모든 말뚝이 완성되었다. 그 즈음이 되자 에바는 다음에 뭘 해야 하는지 미리 파악하고 행동했고, 심지어 약간의 조언을 하기까지 했다.

⚓

오늘 아침 에바는 자기 몫 아침을 다 먹었다. 마당에서 에바는 내가 마지막 말뚝 구멍에 끼워 넣을 돌멩이들을 모아오는 동안 자기가 시멘트를 섞겠다고 했다. 하지만 말뚝을 들어 제자리에 넣으려고 몸을 굽히는 순간 허리에서 뭔가 무너지는 듯한 느낌이 들었다. 찢어지는 듯한 근육통과 함께 나는 무릎을 꿇으며 앞으로 고꾸라졌다.

"왜 그래?" 에바가 옆에 앉으며 물었다.

"허리. 너무 아파."

"누워봐." 춤을 그만둔 이후 한 번도 들어보지 못한 권위적인 목소리로 언니가 말했다. "똑바로. 길게 누워봐. 무릎을 구부려.

척추를 몽땅 땅바닥에 바싹 붙여. 더 부상을 입히기 전에 쉬어야 해. 물건을 들 때 허리로 하면 안 된다는 거 몰랐니?"

나는 근육의 경련이 멈출 때까지 조용히 누워 있었다. 하지만 앉으려고 하자 근육들이 다시 조여들었고, 나는 고통으로 움찔했다.

"다시 누워." 에바가 명령했다. "좀 있어야 해. 하지만 지금 쉬면 내일은 아마 춤출 수 — 아니, 일할 수 — 있을 거야."

"거의 다 했는데." 나는 신음했다. "양상추 싹도 올라오고 있는데."

"내가 마무리할게." 에바가 말했다. "사슴들 양상추는 지들이 기르라지."

그래서 내가 척추를 땅바닥에 대고 누워 있는 사이에 에바는 마지막 말뚝을 세우고 넓어진 텃밭 주위에 낑낑대며 철조망을 둘렀다.

"내일 제대로 펴서 고정하면 돼." 일을 마치고 에바는 말했다. "이건 임시변통이야." 에바는 아빠를 생각나게 하는 만족스러운 목소리로 덧붙였다. "하지만 하룻밤 정도는 동물들을 막아줄 거야. 자, 넬. 이제 널 침대에 눕혀야겠다."

다음 날 아침 깨어보니 허리는 괜찮았다. 하지만 에바는 같이 텃밭에 나가기 전에 마사지를 해주겠다고 고집했다.

"지금 제대로 하지 않으면 오랫동안 고생하게 돼. 내가 알아." 에바는 지엄하게 나를 매트리스에 눕혔고, 난 그 태도가 기뻤다.

나는 잠옷을 벗고 가만히 누워 마사지를 받았고, 언니의 손이 나도 몰랐던 아픈 부위를 너무나 빨리 찾아내서 깜짝 놀랐다. 나는 언니가 하라는 대로 숨을 내쉬고 이완하며 남은 아픔을 언니의 손가락에 넘겼다. 언니의 손은 너무나 유능하고 똑똑하고 상냥했고, 나는 그 손길뿐만 아니라 그 손길이 의미하는 바를 한껏 음미했다. 내가 너무나 사랑했던 언니는 여전히 존재하고 있었고, 마침내 돌아오고 있을지도 모른다.

"자." 언니가 마침내 말했다. "어때?"

내가 만족스러운 신음 소리를 내자, 언니는 나를 누워 있게 하고 물러났다. 나는 눈을 감고 팔을 뻗은 채 행복감에 취해 매트리스에 누워, 처음 잡초를 잡아 뽑은 이후 내 관심을 온통 사로잡고 있는 텃밭에서 해야 할 일들을 예상해보며 하루를 준비했다.

"준비가 됐건 말건," 계획이 점점 많아지면서 더 이상 누워 있을 수가 없자 나는 말했다. "내가 간다!"

매트리스에서 몸을 일으켜 티셔츠를 찾고 있는데 에바의 모습이 보였다.

에바는 테이블 옆 자기 자리에 앉아 조용히 눈물을 흘리고 있었다. 멍든 채 울고 있는 언니를 마당에서 발견한 후 처음 보는 눈물이었다.

"아, 에바." 나는 말했다. "무슨 일이야?"

에바는 울음을 떨쳐버리려는 듯이 고개를 저었지만, 계속해서 눈물이 흐르자 대답했다. "너무 무서워. 멈출 수가 없어. 그건 검은 파도 같아. 난 조그만 코르크 조각이고. 표면에 둥둥 떠 있어서 괜찮을 거라 생각하지만, 또 파도가 덮쳐와 다시 가라앉아 버려."

나는 에바에게 가서 몸을 숙이고 맨팔로 에바를 꼭 안았다. 에바는 눈물로 얼룩진 얼굴로 꼼짝 않고 앉아 있었다. 다음 순간 에바는 갑자기 몸을 돌려 격렬하게 흐느끼며 내 가슴에 얼굴을 묻었다. 에바는 내 가슴이 온통 젖을 때까지 울었고, 나는 에바를 꼭 안고 흔들며 달랬다.

"내 차례야." 마침내 에바의 울음이 잦아들자 나는 속삭였다. 에바는 울먹이는 와중에 저항의 의미로 살짝 웃었지만, 나는 에바의 손을 잡고 의자에서 일으켜 매트리스 쪽으로 잡아당겼다.

"누워." 내가 말했다. "내가 뭐라도 배웠는지 보자고."

물집 생긴 손바닥이 처음 에바의 피부에 닿았을 때 나는 움찔했다. 내 손길이 닿자 에바는 더 서럽게 울었다. "괜찮아." 나는 말했다. "울고 싶은 만큼 울어."

처음에는 그냥 언니의 등을 문지르기만 했다. *봐, 내 손은 말했다. 이게 에바의 목이야, 이게 에바의 갈비뼈야, 이게 에바의 슬픈 어깨, 아름다운 척추골이야, 이게 언니 허리의 부드러운 근육이야.* 그러고는 후두골 바로 아래서 시작해서 목과 어깨로 이어지는 강인한 승모근을 손가락 사이에 넣고 밧줄처럼 쓸어내리며 마사지했다. 내 손의 대칭과 언니 등의 대칭이 꼭 맞아떨어졌다. 나는 계속해서 그 뭉친 근육들을 집었다 풀었다 하며 진정시켰고, 언니는 이불에 얼굴을 묻은 채 계속해서 울었다. 나는 물집이 터진 걸 잊었고, 심지어 바깥에서 기다리는 텃밭도 잊은 채, 내 손으로 언니의 어깨에 말을 거는 데만 온전히 집중했다.

나는 서서히 언니의 어깨를 누르고 문지르며 갇혀 있던 슬픔을 몰아내려고 했다. 마침내 근육들의 긴장이 풀어지면서 부드러워지기 시작했다. 하지만 그건 거의 알아차리기조차 힘든 미약한 변화여서, 언니의 울음이 잦아들지 않았더라면 그저 내가 상상한 거라고 생각했을 것이다. 언니는 한숨을 내쉬었고, 내 손은 언니의 등과 갈빗대, 척추로 넘어가 움직이기 시작했다.

언니가 긴장을 풀고 편해지는 것 같자, 나는 더 깊이 파고들어 언니의 몸이 품은 끔찍한 기억과 새로운 습관을 밀어내고 주무르고 짜냈다. 에바는 몸을 떨고 움찔하고 경직시키고 버둥댔고, 그때마다 결국엔 항복했다. 근육들이 그 모든 아픔에 매달릴 필요가 없다는 걸 발견할수록 더 완전히 항복했다.

서서히 언니의 몸은 부드러워지고 기진맥진하고 순종적이 되어, 마침내 등의 모든 근육이 풀어졌다. 팔을 들어 올리자 힘없이 툭 떨어졌다. 강간 사건 이후 처음으로 언니의 육체에서 두려움이 사라졌다. 내 마음속에서 기쁨이 솟아올라 손을 통해 팔을 타고 올라가 심장이 부풀어 올랐다. 언니의 치유를 도울 수 있는 힘이 내게 있는 것 같았기 때문이다.

나는 부드럽게 언니를 쓰다듬기 시작했다. 내 손은 숨결처럼 부드럽게 언니 등을 쓰다듬으며 내 일은 끝났다고, 안녕하고 작별을 고했다. 나는 겨우 날개가 나기 시작한 어린 새를 쓰다듬듯이, 내 손에 몸을 맡겼다는 걸 믿을 수 없는 존재를 아끼고 보살피듯이 언니를 쓰다듬었다. 하지만 언니에게서 손길을 거두기 위해 쓰다듬고 있는 와중에도 언니 몸에 새로운 긴장감이 생겨나는 게 느껴졌다. 지금은 긴장이 풀리긴 했지만, 언니의 몸은 또한 상처 입기 쉬웠고 침입에 노출되어 있었다. 내가 떠날까 봐 언니가 두려워하는 걸 느낄 수 있었다.

그래서 나는 언니를 계속 어루만지며 언니의 몸이 내 손이 더 이상 필요 없다고 말해줄 때를 기다렸다. 언니를 너무나 사랑했다─사랑스러운, 사랑스러운 우리 언니. 내가 이제껏 사랑한 다른 모든 것들이 언니 안에 있었다. 내가 아는 언니의 모든 것과 내가 절대 따라갈 수 없을 언니의 모든 것을 사랑했다. 이 무용수, 내 손 아래 있는 이 아름다운 여인, 한때 함께 숲 속을 누볐던 우리 언니, 함께 너무나 많은 일들을 겪었던 우리 언니, 사랑 때문에도, 죽음 때문에도 떠날 수 없는 우리 언니.

사랑해, 내 손은 말했다. *이게 언니 거라는 걸 기억해*, 내 손은 언니에게 말했다. *이 몸은 언니 거야. 언니 스스로가 받아들이기만 한다면, 다시 언니 것이라고 주장하기만 한다면, 누구도 이 몸을 언니에게서 가져갈 수 없어. 언니의 팔, 언니의 척추, 언니의 갈비, 언니의 허리. 이건 다 언니 거야. 이 모든 하사품, 이 아름다움, 이 힘과 우아함은 다 언니 거야. 이 정원은 언니 거야. 가져가. 다시 가져가.*

언니에 대한 애정 때문에 마음이 아팠다. 내 손은 떨면서 언니의 등을 쓰다듬었다. 언니의 목숨을 구해주고 싶었다. 언니의 영혼이 웅크리고 있는 그 어두운 곳에서 그 영혼을 다시 불러오고 싶었다. 나는 언니를 너무나 사랑했다. 언니 몸의 모든 굴곡을, 모든 기벽과 기민함을 사랑했다. 언니의 폐가 간절히 공기를 들이마시는 모습을, 내 두 손이 언니 엉덩이 곡선을 쓰다듬고 두 개의 허벅지 뼈를 따라 무릎 뒤 오목한 지점까지 내려왔다가 다시 오던 길을 되짚어 올라가 두 다리가 모아지는 어둑한 지점에서 만날 때 활처럼 휘어지던 언니의 등을 사랑했다.

언니가 몸을 돌려 나를 쳐다봤을 때, 나는 마침내 언니가 돌아왔다는 걸 알 수 있었다. 언니는 내가 놀라서 주춤할 정도로 강렬한 열망으로 충만해 있었다. 하지만 내가 언니에게서 떨어지기 전에, 언니가 먼저 시작했다. 육체의 신성함과 환희에 대해 내가 막 보여준 것보다 더 많은 것을 손가락과 손바닥과 숨결과 혀로 가르쳐줬다.

우리는, 언니와 나는 사랑을 나눴다. 우리는 우리 몸의 기쁨을 함께 부활시켰다. 모든 힘이 폭력은 아니라는 것을 우리는 함께 기억했다. 수치와 침묵, 고통 속으로 웅크리고 들어갔던 에바가 몸을 활처럼 구부리며 열고 소리를 질렀을 때, 나는 소중한 무엇인가가 회복되었다는 것을 알았다.

우리는 아기들처럼 껴안고 있다 잠이 들었고, 나중에 언니의 매트리스에서 함께 잠에서 깨어나 옷을 입고 물을 마신 뒤 새 텃밭을 만들기 위해 밖으로 나갔다.

마구잡이 짐작에 불과하지만, 지금은 분명 6월이 거의 다 되었을 것이다. 요즘 우리는 텃밭에서 모든 시간을 보낸다. 우리는 어슴푸레한 새벽에 백차를 마시고 보잘것없는 아침을 먹는다. 새벽하늘이 밝아오기 시작할 때면 이미 바깥에 나가 차가운 공기에 떨며 뻣뻣한 손가락으로 울타리를 연다. 태양이 뜨는 동안 잡초를 뽑고 솎아내기를 한다. 숨을 쉬면 하얀 김이 나오지만, 몸은 일하면서 녹아 부드러워진다. 시간이 좀 더 지나 손이 추위에 견딜 수 있을 정도가 되면 물을 주기 시작한다. 전기 펌프가 작동을 멈춘 후 아빠가 물 모으는 용도로 마련해둔 낡은 욕조에서 물을 끌어오기 위해 처음에는 호스를 사용한다. 욕조의 물이 동나면, 끝도 없이 개울을 오가며 양동이에 물을 담아 텃밭으로 옮긴다.

우린 우리가 가지고 있는 모든 씨앗, 아빠가 남겨준 모든 씨앗, 심지어 상자 바닥에 샌 정체 모를 씨앗들까지 다 심었다. 모든 자생 식물을 수정시키고, 모든 식물들에게 살아서 성장하라고, 꽃을 피워 음식이 되라고 애원했다.

우리는 태양이 머리 위에 올 때까지 땅을 파고 잡초를 뽑고 물을 주며 일한다. 점심을 먹고 휴식을 취했다가, 다시 빛이 희미해지고 시원한 공기에 모기떼가 몰려올 때까지 일한다. 밤에 자려고 누우면 근육이 떨리고 굳은살이 박인 손이 아프다. 눈을 감으면 흙이 보인다. 하지만 꿈은 꾸지 않는다.

우리는 여전히 전보다 숲 쪽을 더 자주 힐끗거리고, 개간지 밖으로는, 시든 튤립 꽃밭 너머로는 나가지 않는다. 여전히 매 나 어치 울음소리, 숲을 헤치고 다니는 사슴 소리에 펄쩍 뛴다. 난 어딜 가든 총을 가지고 다니고, 우린 여전히 해가 지기 훨씬 전에 집 안으로 들어온다. 밧세바와 핑키가 보금자리로 돌아 갈 준비가 되기 훨씬 전에 텃밭에서 솎아낸 작물로 닭들을 꼬 여 닭장에 집어넣는다. 집 안에 들어가면 양철 판으로 막은 창 문들을 재삼재사 확인하고 온갖 가구들을 문 앞에 밀어놓고 나서야 저녁 준비를 한다. 하지만 그 모든 것들은 필수 생존 절 차라기보다 의식처럼 느껴지기 시작한다. 우리 삶을 산산이 부수어놓은 그 남자가 숲에서 꾸물거리고 있지 않은 건 거의 확실하다. 적어도 다음 남자가 어쩌다 여기로 흘러 들어오기 전까지는 우린 안전하다.

아빠가 보관해놓은 씨앗들이 걱정된다. 그 씨앗들은 작년 잡 종의 결과물들이기 때문이다. 우리가 심은 모든 씨앗이 자연 수분될 내년도 걱정된다. 언제 씨앗을 뿌리고 어떻게 수정시 켜야 할지, 우리에게 물이 충분할 것인지도 걱정된다. 낮은 발 아율과 병충해, 벌레, 사고도 걱정된다. 하지만 텃밭에 들어간 날 다음부터는 죽고 싶다는 생각은 하지 않았다.

에바는 여전히 춤을 추지 않는다. 하지만 나만큼 열심히 일을 하고, 우리가 자는 사이 새 모종들이 땅을 뚫고 가지런히 솟아나 인사하는 아침이면 때로 웃기도 한다.

우리는 식사 전 잠시 음식 접시 위로 고개를 숙이고 손을 맞잡기 시작했다. 그 동작으로 뭘 의미하고자 하는지는 정말 알 수 없지만, 먼저 서로의 손을 잡지 않고는 식사를 하고 싶지 않아졌다. 그게 우리가 서로를 만지는 유일한 순간이다.

어제 아침 에바가 구토를 했다. 프토마인 식중독, 이질, 콜레라, 엘리의 엄마를 돌아가시게 한 독감 지아디아를 떠올리며 난 다짜고짜 공포에 질렸다. 나는 체온을 재봐야 한다고 우겼다. 하지만 체온은 정상이었고, 설사도 없었고, 내가 먹지 않은 건 에바도 먹지 않았다.

"난 괜찮아." 에바는 계속 우겼다. "그냥 속이 좀 느글거릴 뿐이야."

결국 에바는 나만 혼자 텃밭에 내보냈다.

"난 괜찮아. 낮잠 좀 자면 돼." 정오에 집에 돌아오자, 에바가 점심을 차려놓았다.

하지만 오늘 아침 에바는 또 구토를 했고, 또다시 난 에바 없이 텃밭에 나가야 했다. 나는 당근 싹에 물을 주고, 감자밭 잡초를 뽑고, 도끼를 머리 위로 쳐들고 나무를 뻐갰다. 그 순간 갑자기 언니의 병에 대한 설명이 머리에 떠올랐고, 믿을 수 없는 충격으로 나는 도끼를 놓쳤다. 도끼는 세워놓은 통나무를 스치며 떨어졌고, 통나무는 받침대에서 내 발 위로 굴러떨어졌다.

정오쯤 되자 에바는 상태가 좋아져 해가 질 때까지 텃밭에서 일했다. 하지만 오늘 밤 나는 나도 모르게 자꾸 에바를 몰래 쳐다보고, 에바의 배와 가슴을 슬쩍 훔쳐보고, 백과사전을 몰래 뒤진다. 융모막 성 생식선 자극 호르몬의 상승치를 살펴보는 의사의 테스트 외에도 임신임을 알 수 있는 초기 증상들은 메스껍고 가슴이 커지고 생리를 거르는 것이다.

그건 안 돼, 내 머릿속 목소리는 절박한 기도, 절망의 주문을 읊조린다. *그건 안 돼. 이 모든 일을 다 겪었는데, 제발, 제발—그건 안 돼.*

⚓

백과사전은 설명한다. 유산은 자력으로 생존할 수 없는 태아가 자궁으로부터 자연적으로 혹은 유도에 의해 추방되는 것이다. 의도적인 유산 기술은 사회적으로 장려되건 아니건 거의 모든 문화권에서 실시되어왔다.

하지만 내게 필요한 건 정의나 애매모호한 사회학 논문이 아니다. 난 사실이 필요하다. 세부 사항. 지시 사항.

내게 필요한 건 유산 설명서다.

방법이 있어야만 해. 늘 그 생각뿐이다. 태양 아래서 구부린 채 우리의 미래를 싹 틔우는 연약한 녹색 줄들 사이를 기어 다니며 나는 유산에 대해 생각한다.

에바는 계속 구토를 하면서 괜찮다고 한다. 무용을 시작한 후로 워낙 생리가 불규칙했기 때문에 언니 스스로는 아직 깨닫지 못했을지도 모른다.

오늘 아침 우리는 한 쌍의 날개 같은 새싹이 가지런히 돋아난 콩밭에서 열을 맞춰 나란히 잡초를 뽑았다. 나는 막 아침을 먹었지만, 에바는 또 식사를 거부했다.

"안 먹을래." 아보카도 씨보다 조금 더 큰 완숙 달걀을 내밀자 에바는 말했다. 닭들이 몇 달 만에 낳은 달걀이었다.

하지만 지금 에바는 한 줄의 어린 싹들을 사이에 두고 내 옆에서 축축한 흙 위를 기고 있다. 무릎을 꿇고 조금씩 전진하며 새싹들에 숨결을 뱉고 보살피는 우리 모습은 묘하게 거의 성스러워 보였다. 흙바닥은 시원했고, 태양은 따스했고, 새들은 바빴고, 순간 난 엘리가 떠난 후 처음으로 뻔뻔하고도 편안한 행복감을 느꼈다는 걸 불현듯 깨닫고 충격을 받았다.

"이게 다 자라면," 나는 넓어진 텃밭 둘레를 한 팔로 휙 쓸며 말했다. "우리 둘은 다음 겨울을 날 수 있을 거야."

에바도 하던 일을 멈췄다. 그러고는 엉덩이를 대고 털썩 주저앉으며 말했다. "우리 셋일 거야."

시간이 멈춘 듯한 한순간, 나는 에바가 엘리가 돌아온다고 하는 줄 알았다. 다음 순간 우리가 그것에 대해 이야기하고 있다는 걸 알았고, 난 계속 잡초나 뽑고 싶었다. 하지만 에바는 앉아서 나를 지켜보며 내가 이야기하기를 기다렸다.

"무슨 말이야?" 난 더듬거리며 말했다.

"아기가 태어날 거야."

"그럴까 봐 걱정했어."

"맞아." 에바는 손으로 흙을 만지며 말했다. "아기야. 전에는 확신하지 못했지만, 지금은 확신해."

"언니는 어떻게 하길 원해?"

에바는 흙을 한 줌 쥐며 놀리듯 나를 쳐다봤다. "우리가 뭘 할 수 있을까?"

"어, 난 아직 잘 모르겠어." 내가 대답했다. "하지만 방법이 있을 거야. 같이 알아보자."

"뭘 알아봐?"

"알잖아."

"뭘?"

"어떻게 중단시킬 건지."

"중단시켜?" 에바가 주먹을 펴자 손바닥 위에 에바의 손금을 따라 물결과 나선무늬가 새겨진 흙덩어리가 놓여 있었다.

"하지만 에바 — 아기를 낳을 수는 없어."

"왜 안 돼?" 에바는 마치 지난 몇 년 동안 스튜디오에서 중력처럼 기본적인 것에 맞서 고군분투한 적 없었던 것처럼 물었다.

"농담해? 그 아길 어떻게 돌볼 거야?"

"몰라. 방법을 찾아야지. 어쨌거나," 에바는 가볍게 어깨를 으쓱했다. "이미 시작된 거야. 우리가 중단시킬 수는 없어."

"물론 할 수 있어. 수많은 방법이 있다고. 백과사전에는 정보가 별로 없지만 우린 알아낼 수 있을 거야. 뜨거운 목욕, 과격한 운동, 어쩌면 약초도 효과가 있을지 몰라. 남은 감기약도 써볼 수 있고."

"지금 무슨 소리 하고 있는지 아는 거니? 아기는 태어날 거야. 네가 아기를 중단시킬 수는 없다고."

"아직은 아기가 아니야. 그리고 그래야 한다면 멈출 수 있어."

"내가 왜 그래야 해?"

"에바." 나는 헐떡이며 말했다. "언닌 강간당했잖아."

에바는 움찔하며 마치 그 말로부터 보호할 수 있다는 듯이 자기 배를 단단히 잡았다.

"그건 이 아기와 아무 상관이 없어."

"뭐라고?"

"그건 이 아기와 아무 상관이 없다고."

"하지만 에바, 이건 그 남자 아기야."

"누구?" 에바는 날카롭게 물었다. 순간적으로 나는 내가 누구 이야기를 하고 있는지 에바가 전혀 이해 못 하고 있다고 확신했다. 다음 순간 에바가 코웃음을 쳤다. "그 남자 거라고? 넌 정말 그 사람이 아기를 만들 수나 있다고 생각하는 거니?"

에바는 엎드리더니 콩 새싹들 옆을 다시 천천히 기어가기 시작했다. "심지어 그때 이 아기가 시작된 거라 해도," 에바가 잡초 하나를 뽑으며 말했다. 햇빛 속에서 잡초 뿌리가 하얀 정맥처럼 보였다. "심지어 그때 이 아기가 시작된 거라 해도," 에바는 눈을 들어 나와 시선을 마주치며 되풀이해서 말했다. "이 아기가 어떻게 그 남자 것이 될 수 있지?"

"어, 유전학이 —"

"유전학!" 에바는 그 단어가 강간범의 이름이라도 되는 것처럼 덥석 물어뜯었다. "유전학이라. 그게 너한테는 말이 됐니, 넬? 여자가 임신해서 아홉 달 동안 아기를 품고 있다가 젖을 먹이고 돌보고 기저귀를 가는데, 남자가 그 아기의 반이 자기 거라고 하는 게 말이 된다고 생각해?"

"아빠는 우리 기저귀를 갈았어."

"그러니까 아빠는 자기 몫을 번 거야. 게다가," 에바는 잡초를 하나 더 뽑으며, 내가 들어본 중 가장 강하고 부드럽고 확신에 찬 목소리로 말했다. "어떻게 이 아기가 심지어 내 것일 수 있어?"

"무슨 소리야?" 내가 물었다.

"이 아기 인생은 자기 거야." 에바는 의기양양하게 말했다.

⚓

그래서 우리 언니는 아기를 낳을 작정이다. 그때부터 지금까지의 며칠 동안 나는 몇 번이나 격하고 싸늘한 걱정에 휩싸였다. 마치 파도에 휩쓸려 차가운 물과 꺼끌꺼끌한 모래 속에서 발버둥 치면서 어느 쪽이 올라가는 방향인지 찾으려고 애쓰고 있는 느낌이었다.

하지만 다음 순간 파도는 어느새 물러나고, 나는 물에 젖지도, 버둥거리지도 않은 채 서서 호박에 물을 주고, 토마토 잡초를 뽑고, 콩 줄기에 막대를 만들어주고, 그게 뭐든 우리에게 남아 있을 미래를 준비한다.

어젯밤에는 엘리와 처음 사랑을 나눴던 삼나무 그루터기 옆 땅바닥에 에바와 함께 앉아 있는 꿈을 꿨다. 곰 한 마리가 비틀거리며 숲에서 나와 우리를 향해 걸어왔다. 우리는 공포에 질린 채 다가오는 곰을, 빽빽한 털 아래에서 들썩이며 움직이는 근육을 쳐다봤다. 곰이 더 가까이 다가오자, 눈 주위에 버글거리는 통통한 진드기들과 충격적으로 기다란 누런 발톱이 보였다.

곰이 내 바로 앞에 서서 입을 벌렸고, 커다란 이빨과 분홍색 혀가 드러났다. 이제껏 몰랐던 공포가 두꺼운 담요처럼 덮쳐와 숨이 막혔다. 나는 눈을 감고 그 주둥이에 나를 맡겼다. 하지만 다음 순간 나를 덮친 건 찢어발기는 이빨이 아니라 축축하고 까끌까끌한 혀와 얼굴에 확 끼친 더운 숨결이었다.

잠시 후 곰은 둔중한 걸음으로 나에게서 에바에게로 옮겨가 커다란 주둥이로 에바의 얼굴을 감싼 채 핥고 숨을 토해냈다. 그리고 곰은 숲 속으로 사라졌고, 나는 그루터기 옆에 앉아 생각했다. *그러니까 아기들은 이렇게 만들어지는 거구나.*

백과사전에는 착상과 태아의 발달 단계, 출산 시 산부인과 의사가 사용하는 약들에 대한 긴 논문들은 있지만 임신과 출산에 대한 설명은 별로 없다. 임신 기간 중 이상 변화라는 항목, 또 출산 중 사고라는 항목은 있지만, 아직은 읽을 용기가 없다.

백과사전에 따르면, 여성의 힘과 전반적 건강은 출산 시간과 결과에 영향을 미치는 여러 요소들 중 일부다. 또, 걷기는 만삭의 여성에게 적당한 운동이다.

처음 산책을 하러 개간지를 떠나 숲에 들어갔을 때는 마체테(날이 넓고 두꺼운 칼 – 옮긴이)와 총으로 무장하고 있는데도 마치 죽으러 가는 기분이었다. 정오의 더위에도 불구하고 우리는 부츠와 긴 바지를 입었고, 집을 떠나 흙길을 따라 걸어갈수록 불길한 예감이 엄습했다.

숲은 싱그럽고 안전해 보였지만, 우리는 상대방의 발걸음 소리에도 화들짝 놀랐다. 산들바람에도 움찔했다. 잡초가 무성한 길을 따라 첫 번째 커브를 돌았을 때 관목 속에서 뭔가 휙 움직이더니 언덕 위로 뛰어 달아났다. 우리는 첫날치고는 많이 왔다고 겁에 질려 동의하며 집으로 돌아왔다.

하지만 우린 다음 날에도 산책하러 나갔고 용기를 내어 조금 더 멀리까지 걸어갔다. 그다음 날에는 과수원을 살펴봤고,

그다음 날에는 다리까지 걸어갔다. 집으로 돌아오는 길에야 총을 텃밭에 두고 왔다는 걸 깨닫고 나는 깜짝 놀랐다.

⚓

혹독한 겨울과 불확실한 봄을 겪은 후, 암탉들은 다시 알을 낳기 시작했고 우린 달걀 부자가 됐다. 그 달걀들 대부분은 텃밭에서 기른 파슬리와 로즈마리, 바질을 넣고 스크램블드에그를 해서 먹기도 하고, 완숙을 해서 아껴둔 갈릭소금을 뿌려서 먹기도 한다.

텃밭은 꽤 잘되고 있다. 멜론과 브로콜리 씨는 하나도 싹이 나지 않았고, 옥수수는 더 이상 자라지 않는 것 같고, 내가 심은 양상추 마지막 한 줄은 시들시들한 것 몇 개밖에 나오지 않긴 했지만 말이다. 하지만 우린 벌써 근대와 시금치, 강낭콩을 먹고 있다. 오늘 밤에는 솎아낸 채소와 비트를 넣은 샐러드를 먹었다.

채소 텃밭이 얼마나 예쁜 화단이 되는지 전에는 전혀 몰랐다. 호박은 커다란 황금 꽃을 피우고, 토마토 꽃들은 녹색 덩굴들 여기저기에 별처럼 하얗게 흩어져 있고, 강낭콩 모종에는 연보라색 꽃봉오리가 맺혔다.

아래쪽 과수원의 과일나무들에는 조그맣고 단단한 열매들이 소복이 달렸고, 호두나무에는 녹색 견과 덩어리들이 주렁주렁 달렸다.

⚓

에바의 납작한 배는 상당히 부풀어 올랐다. 비록 여전히 언니가 정말로 임신했다는 걸 믿을 수가 없고, 변덕스러운 생리가 언제고 시작될 거라고 굳게 믿는 순간들이 있긴 하지만. 에바는 춤은 안 추지만, 예전의 우아함을 약간 되찾아 다시 에바답게 움직인다.

요즘 에바는 어떤 일에도 신경을 쓰지 않는 것 같다. 밤에 문 잠그는 걸 잊어버리고, 비어가는 식료품실에 대해서도 생각하지 않는다. 근대 잎에 너덜너덜한 구멍들이 생긴 것도, 고추 모종 발육이 부진한 것도, 오이가 추레한 것도, 옥수수가 조그만 것도 알아채지도 못한다. 이종교배나 불임 씨앗 문제로 나처럼 고민하지도 않는다. 조림용 병뚜껑이 몇 개 남았나 셀 생각도 없고, 봄 가뭄이 들면 어쩌나 걱정하지도 않는다.

하지만 난 두 사람 몫 걱정을 한다. 해충과 병, 사고가 걱정된다. 화재와 약탈자들이 걱정된다. 암탉과 과수원이, 깨진 지붕널이, 내려앉은 다용도실이 걱정된다. 밤에는 잠을 못 이룬 채 어둠을 물끄러미 응시하며 어떻게 아기를 출산할 건지, 아기가 일단 태어나면 도대체 어떻게 꾸려갈 건지 생각한다.

난 여전히 가끔 백과사전을 읽는다. 성취도 시험이나 하버드 세미나를 위해서가 아니라 예전에 소설을 읽던 것처럼, 그 안에 담긴 이야기들이 궁금해서 읽는다. 이제 나는 밤에만, 하루 일이 끝나고 방에서 빛이 사라지기 전 몇 분 동안만 책을 읽는다. 이제 알파벳 순서는 포기하고 뛰어넘기도 하고 대충 훑어보며 읽는다. 책을 옆에 세워놓고 매트리스에 큰대 자로 누워 흥미를 끄는 아무 항목이나 읽는다. 그러다 보면 어느덧 지친 몸이 나를 잠속으로 이끌고 마지막 문장들이 꿈과 뒤섞인다.

삼나무(세쿼이아 셈퍼비렌스). 이 연안 지방 삼나무는 세계에서 가장 키가 큰 나무이자 가장 수명이 긴 나무들 중 하나다. 알맞은 서식지에서 연안 지방 삼나무는 2,000년 이상 살 수 있다. 비록 100만 개의 씨앗 중 오직 하나만 다 자란 삼나무가 되지만, 다 성장한 삼나무에 위협이 될 수 있는 것은 바람과 폭풍우, 인간뿐이다.

삼나무는 쓰러지거나 다른 상해를 입어도 놀라운 생존 능력을 보여준다.

쓰러지거나 다친 나무에서는 마디라고 불리는, 동면 중이던 사마귀 같은 눈들이 자극을 받아 싹을 틔운다. 마디에서 자라난 어린 나무들이 다친 모체를 둘러싸고 있는 광경은 흔히 볼 수 있다.

오늘 오후 산책을 시작했을 때 거기 갈 생각은 전혀 없었다. 처음에 우리는 그냥 길을 따라 내려갔고, 다리에 도착하기 직전 며칠 전 발견한 좁은 길로 빠져보기로 했다. 우리는 길을 따라 잡목 숲을 지나고, 키 큰 나무들이 차양을 이루고 있어 관목도 거의 없는 평지를 지나갔다. 조금 더 가자 나무들이 다시 작아지고 빽빽해졌고, 우리는 어느새 언덕을 오르고 있었다. 우리는 좁은 길을 따라 일렬로 꾸준히 올라갔다. 둘 다 숨소리와 정직하게 불타고 있는 허벅지 근육에만 정신을 집중했다.

어느 순간 난 지금 걷고 있는 길이 죽어가는 아빠에게 가기 위해 미친 듯이 헤치고 달려갔던 그 숲길이라는 걸 깨달았다. 당장 돌아가야겠다는 생각부터 들었다. 하지만 그 충동은 사라졌고, 갑자기 아빠 무덤이 간절하게 보고 싶었다. 내 눈으로 보고 싶었고, 무슨 일이 일어났는지 확실히 알고 싶었다. 내 악몽이 사실이었는지 보고 싶었다.

그 바람이 너무 강해서, 에바가 돌아가자고 할까 봐 말을 꺼내기가 주저됐다. 나는 언니 뒤에서 걷고 있었는데, 언니가 가고 싶지 않을 수도 있는 곳으로 가도록 속이고 있다는 죄책감을 느끼려는 순간 언니의 걸음이 느려졌다. 다음 순간 언니는 어깨를 똑바로 펴고 계속해서 걸었고, 야생화들이 피어 있는 곳을 지나면서는 몸을 굽혀 꽃을 몇 송이 땄다.

에바의 뒤를 따라 숲 속 빈터로 들어갈 때쯤엔 내 손에도 꽃들이 가득 들려 있었다. 나는 더워서 숨을 헐떡거렸고 쉬고 싶은 마음이 간절했지만, 그럼에도 불구하고 여차하면 움찔하며 도망갈 기세로 머뭇머뭇 빈터로 들어갔다.

거기 무덤이 있었다. 겨울 동안 내린 비와 참나무 잎사귀들, 솔잎들에도 불구하고 무덤은 주변 땅보다 더 휑해 보였다. 하지만 파헤쳐지지는 않았다. 우리 앞에는 오직 무덤을 덮은 따스한 흙뿐, 내 악몽 속의 헤집어진 흙이나 흩뿌려진 살점들은 없었다.

솔직히 말해, 아빠 무덤을 보면서 난 성취감을 느꼈다. 어쨌든 우리는 뭘 해야 하는지 알았던 것이다. 땅을 깊이 파고 제대로 잘 덮어놓아서, 무덤은 제대로 치료한 상처처럼 깨끗하게 아물고 있었다.

우리는 흙무덤 위에 꽃을 놓고, 말이 더 이상 필요 없는 오랜 친구 옆에 앉듯이 조용히 그 옆에 앉았다. 나는 썩어가고 있는 아빠의 세포들을 덮고 있는 흙에 손바닥을 갖다 대고는 부패와 구더기에 대해 생각했다. 캄캄한 밤 내 잠을 깨운 그 모든 악몽들, 내 온몸을 경직시키고 두려움과 죄책감에 흠뻑 젖게 만든 그 이미지들을 떠올렸다.

아빠의 얼굴이 부풀어 올랐다 얼굴을 덮고 있는 흙 밑에서 내려앉는 모습을 상상했다. 꿈틀대는 구더기들, 끈적끈적한 체액, 부패를 상상했다. 그럼에도 공포심은 느껴지지 않았다. *그래서 어쩌라고? 나는 생각했다. 살아 있을 때는 똥을 싸고, 죽으면 썩는 거지. 그게 자연이야. 그게 우리의 본질이야.*

부드러운 초여름 햇살 속에서 나는 꾸벅꾸벅 졸며 다시 꿈을 꿨다. 머리에 내리쬐는 햇볕이 묵직하고 따뜻한 아빠의 손 같았다. 어렸을 때 기억이 떠올랐다. 자기 전이면 아빠는 내 방에 들어와 침대에 앉아 농담을 하고 대화를 나누고 나서 몸을 굽혀 키스하며 "좋은 꿈 꿔라, 꼬마야" 하고 나갔고, 그러면 자비로운 밤 내내 따뜻하고 안전한 느낌이 들었다.

그 순간 아빠와 엄마가 돌아가셨다는 게, 죽음의 신비가 이미 부모님을 감싸고 있다는 게 위로가 될 수 있다는 생각이 들었다. 사람이 죽을 때 무슨 일이 일어나든 그 일들은 이미 엄마 아빠에게 일어났다. 부모님은 앞으로 나아갔고, 길을 냈다. 그 때문에 죽음이 좀 더 안락하고, 좀 더 안전하고, 좀 덜 무섭게 느껴졌다. 부모님이 이미 거기 ─ 죽음 속에 ─ 있으니까, 우리가 할 수 있는 한 햇볕을 즐길 마음을 낼 수 있는 것이다. 아빠 무덤 옆에 앉아 있자니, 살아 있다는 게 기쁘고 자랑스러웠다.

그때 무덤 반대편 잡초들을 찾아 뽑고 있던 에바가 말했다. "이거 봐."

"뭐?"

"이거 딸기 아냐?" 에바가 핏방울 크기와 색깔의 딸기 몇 개를 내밀며 물었다.

"그런 것 같은데." 내가 대답했다.

"다 익은 것 같아." 에바가 딸기를 입으로 가져가며 말했다.

"에바!" 에바가 먹기 전에 내가 소리 질렀다.

"뭐가?"

"먹으면 안 돼."

"왜 안 돼?"

"독이 있을지도 모르니까."

"딸기가?"

"딸기가 아닐지도 모르잖아."

"그럼 뭐겠어?"

"몰라. 하지만 위험을 무릅쓸 수는 없어." 나는 에바의 배를 가리키며 말했다.

에바는 아래를 내려다보고 어깨를 으쓱하더니 딸기를 내게 내밀었다. "좋아. 네가 먹어봐."

야생 식물을 먹으면 죽을 수도 있어, 에바가 내 손바닥에 딸기를 부어주는 동안 엄마 목소리가 들렸다. 하지만 딸기는 너무 무해하고, 너무 달콤하고 청정해 보여서, 나는 생각할 겨를도 없이 딸기를 입에 털어 넣었다. 딸기씨가 모래알처럼 이 사이에서 씹히면서 톡 쏘는 딸기 향이 입안에 퍼졌다.

"맛이 어때?" 에바가 물었다.

"딸기야." 내가 대답했다. "맛이 좀 더 강해. 열 배는 강한 딸기야."

나는 더 찾으려고 몸을 구부렸다. "이걸 먹고 죽게 된다면," 내가 말했다. "효과가 확실한지 확인하고 싶어."

"야!" 에바가 소리 질렀다. "독차지하면 안 돼."

우리는 아빠 무덤에서 일어나, 그 고요한 공터부터 숲 전체에 퍼져 있는 것 같은 굽이굽이 딸기 길을 따라 이 덤불에서 저 덤불로 옮겨 다니며 딸기를 따 소처럼 아무 생각 없이, 애들처럼 탐욕스럽게 갉아 먹으며 집으로 돌아왔다.

오늘 밤 잠들기 전 백차 한 잔을 마시고 있을 때 문득 이런 생각이 들었다. 분명 숲 속에는 오후 한나절 즐길 수 있는 것들이 딸기 이상으로 있다. 분명 숲에는 먹을 게 가득하다. 여기 살았던 인디언들은 과수원이나 텃밭 없이도 살아남았고, 이 숲이 제공하는 것들 외에는 아무것도 먹지 않았다.

하지만 어디서부터 시작해야 할지 알 수가 없었다. 식물학은 공부했다. 식물 형태학과 생리학에 대해선 알고 있다. 식물이 어떻게 자라고 어떻게 재생산하는지는 안다. 현미경 밑에 놓인 식물 세포는 알아볼 수 있고, 광합성을 일으키는 화학 반응을 줄줄 댈 수도 있다. 하지만 아빠 무덤 위에 두고 온 꽃들의 이름은 모른다. 텃밭에서 뽑은 잡초 이름도, 화장실 휴지로 쓰는 잎이 무슨 종류인지도 모른다.

옻나무는 알아볼 수 있다. 전나무와 삼나무도 구분할 수 있다. 하지만 ─ 라틴어건 인디언 말이건 흔한 이름이건 ─ 다른 이름들에 대해선 전혀 아는 바가 없다. 어떤 식물들이 먹을 수 있는 건지, 그렇지 않다면 다른 어떤 용도로 쓰일 수 있는지 짐작조차 할 수 없다. 나는 그 덤불, 그 꽃, 그 잡초들이라고 부른다. 덤불이나 꽃이나 잡초들이 어떻게 우리를 먹이고 입히고 치료해주겠는가?

여기서 평생을 살았는데 어쩌면 이렇게 아는 게 없을 수 있을까?

"야생 식물에 대해 배울 방법을 찾아야 해." 오늘 아침 나는 에바에게 말했다. 밤새도록 스스로에게 했던 말이다.

에바는 달걀 접시에서 고개를 들고 물었다. "다른 사람들은 어떻게 했대?"

"무슨 말이야?"

"어떤 식물들이 먹어도 좋은지 애초에 어떻게 알았냐고?"

"누군가 먹어봤을 거야."

"그래서?"

"우린 그럴 수 없어 — 죽을 수도 있으니까."

"백과사전에서는 뭐래?" 에바는 테이블에서 일어나며 물었다.

"아무것도 없어."

"음." 에바가 말했다. "난 저 강낭콩들에 막대나 만들어줘야겠어."

에바는 문간에 가서 돌아보며 말했다. "엄마가 야생 식물에 대한 책을 샀던 것 같아. 야생 식물로 염색을 해보려고."

엄마 작업실에 들어가는 건 공기 없는 캄캄한 무덤에 들어가는 것 같았다. 덧대어 막아놓은 창문 때문에 두 벽을 차지하는 책장 가득 꽂힌 책들의 제목조차 읽기 힘들었다. 그래서 나는 책을 한 아름씩 거실로 들고 나왔다가 한 아름씩 다시 가져가 책장에 꽂았다. 교육 이론과 베 짜기 기술에 관한 책들, 차 수리 설명서, 살인 미스터리물, 역사서, 전기, 소설.

결국 나는 장도리와 지레를 가지러 작업실로 나갔다.

"그것들은 뭐 하려고?" 텃밭에서 일하고 있던 에바가 지나가는 내게 물었다.

"빛이 필요해." 내가 대답했다.

못들은 삐걱거리며 저항했고, 장도리는 미끄러지면서 창틀을 도려냈고, 골이 진 양철 판에 손을 베였지만, 마침내 엄마 작업실에는 다시 햇빛이 들어왔다.

《북캘리포니아 자생 식물》은 책장 맨 위 칸,《마담 보바리》와 스페인 내전에 관한 책 사이에 끼어 있었다. 표지 안쪽에 엄마 이름이 적혀 있긴 했지만 책을 읽기도 전에 암이 색채에 대한 사랑을 앗아가 버리기라도 한 듯이, 책등에는 꺾인 흔적이 없었고 페이지들도 깨끗했다. 나는 색채에 대한 탐구심 때문이 아니라 음식에 대한 갈망으로 간절히 책을 펼쳤다.

책은 실망스러웠다. 무의식적으로 난 친구나 안내자, 할머니 ─ 우리를 사랑하는, 우리가 겪어온 일들에 대해 잘 알고 있는, 그 책의 페이지들에서 일어나 숲 속으로 나를 안내해줄, 개울 가에 무릎을 꿇고 앉아 약초들을 보여줄, 막대로 제방을 쑤셔 뿌리를 파내줄, 숲이 내리는 하사품들을 어디서 찾고, 언제 거두어들이고, 어떻게 준비할지 참을성 있게 가르쳐줄 어느 현명한 여인 ─ 를 기대하고 있었던 것 같다.

물론 그런 여인은 없었다. 그저 라틴어 이름들과 식물학적 설명들, 막연한 흑백 스케치들이나 초점이 맞지 않은 사진들만 계속 이어질 뿐이었다. 《북캘리포니아 자생 식물》은 그 책이 설명해줘야 할 숲만큼이나 이해하기 어렵고 혼란스러웠다. 에바가 텃밭에서 일하는 동안 나는 굴하지 않고 하루 종일 책장을 뒤적이며 숲 속의 잡초들과 거친 화질의 사진들, 선이 가느다란 스케치들을 연결해보려고 애썼다. 한때 외웠던 단어들 ─ 엽병, 산형꽃차례, 총상꽃차례 ─ 에 다시 의미를 점화해보려고 애썼다.

그 어느 때보다도 더 혼란스러웠다. 오늘 밤 인터넷을 한 시간만 쓸 수 있다면 영혼이라도 줄 수 있을 것 같았다. 테이프나 책 없이 새로운 언어를, 원어민이 한 사람도 남아 있지 않은 새로운 언어를 배우려고 애쓰는 기분이다. 평생 처음으로 시험에 합격할 수 있을까 하는 생각이 든다.

작업실 옆에서 자라는 조그만 식물이 있는데, 내 생각에는 애기수영인 것 같았다. 백과사전에는 애기수영에 대한 언급조차 없지만, 《자생 식물》에는 사진은 없어도 얼추 맞아떨어지는 묘사가 있다. 《자생 식물》에 따르면 애기수영은 상쾌한 신맛이 나는 이상부 잎을 가진 식물인데, 여기서 "이상부"란 귀 모양을 하고 있다는 뜻이다. 잎이 얕게 갈라진 것을 귀 모양이라고 생각할 수도 있을 것 같다. 비록 내 눈에는 귀보다 화살촉과 더 비슷해 보이지만.

이 이상으로 맞아떨어지는 묘사는 더 이상 찾을 수가 없다. 만약 《자생 식물》에 애기수영에 상쾌한 신맛이 있다고 한다면 독성이 있을 리는 없다고 나는 거듭, 또 거듭 추론한다. 물론 벨라돈나의 설명에도 독에 관한 언급은 전혀 없긴 하지만.

조그만 녹색 잎을 따서 맛보는 행위에 걸린 믿음과 운이라니. 에바가 옆에 서서 지켜보고 있고 엄마의 경고가 머릿속을 울리는 가운데, 나는 몸을 굽혀 잎 하나를 땄다. 인류 역사를 다시 창조하는 기분이다. 잎 위에 내려앉은 미세한 먼지들을 뗀 다음 그게 입술을 태우기라도 할 것처럼 엄청 주저하며 조금 뜯어 먹었다. 하지만 잎에서는 차갑고 은은하고 깨끗한 맛이 났다. 엽록소, 피클, 저녁 공기 같은 시고 풋풋한 맛이었다. 너무 자란 양상추랑 거의 비슷하게 조금 질기기는 했지만 더 신선하고 생생했다.

"어때?" 에바가 나를 쳐다보며 물었다.

"좋아." 내가 말했다. "조금 셔."

우리는 안으로 들어가 비트와 강낭콩, 삶은 달걀로 저녁을 먹었다. 밤중에 배가 살살 아파서 잠에서 깬 후 오랫동안 잠들지 못했다. 혹시 죽는 건가 생각하니 미친 듯이 살고 싶었다.

한여름의 숲에는 상태가 최상인 게 별로 없다. 봄 채소들은 너무 질기고 씁쓸해져서 먹을 수가 없고, 가을 과일과 견과, 씨 앗들은 아직 익지 않았다. 하지만 지금까지 양갓냉이, 쇠비름, 질경이, 냉이, 비누풀 구근, 괭이밥풀, 명아주, 아마란스, 들갓, 늦자란 광부상추를 먹어봤다.

나는 천천히 숲의 신비를 풀어나가고 숲을 채우고 있는 식 물들에 이름을 붙이기 시작했다. 우리가 화장지로 쓰고 있는 잎들은 모예화다. 작업실 옆에서 자라는, 데이지 비슷한 꽃이 피는 식물은 카모마일의 사촌 격인 족제비쑥이다. 삼각형 이 파리가 달린 텃밭 잡초는 명아주다. 그동안 내내 길가를 지키 고 있던 덤불은 개암관목이었다. 아빠 무덤에 놓아뒀던 꽃은 등심붓꽃인데, 그 뿌리에는 열을 내리고 복통을 달래주는 효 과가 있다고 한다.

《자생 식물》에 따르면, 이 숲의 단풍나무에서는 설탕 수액이 나오고, 머위 잎으로는 소금을 만들 수 있으며, 예전에 이곳에 살았던 인디언들은 스페인이끼는 기저귀로, 금영화는 진통제 로, 곰팡이 핀 도토리 가루는 항생제로 썼다. 열을 내려주는 식 물, 감기를 치료해주는 식물, 뾰루지와 생리통을 달래주는 식 물도 있다. 에바의 자궁 수축을 강화하고 산통을 덜어줄 식물,

아기를 튼튼하게 해줄 식물, 모유 생산을 돕는 식물도 있다.

차도 있다. 지난 몇 달 동안 뜨거운 물만 마시고 살았는데, 알고 보니 야생 민트, 야생 장미, 블랙베리, 월계수, 머루, 흑겨자, 박하, 만자니타, 회향 씨, 쇠비름, 애기수영, 쐐기풀, 솔잎, 진달래 관목 껍질, 부에나풀, 블랙세이지, 족제비쑥, 제비꽃, 산딸기도 차로 마실 수 있었다.

그리고 도토리가 있다. 《자생 식물》에 따르면, 오랜 역사 동안 도토리는 일본, 중국, 초기 지중해, 북미 등을 포함한 전 세계 수많은 민족들의 주요 음식이었다.

도토리는 풍부하며 영양학적 가치가 높아 좋은 식재료로 여겨져왔다. 예를 들어 미국 서부의 토착 인디언 부족들이 아낀 몇몇 참나무 수종들은 매년 한 그루당 200~450킬로그램의 도토리를 생산할 수 있었다. 참나무가 열매를 생산하는 시기는 몇 주에 불과하지만, 부지런한 사람이 하루 8시간 일할 경우 4톤 이상의 도토리를 모을 수 있을 것으로 추정된다. 그 정도 수확량이면 1인당 하루 5,000킬로칼로리, 단백질 50그램 이상을 소비하면서 5인 가족이 1년 넘게 먹을 수 있는 양이다.

평생을 참나무 숲에서 살았지만, 도토리를 먹을 수 있다는 생각은 한 번도 해본 적이 없다.

전에는 나는 넬이었고, 숲은 나무와 꽃과 덤불이었다. 이제 숲은 크리스마스베리, 만자니타, 소귀나무, 큰잎단풍, 캘리포니아 칠엽수, 월계수, 구즈베리, 노란까치밥나무, 철쭉, 캐나다세신, 우드로즈, 빨강엉겅퀴이고, 난 그냥 인간, 숲 가운데 있는 다른 생물이다.

서서히 내가 걸어 다니는 숲이 내 것이 되어간다. 내가 소유해서가 아니라 알아가고 있기 때문이다. 이제는 숲이 다르게 보인다. 숲의 다양성이 보이기 시작한다 — 잎사귀 모양, 꽃잎의 구조, 100만 가지 색조의 녹색이 보인다. 숲의 논리를 이해하고 그 신비가 느껴지기 시작한다. 난 어디를 가든 주위를 둘러싼 것들을 보려고 애쓴다. 민트 덤불, 회향 무리, 만자니타 수풀, 아마란스 들판을 보면 지금 필요하거나 제철인 경우 당장 딸 건지 아니면 나중에 다시 돌아올 건지 생각한다.

전엔 왜 꽃 — 바이앤세이브 주차장에서 플라스틱 용기에 담아 온 어마어마한 양의 꽃들 — 을 샀을까? 물 주고 비료를 주고 울타리를 치고 살충제를 뿌려도 민달팽이와 달팽이와 메뚜기에게 시달려 여름 한 철이면 끝나는 꽃들을? 왜 제철에 제자리에서 건강하고 튼튼하게 자라도록 내버려 두지 않았던 걸까?

엄마가 살아 있어서 우리한텐 저 바이앤세이브 피튜니아들이 필요 없다고, 심지어 엄마의 튤립 꽃밭도 필요 없다고 말할 수 있으면 좋겠다. 바늘꽃. 매발톱꽃. 빨강나도옥잠화. 붓꽃. 카스틸레자. 빨강엉겅퀴. 아울즈클로버. 칼립소난초. 황금초롱꽃. 둥근나리. 금영화. 층층나무. 미나리아재비. 아네모네. 둥굴레. 루핀. 살갈퀴. 산붓꽃. 털갈매나무. 분홍바늘꽃. 별똥꽃.

우린 항상 꽃에 둘러싸여 있었다.

우린 아빠가 보관해둔 씨앗에서 나온 음식들로, 우리가 괭이로 갈고 뿌리를 덮어주고 씨를 뿌리고 잡초를 뽑고 물을 준 텃밭에서 나온 음식들로 여왕처럼 먹고 산다. 여름호박과 애호박, 방울토마토, 당근, 비트─따는 것 하나하나가 축제고 선물이고 행운이다.

하지만 이종교배는 벌써 실패하고 있다. 어떤 모종에는 둥근호박이 달렸고, 어떤 것들에서는 이상한 녹색 조롱박이 나왔다. 양배추와 가지, 무 씨앗들에선 싹이 하나도 나지 않았고, 잎이 하도 무성하게 나서 최고로 잘될 줄 알았던 토마토에서는 꽃이 하나도 피지 않았다.

다른 걱정거리들도 있다. 옥수수는 여전히 보잘것없이 작고, 내 상상일지는 모르지만 개울과 샘이 모두 줄어들고 있는 것 같다. 그러는 동안 찬장은 비어간다. 식료품실에는 벌레 생긴 밀가루가 한두 컵 정도밖에 안 남아 있고, 강낭콩도 4분의 1자루밖에 남지 않았다. 아빠의 비트 조림은 세 병, 자두 조림은 두 병 남았다. 밤이면 온갖 질문이 떠올라 머리가 복잡하다. 콩 농사를 망치면 어떡하지? 옥수수가 안 자라면? 나머지 토마토 꽃들이 안 피면? 봄 가뭄이 들거나, 텃밭에 병충해가 생기면? 마지막 조림용 병뚜껑을 써버리고 나면 어떻게 하지?

그중에서도 가장 크고 끈덕진 걱정은 이거다 — 아기는 어떡하지?

며칠 전에는 식료품실에 모으고 있는 허브들에 추가하려고 집 뒤쪽 숲에서 부에나풀을 채집했다. 나무들 사이로 비치는 햇살 속에서 평화롭고 몽롱한 기분으로 땅바닥을 기며 잔가지를 잘라, 채집용으로 쓰기 시작한 낡은 부활절 바구니에 담았다.

나는 윤기 나는 잎을 따서 손가락으로 말아 코에 갖다 대고 눈을 감은 채 쇠 냄새가 나는 민트 향을 들이마셨다. 《자생 식물》에 캘리포니아 인디언들이 부에나풀을 진정제로 썼다고 적혀 있던 게 생각났다. 나는 한참 동안 행복하게 풀 향기를 들이마셨다. 마침내 폐가 가득 차서 이제 곧 숨을 내뱉어야 하니 이 기쁨을 중단할 수밖에 없겠구나 하고 생각하는 순간, 또 다른 생각이 너무나 다급하게 떠올라 손에 쥐고 있는 뭉개진 이파리에 대해선 완전히 잊어버렸다.

오늘 밤 나는 노동에 지쳐 꾸벅꾸벅 졸면서도 김이 모락모락 나는 부에나 차를 한 잔 옆에 놓고 백과사전을 펼쳐 지난겨울 읽었던 부분을 다시 읽었다. 그때는 성취도 시험을 위해 외울 목적으로만 중요한 정보였다. 현재 소노마, 레이크, 남멘도시노 카운티가 된 북캘리포니아 지역에 거주하게 된 인디언들은 하나의 부족은 아니지만 포모라는 이름으로 불린다. 스페인인들이 도착하기 적어도 1만 년 전, 포모는 혹독하지만 상대적으로 평화로운 시절을 누렸다.

포모에게는 일종의 원시적 피임법이 있었던 것 같고, 온난한 기후와 풍부한 사냥감, 물고기, 자생 식물 덕분에 인구는 자원에 맞춰 잘 유지되었다. 기근에 대한 기록은 전혀 없다. 도토리 생산량이 적은 해에도 언제나 기댈 수 있는 다른 식량이 있었다.

오늘날 캘리포니아의 토착민 인구는 흔적 정도만 남아 있다. 1769년에서 1845년 사이, 인디언 인구는 약 31만에서 15만으로 감소했다. 1900년 무렵 캘리포니아에 사는 인디언은 2만 명 이하였다.

갑자기 또 다른 책이 생각났다. 몇 년 전 에바와 내가 인디언 천막 만드는 방법을 알아내려고 했을 때 대충 한 번 훑어봤던 책으로, 한 인류학자가 캘리포니아 토착민들의 이야기와 노래, 인터뷰들을 모은 모음집이었다. 그때는 책에 실린 부족들이 천막에서 살지 않는다는 걸 알고 곧 던져버렸지만, 오늘 밤 나는 엄마 작업실에서 그 책을 다시 찾아 거실로 가지고 나와 난로 앞에 앉아서, 우리보다 전에 이 숲에서 살았던 사람들의 이야기를 읽었다.

난 성인식 노래와 사랑 노래, 축제와 장례식 노래를 읽었다. 코요테와 도토리, 방울뱀과 결혼한 소녀 이야기를 읽었다. 바구니 짜는 사람, 기우사, 사냥꾼, 몽상가들 이야기를 읽었고, 마침내 니들록 학살 이야기가 나왔다.

다음은 싱크욘 부족 최후의 생존자 중 하나인 샐리 벨과의 인터뷰에서 나온 이야기다. 샐리는 아흔 살이 넘은 1928년 내지 1929년에 이 이야기를 들려줬다.

"할아버지와 우리 식구들 — 엄마와 아빠와 나 — 은 집 근처에 있었고, 우린 누굴 해치지도 않았어요. 아침 10시경 백인들 몇 명이 왔어요. 그 사람들이 우리 할아버지와 엄마, 아빠를 죽였어요. 내가 다 봤어요. 난 그때 다 큰 애였는데, 그 백인들이 내 아기 여

동생을 죽이고 심장을 꺼내 내가 도망가 숨어 있던 수풀에 집어 던졌어요. 내 동생은 겨우 기어 다니던 아기였는데. 난 어찌할 바를 몰랐어요. 너무 무서워서 동생 심장을 손에 쥔 채 그냥 거기 오랫동안 숨어 있었어요. 너무 슬프고 무서워서 아무것도 할 수가 없었어요. 그러고는 숲 속으로 도망쳐서 오랫동안 거기 숨어 지냈어요. 도망친 다른 사람들 몇 명이랑 거기서 오래도록 살았죠. 베리랑 뿌리를 먹고 살았고, 백인들이 쫓아올까 봐 불 피울 생각도 못했어요. 그래서 아무거나 구할 수 있는 걸 먹었어요. 얼마 지나자 옷도 없어져서, 덮을 게 없으니까 통나무 아래나 속 빈 나무 안에서 자야 했죠. 추웠어요 ─ 봄에도."

마침내 백과사전에 쓰인 설명이 이해되기 시작했다. 1900년 무렵 캘리포니아에 사는 인디언은 2만 명 이하였다.

⚓

포모는 1년을 13개월로 나눴고, 그 하나하나에 보름달이 뜰 무렵 구할 수 있는 음식 이름을 붙였다. 클로버가 있는 달, 물고기가 뛰기 시작하는 달, 도토리가 나오는 달.

지금이 몇 월인지 전혀 모르지만 어젯밤에는 보름달이 떴고,

오늘 우리는 처음 수확한 토마토로 통조림을 만들었다. 에바는 새벽에 난로에 불을 지폈고, 나는 밖에 나가 싸늘한 텃밭에서 토마토를 땄다. 집 안에 들어오자 난롯불에 데워진 방이 근사했다. 토마토를 담은 첫 번째 사발에 끓는 물을 붓고 하나를 들어 껍질을 벗기자, 차가운 손에 와 닿는 열기가 반가웠다.

하지만 곧 방 안은 찌는 듯이 더워졌고, 내 손가락은 뜨거운 물과 토마토 산 때문에 쓰라렸다. 아빠 말이 생각났다. "아기 낳을 때보다 토마토 조림을 할 때 끓는 물이 더 많이 필요해." 손바닥에 닿는 껍질 벗긴 토마토가 심장 같았다. 샐리 벨이 생각나 몸서리가 쳐졌다.

우리는 정오까지 일했다. 잘 익은 마지막 토마토까지 모두 가공 처리를 끝냈고, 집 안은 끓는 물에서 방금 꺼낸 1리터들이 병처럼 뜨거웠다. 마침내 우리는 병들이 식고 불이 꺼지도록 내버려 두고, 자두를 따러 과수원으로 탈출했다. 해 질 무렵 집에 다시 들어오자, 한 병만 빼고 모두 밀봉된 토마토 19리터가 테이블 위에서 우리를 기다리고 있었다.

내일은 자두 통조림을 만들고, 그다음 날은 복숭아를 시작할 참이다. 이제 병뚜껑도 83개밖에 안 남아 있으니 이 찌는 듯한 작업도 이제 곧 끝날 테고, 병뚜껑 아래 쑤셔 넣지 못한 모든 것들은 여름 햇살 아래에서 썩어 들어갈 것이다.

지금 몽땅 다 먹어치우고 겨울 내내 동면할 수 있다면 좋을 텐데.

⚓

우리는 집 위쪽 산마루에서 오후를 보내며, 허연 만자니타 베리를 땄다. 물에 담가 즙을 빼는 법을 막 알아낸 터였다. 우리는 무더운 숲길을 조용히 걸어 집으로 돌아왔다. 베리가 담긴 가방이 기분 좋게 등에 툭툭 부딪히고, 이따금씩 스치는 바람은 유령 산들바람처럼 우리를 상쾌하게 간질였다.

나는 지금 나를 사로잡고 있는 생각 — 어떻게 식료품실을 채울 것인가 — 에만 빠져 있었다. 콩 수확량이 몇 리터나 될지 추정하고, 끼니를 산정하고, 다음에는 뭘 통조림으로 만들지 계획하고 있는데, 갑자기 에바가 쿵 하고 가방을 떨어뜨리더니 방향을 틀어 숲 속으로 들어갔다.

"곧 돌아올게." 에바는 우리가 걷던 길과 나란히 흐르고 있던 조그만 개울 물소리를 따라가며 말했다. "좀 씻고 싶어."

"기다려." 나는 가방을 에바 가방 옆에 놓으며 말했다.

여름 더위 때문에 지류는 실개천이나 다름없어졌지만, 그래도 맨발에 닿는 물은 차가운 실크 같았다. 나는 개울의 진흙과 자갈 바닥 위에 서서 발목을 스치고 흘러가는 물의 압박감을,

먼지투성이 정강이를 타고 올라오는 시원함을 음미했다. 나는 병뚜껑 숫자를 잊었다.

그 순간 뭔가가 눈에 들어왔다. 온 세상이 팽팽하게 곤두서서 조용해졌다.

"뭐야?" 내가 헉 하고 놀라는 소리에 에바가 물었다.

나는 말없이 고요한 진흙에 남은 흔적을 가리켰다.

내 발보다는 짧지만 좌 편 손보다는 넓은, 넓고 굵은 자국 ― 다섯 개의 발가락이 달린, 발뒤꿈치 쪽이 깊이 파인 발자국이었다. 그 남자가 돌아왔구나, 하는 생각부터 들었다. 나는 깜짝 놀란 토끼처럼 꼼짝도 못한 채 서서 오후의 대기를 찢어놓을 최후의 일격과 비명 소리를 기다렸다.

그때 발가락 위쪽에 찍힌 발톱 자국이 눈에 들어왔고, 그제야 그 자국이 인간이 남긴 게 아니라는 생각이 들며 안도감이 밀려왔다. 하지만 다음 순간, 나는 그 자국이 암시하는 새로운 위험을 찾아 귀를 쫑긋 세운 채 빙빙 돌며 사방의 숲을 살폈다.

숲은 변한 게 없었다. 1분 전과 마찬가지로 고요하고 불가해한 모습이었다. 달라진 건 우리뿐이었다.

"곰일까?" 에바가 속삭였다.

나는 고개를 끄덕였다. "그런 것 같아."

"다 없어진 줄 알았는데." 에바는 마치 배를 보호하면 우리가 안전해지는 것처럼 배를 꼭 잡았다. "정착민들이 왔을 때 곰들이 떠난 줄 알았어."

"돌아온 거 같아." 나는 몸을 일으켜 서둘러 걸으며 대답했다.

어느 쪽이 더 끔찍할까? 흔들리며 부딪히는 베리 가방을 들고 집으로 달려오며 나는 생각했다. *곰, 아니면 남자?*

흑곰(우르수스 아메리카누스). 북미에 가장 널리 퍼져 있는 곰이자 가장 큰 포유류 중 하나. 한때는 광대한 숲 지대를 차지하고 살았지만, 최근에는 영역과 개체 수 모두 크게 감소했다.

인간과 마찬가지로 곰들은 모두 척행 동물로 발바닥 전체를 바닥에 대고 걸어 종종 커다란 앞발과 뒷발 자국을 남기며, 몇몇 경우 발톱 자국도 남긴다. 더 사나운 친족인 회색곰이나 불곰과는 달리 흑곰은 인간을 공격하는 일이 거의 없으며, 보통 대치하기보다는 퇴각하는 쪽을 택한다.

흑곰은 잡식성이어서 동물뿐만 아니라 곤충과 다양한 채소들도 먹는다. 기회만 주어지면 쓰레기통과 야영지도 습격할 것이다. 북부 지역의 흑곰은 굴에서 잠을 자며 겨울을 보내지만, 얼룩다람쥐 같은 동물들과는 달리 진정한 동면 동물은 아니다.

어젯밤 우리는 연기 냄새를 맡았다.

더운 날이었다. 숨 막히게 답답한 그런 늦여름 더위였다. 우리는 너무 자란 양상추를 뽑아 씨앗을 받고, 토마토와 호박 밭의 잡초를 뽑고, 허덕거리는 채소들에 물을 주며 오전 오후를 꾸역꾸역 텃밭에서 보냈다.

우리는 데크에 나와서 채소들 ─ 썰어서 바질을 뿌린 토마토, 찐 강낭콩, 여름 호박 ─ 로 저녁을 먹은 다음, 어둠에 쫓겨 꼭꼭 잠긴 후덥지근한 집 안으로 들어가기 전 한 줄기 미풍이라도 맛보려고, 만자니타 주스를 들고 서쪽 하늘에서 지는 해를 바라보며 바깥에서 꾸물거렸다.

아침에는 또 한 번 수확한 토마토로 통조림을 만들기로 했다. 나는 줄어드는 병뚜껑 때문에 안달복달하며, 뚜껑을 재활용하면 어떤 위험이 있을지 생각했고, 에바는 나른하게 손부채질을 했다.

고대하던 미풍이 마침내 불었지만, 어찌나 미약한지 머리카락조차 날리지 않았다. 나는 지난가을 생각을 하고 있었다 ─ 쌀쌀한 아침, 황금색 햇빛, 불타는 낙엽 더미. 다시 미풍이 불었을 때 나는 종작없는 기억에 대해 생각하고 있었다. 처음에는 변덕스러운 저녁 공기 때문에 굴뚝 연기 냄새가 내려온 줄 알았지만, 다시 맡아보니 차가운 굴뚝에서 나는 톡 쏘는 듯한 오래된 크레오소트 냄새가 나지 않았다.

갑자기 나는 벌떡 일어나 어두워져가는 데크를 왔다 갔다 하며 냄새를 맡았다 .

"왜 그래?" 에바가 물었다.

"연기 냄새가 나는 것 같아." 내가 말했다.

에바도 벌떡 일어나 냄새를 맡았다. 몇 분이 지루하게 흘렀고, 나는 그 냄새가 우리의 상상일 뿐이라고 거의 확신하기 시작했다. 조급하고 지루하고 빨리 자러 가고 싶었다. 그때 둘 중 누군가 "저기!" 하고 말했고, 공기 자체가 우리의 공포로 얼어붙는 것 같았다.

"그 남자가 돌아온 것 같아?" 에바가 물었다. "그 남자 모닥불일까?"

저녁 공기가 너무 고요하고 미풍도 불규칙해서 정확한 방향을 가늠할 수도, 그 연기가 얼마나 멀리 떨어져 있는지 추측할 수도 없었다.

"모르겠어." 나는 대답하며 총을 가지러 갔지만, 그 순간 갑자기 산불이 가장 끔찍한 위협이라는 생각이 들었다. 사람은 말로 설득하거나 ─ 쏴버릴 수 있다. 곰은 피할 수 있다. 하지만 늦여름 산불에서 살아남으려 한다면, 산불은 우리의 필수품들을 모두 파괴해버릴 것이다. 산불은 우리 집과 물탱크를 부수고, 텃밭과 모든 저장 음식을 불태울 것이다. 늦여름 산불이 모든 걸 태우고 나면 우린 꼼짝없이 야생 숲의 처분에 맡겨질 수밖에 없을 것이다.

"우리가 할 수 있는 게 없어." 에바가 말했다. "그래도 무슨 일이 생기는지 보자."

"산불이면 어떡하지?"

"떠나야지."

"어디로 가?" 내가 물었다.

"개울로." 언니의 대답에, 사방에서 숲이 으르렁대고 무너지며 불타오르고 있는데 20센티미터 깊이의 차가운 검은 물에 납작 엎드려 있는 우리 둘의 모습이 떠올랐다.

끔찍한 순간이었다. 어두워지고 나서 밖에 있는 것도 무서웠지만, 바람의 흐름을 파악할 수 없는 실내에 들어가기도 무서웠다. 우리는 문을 열어놓고 양쪽에 앉아 밤의 소리에 사슴처럼 깜짝깜짝 놀라고 스쳐 가는 바람을 다급히 삼키며, 초승달이 나무 꼭대기를 밝혀주기를, 불길이 우리에게 덮쳐오기를 기다렸다.

내가 말했다. "뭘 좀 싸야 하지 않을까?"

"어떻게?" 반대쪽 문설주에 앉은 에바가 물었다.

"개울에 뭘 좀 가지고 갈 수 있잖아."

"뭘 가져가?" 에바가 묻자 난 말문이 막혔다. 불이 나면 사람들이 흔히 가져가던 것들을 우린 가져갈 수 없다. 앨범과 가족 편지, 내 컴퓨터나 VCR, 미술품이나 가보 은붙이 같은 것들을 가져갈 수는 없다. 필요한 것들을 가져가야 할 테지만, 우리에 겐 모든 게 다 필요하다. 생존하려면 모든 게 다 필요하다 — 모 든 병과 못, 모든 옷, 모든 종잇조각과 음식 부스러기, 아빠의 고물들이 몽땅 다 필요하다. 그리고 무엇보다 우리에게 필요한 건 도저히 개울에 가지고 갈 수 없는 것들이다. 난로, 작업실, 물탱크, 텃밭, 과수원, 트럭이 필요하다. 집이 필요하다. 그것들이 불에 탄다면 우리도 같이 타버리는 게 나을 거다. 어차피 분명히 죽게 될 테니까.

그래서 우리는 상쾌한 여름밤 공기 속에서 데크 위에 그대로 앉아 귀뚜라미 소리를 듣고 달과 별을 보며 불의 벽을, 비명을 지르는 나무들을, 솟구쳐 오르는 불길을, 그 무시무시한 빛을 상상했다.

새벽에도 우리는 공기에서 온기가 모두 사라졌을 때 내가 끌고 나온 담요를 두르고 웅크린 채 여전히 그 자리에 있었다. 우리 개간지는 여전히 녹색이었고, 텃밭에서는 작물들이 자라고, 집은 건재했다. 하지만 상쾌한 아침 공기 속에서도 그 거슬리는 연기 냄새는 의심할 여지 없이 확실하게 났다. 주변이 점점 환해지자 북쪽 하늘이 갈색으로 물든 게 보였다.

"적어도 모닥불은 아니네." 에바가 말했다.

그날은 요정들의 뼈처럼 데크 위에 흩뿌려진 미세한 하얀 재들과 죽을 것 같은 피로를 제외하면 모든 게 불길하게 정상인, 이상한 날이었다. 익은 토마토를 따러 바깥에 나가자 텃밭이 위풍당당하게 작물들을 자랑했다. 지난밤 한기가 남아 아직 차가운, 고약한 냄새가 나는 묵직한 토마토들은 수월하게 따져서 손에 들어왔다.

하지만 에바가 통조림 만들 물을 끓이러 난로에 불을 붙이려 하자, 걱정이 되기 시작했다.

"오늘은 통조림을 만들지 않는 게 좋을지도 몰라." 내가 말했다.

"왜?" 에바가 물었다.

"우선, 이 연기 냄새까지 맡고 있으면 불이 가까이 오는지 알 수 없을 거야."

에바가 말했다. "네 말이 맞는 것 같아."

나는 다음 겨울용 식량을 든든히 보장할 토마토 무더기를 보며 필사적으로 말했다. "모르겠어. 그냥 하려던 대로 통조림을 만드는 게 좋을지도. 썩게 내버려 둘 수는 없잖아."

"말리면 돼." 에바가 제안했다.

"말린다고?"

"건포도나 말린 자두처럼. 오늘도 더울 거잖아. 태양을 이용하는 게 어때? 어쨌든 넌 뚜껑 때문에 계속 걱정했잖아."

언니가 너무 평온해서 목을 조르고 싶었다. 물론 토마토를 말릴 수 있다. 그리고 사과도. 살구도. 배도. 복숭아도. 자두도. 양파랑 고추는 왜 못 하겠어? 겨울비가 올 때까지는 날씨도 계속 더울 텐데. 매일매일 건조한 더위가 이어질 텐데. 마음만 있으면 호박이랑 근대, 비트도 말릴 수 있을지도 모르지.

작업실 뒤에서 우리는 알루미늄 방충망 두 개를 찾았다. 방충망을 햇볕 아래로 끌고 나오고 있으니 아빠가 그걸 가져왔던 날이 생각났다.

"다른 사람들은 물건을 버리러 쓰레기장에 가. 더 모으러 가는 게 아니라." 아빠가 차를 몰고 오자 엄마는 말했다. "누가 쓰다 버린 방충망으로 도대체 뭘 하겠다는 거야?"

"하지만 글로리아," 아빠는 방충망과 아내를 다 아끼며 항의했다. "여보. 저 방충망들은 좋은 거야, 최고급이라고. 틀도 안 휘어졌고, 망도 안 찢어졌어. 이걸 버린 사람은 부도덕하거나 바보라고. 게다가 이건 닭장에도 쓸 수 있을 거 같아."

그러자 엄마는 아빠가 방충망을 작업실로 끌고 가는 동안 아무 말도 하지 않았다. 부모님의 최근 사랑싸움의 이유였던 그 방충망은 우리가 겨울 저장 식품을 만들기 위해 부활시킬 때까지 다른 잡동사니들 뒤에 묻힌 채 그렇게 거기 그대로 있었다.

에바와 나는 함께 방충망의 먼지와 거미줄을 청소한 다음 데크 위에 널어놓고 토마토를 썰러 집 안으로 들어갔다.

"얇으면 얇을수록 더 빨리 마를 거야." 갑자기 권위 있어진 에바의 주장에 따라, 우리는 토마토를 얇게 썰었다. 그리고 썬 토마토 조각들을 망 위에 열을 맞춰 동전들처럼 늘어놓고 텃밭에 일하러 갔다. 하지만 정오에 돌아와 보니 조각들 위에는 말벌들이 들끓고 있었고, 토마토 즙은 방충망 사이로 흘러내리고 있었다.

"철망에서 토마토들을 보호할 수 있게 그 위에 깔 걸 찾아야겠어. 벌레들을 막을 수 있게 덮을 것도 필요하고." 내가 말했다.

"어떤?"

"몰라. 무명이나 그물 레이스 같은 거."

"시트?"

"너무 두꺼워. 아래로 공기가 통하지 못할 거야. 햇빛도 충분히 못 받을 거고."

"좋은 생각이 있어." 에바는 이렇게 말하며 집 안으로 달려 들어갔고, 그동안 나는 변색된 토마토를 녹슨 알루미늄에서 잡아뗐다.

에바는 기다란 옷 가방을 끌고 돌아왔다.

"이거면 될까?" 에바는 가방 지퍼를 열고 몇 미터는 될, 하얀 망사와 보일 스커트가 달린 엄마의 웨딩드레스를 꺼냈다. "토마토 조각들 밑에 망사를 깔면 돼. 위도 이걸로 덮고."

먼지 쌓인 가방에서 드레스를 꺼내 들고 눈을 가느다랗게 뜬 채 하얀 천을 들여다보고 있으니, 우리 둘 다 결혼식 때 이 드레스를 입을 거라고 공언하던 어린 시절 기억이 떠올랐다.

"모르겠어." 나는 드레스를 언니에게 다시 주며 말했다. "이 것도 망에 달라붙지 않을까? 이 토마토들은 즙이 많아서."

"아." 에바는 무의식적으로 드레스를 어깨에 대고 부른 배와 엉덩이 위로 드레스 자락을 쓸어내리며 대답했다. "나무틀을 만들어서 망사를 당기면 어때?"

드레스 아래 자락을 들어 흙 묻은 손으로 거즈 천을 어루만 지며, 나는 프랑스 혁명 당시 농부들이 감자가 어는 걸 막으려 고 '유니콘 태피스트리'(유니콘 사냥을 묘사한 16세기 태피스트리로, 현재 뉴욕의 유럽 중세 예술품 전문 미술관인 클로이스터스에 전시되어 있다 – 옮긴이)로 덮었던 일이나, 종교개혁 후 영국 성당의 돌들 이 돼지우리나 현관 계단을 짓는 데 사용되었던 것, 수도원 도 서관 책들이 찢겨 – 한 장, 한 장 – 화장실에서 쓰였던 사례들 을 생각했다. 나는 고개를 들어 연기에 붉게 물든 태양을 보고 가위를 가지러 집 안으로 들어갔다.

우리는 오후 내내 아빠의 잡동사니를 뒤져 쓸 만한 판자를 찾고, 재고 자르고 못을 박아 틀을 만들고, 그 위에 망사를 씌 웠고, 그러면서도 간혹 일을 멈추고 매운 공기 냄새를 맡고 숲을 살펴봤다. 불은 여전히 보이지 않았지만, 그 존재는 우리 작업에 스며들어 있었다. 우리는 토마토를 썰고, 망사를 펴고, 태양을 따라 신속하게 건조대를 옮겼다.

개간지에서 태양이 질 때쯤엔, 우리 손가락은 쪼글쪼글해졌고 토마토 산 때문에 아렸고, 처음 넣어 말린 조각들은 반 정도 크기로 줄어들어 있었다. 토마토들은 더러워진 엄마 웨딩드레스 망사 위에 달린 시든 딱지처럼 보였지만, 조금 뜯어 먹어보니 쫀득하고 달콤하고 진한 맛이 났다. 축축하기 짝이 없는 겨울날들에 분명 빛이 되어줄, 토마토와 햇살의 농축물이었다.

우리는 밤 동안 건조대를 실내에 들여놓고, 닭장 문을 잠그고, 익히지 않은 음식들로 저녁을 먹은 다음 다시 데크에 앉아 불침번을 섰다. 연기 냄새는 약해지는 것 같았지만, 보름을 향해 가는 달이 별 없는 하늘에 희미하고 붉게 떠오르자, 아침 무렵에는 우리 개간지도 어쩔 수 없이 핏빛 불길에 휩싸이게 될 것만 같았다. 하지만 그럼에도 불구하고 밤새 잠도 못 자고 걱정하다 낮 동안은 내내 일한 터라 에바는 곧 잠이 들었다. 나는 한참 동안 눈을 부릅뜨고 불길의 신호를 찾아 어둠 속을 살폈다.

잠이 깼을 때는 달이 하얗게 떠 있었고, 개간지는 끝없는 벨벳 같은 여름밤 어둠에 싸여 있었다. 보이는 불이라고는 저 멀리서 타고 있는 별들뿐이었다.

에바를 슬쩍 돌아보니, 자면서도 팔로 배를 감싸 안고 있었다. 공기 냄새를 맡아봐도 냄새라고는 깨끗하게 톡 쏘는 전나무와 월계수, 이슬 냄새뿐이었다. 모든 위험은 물러간 것 같았다. 그 불이 우리 삶을 무너뜨리러 얼마나 가까운 곳까지 다가왔는지는 절대 알 수 없을 것이다.

텃밭 수확이 거의 끝나간다. 조림용 병뚜껑도 다 썼고, 식료품실 선반에는 토마토, 강낭콩, 비트, 자두, 사과 소스, 복숭아, 살구, 호박, 배가 담긴 병들이 그득하게 쌓였다. 말린 과일과 고추, 콩들도 숲에서 따 온 허브 다발과 함께 천장에 주렁주렁 매달아 놓았다. 낡은 식료품 자루 하나에는 말린 양파를, 다른 하나에는 얼마 안 되는 말린 옥수수를 넣어뒀다. 식료품실 한구석에는 겨울 호박이 쌓여 있고, 그 옆에는 감자 상자가 놓여 있다.

많아 보이지만, 우리가 먹는 양을 생각하면 그 식료품실 음식이 과연 우리가 살아남기에 충분할까 싶다.

우리 집에서 동쪽으로 2킬로미터 정도 가면 숲이 달라지기 시작한다. 우선 삼나무가 사라지고, 다음에는 전나무와 단풍나무가 서서히 줄어든다. 마침내 마드론과 월계수도 사라지고, 탁 트인 평지가 나타나 넓은 산등성이까지 이어지는데, 거기에는 참나무만 남아 있다. 그 해안 참나무들이 사방에 어찌나 견고하게 서 있는지, 나무라기보다 기념비처럼 보인다. 그 나무들은 어지럽게 뒤얽힌 숲에서 벗어나 굵고 육중하게 자라나 황금색 풀 위로 우아하게 가지를 펼치고 있다. 늙고 고요한 그 나무들에는 강인한 말린 잎과 황갈색 도토리들이 수북이 달려 있다. 우리는 도토리 수확을 공부하러 그 나무들로 갔다.

도토리를 모으려면 기어야 한다. 양팔과 다리를 동물이나 탄원자처럼 바닥에 대고 흙과 굳은 낙엽 위를 기어야 한다. 손바닥과 무릎으로 땅바닥 위를 기며 잘 익은 도토리를 찾아 날카로운 잎과 빈 껍질을 골라내야 한다.

이 일에는 내가 상상도 못 했을 기술들이 필요하다. 어제는 자루 하나 분량을 모으고서야 도토리 껍질에 바늘구멍만 한 구멍이라도 있다면 그건 그 안에 꿈틀거리며 몸부림치는 하얀 벌레가 있다는 뜻이라는 걸 깨달았다. 오늘 아침에는 도토리를 자루에 넣기 전에 구멍이 있는지 일일이 검사했다. 하지만 오후쯤 되자 들 때의 느낌만으로도 멀쩡한지 아닌지 거의 백발백중 알 수 있게 됐다.

손은 바쁘지만, 일은 느릿하다. 몸통에서 출발해서 드립라인(가장 바깥쪽으로 나온 나뭇가지의 원주가 만드는 범위 – 옮긴이)까지 나선 모양으로 나가면서 꼼꼼히 일하면 나무를 한 바퀴 도는 데도 몇 시간이 걸린다. 덥고 먼지 나고, 허리와 무릎이 아프다. 하지만 거기에는 느리고 몽롱한 리듬도 있다. 조금 하다 보면 거의 기도하는 기분이 된다.

귀뚜라미 노랫소리가 마치 낮이 내는 숨소리 같다. 더위 속에서 들이마셨다가 내뱉었다가, 커졌다가 줄어들었다가, 다시 제자리로 돌아오는 노랫소리다. 때로는 축복같이 미풍이 분다. 머리 위 까마득한 하늘에서는 말똥가리 세 마리가 선회하다 너무도 우아하게 비상해서, 썩은 고기를 먹는 것에도 뭔가 신성한 의미가 있다고 거의 설득당할 뻔했다.

오랫동안 에바와 나는 아무 말 없이 캔버스 자루와 베갯잇을 채우며 일했다. 해가 중천에 떴을 무렵에는 모든 자루가 도토리로 불룩했다. 우리는 일하던 참나무 둥치에 등을 기대고 앉아 햇살 가득한 고요한 언덕을 바라보며 삶은 달걀과 사과를 먹었다.

"세상에 남은 사람이 우리뿐일지도 몰라." 에바가 공포도 슬픔도 담겨 있지 않은 목소리로 말했다. 나는 약간 몽롱하게 고개를 끄덕이며 같은 어조로 대답했다. "그럴지도 모르지."

♟

나는 곰 꿈을 꿨다. 또 한 번, 곰이 숲에서 비틀거리며 나온다. 또 한 번, 육중하게 우리를 향해 걸어온다. 하지만 온통 공포에 질려 있긴 해도 이번에 내가 느끼는 공포는 좀 다르다. 곰과의 만남으로 내가 죽을 거라고 생각하지도, 죽는다는 생각에 대해 예전만큼 거부감을 느끼지도 않는다는 걸 난 깨닫는다.

곰이 또 내 위로 몸을 구부린다. 하지만 나를 핥는 대신 내 얼굴 위로 주둥이를 벌린다. 그 주둥이가 어찌나 큰지 내 머리가 통째로 입안에 들어가고, 어두운 터널 같은 곰의 목구멍이 들여다보인다. 곰의 이빨이 내 목을 뚫고 만나는 게 느껴진다. 곰이 내 머리를 물어뜯은 것이다. 하지만 아무것도 없는 내 어깨에서 곰이 입을 떼어도, 세상은 여전히 잘 보인다─사실, 모든 것이 내가 상상조차 못 했던 선명함을 지니고 있다. 나는 생각한다, 그렇게 오랫동안 머리를 끌고 다니느라 얼마나 고생을 했는데.

대부분의 참나무에서 나오는 도토리에는 타닌산이 들어 있는데, 타닌산은 천연 방부제로 쓰이기는 하지만 불쾌한 쓴맛의 원인이다. 따라서 대부분의 도토리 종류들을 먹기에 적합하게 만들려면 견과에서 타닌을 우려내는 여러 공정 중 하나를 거쳐야 한다.

신선한 도토리에서는 귀지 같은 맛이 난다. 혀가 말리고, 침이 나오고, 뱉고 나서도 한참 동안 쓴맛이 남는다.

며칠 동안 궁리한 끝에 나는 도토리를 말리고, 겉껍데기를 까고, 속껍질을 벗기고, 가루로 만들고, 우려내고, 조리하는 공정을 고안해냈다. 처음에는 껍질째 망치로 부순 다음 에바의 도움을 받아 개울에서 들고 온 평평한 돌 위에 놓고 엄마의 대리석 밀대로 갈았다. 하지만 가니까 곤죽이 되어버려서 물을 넣어 우려낼 수가 없었다. 결국 나는 밀대 대신 아빠가 통나무를 쪼갤 때 썼던 철제 쐐기를 사용했다. 납작한 쐐기 머리로 몇 시간 동안 도토리를 빻느라 팔이 아프고 손에는 물집과 멍이 생겼지만, 그 노력 덕에 거친 옥수수 가루보다 조금 더 거친 가루 1리터를 얻을 수 있었다.

우려내는 데는 오래된 커피 필터를 사용했다. 필터에서 차 색깔 액체 대신 맑은 물이 나올 때까지 몇 번이고 끓는 물을 부으면, 가루에서 간하지 않은 콩처럼 거의 향이 없는 부드러운 맛이 났다. 나는 우려낸 가루와 깨끗한 물을 섞어 죽이 부드러워질 때까지 부글부글 끓였다.

포모가 내 방법을 봤다면 실소했겠지만, 어젯밤 에바와 함께 저녁을 먹을 때 난 솔직히 자랑스러웠다. 우리는 김이 무럭무럭 나는 접시 위로 잠시 손을 맞잡았다가 먹기 시작했다. 죽은 ─쌀이나 빵처럼─ 부드럽고 묵직했다. 약간의 견과 맛과 흙맛이 나는, 참나무처럼 끈기 있는 음식이었다.

예전에는 도토리를 자르다가 그 안에서 꿈틀거리는 벌레를 보면 기겁했었다. 하지만 포모가 벌레들을 미식으로 여겼다는 글을 읽고 나니, 지금은 벌레를 잘라버릴 때 수치심을 느낀다. 나도 내 꿈속에서 죽음을 의미하는 그 애벌레들을 먹을 수 있으면 좋겠다. 그 애벌레들을 물고 씹고 삼킬 수 있으면 좋겠다. 벌레 먹는 법을 배우고 싶다.

삼나무 그루터기보다 더 위쪽 언덕에서 우리는 이제껏 본 중 가장 통통한 도토리들이 가득 달린 계곡 참나무 숲을 발견했다. 하지만 그 도토리들을 집으로 끌고 오려니 너무 힘들었다. 우리는 하루 종일 언덕을 오르내리느라 기진맥진해졌고, 바라던 것만큼 도토리를 많이 모으지도 못했다.

수도 적고 벌레도 많지만 집 근처에 있는 도토리들을 모으는 데 집중하자고 거의 결정하려는 순간, 겨울이 와서 필요해질 때까지 숲에서 도토리를 말려 삼나무 그루터기에 저장해두자고 에바가 제안했다. 그래서 우리는 오전 시간을 다 바쳐, 당시에는 쓰레기라고 생각했던 것들을 담는 데 썼던 110리터들이 플라스틱 통 8개와 건조대를 질질 끌고 그루터기까지 올라갔다.

12살인가 13살 이후 우리가 그루터기에 같이 간 적이 없는 것 같다. 에바의 거추장스러운 배와 첫 번째 장비 꾸러미를 언덕 위로 옮기려고 애를 쓰고 있자니, 너무 많은 추억이 밀어닥쳐 마음이 이상하게 혼란스러웠고, 달라진 현재 — 내 뒤에서 거칠게 숨을 몰아쉬고 있는 임신한 언니, 도토리를 향한 간절한 욕구 — 가 당황스러웠다.

마침내 그루터기에 도착했을 때, 나는 엘리와 내가 만든 성

역을 침입하는 게 내키지 않았다. 하지만 망설이고 있을 때, 에바가 숨을 헐떡이며 올라왔다. 에바는 끙끙대며 짐을 털썩 내려놓고는 커다란 배를 문지르며 주위를 둘러봤다.

"이거면 될 것 같아." 에바가 말했다. "건조하기 좋게 빛이 충분히 들어오게 하려면 저 묘목들 몇 개는 잘라내야 할 것 같긴 하지만. 너랑 엘리랑 여기서 뭘 한 거니? 나무를 더 심기라도 한 거야?"

우리는 약간 구슬프게 웃었다. 그리고 에바는 통을 더 가지러 집으로 갔고, 나는 그루터기 앞을 막고 있는 앙상한 전나무 세 그루를 베기 시작했다. 나무 하나가 얽힌 가지들 사이로 쓰러질 때마다, 나무 사이로 보이는 하늘이 조금 더 넓어졌고 공터에는 조금 더 많은 빛이 들어왔다. 에바가 돌아올 무렵, 나는 건조대들을 다 늘어놓은 다음 새로 들어온 햇빛 속에서 기다리고 있었다. 우리는 도토리를 모으고, 철망 위에 늘어놓고, 이동하는 햇빛을 따라 건조대를 옮기며 오후 내내 일했다. 그러다가 아직도 열매가 달려 있는 블랙베리 덤불들을 가득 발견했다. 우리는 블랙베리를 한 바구니 가득 땄고, 다 먹지 못한 것들은 도토리 옆에 펼쳐서 말렸다.

공기가 짙어지며 서늘해지기 시작했다. 갑자기 어스름이 밀려오자, 숲에서 나가 집에 돌아가고 싶었다. 이슬을 맞지 않도록 도토리들을 통 하나에 담았지만, 블랙베리는 아직 즙이 너무 많아 잼을 만들지 않고는 가져갈 수가 없었다.

"오늘 밤은 그냥 놔두자." 에바가 건조대 위로 몸을 숙이고 보라색으로 물든 손가락으로 한 개, 또 한 개 집어 테스트해봤다. "이슬 때문에 많이 상하지는 않겠지만, 지금 가져가려고 하면 다 망치게 될 거야."

"다람쥐나 새가 가져가지 않을까?" 내가 물었다.

"밤에? 우리는 아침이 되자마자 다시 올 거야."

우리는 어둠이 더 짙어지기 전에 떠났다.

새벽이 오자마자 우린 컵과 쟁반, 재와 불씨가 남은 숯이 든 냄비를 들고 환한 안개 속에서 헐떡대고 웃으며 언덕을 다시 기어올랐다. 모닥불을 피우고 민트 차와 도토리 죽을 만들어 블랙베리와 함께 아침으로 먹을 계획이었다. 다시 함께 숲에서 노는 게 너무 행복해서 예전 어린 시절처럼 기분이 좋았다.

우리의 새 개간지에 에바보다 한 걸음 먼저 도착한 나는 너무 충격을 받아 말문이 막힌 채 돌아서지도 달아나지도 못하고 서 있었다.

건조대는 망사가 갈기갈기 찢기고 틀이 부서진 채 사방팔방으로 내동댕이쳐져 있었다. 딱딱하게 굳은 낙엽들 사이에 베리 몇 알이 흩어져 있었다. 우리는 함께 가까이 가봤다. 흔한 박새 울음소리를 제외하곤 숲은 조용했다. 찢긴 건조대에 담긴 무언의 폭력만 없다면, 곰은 없었을 수도 있었다.

선택을 해야 했다. 어떻게 살 것인지, 어떤 위험이 무릅쓸 가치가 있는지 다시 한 번 결정해야 했다. 무엇을 가장 두려워해야 하는지 결정해야 했다. 새로 태어난 아기랑 배고픈 겨울을 보내야 하는 공포와, 초가을 흑곰에 대한 공포 사이에서 선택해야 했다. 비 내리는 암울한 겨울 풍경 ― 식료품실은 텅텅 비었고 신발 끈을 삶고 나무의 신생 조직을 먹을 정도로 곤궁한 처지 ― 과, 곰의 발톱과 근육을 저울질해봐야 했다.

결국 우리는 겨울을 두려워하는 쪽을 택했다. 백과사전에서는 곰이 소심하다고 했어, 우리는 추론했다. 백과사전에서는 곰들은 배가 고프고 새끼들이 어린 봄에만 공격적이라고 했어. 이제부터 절대 다시는 음식을 밤새 밖에 버려두지 않을 거야.

비록 논리적 주장과 정교한 정당화를 구축했지만, 결국 우리를 설득한 건 논리가 아니라 숲에 나와 있는 것이, 도토리를 모으고 베리를 말리고 야생 차를 마시고 그루터기 바로 앞에 파놓은 구멍에 에바가 지핀 모닥불로 음식을 만드는 것이 기분 좋다는 사실이었다.

이제 우리는 매일 아침 텃밭에서 일을 마치자마자 숲으로 간다. 우리는 그루터기 근처 개울에 물을 모으는 웅덩이 ― 나는 그 물을 마시기 전에 끓여야 한다고 주장했다 ― 를 만들었고, 개울에서 멀리 떨어진 곳에 땅을 파서 변소를 만들었다. 하루 종일 도토리를 줍고 말리고 저녁이면 수확한 도토리를 통에 담는다. 뚜껑을 고무 로프로 단단히 고정하고 합판으로 문간을 막은 다음 저녁놀 속을 걸어 집으로 돌아온다. 너무 무성해져서 이제 곰이 사는 숲을 걸어 내려오고 있으면, 은밀하게 의기양양한 기분이 든다. 뭔가 헤아릴 수는 없지만 덜 외로운 느낌이다.

며칠 전에 수확을 끝냈다. 노동의 대가로 도토리 다섯 통과 말린 블랙베리 4분의 1통이 생겼다. 우리는 그걸 당분간 그루터기 안에 두고, 나머지 두 통에는 식료품실의 건조 음식을 넣어두기로 했다. 그렇게 하면 무슨 일이 일어나건 늘 숲 속에 은닉처가 있을 것이다.

도토리가 가득한 통이 하나 있다는 것만으로도 헤아릴 수 없는 재산이 생긴 것 같다. 마지막 자루를 다섯 번째 통에 부어 넣을 때, 나는 통 위로 몸을 구부린 채 매끄럽고 차가운 도토리들 속에 팔꿈치까지 집어넣고 포옹하듯 뺨을 도토리에 갖다 댔다. 희미한 흙냄새를 맡으며 그 도토리들이 막아줄 그 모든 비와 어둠과 허기를 생각했다. 미칠 듯이 자랑스럽다.

비록 해는 더 짧아지고 더 서늘해지긴 했지만, 아직은 좋은 날씨가 계속된다. 겨울비가 오기 전 인디언서머다. 암탉들은 얼마 전부터 알을 더 이상 낳지 않고, 아직 맛없는 토마토와 마지막 고추 몇 개, 약간의 근대가 남아 있긴 하지만, 텃밭 작물도 이제 거의 다 없어졌다. 그루터기 통들에는 음식이 가득 찼다. 그래야 하는 상황이 닥치면 우리가 겨울을 나게 해줄 저장물이다. 지난 이틀 동안 내가 지붕에 합판과 양철 판을 덧댄 덕에, 예전에 우리끼리 요정의 오두막집이라고 칭했던 우리 집은 이제 부랑자들 판잣집처럼 보인다.

에바는 이제 배만 보일 지경이 되었다. 한때는 순전히 근육만 있던 납작한 배가 지금은 단단한 구체가 됐다. 때로는 입고 있는 작업복 밑에서 배 전체가 들썩이는 게 보인다. "무용수야." 에바가 웃는다. "프라페 연습 중이야." 하지만 에바의 움직이는 배는 여덟 살 때 갔던 옐로스톤에서 본 '화가의 팔레트', 바보같이 천천히 부글부글 솟아오르던 뜨거운 진흙, 살아 있다기보다 위협처럼 느껴지던 그 진흙탕처럼 역겹기만 하다.

최근 에바는 메스꺼움을 호소한다. 창백하고 기운이 없고 많이 먹지도 않는다. 늘 속이 느글거린다고 한다. 민트 차를 만들어주면 미소를 지으며 조금 나은 것 같다고 주장한다.

어쩌면 내 생각보다 더 많은 시간이 흘렀을지도 모른다. 어쩌면 곧 산통이 시작될지도 모른다.

마침내 백과사전의 임신 기간 중 이상 변화와 출산 중 사고 항목들을 다 읽었다. 임신성 당뇨, 심부전, 자간, 간질, 태반낭종, 태반염증, 포상기태, 임신중독증, 고혈압, 양수과다증, 전치태반, 태반조리박리, 유착태반에 대해 읽었다.

조산, 골반위 분만, 후두정골정위와 횡위, 탯줄 사고, 아두골반부적합, 자궁경부 부종, 변위, 견갑난산, 자궁파열 또는 자궁탈, 태아가사, 잔류태반, 분만 후 출혈, 신생아 호흡장애에 대해서도 읽었다.

처음 읽기 시작했을 때는 에바 맞은편 테이블에 앉아 있었지만, 한두 문단 읽고 나자 나도 모르게 자리에서 일어나 데크로 나갔다. 그 서늘한 어스름 속에서 나는 두려워하면서도 눈을 떼지 못하고 그 항목들을 읽어나갔다.

아기를 가진다는 게 그렇게 위험한 일인 줄은 생각도 못했다. 그 생각이 머리에서 떠나질 않는다. 마치 옴이 올랐을 때 같다―긁어서 가려움증을 덜려고 할수록 고통이 더 심해지기만 하는 것이다.

어젯밤 나는 바로 문 바로 앞 마당에 땔감들을 잔뜩 쌓아놓고 담요와 옷장 서랍으로 아기 요람을 만들었다. 그러고는 산부인과 의사 준비를 급히 하기 위해 다시 백과사전을 펼쳐 들었다. 여성의 생식 기관 그림을 지나고 임신 기간 중 비생식 기관과 세포의 해부학적, 생리학적 변화 같은 제목들이 달린 부분을 지나 빈혈증이라는 단어에 눈길이 갔다. 임신기 중반이나 후기에 피로와 오심이 나타나면 빈혈이 의심될 수 있다. 하지만 철분 결핍의 종류와 심각성은 오로지 헤마토크릿(혈구를 혈청에서 분리하는 원심 분리기 – 옮긴이)으로만 확인할 수 있다. 빈혈이 있는 산모는 출산 후 출혈뿐만 아니라 출산 시 어려움을 겪을 가능성이 훨씬 높다. 게다가 음식물의 비타민 B12 부족으로 생긴 대적혈구 빈혈은 신생아의 두뇌와 신경 손상과 연결된다. 하지만 B12는 거의 모든 낙농 제품과 육류에 적정량이 들어 있기 때문에, 이런 종류의 빈혈은 오직 엄격한 채식주의자들만 겪는 위협이다.

예전에 마지막 퍼즐 조각을 제자리에 맞췄을 때 느꼈던, 바로 그런 만족감이 들었다. 지난겨울 마지막 참치 캔을 먹은 후 우린 고기라곤 먹은 적 없고, 심지어 달걀도 거의 한 달 동안 먹지 않았다. 그러니 에바가 메스꺼워하고 창백하고 기력이 없는 것이다.

출산 시 어려움. 출산 후 출혈. 신생아의 두뇌와 신경 손상. 상황이 어쩔 수 없다면 밧세바나 핑키를 죽일 수도 있다. 하지만 오랜 시간을 함께한 그 닭들은 친구나 다름없다. 어쨌거나 늙은 암탉 한 마리에 B12가 얼마나 들어 있을까?

🐗

야생 돼지와 멧돼지는 수스 스크로파 종에 속하며, 3,000만 년 전쯤 인도에서 진화했다. 콜럼버스가 1493년의 두 번째 항해 때 돼지를 가져오긴 했지만, 신세계에 멧돼지를 들여온 장본인은 정복자들이었다. 미국의 황야로 탈출한 길들여진 스페인 돼지들은 새로운 환경에 급속히 적응하여 몇 세대 만에 농가적 특성을 잃고 야생 선조들이 가졌던 뾰족한 귀, 기다란 주둥이, 곧은 꼬리, 넓은 어깨, 튀어나온 엄니로 돌아갔다.

멧돼지들은 같은 종족끼리 접촉하는 건 좋아하는 듯하지만, 꽤나 사나운 짐승이다. 똑똑하고, 후각과 청각이 예민하며, 놀랍도록 발이 날래다. 멧돼지는 잡식성이고 다양한 식물들을 먹지만 달팽이, 뱀, 쥐, 벌레, 달걀, 썩은 고기도 먹는 것으로 알려져 있으며, 그뿐 아니라 특정 종류의 흙과 돌에서 무기물과 여타 영양소들을 섭취한다.

야생 돼지에는 고기가 많겠지 ― 검은 꼬리 사슴보다 훨씬 더 많을 거야. 훈제하면 ― 또는 마지막 가을볕에 말리면 ― 멧돼지 한 마리로 오랫동안 버틸 수 있을 거다. 게다가 돼지한테

는 별로 애정도 없다 – 돼지들은 추하고 거칠고 구근을 파헤
치고 개울에 분탕질을 해놓지 않는가. 부드러운 눈과 무용수
같은 다리를 가진 사슴을 죽이는 것과는 다를 거야.

돼지는 죽일 수 있을 것 같다.

해봐야 할 것 같다.

맷돼지를 죽이는 건 생각보다 힘들었다.

일단 결심만 하고 나면, 피클 병 외엔 아무것도 안 쏴본 총을
들고 조금 걸어 나가, 길가에서 나를 기다리고 있는 얌전한 돼
지 새끼를 쏘면 될 줄 알았다. 하지만 극도로 긴장한 상태로 작
은 일에도 화들짝 놀라가며 하루 종일 숲을 쏘다녔는데도 참
새랑 다람쥐 외엔 코빼기도 보지 못했다. 나는 최초의 유럽인
들과 함께 이 숲에 들어온 돼지들을 찾아 총을 어색하게 어깨
에 멘 채 가파른 언덕을 오르내리고 빽빽한 숲 속을 헤치고 다
녔다. 동물들이 다니는 좁은 길을 따라가 봤지만, 나무들 외엔
아무것도 없었다.

마침내 나는 – 또 한 언덕을 반쯤 올라가다가 – 총을 옆에
놓고 그냥 털썩 주저앉았다. 비실비실한 나무들에 빼곡하게

에워싸인 채 사냥꾼 입장에서, 돼지 입장에서 생각해보려고 애썼다. 오랫동안 그 자리에 앉아 바닥에 떨어진 잎사귀들 위로 들어왔다 사라지는 햇빛 조각들을 지켜보고 저 멀리서 들려오는 딱따구리 소리를 들었다.

일어나서 집에 가고 싶었다. 못 *하겠어* 하고 생각했다. 하지만 일종의 타성에 젖어 계속 앉아 있었다. 마침내 나는 자리에서 일어나 언덕을 올라가서 우리 그루터기를 지나 개울까지 갔다. 개울을 따라 상류로 올라가 기억 속에 남아 있는 수렁에 다다랐다. 수렁은 구식 욕조 크기 정도의 웅덩이이고, 그 시커먼 오물은 발굽이 갈라진 돼지 발자국으로 엉망진창이 되어 있었다.

다음 날 나는 해도 뜨기 전에 다시 그곳에 갔다. 희미한 여명 속에서 나는 돼지를 기다리기로 단단히 결심하고 다시 개암 덤불에 숨었다. 거기서 정오까지 웅크리고 있었다. 올랐다가 내렸다가 다시 돌아오는 열처럼 조바심이 왔다가 사라졌다 다시 들었고, 참새들은 마침내 내 발 밑에서 마음 놓고 제 볼일을 봤다. 한번은 멀리서 요란한 소리가 들려왔다. 배 속과 머릿속에서 아드레날린이 솟아올랐지만, 아무 일도 일어나지 않았다. 요란한 소리는 방향을 바꿔 희미하게 사라졌다. 엉덩이가 아프고 등이 뻣뻣하고 다리에 쥐가 날 때까지 앉아 있었지만, 아무도 오지 않았다.

"야행성일지도 모르지." 에바가 저녁 먹으며 말했다.

"모르겠어. 백과사전에는 그런 말 없었는데."

"포기하는 게 어때?" 에바가 기운 없이 물었다. "다른 음식이 많잖아." 에바는 내가 음식을 먹는 동안 호박 스튜와 썬 토마토, 사과 소스를 포크로 뒤적거리기만 했다. 결국 에바는 쟁반을 내 쪽으로 밀며 말했다. "이거 먹을래? 난 속이 안 좋아."

나는 생각했다, 출산 시 어려움. 출산 후 출혈. 신생아의 두뇌와 신경 손상.

난 말했다. "돼지들이 내 냄새를 맡는 걸지도 몰라."

다음 날 아침 나는 잘 때 입고 있던 티셔츠를 들고 수렁까지 올라갔다. 오래 입어서 볼품없고 나달나달해진 아빠 셔츠로, 내가 밤에 입고 잔 냄새가 풍겼다. 나는 셔츠를 수렁 진흙 위에 조심스레 펼쳐놓고 돌아왔다.

하루 뒤에 가보니 셔츠는 갈색 물이 스며들어 곰팡이처럼 약간 퍼져 있긴 했지만 여전히 진흙 위에 그대로 펼쳐져 있었다. 나는 잠시 동안 셔츠를 쳐다보다 돌아서서 떠났다. 실패했다는 생각이 아프게 가슴을 찔렀다.

그다음 날 아침 수렁에 갔을 때는 실망할 것에 너무나 단단히 대비하고 있어서 처음에는 셔츠가 그냥 사라진 줄 알았다. 하지만 짓밟혀 진흙에 박혀 있는 천 조각이 하나 눈에 들어왔다. 아빠 셔츠 — 잘 때 내가 입었던 셔츠 — 가 찢기고 더럽혀져 오물에 처박혀 있는 걸 보자 순간 충격이, 심지어 약간 모독당한 기분까지 들었지만, 다음 순간 걷잡을 수 없이 의기양양한 기분이 밀려와 소리를 지르지 않으려고 애를 써야만 했다. 대신 나는 낡아빠진 청바지와 누덕누덕한 속옷을 벗어 진흙 위에 늘어놨다. 그러고는 쪼그리고 앉아 오줌을 누고 집으로 돌아갔다.

다음 날 아침에는 내 속옷도 수렁에 휘말려 들어가 있었다.

"난 낮잠 좀 잘게." 집에 가서 난 에바에게 말했다.

"괜찮아?" 에바가 물었다.

"응. 그냥 좀 쉬고 싶어. 오늘 밤에는 수렁 옆 나무에 올라가서 기다릴래."

"밤에?"

"물론이야." 나는 어깨를 으쓱하며 생각도 하기 전에 말했다. "못 할 게 뭐야? 달도 보름달인데." 나는 언니뿐만 아니라 나를 위해 덧붙였다. "괜찮을 거야."

나는 해가 지기 전에 출발했다. 등에 진 배낭에는 아빠의 숫돌과 엄마의 부엌 세트에서 가져온 뼈 바르는 칼, 손도끼, 물

한 병을 넣어 왔다. 재킷 주머니는 말린 사과 조각과 총알로 불룩했다. 어깨에 멘 소총을 동무 삼아 나는 서늘해져가는 숲을 헤치고 올라가 채집한 음식들이 있는 그루터기를 지나 개울 바닥을 따라갔고, 마침내 어둠이 내리고 있을 때 수렁에 도착했다.

올라갈 만한 나무를 찾아 주위를 둘러보았지만, 나무들 중 손이 닿는 가지가 없었다. 수렁에 가장 가까이 있는 나무들은 이렇게 나무가 밀집한 언덕배기에서 자라는, 키가 크고 날씬한 떡갈나무로, 지붕처럼 우거진 가지가 나오기 전까지는 가지도 거의 없었다. 그 너머는 가장 낮은 가지가 내 손보다 9미터는 위에 있는 삼나무들이었다.

나는 천천히 그 나무들 둘레를 돌며 생각했다. *뭐, 난 노력했어. 올라갈 나무가 없는 게 내 잘못은 아니잖아. 에바가 임신한 게 내 잘못은 아니지. 어쨌든 빈혈이 아닐 수도 있어. 그냥 내 과대망상이야. 출산은 잘 치를 거야. 아기도 아마 건강하겠지. 아니라면 아닌 거고. 이제 와서 고치기엔 늦었어.*

빛이 빠르게 사라지고 있었고, 어둠 속에서 집에 돌아가려는 생각만 해도 그 자리를 떠날 수가 없었다. 땅바닥에서 밤을 보내고 싶지 않았기 때문에 결국 나는 그중 가장 가능성 있어 보이는 나무에 달려들었다. 개울을 끼고 오르막 쪽에 서서 수렁 위로 휘어져 있는 참나무였다. 나는 총을 배낭과 나란히 메고 나무줄기 양쪽을 손으로 잡았다. 나무는 싸늘하고 축축하고 투박했다. 놀랄 만큼 단단했다.

나는 기어 올라갔다. 첫 번째 가지들은 잔가지 정도에 불과해서, 잡으려 하자 손안에서 탁 부러졌다. 하지만 지지대로 쓸 만큼 튼튼한 가지를 잡을 수 있었다. 가지를 잡고 몸을 끌어 올리자, 총신이 뺨에 와서 부딪혔다. 마침내 내 몸무게를 지탱할 만큼 두꺼운 가지에 도달했다. 나는 그 위로 기어올라 말에 타듯 다리를 벌리고 걸터앉았다. 나는 생각보다 더 높은 곳에 있었고 개울 반대쪽으로 비껴 앉아 있어서, 수렁을 똑바로 쳐다보려면 몸을 내밀고 어깨를 틀어야 했다. 하지만 그 밖에 뭘 더 하기엔 이미 시간이 너무 늦었다.

나는 나무줄기에 바싹 붙은 채 몸을 뒤틀어 총을 어깨에서 내려 무릎에 올려놓았다. 총알을 장전하고, 안전장치를 세 번 체크하고, 내가 앉아 있는 가지로 팔꿈치와 어깨를 지탱할 방법을 강구한 다음, 아래쪽 수렁을 겨냥하는 연습을 했다. 상상의 표적을 보기에도 사방이 너무 어두워지자, 나는 총을 내 몸과 나무 사이에 끼워 넣고 주머니에 손을 넣어 말린 사과 조각을 꺼냈다.

마지막 빛이 사라졌다. 나는 깜깜한 어둠 속, 경계를 알 수 없는 숲 속 한가운데에서 진흙 구덩이 위 떡갈나무 가지에 홀로 앉아 사과를 씹었다. 밤이 내 어깨를 무겁게 내리눌렀다. 머리 위에는 시커멓게 뒤얽힌 가지들이, 그 너머에는 반짝이는 별 몇 개가 보였다. 정강이가 근질거리면, 그게 뭔지 생각하지 않으려고 애쓰며 손을 내려 탁 쳤다. 숲 바닥이 보이지 않았다. 나는 부드럽고 차가운 나무둥치에 착 붙어 나무 꼭대기 위로 달이 떠오르길 기다렸다.

시간이 흐르지 않는 것만 같았다. 나는 마지막 남은 귀뚜라미들의 지친 노랫소리를 듣다가, 간혹 아래에서 들려오는 싸움 소리에 긴장했다가, 진짜 혹은 상상의 거미들을 손으로 쓸어내며 오랫동안 어둠 속에 매달려 있었다. 다리가 마비되기 시작했고, 달이 떠서 보이기 전에 돼지들이 왔다가 가버릴까봐 걱정하기 시작했다. 그러더니 다음에는 달이 아예 뜨지 않을까 봐 걱정이 됐다. 지금 달의 위상을 헷갈렸을지도 모른다 — 아니면 월식이 일어났을 수도 있다. 어쩌면 달이 없어졌을 수도 있다.

드디어 그림자가 짙어지기 시작했다. 처음에는 내 눈이 볼거리를 만들어내고 있거나 어둠에 적응하고 있는 거라고 생각했지만, 결국 달이 뜬 게 확실하다는 결론이 나왔다.

숲 속에서 본 보름달은 개간지에서 볼 때보다 훨씬 희미했다. 차갑고 침착한 달빛이 차양을 이룬 나무들에 깨져 은빛 조각으로 떨어지면서 짙고 검은 그림자를 남겼다.

나는 주머니에 손을 넣어 사과 조각을 하나 더 꺼냈다. 허벅지를 움직여 지탱하고 있는 몸무게를 좀 덜어내고, 어깨를 으쓱해서 배낭을 좀 더 편한 위치로 옮기고, 몸을 비틀고 자세를 바꿔 애써 가지에 기대니 순간적으로 거의 편안한 자세가 되었다. 동그랗게 트인 하늘 안으로 천천히 달이 들어왔다. 나는 시간을 보내기 위해, 달에 대해 배운 모든 것들을 복습해봤다. 달은 지구에서 평균 38만 킬로미터 떨어진 거리에서 지구 주위를 돌고 있고, 표면적은 북남미를 합친 것과 거의 같으며, 고요의 바다의 현무암들의 나이는 37억 년이다.

하지만 나는 백과사전이 모르는 것도 배웠다. 달이 커지고 있을 때는 달의 바깥쪽 곡선이 오른 손바닥으로 감싸지고, 이지러지고 있을 때는 왼 손바닥에 딱 맞게 들어온다.

바람이 살짝 불어와 나뭇잎들이 떨렸다. '자장자장 아가야.' 머릿속에서 목소리가 노래했다. '나무 꼭대기에.'

바람이 불면 요람이 흔들리네.
가지가 부러지면, 요람이 떨어지네,
그러면 아기도, 요람도, 모두 다 떨어지네.

나는 총에서 손가락을 떼고 주머니에 손을 넣어 사과 조각을 하나 더 꺼냈다. 다리가 너무 아파서, 내가 한밤중에 나무에 붙어 뭘 하고 있는지 상기하려고 애썼다. 언니와 언니가 낳을 아기를 생각했다. 난 항상 아기가 딸이라고 생각했고, 오늘 밤 내 직감이 옳다고 확신했다. 에바는 딸을 가지고 있다. 우리 삶을 온통 복잡하게 만들 그 조그만 여자아이에게 나는 심지어 유감 어린 애정을 품기 시작하고 있었다. 그 아이는 언니와 엄마, 나를 합친 모습일 것 같았다. 할머니 이름을 따서 이름을 붙여줘야지, 나는 생각했다. 그러면 다시 한 번 글로리아가 우리 삶을 함께하게 될 것이다.

그 아이에게 들려줄 옛날 이야기들을 상상했다. 한밤중에도 스위치만 켜면 불이 들어오던 때, 음악과 깨끗해진 옷, 조리된 음식이 나오는 상자들이 있었던 때, 사람들이 앉아서 여행을 했던 때에 대해. 도토리를 모으고 감자를 파고 씨앗을 뿌리는 걸 가지고 할 놀이를 상상했다. 아이에게 야생화와 허브를, 커져가는 달은 어느 손으로 잡아야 하는지 보여주는 상상을 했다.

에바는 무용을 가르치고, 나는 읽고 쓰는 법을 가르칠 것이다. 떡갈나무를 붙들고 조카의 미래에 대한 계획을 세우고 있으려니, 우리 뒤쪽으로도, 앞쪽으로도 수 세대의 여인들이 줄지어 이어져 있는 기분이 들었다. 온갖 차이에도 불구하고 나는 그 연속성에서 깊은 만족감을 느꼈다.

귀뚜라미 울음소리도 점차 사라졌다. 나무 위에 떠 있는 고요한 원형의 달은 두 손을 모아야 감싸졌다. 달이 머리 위에 있는 동안은 수렁이 똑똑히 보였다. 나는 숨을 죽인 채 말없이 돼지들이 오기를 빌었다. 한번은 뒤에서 나무들이 쓰러지는 소리가 들렸지만, 난 돌아볼 엄두도 내지 못했고, 그 소리는 가까이 다가오지 않았다. 한번은 개울가에 검은 형체가 서 있는 걸 보고 깜짝 놀랐다. 흥분과 공포가 똑같이 뒤섞여 피가 끓었다. 조용히 총을 어깨에 올리다가 난 뭔가 잘못됐다는 걸 깨달았다. 그 형체는 너무 작았고, 꼬리는 너무 길었다. 내가 망설이는 사이에 그것이 달빛 조각 속으로 들어왔고, 하얀 줄무늬가 보였다.

"스컹크는 필요 없어." 나는 속삭였다.

한 시간, 또 한 시간, 나는 졸고 조바심 쳤다. 다리는 아프고, 허벅지에서는 쥐가 나고, 등과 손은 뻣뻣해지고, 아무 일도 일어나지 않았다. 달은 하늘을 가로질러 조금씩 움직이다 미로처럼 얽힌 가지들 속으로 사라졌다. 그 후 나는 어둠 속에서 나무를 끌어안고 총을 껴안은 채 말없이 앉아 아침을 기다렸다. 부드럽고 차가운 이슬이 뺨과 머리, 손, 총신을 따라 맺히더니, 천천히 사방이 다시 밝아지기 시작했고, 천천히 숲에는 색과 모양이 다시 돌아왔다.

나는 욱신거리는 몸을 덜덜 떨며 동이 트는 걸 지켜봤다. 죄책감 섞인 안도감이 들었다─난 최선을 다했지만, 돼지들이 더 똑똑했던 거다. 난 생각했다, *조금만 더 환해지면 집에 가서*

누울 수 있어. 아침 내내 잘 수 있어. 오후에는 텃밭에서 일해야지. 할 수 있는 일은 다 했어. 돼지들이 오지 않은 건 내 잘못이 아냐.

그때 돼지들이 왔다. 돼지들은 내 생각보다 더 조용히 움직였다. 내가 돼지들 소리를 듣기 전에 늘 돼지들이 먼저 놀라서 달아났던 것이다. 하지만 지금 돼지들은 자기들이 평소 오는 시간에 왔다. 밤새 숲을 헤집고 다니다가 물을 마시기 위해, 낮 동안 휴식하기 전에 진흙탕에서 뒹굴러 왔다. 돼지들은 잔가지 몇 개가 부서지고 부드럽게 꿀꿀대는 소리 외에는 거의 아무 소리도 내지 않고 왔다.

돼지는 총 세 마리였고, 한 마리가 나머지 둘보다 조금 더 컸다. 내 냄새를 알아채고 도망갈까 봐 걱정했지만, 분명 바람의 방향이 유리했거나, 아니면 내 냄새가 익숙한 것 같았다. 돼지들이 내 속옷 냄새를 대충 맡다가 콧방귀를 뀌며 가버렸기 때문이다. 돼지들은 스컹크가 물을 마시던 웅덩이에서 물을 마셨다. 숲이 점점 더 밝아졌다. 수렁 건너편 나무들의 잎사귀까지 보였다.

나는 숨죽인 채 돼지들을 지켜봤다. 그 거대한 고대의 생물체들은 둔하면서도 —지금 이 순간— 놀라울 정도로 아름다웠다. 팽팽한 등과 뾰족한 귀, 곧은 검은색 꼬리가 보였다. 발아래 진흙 속에서 돼지들이 함께 속살거리는 소리가 들렸다. 내 존재를 모르고 이렇게 긴장을 푼, 있는 그대로의 모습을 볼 수 있는 게 영광스럽게 느껴졌다.

그때 그중 한 마리를 죽여야 한다는 게 생각났다.

순전히 어떤 느낌인지 알아보기 위해 나는 총을 어깨로 가져갔다. 나는 숨도 안 쉬고 몸을 비틀어 한 팔꿈치는 가지에 기대 고정하고, 뻣뻣한 무릎은 조개처럼 나무줄기에 딱 붙여 자세를 취했다. 내가 돼지들을 조준하려고 애쓰는 동안, 돼지들은 부드럽게 춤추듯 서로 엉기며 킁킁 코를 비벼댔다. 나는 깨달았다, 서로 좋아하고 있구나. 다음 순간 생각보다 더 즉각적이고 본능적인 깨달음이 머리를 스쳤다 — 엄마와 두 자매야.

그 충격에 나는 휘청댔고, 순간 나무에서 굴러떨어져 돼지들 한가운데 수렁 속으로 빠지는 줄 알았다. 그러면 돼지들은 내 옷을 짓밟고 찢어발겼던 것처럼 나를 짓밟고 찢어발기겠지. 하지만 나는 버텼고, 억지로 에바와 딸 생각을 했다.

출산 시 어려움. 출산 후 출혈. 방아쇠를 못 당겨서 언니를 출혈 과다로 죽게 만들 거야?

신생아의 두뇌와 신경 손상. 그 아기가 온전치 못하게 태어나게 할 거야?

이 나무 위에서 하룻밤 더 보내고 싶어?

나는 무릎과 허벅지로 나무를 단단히 붙들었다. 심호흡을 세 번 하고, 총 쏘기에 대해 안다고 생각하는 모든 것들을 기억하려고 애썼다. 총이 더 이상 흔들리지 않을 때까지 기다렸다가 돼지의 등 한가운데를 조준했다. 불가능해 보이기는 했지만, 척추를 자를 수만 있다면 내 총알을 박은 채로 도망가지는 못할 것 같았다. 나는 한 번 더 심호흡을 한 뒤 숨을 멈췄다. 그리고 숨을 내쉬며, 언제 움찔해야 할지 절대 알 수 없도록 천천히 방아쇠를 당겼다.

모든 것이 소음과 함께 폭발했다. 총이 포효했지만, 잠시 동안 난 멍청하게도 내가 총을 발사하지 않은 줄 알았다. 너무 흥분해서 총의 반동을 전혀 못 느꼈기 때문이다. 있는지도 몰랐던 새들이 옆 나무 보금자리에서 후드득 날아갔다. 잎사귀와 잔가지들이 주위에서 비처럼 쏟아져 내렸다. 발아래 땅은 들끓고 있었다. 새끼 돼지들은 이미 사라졌고, 늙은 암돼지는 끔찍하게 몸부림치며 꽥꽥 비명을 질러대고 있었다.

예전에 애들이 고양이 허리에 스카프를 매놓은 걸 본 적 있는데, 고양이는 걸으려고 했지만 뒷다리가 술 취한 것처럼 제멋대로 흔들려 도무지 제대로 걷질 못했다. 나는 역겨워하면서도 눈을 떼지 못하고 계속 고양이를 지켜봤다. 내 발 아래 돼지가 그 비슷한 행동을 하고 있었다. 돼지는 서지를 못하고 휘청거리며 발버둥 쳤다. 앞다리를 휘저으며 몸을 당겨보려 하지만 뒷다리가 속절없이 비틀거렸다.

해냈어! 약실에 총알을 한 발 더 넣으려 했지만 손이 너무 떨려서 첫 번째 총알은 도토리처럼 진흙 속으로 떨어져버렸다.

나는 주머니에서 총알 하나를 겨우 더듬어 찾아 총에 쑤셔 넣고 다시 쐈다. 빗나갔다. 다시 시도했고, 이번에는 어깨를 맞혔다. 나는 내가 저지른 짓에 의기양양해하면서도 경악해서 나무에 달라붙은 채 총알과 사투를 벌이는 돼지를 지켜봤다. 돼지는 사납게 발광하며 있는 힘을 다해 거친 숨을 몰아쉬고 으르렁대며 진흙을 차댔다.

"죽어, 죽어. 제발 죽어!" 나는 소리 지르며 애원했다. 단말마의 고통 속에서도 돼지는 내 이질적인 목소리를 들었다. 돼지가 고개를 들었고, 그 근시의 눈이 나와 시선을 마주친 것 같았다.

"제발 죽어." 나는 애원했다. "우리 언니가 아기를 낳을 거야."

돼지는 꿀꿀거리며 한 번 더 진창에서 몸을 일으키려 했지만, 앞다리가 꺾였다. 돼지는 진흙 속에 쓰러진 채, 숨을 헐떡이며 갑자기 엄청나게 얌전하게 그대로 있었다. 나는 또 한 번 총을 쐈고, 이번에는 조준한 곳 — 머리 뒤쪽 — 에 제대로 맞았다. 돼지는 그 마지막 총알의 충격으로 온몸이 경직되더니 흙 속으로 푹 고꾸라져 생을 마감했다.

나는 덜덜 떨고 울면서 나무에서 고꾸라지듯 내려왔다. 손이 다 까지고 다리도 삐었다. 땅바닥에 내려오자 근육들이 아드레날린과 혈액 순환 부족으로 비명을 지르며 경련을 일으켰다. 기절할 것만 같았다. 나는 내가 만들어놓은 진흙투성이 살

덩어리에서 눈을 떼지 못한 채, 비틀거리며 지난밤을 보낸 나무에 가서 기댔다. 힘이 포효하며 물밀 듯이 밀려왔고, 막대함, 경외심, 자부심이 솟구쳤다. 난─적어도 잠시 동안은─내 사냥이 풋내기의 멍청한 행운 이상이었다고 확신했다.

겨우 설 수 있게 되자 나는 돼지에게 다가가서 내가 생명을 빼앗은 동물을 굽어봤다. 찢어진 살, 땅바닥에 흐른 피, 그러자 당신 피가 만든 진창에 누워 있던 아빠의 모습이 아빠 총의 역발만큼이나 확실하고 선명하게 다시 떠올랐다. 속이 메슥거리고 구역질이 치밀었다. 담즙 때문에 촉촉해진 말린 사과 조각들이 식도에 타는 듯한 쓰라림을 남기며 속에서 치고 올라왔다.

나는 더 이상 아무것도 안 나올 때까지 토한 다음, 진창에 쓰러져 울었다. 아빠, 엄마, 에바, 태어나지 않은 에바의 딸과 나 자신을 위해 울었다. 샐리 벨과 외톨이 여인─내가 구하려 하는 언니와 아이를 이미 오래전에 잃은 그 여인들─을 위해 울었다. 이 암퇘지와 새끼 돼지들을 위해 울었다. 나는 탈진하고 흥분해서 울었고, 울음을 멈추면 저 근육과 연골 덩어리를 고기로 만들어야 한다는 걸 알고 있었기 때문에 울었다.

드레싱. 그 작업은 옷을 벗기는 것에 훨씬 더 가까운 것 같지만, 백과사전에서는 그걸 드레싱이라고 칭한다. 그리고 늘 그렇듯이 실제로 드레싱을 어떻게 하는지에 대해서는 거의 아무 설명도 하지 않는다. 하지만 어떻게든 칼을 찔러 넣어 배를 가른 다음 피를 빼고 장을 긁어내고 껍질을 벗기고 머리와 다리를 잘라내고 뼈에서 살을 발라내야 한다는 건 안다. 그리고 오래 지체할 수 없다는 것도 안다. 그러면 고기에서 고약한 냄새가 나고 사후경직이 시작될 테니까.

네가 쏜 거야. 넌 네 배 속에 저 돼지의 집을 만들어줄 의무가 있어. 저 돼지는 너와 에바, 에바의 딸 속에서 새 삶을 얻을 자격이 있어.

나는 일어나서 잠시 돼지를 내려다보다 손가락 끝으로 조심스레 뒷다리를 잡았다. 뻣뻣한 털과 차가운 진흙, 남아 있는 온기의 느낌에 이가 갈렸다. 시험 삼아 다리를 잡아당겨 봤지만, 돼지는 꿈쩍도 하지 않았다. 나는 몸서리를 치며 다리를 붙잡은 다음 나머지 손으로 다른 쪽 다리도 잡고 휙 잡아당겼다. 엉덩이가 몇 센티미터 움직였다.

오래 걸리긴 했지만, 처음에는 한쪽을, 다음에는 다른 한쪽을 끙끙대며 잡아당긴 끝에 나는 돼지를 진창에서 끌고 나왔고, 목과 배가 내리막을 향하도록 끙끙대며 기대 세웠다. 힘든 작업이었지만, 돼지와 씨름을 마칠 때쯤엔 돼지의 감촉과 냄새에 거의 익숙해졌다. 돼지는 서서히 사물이 되어갔다.

나는 돼지 주둥이를 붙들고 머리를 뒤로 젖혔다. 그리고 칼날을 신중하게 목에 밀어 넣었지만, 늘 그렇듯이 뭔가를 하겠다고 결심했다고 해서 그 일이 쉽게 되는 건 아니었다. 쑤셔대고 난도질을 한 후에야 칼은 경정맥을 찢고 들어갔고 진한 붉은 피가 쏟아져 나와 내가 돼지를 끌고 올라온 경사면을 따라 내려가, 다시 수렁 속으로, 진흙과 토사물의 곤죽 속으로 흘러 들어갔다.

나는 칼로 배를 가르기 시작했다. 손도끼로 복장뼈를 부수어 열고 아직 부풀어 있는 젖꼭지 사이를 칼로 긋자, 그 구멍 사이로 모락모락 김이 나는 내장이 쏟아져 나와 땅바닥에 털썩 떨어졌다. 항문 주위로 구멍을 내고 그 끈적끈적하고 악취 나는 온기 속으로 손을 집어넣어 대장을 붙잡아 기다란 밧줄 같은 장을 끄집어냈다.

이젠 무엇이든 할 수 있어, 나는 심장과 간 — 에바와 딸에게 주는 내 첫 번째 선물 — 을 찾아 따뜻한 진줏빛 내장을 뒤지며 생각했다.

나는 하루 종일 걸려서 가죽과 살을, 살과 뼈를 가르고 암돼지를 고기 — 몇 덩어리는 삶고 튀기는 용, 수북한 조각들은 육포와 훈제용 — 로 나누었다. 물을 마시고, 칼을 갈고, 햇빛 때문에 숲이 더워져 재킷을 벗을 때 외에는 쉬지도 않았다.

어깨 한쪽과 등과 허리 부위 대부분이 총알들 때문에 망가져 있었지만, 그럼에도 우리는 고기를 보존하느라 며칠 동안 바쁘게 일했다. 돼지가 죽던 날 떠 있던 수렵월은 이미 초승달이 되었고, 에바의 뺨에는 혈색이 돌아왔다.

＊

흐릿한 햇빛을 받으며 그루터기에서 낮잠을 자다가 목까지 흙속에 파묻혀 있는 꿈을 꾼다. 내 팔과 다리는 원뿌리처럼 생겼는데 끝으로 갈수록 가늘어지면서 미세한 뿌리들만 남고, 끝내는 뿌리털과 토양 사이가 구분조차 되지 않는다. 땅 위를 둘러보자, 내가 눈구멍을 통해 지상 세계와 하늘 자체를 흡수하기라도 하는 듯이 머리가 부풀어 오른다. 내 머리는 계속 커져서 끝내 지구 전체를 둘러싼 껍질이 된다. 나는 무한한 평온함을 느끼며 부드럽게 잠에서 깨어난다.

＊

단풍잎이 다 떨어졌지만, 날은 아직도 청명하다. 우리는 아직 돼지 육포를 먹고 있고, 나는 어찌어찌해서 돼지기름과 재로 질척한 비누를, 돼지기름 한 사발과 실크 심지로 연기 자욱한 일종의 등불을 만들어냈다.

때로 돼지의 오랜 야생의 영혼이 내 영혼과 함께 내 속에 들어 있는 것 같은 기분이 든다. 때로 황혼 녘에 에바와 함께 언덕을 내려와 자러 집에 들어올 때면, 공포에 질려 나도 모르게 곁눈질로 이 방들을 둘러보게 된다. *저건 그냥 문이야. 저건 벽일 뿐이야. 해치지 않아.* 때로 아침에 잠이 깨서 가장 먼저 드는 생각은 극심한 공포다 — *바깥으로 나가야 해.*

⚓

간밤에는 첫 겨울비 소리에 잠이 깼다. 나는 달빛도 없는 어둠 속에 누워 창문을 부드럽게 두드리는 빗소리를 들었다. 작년에 비가 내리기 시작했을 때가 생각났다. 에바와 나는 퍼즐을 맞추고 깡통 수프를 먹으며 누가 우릴 구해주기를 기다렸다. 겁에 질린 그 소녀들에게 왈칵 동정심이 솟구쳤다. 지금이에바가 발레단에 들어가기로 되어 있었던 가을, 내가 하버드에 입학했어야 할 가을이라는 게, 날짜조차 알 수 없는 이 가을날 중 어느 날 내가 열여덟 살이 됐다는 게 그저 아득한 아이러니 같다.

오늘 아침 나는 식료품실에 들어갔다 — 그냥 흙과 물과 햇살과 반년 동안 함께한 결과물에 둘러싸인 채 서 있고 싶어서였다. 창문도 없는 그 답답한 방에서 나는 우리가 통조림으로 만든 음식들, 바닥에 쌓인 호박과 감자, 천장에 주렁주렁 매달린 말린 과일과 콩, 내가 모아온 뿌리와 잎, 나무껍질, 꽃들을 넣고, 그것들이 달래주고 유발하고 치료할 수 있는 것들과 발견 장소를 적은 라벨들을 붙인 꾸러미들과 병들을 바라봤다. 모두 말리고 분류해서 봄을 기다리고 있는 바깥 작업실의 씨앗 가방들과, 도토리와 베리와 돼지 육포를 가득 담은 그루터기의 통들을 생각했다. 어쨌거나 결국, 성취도 시험에 합격한 것 같은 기분이었다.

목초지에서는 뒤엉킨 황금빛 풀 사이로 겨울 새싹들이 막 나오기 시작한다. 숲에서는 조그만 녹색 새싹들이 축축한 검은 낙엽들을 뚫고 불꽃처럼 올라오고, 부지런한 버섯 포자들은 갑자기 열매를 맺는다. 개간지에서는 에바와 내가 텃밭 맨 끝에 세운 삼나무 울타리에서 새 잎이 돋아나고 있다.

매일매일이 새로운 선물을 가져온다. 어제는 돼지 육포 수프에 넣을 새 애기수영 무리를 발견했다. 오늘은 그루터기에 가는 길에 쏟아진 밝은 색 구슬처럼 생긴 것들을 봤다. 마드론 베리였다. 나는 몇 개 따서 마음속으로 일종의 감사 기도를 드린 후 조금 갉아 먹어봤다. 순하고 약간 단 맛이 났다 — 검은 씨앗을 둘러싸고 있는 건조한 노란 과육.

ꟊ

어제는 비가 계속 내려서, 숲은 제 맘대로 축축하라고 내버려 두고 집 안에 있었다. 따뜻한 난롯가에 앉아 꾸벅꾸벅 졸면서 겨울비 소리를 들었다. 바람에 날려 와 부딪히는 물방울 소리가 벽과 창문에 부딪히는 씨앗 소리 같았다. 나는 에바에게 임신강장제로 라즈베리 잎 차를 한 잔 타줬고, 에바는 차를 마시는 사이사이 거대한 배 위에 머그잔을 아슬아슬하게 올려놓고는 아기의 발길질에 잔이 바닥에 떨어지지 않는지 지켜보며 놀았다.

난롯가에서 도토리 가루를 빻고 있는데, 갑자기 집 전체가 흔들리기 시작했다. 막아놓은 다용도실에서 삐걱거리고 딱딱거리고 와르르 무너지는 소리가 들렸다. 그 소리가 끝나지 않을 것처럼 길게 느껴졌다. 에바의 찻잔이 바닥에 떨어졌고, 나는 벌떡 일어났다. 잠시 사방이 조용해졌다가, 또다시 커다랗게 부서지는 소리, 그리고 연속적으로 와르르 무너지는 소리가 들리더니, 모든 게 잠잠해졌다.

에바가 공포에 질린 얼굴로 나를 보며 애원했다. "어떻게 해야 해?"

"숨어." 내가 속삭였다.

"어디로?" 에바의 질문에 말문이 막혔다. 어떤 벽장 구석에 숨는다 해도 그 남자가 결국 문을 부수고 들어오면 그곳이 덫이 되고 말 것임을 그 순간 깨달았기 때문이다.

"앞문 옆에서 기다려." 내가 속삭였다. "밖에 뭐가 있는지 볼게. 내가 소리를 지르면 언닌 숲 속으로 뛰어."

에바는 고개를 끄덕이고는, 총을 쥐고 부엌 쪽으로 살금살금 다가가는 내게 애원했다. "조심해."

부엌에 들어가자마자 뭔가가 잘못되었다는 걸 알 수 있었다. 다용도실로 가는 문의 창문을 통해 빛이 들어오고 있었다. 나는 얼굴이 나타날 거라 짐작되는, 창문의 한 지점을 향해 총구를 겨눈 채 천천히 그쪽으로 다가갔다. 조리대 옆을 기어가서 먼지 쌓인 냉장고와 난로를 지나 모서리를 돌기까지의 시간이 영원처럼 느껴졌다. 겨우 문 앞까지 간 나는 창문 아래 쪼그리고 앉아 기다렸다.

머리가 어지럽고 다리가 저리기 시작했지만, 아무 일도 일어나지 않았다. 나는 압사할 것 같은 고요의 무게에 짓눌려 움찔거리며 고개를 살짝 들어 창밖을 내다봤다. 눈앞에 보이는 광경이 너무 충격적이어서 잠시 이해가 되지 않았다—나는 돌무더기 폐허를 바라보고 있었다. 세탁기는 뒷문을 뚫고 쓰러졌고, 건조기는 쓰러진 냉장고 옆에 모로 누워 있었다. 바닥은 땅바닥을 향해 급경사를 이루며 기울어졌고, 지붕은 휘어진 들보 사이에 늘어져 있었다. 잔해와 부엌문 사이 틈으로 비가 내리고 있었다.

그 사람이 어떻게 이런 짓을 한 거지? 나는 멍청하게 생각했다. *누가 같이 있는 게 틀림없어.*

하지만 여전히 아무도 나타나지 않았고, 발자국을 찾으러 안으로 들어가 봐도 보이는 거라곤 너구리와 주머니쥐 발자국뿐이었다. 다용도실은 그냥 무너진 것이었다. 썩어가는 목재들이 마침내 주철 싱크대와 텅 빈 냉장고, 쓸모없는 세탁기, 죽은 건조기의 무게를 버티지 못하고 내려앉은 것이다.

부모님의 집이 우리를 둘러싸고 무너지고 있다.

또다시 보름달이다. 비는 잠시 멈췄지만, 날씨가 너무 춥고 에바의 배가 너무 불러 우리는 집 가까이, 난로와 식료품실, 따스한 매트리스 가까이에 머문다. 에바는 꾸벅꾸벅 졸고 내가 타주는 차를 마신다. 에바는 엄마가 남긴 실크로 조그맣고 이상한 가운을 짜고, 나는 백과사전을 뒤적이며 그 안에 담긴 꿈들을 읽고 보름달 빛에 글을 쓴다. 펜이 사각거리며 이 마지막 몇 장의 종이 위에 조그만 글씨를 써 내려간다.

오늘 오후에는 이런 걸 읽었다. "처녀"라는 단어가 오래전 처음 쓰였을 때, 그것은 생리학적 순결 상태가 아니라 어떤 남자에게도 속하지 않은, 자기 자신에게 속한 심리적 상태를 의미했다. 처녀라는 것은 범해지지 않았다는 게 아니라, 자연과 본능에 충실하다는 것을 의미했다. 처녀림이 수정되지 않았거나 불모의 땅이 아니라, 인간에 의해 개척되지 않은 숲을 의미하는 것처럼 말이다.

혼인 관계에서 태어나지 않은 아이들을 한때는 "처녀에게서 태어났다"라고 칭했다.

오늘 밤 우리는 성대한 식사—도토리 케이크와 말린 블랙베리 스튜, 구운 호박, 내가 개울가에 일군 땅에서 나온 냉이 조금—를 했다. 에바는 우단동자꽃 차를 놓고 졸고 있다. 찻잔에서 언니 얼굴을 향해 꿈결처럼 김이 피어오른다.

오늘 밤 그루터기는 어떨지 궁금하다. 지붕은 멀쩡한지, 합판 문이 아직 붙어 있는지 궁금하다. 뭔가 거기서 둥지를 틀지는 않았을지, 우리의 도토리와 베리 통들 사이에 아늑하게 자리를 잡지는 않았을지 궁금하다. 지금 거기서 비와 바람 소리를 듣고, 밤과 젖은 잎사귀들, 흙, 오래전 불탄 나무의 냄새를 맡는 건 어떤 기분일지 궁금하다. 숲에서 어떤 동물들이 우리를 지켜볼지, 어떤 유령들이 빗속에서 우리 위를 떠다니고 우리 주위를 맴돌지 궁금하다.

왜 그곳이 여기보다 더 안전하고, 더 살아 있는 것 같을까?

드디어 시작되었다. 그게 어떻게 끝날지 생각하기가 무섭다. 그걸 쓰기도 두렵지만 — 그것들이 예언이 되면 어떡하나?

어젯밤 에바는 도토리 죽을 깨작대기만 했고, 조금 후에는 자리를 박차고 지난 몇 달 동안 보지 못했던 속도로 화장실로 달려 들어갔다. 화장실에서 나올 때 에바는 손으로 배를 누르고 있었다.

"만져봐." 에바가 말했다. 에바의 배를 만져봤더니, 참나무 둥치만큼 단단했다. 자기만의 의지를 가지고 있었다.

"자궁 수축이야?" 배가 다시 부드러워지는 걸 느끼며 내가 물었다.

에바는 고개를 끄덕였다.

"처음이야?"

"가장 센 거야. 하루 종일 왔다 갔다 하고 있어. 하지만 뭔지 확신을 못 했어."

"지난번 진통은 언제였어?"

"조금 전. 저녁 먹기 전에."

"느낌이 어때?"

"괜찮아. 약간 어지러워." 에바는 나를 바라보며 물었다. "준비됐니?"

아니, 나는 생각했지만, 대답했다. "그 말은, 언니는 된 거야?"

"응. 아니. 어쩌면. 하여간 아기가 나오고 있어." 에바는 거의 축제라도 시작되는 듯이 대답했다.

"이제 뭘 할 거야?"

"침대로 가야겠지. 쉬어야 해."

에바는 매트리스에 누웠고, 나는 백과사전을 가져와 조금의 지식이라도 더 주워보려고, 백과사전의 단어들을 외우거나 엿보려고 애썼다.

에바는 잠이 들었고, 나중에는 나도 빗소리와 따스한 난로에 긴장이 누그러져 잠이 들었다. 새벽이 오기 직전 난 잠에서 깼다. 에바가 매트리스에 누워서 앞뒤로 몸을 흔들며 홀로 신음하고 있었다.

"에바." 나는 방금 잠에서 깬 잠긴 목소리로 말했다. "어떻게 돼가?"

"괜찮은 것 같아."

"아직도 진통이 진행돼?"

"응."

"어떻게?"

"점점 더 세지고 있어."

"얼마 간격으로?"

에바는 간신히 웃었다. "스톱워치라도 있어?"

나는 오리나무 껍질을 달인 물을 억지로 먹였다. 도토리 죽을 끓였지만, 결국 먹은 건 나 혼자였다. 이따금씩 에바는 배를 움켜잡았고, 나는 하던 일을 내팽개치고 에바 옆 매트리스에 앉아 진통이 끝날 때까지 어깨를 문질러줬다.

긴 하루가 지나갔다. 내가 불을 지피고 바닥을 쓸고 시트를 반듯이 펴고 에바의 산고를 도와주고 내 긴장을 풀어줄 차를 끓이는 사이, 에바는 매트리스에 누워 그치지도 빨라지지도 않는 진통을 견디고 있었다. 마침내 해 질 무렵이 되자, 에바는 베개에서 머리를 들고 내가 두려워하던 질문을 던졌다. "얼마나 더 오래 해야 해?"

"얼마 안 남았을 거야. 잘하고 있어."

"다른 건 할 게 없어?"

"모르겠어. 없는 것 같아."

"백과사전은 뭐래?"

"언니가 잘하고 있대."

백과사전에 따르면, 초산의 경우 평균 분만 시간은 16~18시간이다.

"착한 넬리." 에바가 처음 보는 사람처럼 나를 바라보며 말했다. "이렇게 해주다니 정말 착하구나."

나는 어깨를 으쓱했다. "자매 좋다는 게 뭐야?"

하지만 내가 할 수 있는 일이라고는 언니의 등을 쓸어주고 차를 주고 거짓말을 하고 *잘하고 있어* 하고 말하는 것뿐이었다.

🔥

백과사전은 힘을 주는 게 본능이라고 주장한다. 하지만 에바는 힘을 준다는 소리는 전혀 하지 않는다. "온다"라는 말만 하는데, 또 한 번의 진통 외엔 아무것도 오지 않는다.

또 한 번의 밤과 낮이 지나갔고, 집은 뜨겁고 답답하다. 고통에 시달리는 육체의 냄새, 에바의 신음 소리로 가득하다. 에바는 몇 시간째 계속 낡은 매트리스에 누워 있고, 나는 불을 피우고 등을 쓸어주며, 공포에 질린 채 무력하게 기다린다.

젠장할 백과사전.

에바가 죽어가고 있는데, 백과사전은 본능 이야기만 한다. 심지어 지금도 차분하고 현학적이고 초연한 태도로 세상을 사실로 단순화해서 단조롭게 읊조리기만 하면서, 정작 우리 언니 목숨을 구할 지식은 내놓지 않는다. 백과사전이 본능에 대해서 뭘 안단 말인가?

본능은 종이보다 오래되고, 말보다 야성적이다. 본능은 출산의 세 단계에 관한 어떤 논문, 산과적 중재에 대한 어떤 논문보다 지혜롭다. 하지만 본능은 어디에서 오는 걸까? 이렇게 오랫동안 본능 없이 살아온 내가 지금 어디서 그걸 찾을 수 있을까?

샐리 벨에게는 본능이 있었다. 샐리는 여동생의 심장을 손에 쥐고 덤불 속에 숨었고, 살인자들이 떠나자 베리와 뿌리를 먹고 살고, 알몸으로 텅 빈 나무 속에서 자고, 그 공포를 이기고 80년을 살았다. 외톨이 여인에게는 본능이 있었다. 그 여인은 아이를 구하기 위해 부족민을 떠났고, 아이가 죽었다는 걸 알고는 혼자 살았다. 그 암퇘지에게도 본능이 있었다. 새끼들을 데리고 물을 먹으러 왔고, 죽을 때까지 총알과 싸웠다.

분명 내게도 본능이 있다.

그때 이런 생각이 떠올랐다. *우린 이 집을 떠나야 해. 에바가*

살려면, 꼼짝달싹 못한 채 갇혀 있는 이곳을 떠나야 해. 에바가 엄마가 되려면, 아이를 낳을 수 있는 다른 방식을 찾아내야 해.

그 절박함이 너무나 강력해서, 그 생각에 의문을 제기해보기도 전에 나는 말했다. "이봐, 에바—걸을 수 있겠어?"

"뭐?"

"걸을 수 있겠냐고."

"왜?"

"우리 산책 가자."

"어디로?"

"그루터기로." 생각도 하기 전에 말이 나왔다. 회의나 분노나 무관심에 단단히 대비하고 있던 내 예상과는 다르게, 에바는 살짝 흥미를 보이며 나를 쳐다봤다.

"그루터기로?" 에바가 따라 말했다.

"어쩌면 도움이 될지 몰라. 걸을 수 있을 것 같아?"

"해볼게." 에바는 내 목소리에 담긴 확신에, 행동한다는 안도감에 반응하며 힘겹게 매트리스에서 일어났다.

나는 배낭에 퀼트와 담요, 음식을 넣고, 양동이에는 불씨가 살아 있는 숯을 재와 함께 퍼 넣었다. 옷을 따뜻하게 입고 에바도 든든하게 입힌 다음 신발 끈을 맸다. 그리고 우리는 출발했고, 열린 문간에서 에바의 배가 조여드는 바람에 잠시 걸음을 멈췄다.

문간에 서서 에바의 등을 문지르며 회녹색 숲을 바라보고 있으니, 내 배에도 진통이 일어나 조여들었다 — 공포의 진통이었다. 왜 난 거의 이틀 동안 산고를 겪은 언니에게 젖은 숲을 여행하게 하려는 걸까? 그저 피치 못할 상황을 앞당기기 위해, 언니의 고통을 끝내주려고 이러는 걸까?

우리는 한 번에 한 걸음씩 개간지를 가로지른다. 썩은 튤립 꽃밭을 지나 숲 속으로 들어와 개울을 따라 상류로 걸어 올라간다. 에바는 내게 기댄 채 발레리나였던 사람답지 않게 어기적거리며 걷지만, 무용수의 체력을 총동원해 한 걸음씩 나아간다. 가끔 진통의 고통이 온몸을 휩쓸 때면 나를 꽉 움켜쥔 채 걸음을 멈춘다.

우리가 올라가야 할 언덕 사면에 다 왔다. 우린 또 한 번의 진통이 지나가길 기다렸다가 오르기 시작한다. 위로.

그리고 또 위로. 그리고 휴식. 전진. 또 위로, 한 번에 한 걸음씩 경과를 세어가며 간다.

언니가 하도 꽉 잡아서 팔에 감각이 없어진다. 배낭을 멘 등이 아프다. 얼굴은 눈물인지 땀인지 안개인지로 온통 젖었지만, 그래도 우리는 올라간다. 적어도 그건 뭔가 하는 거다. 적어도 우리는 뭔가 하고 있다.

하지만 언덕을 반 정도 올라왔을 때 에바가 말한다. "못 하겠어." 에바는 미친 듯이 절박하게 주위를 돌아보다 시선을 내게 고정하더니, 세상 최고의 진실을 설명하기라도 하는 것처럼 집중해서 말한다. "못 하겠어."

"얼마 안 남았어." 내가 대답한다.

"못 하겠어. 언덕 때문이 아냐. 이것 때문이야. 못 낳겠어. 못 나가겠어. 못 하겠어."

에바는 흐느끼다가 회색 하늘을 향해 머리를 뒤로 젖히고 비명을 지르기 시작한다. 얼굴이 가면처럼, 영원한 고통을 둘러싼 이름 없는 살덩어리처럼 보인다. 언덕에 붙어 비명을 지르고 있는 에바는 더 이상 내 언니가 아니라 동물이다. 우리를 둘러싼 숲은 귀 기울이고 기다리며 우리의 미약한 사투를 흡수한다.

"못 하겠어. 못 하겠어." 에바는 울부짖는다. "못 하겠어."

나는 크게 들썩이는 언니의 어깨를 잡고 억지로 내 얼굴을 보게 한 뒤 무시무시하게 필사적인 목소리로 말한다. "이거 말고 뭘 할 건데?"

순간 에바가 제정신으로 돌아와 그 텅 빈 눈으로 나를 쳐다보고, 나는 다시 으르렁댄다. "이거 말고 뭘 할 거냐고?" 그러자 나는 좀 누그러져서 애원한다. "그냥 언덕을 올라가. 아기를 낳을 필요 없어. 그래도 그냥 제발, 제발 이 언덕 좀 올라가."

에바가 발을 질질 끌며 걸어간다. 멈춘다. 힘이 들어 비틀거리며 내게 매달렸다가, 다시 발을 질질 끌며 한 걸음 내딛는다.

솔잎과 낙엽, 작년 도토리들이 뒤섞여 쌓인 경사면에 언니의 발이 고랑을 내며 지나간다.

그렇게 우리는 한 발, 또 끔찍한 한 발을 — 위로 또 위로 — 내딛는다. 경사가 가장 가파른 곳에 와서는 내가 언니 뒤에서 밀어 올린다. 처음에는 어깻죽지에 손을 대고, 가장 가파른 곳에서는 손으로 엉덩이를 받치고 민다. 치마 아래 살을 통해 느껴지는 언니의 골반뼈를 위로, 위로, 한 번에 1인치, 1센티미터씩 밀어 올린다.

에바가 헐떡거리며 "온다" 하고 말하자, 우리는 걸음을 멈추고 단단히 대비해서 진통이 우리를 휩쓸고 지나가기를 기다린다. 마침내 난 나 또한 진통의 힘으로 떨고 있다는 걸 깨닫는다. 나 또한 대양처럼 깊게 심호흡하고 있다. 나 또한 신음하고 으르렁거리며 무심한 숲에다 고통을 펼쳐놓는다.

우리는 겨우겨우 평지에 도착한다. 에바는 쓰러지듯 땅바닥에 앉고, 나도 옆에 주저앉아 언니를 안고 흔들어 달래며 우리를 이곳까지 오게 해준 우리 안팎의 모든 것들에게 찬양과 감사와 축복의 말을 중얼거리며 전한다. 겨우 고개를 들어 주위를 둘러보자, 비에 젖은 숲과 우중의 흐린 하늘, 통이 가득 든, 지붕을 씌운 그루터기가 보인다. 순간 내가 미친 짓을 했다는 걸 알았다.

하지만 돌아갈 수는 없다. 나는 공포심을 내리누르고 에바를 일으켜 세운 후, 그루터기를 향해 — 아기처럼 한 걸음, 한 걸음 — 조금씩 나아간다. 오래전 하던 놀이가 생각난다. *넬리, 넌 두 걸음 더 가도 좋아.*

엄마, 그래도 돼요?

그럼, 그래도 돼.

응, 그래야 해. 그거 말고 뭘 할 건데?

에바가 그루터기에 도착할 무렵에는 사방이 거의 캄캄해졌다. 에바는 그루터기에 몸을 기대고 있고, 나는 합판 문을 치운 후 통들을 낑낑대며 끌어내 공간을 더 확보한다. 에바가 배를 거의 땅에 끌듯이 하며 기어 들어온다. 에바가 누울 수 있게 퀼트를 깔아준 다음, 몸을 너무 사정없이 떨고 있어 가져온 담요를 몽땅 다 덮어준다. 그리고 거의 사라져가는 빛 속에서 허둥지둥 마른 장작을 구해 온다.

나는 양동이의 숯을 모닥불 구덩이에 붓고 불을 피우려고 애쓴다. 에바는 멍하게 지켜본다. 마침내 불꽃이 튀면서 소중한 종잇조각에 불이 붙고, 나는 털썩 주저앉아 불길에 나무를 더 집어넣는다.

"여기 좋네." 에바가 이를 달각달각 부딪치며 말한다. 지난 며칠 동안 에바가 자신에 관한 것이 아닌 말을 하는 건 처음이다. 나도 쳐다본다. 에바의 말이 맞다. 불길이 별을 향해 치솟으며 우리가 휴식을 취하고 있는 그루터기 안 우묵하고 뒤틀린 곳들에 그림자를 드리운다. 참나무와 월계수의 연기, 부식토, 탄 삼나무, 축축한 밤의 깨끗한 향기가 난다. 달은 보름달을 막 넘겼고, 오늘 밤 이 숲에는 우릴 해치고 싶어 하는 존재라곤 없어 보인다. 대신 숲이 드디어 우리에게 동정적이 되기라도 한 듯이, 우리 ─ 그루터기 안에 웅크리고 있는 우리 ─ 가 마침내 중요해지기라도 한 듯이, 사방에서 새로운 자비가 느껴진다.

또 진통이 찾아오자 에바는 몸을 웅크리며 더듬더듬 내 손을 찾아 잡는다. 손을 어찌나 꼭 쥐는지, 뼈가 부서질 것만 같다.

"이제 익숙해진 것 같아." 에바가 헐떡대며 말한다. 그리고 애처로이 하소연한다. "이보다 더 심해질 수는 없을 거야."

하지만 실제는 그렇다.

산통은 폭풍처럼 빠르고 거세게 에바를 때려눕혔다가, 겨우 몇 초 정신 차릴 시간을 주고는 다시 덮친다. 에바는 비명은 지르지 않지만 신음하며 괴로워한다. 에바가 내는 소리는 고통과 산고를 넘어선 소리, 인간 ─ 혹은 심지어 동물 ─ 을 넘어선 소리다. 땅을 움직이는 소리, 삼나무 껍질에 난 깊고 광포한 균열에 목소리를 주는 소리다. 세포들이 분할하는 소리, 원자들이 결합하는 소리, 달이 커져가고 별이 만들어지는 소리다.

"마셔." 나는 에바의 입에 물 컵을 대주며 말한다. 에바는 떨며 한 모금 마시고 말한다. "오줌을 눠야겠어."

나는 언니를 부축해서 밖으로 데리고 나와 치마 걷는 걸 도와준다. 쪼그리고 앉는 걸 잡아주지만, 오는 거라곤 진통뿐이다. 그때 또 다른 소리가, 목구멍 깊은 곳에서 나오는 신음 소리가 들린다. 속에서 힘을 주느라 에바의 눈이 가느다랗게 찌푸려진다.

끝나고 나자 에바가 말한다. "내가 힘을 줬어."

희망이란 놀랍게도 절망 바로 위에서 맴돈다. 몇 시간 전만 해도 완전히 포기했다고 생각했는데, 새로운 흥분이 온몸을 감싼다. 나는 생각한다, *어쩌면 언니는 안 죽을지도 몰라.*

에바가 얼마나 오래 힘을 줬는지 나는 모른다. 몇 번이나 불이 약해졌고, 그러면 난 에바를 두고 불을 다시 지폈다. 어느 시점이 되자 나는 에바를 일으켜 그루터기 내벽에 기대 앉혔다. 다리 사이를 보자, 부풀어 오른 음문이 어른거리는 불빛에 보였다. 한 번 더 힘을 주자, 음순이 벌어지면서 매끄러운 머리가 살짝 엿보였다.

진통이 약해지자 머리도 사라졌지만, 다음번 진통 때 에바의 손을 잡고 다리 사이로 가져와 아기의 살을 만지게 해줬다. 에바의 얼굴에 황홀한 표정이 떠올랐고, 그 흔적은 다음번 진통이 끝날 때까지도 사라지지 않았다. 나는 에바에게 물을 조금 먹이고 손을 잡은 채 함께 신음하며 격려했고, 마침내 음문이 점점 더 얇게 늘어나면서 아기의 머리가 천천히 조금씩 나오기 시작했다.

갑자기 에바의 눈이 놀라서 휘둥그레졌다. 에바가 다시 힘을 주자 머리가 쑥 나왔다 — 몸은 아직 안에 있었고, 납작한 얼굴은 다른 시대에서 온 신처럼 보였다. 다시 힘을 주자 아기가 내 쪽으로 주르르 미끄러져 나왔다. 나는 아기를 서투르게 받았다. 아기를 보호하기 위해서라기보다 나한테 와서 부딪히지 못하게 하기 위해서였다. 아기는 뜨겁고 축축하고 미끄럽고 죽음처럼 조용했다. 그 충격적인 순간, 나는 드러난 아기의 얼굴을 쳐다봤다. 아기는 온전해 보였고, 나는 아기를 달래서 살아나게 만들기가 이상하게 주저됐다.

하지만 내가 막 백과사전의 책장들을 기억하려고 하는 순간, 아기가 숨을 들이쉬었다. 그리고 또 한 번. 아기는 눈을 뜨고 불을, 그루터기를, 동트기 전 하늘을 쳐다봤다. 에바는 눈물을 흘리며 털썩 드러누웠다. 나는 그 조그만 아기를 에바의 가슴 위에 놓아준 뒤, 온갖 이불을 다 가져와 둘을 감쌌다.

그때 우리는 울고 웃었다. 말로는 도무지 표현할 수 없었다. 에바의 진통이 다시 시작됐고, 순간 나는 공포에 질려 생각했다, 쌍둥이구나. 하지만 그때 태반이 기억났다. 에바가 다시 힘을 주자, 간처럼 자줏빛에, 혈관들이 얽혀 있는 태반이 미끄러져 나왔다.

태반을 살펴봐야 한다는 생각은 났지만, 너무 얼떨떨해서 뭘 살펴봐야 하는지 기억이 나질 않았다. 물론 백과사전에서는 탯줄을 어떻게 잘라야 하는지 아무런 설명도 해주지 않았고, 그래서 나는 내 방식대로 했다. 먼저 조금 시험 삼아 잘라본 다음, 에바도 아기도 움찔하지 않자 탯줄을 칼날 위에 겹쳐놓고 휙 잡아당겨 둘로 잘랐다.

에바가 아기에게 중얼대며 말을 걸고, 달래서 젖을 물려보고, 아기가 젖꼭지 근처에서 쌕쌕거리며 더듬거리는 걸 보고 킥킥 웃는 동안, 나는 불을 지폈다. 가느다란 연기가 새벽 공기를 쌉쌀한 냄새로 채우며 개간지로 흘러나갔다.

해가 떴다.

나는 에바의 가슴 위에 놓인 담요 무더기를 보고 말했다. "이제 볼 수 있을 정도로 환해졌어. 언니 딸 좀 보여줘."

에바는 손가락 끝으로 나른하게 아기 머리를 쓰다듬었다. "아들이야."

"뭐라고?"

"아들이라고."

나는 뻣뻣해졌다. "어떻게 알아?"

에바가 어깨를 으쓱했다. "몇 달 동안 알고 있었어."

"하지만 딸이어야 하는데."

에바는 웃음을 터뜨리며 고개를 숙여 가슴 위에 놓인 꾸러미를 내려다봤다. "아냐. 아들이야. 착하고 똑똑하고 강하고 아름다운 아들이야."

"한 번도 말 안 해줬잖아."

"한 번도 안 물어봤잖아."

"아들인 거 확실해?"

"장담해."

"내기할래?"

"그럼 난," 에바는 명랑하게 대답했다. "휘발유를 걸겠어. 아들이라는 데 휘발유를 걸게."

담요를 살짝 젖히고 들여다보자, 그 조그맣고 빨갛고 주름진 허벅지 사이에 깜짝 놀랄 정도로 커다란 고환 두 개와 조그맣고 통통한 벌레 같은 음경이 있었다.

"아들이구나." 내 목소리에 실망감이 너무 역력해서 에바가 나를 쳐다보며 물었다. "아들인 게 어때서?"

"문제없어. 그냥 아기 이름을 글로리아로 짓고 싶었거든."

"음, 글로리아는 너한텐 꽤나 바보 같은 이름이겠지, 안 그래, 아가?" 에바는 가슴 위 아기에게 작은 소리로 읊조렸다.

그 모든 일을 남자아이를 위해서 했다니, 나는 생각했다. 갑자기 고추가 빳빳해지더니 거기서 순식간에 물이 뿜어져 나왔다.

"오줌 싸고 있어." 에바는 즐겁고 놀라워하며 말했다. "나한테 세례식을 해줬어." 에바는 여덟 살짜리 애처럼, 그랑 마니에르를 마시고 취한 것처럼 킬킬대기 시작했고, 그 웃음이 너무 전염성이 있어서 나도 같이 웃지 않을 수 없었다. 안도의 웃음과 함께 긴장이 풀리고 마음이 정화되었다.

우리가 웃고 있는 사이에 주위는 점점 더 밝아졌다. 우리는 입가가 아프고 배가 아프고 어지러울 때까지, 눈물이 흐릿하게 차올라 뺨 위로 주르르 흘러내릴 때까지 킬킬댔다. 아기는 태어나서 숨을 쉬고 있고 언니는 다시 정신을 차렸으니, 이젠 어떤 나쁜 일도 생기지 않을 것만 같았다.

우리는 정오까지 그루터기에서 졸다가 미소 짓다가 고무 같은 얼굴을 한 아기가 새 눈으로 세상을 바라보는 걸 지켜보면서 휴식을 취했다. 하지만 날이 쌀쌀해서 신생아에게 충분할 정도로 그루터기 안을 따뜻하게 유지하려면 불에 신경을 많이 써야 했다. 나는 에바와 아기를 빨리 집으로 내려보내고 싶어졌다. 난로에 안정된 불을 피우고, 뜨거운 음식과 카모마일 차를 만들어 먹고, 며칠 동안 자고 싶은 마음이 간절했다.

나는 태반과 탯줄을 우리의 새 개간지에, 돼지들이 절대 파헤칠 수 없는 땅속 깊숙한 곳에 묻었다. 그러고는 담요를 통에 쑤셔 넣고 숯불을 완전히 부수어 끈 다음 아기를 안고 언니를 부축해서 ─ 한 발, 한 발 ─ 언덕을 내려갔다.

어젯밤에는 창문이 열리는 소리에 잠이 깼다. 정신을 가다듬으려고 애쓰는 사이, 캄캄한 방이 빙빙 돌았다. 공포에 질린 그 순간, 결국 강간범과 다시 마주치자고 지난 9개월을 악착같이 살아남았나 하는 생각이 들었다. 그때 에바가 발을 질질 끌며 다시 매트리스로 오는 소리가 들렸다.

"무슨 일이야?" 내가 속삭였다.

"아무것도 아냐. 그냥 이 안이 좀 더워서."

"괜찮은 거야?"

"그런 거 같아."

에바에게 가봤더니 열이 펄펄 끓고 있었다. 얼굴은 땀으로 번질번질하고, 온몸을 떨고 있었다. 나는 돼지기름 램프를 켜고 마실 물과 젖은 천을 가져와 얼굴과 팔을 닦았다. 그러고는 식료품실로 가 채집한 허브들 사이에 서서, 그중 어떤 것이 언니를 낫게 해줄지 필사적으로 판단하려고, 또는 직관적으로 알아내려고 애썼다.

나는 언니에게 딸기 잎 차를 조금씩 먹이고, 차가운 빛이 천천히 방 안으로 퍼져 들어오는 걸 바라보며 오랫동안 옆에 앉아 있었다. 희미한 빛 속에서 두려움과 질문들이 칼과 창 모양 얼음처럼 굳어졌다. *감염이 틀림없어,* 나는 생각했다—그렇지 않고서야 출산한 지 이틀도 안 돼서 저렇게 빠르게 열이 날 수는 없어.

하지만 어떻게 감염이 된 건지 알 수가 없었다.

그리고 어떻게 치료해야 하는지도 알 수가 없었다.

그러는 사이 아기는 인간같지 않은 날카로운 소리로 영원처럼 오랫동안 울어댔다. 멈추게 할 방법을 찾을 수가 없었다. 안아도 소용이 없었다. 흔들어 달래도 소용이 없었다. 안고 걸으면서 노래를 불러줘도 소용이 없었다. 아기를 포대기로 싸서 내가 만든 서랍 요람에 눕혔지만, 아기는 계속 앙앙 울어댔다. 에바의 뜨거운 젖꼭지에 갖다 대봤지만, 아기는 젖을 빨려고 버둥대다가 몸을 젖히고 악을 썼다. 그러다가 마침내 — 울어대던 도중에 — 갑자기 툭 잠들더니, 몇 분 만에 깨서 또 울음을 터뜨렸다.

에바가 뒤척여서, 나는 얼굴을 닦아주고 말채나무 뿌리 차를 바싹 마른 입술에 갖다 댔다. 에바는 차를 힘들게 조금 들이마시더니, 갑자기 미친 듯이 사방을 둘러보며 "내 아기 어딨어?" 하고 물었다. 아기가 내 바로 옆에 누워 악을 쓰며 울고 있는데도 말이다.

"여기 있어." 내가 달랬다. "다 괜찮아." 나는 거짓말을 했다.

에바는 다시 열에 취해 잠들며 중얼거렸다. "그 다리 들어, 더 높게. 발목은 똑바로. 고개는 들고. 그렇지. 들고, 들고, 들고." 그러고는 그리운 어조로 말했다. "플리에서 아라베스크로, 땅 르베, 소떼, 셋, 넷, 그리고 피루엣."

나는 아기를 흔들어 달래고, 시큼한 방 안을 왔다 갔다 걸어다니고, 기저귀로 쓰는 수건을 갈아줬지만, 아기는 내내 비명을 지르며 울어댔다.

어떻게 그런 것들을 아는지 나 스스로도 의아해하며, 나는 젖은 천을 빨도록 쥐보고, 손가락도 물려봤다. 도토리 죽 조금이랑 우드로즈 차 한 방울을 삼키게 해보려고도 했다. 어르기도 하고, 노래도 불러주고, 끝내는 아기에게 소리 지르지 않으려고 혀를 꽉 물었다.

집은 에바의 열로 펄펄 끓어올랐다. 자지러지는 아기 울음소리와 내 두려움으로 타올랐다. 아기는 울음을 멈출 생각이 없었고, 그 울음소리는 고발, 비난, 내 무능력과 무지에 대한 날카로운 상기였다. 그 울음소리에 나는 무력감에서 분노로, 분노를 거쳐 절망으로 소용돌이치며 추락했고, 그럼에도 아기는 새빨개진 얼굴에 눈을 꽉 감은 채—눈에선 눈물도 흐르지 않았다—계속해서 울어댔다.

나는 아기를 다시 서랍에 눕혀놓고 나무를 가지러 밖에 나갔다. 돌아오니 아기는 여전히 악을 쓰고 있었고, 아기에게서 나오지 않은 눈물은 에바의 얼굴을 따라 조용히 흐르고 있었다.

"왜 우는 거야?" 에바는 나를 보자 물었다.

"배가 고픈 것 같아." 내가 대답했다. "아직도 젖은 안 나오지?"

"언제나 나올까?" 에바가 간절히 물었다.

"곧 나올 거야. 첫 번째는 조금 더 걸린다고 했어." *마치 두 번째가 있을 것처럼 말하고 있잖아,* 나는 생각했다.

에바는 한숨을 쉬며 초조하게 돌아누웠다.

"기분은 어때?" 내가 물었다.

에바는 대답했다. "추워." 그리고 난 생각했다, *결국 난 정말로 언니를 잃고 있구나.*

아기는 여전히 비명을 질러댔고, 그 소리가 내 머리에 구멍을 뚫어, *멈추게 해야 해*라는 것을 제외한 모든 생각을 몰아냈다. 난 무력감에 미칠 것 같은 심정이 되어 갑자기 와락 덤벼들어 아기를 움켜쥐고 들어 올렸다. 내 손가락들은 발톱처럼 휘어졌고, 내 팔은 아기를 찢어발겨 울음을 멈추게 하고 싶어서, 그 목소리와 끔찍한 요구를 멈추게 할 어떤 무모한 짓이라도 하고 싶어서 근질거리고 있었다.

하지만 아기를 흔들거나 때리거나 그 머리통으로 난롯가를 치는 대신, 나는 내 매트리스에 털썩 쓰러졌다. 나도 울음을 터뜨리며, 울부짖는 아기를 꼭 끌어안았다. 아기는 코를 비비며 내 품 안에 파고 들어왔고, 나는 혼이 나간 상태에서 아기가 원하는 걸 줬다. 마치 아길 죽일 생각 같은 건 전혀 해본 적 없다는 듯이 셔츠를 걷어 올려 가슴을 드러냈다. 잠시 무거운 머리가 가느다란 목 위에서 미친 듯이 흔들리더니, 아기가 내 젖꼭지에 달라붙었다.

놀라서 숨이 막혔다. 아기가 젖을 빠는 느낌은 섹스처럼 갑작스럽고 강한 충격이었다. *조그만 진공청소기 같아*, 나는 생각했다. 아기를 다치게 하지 않았다는 안도감과 갑작스러운 고요함에 대한 기쁨으로 머리가 어지러웠다. 아기는 짙은 눈을 깜박이지도 않고 뜬 채, 잎사귀를 먹는 거북이처럼 사무적으로 내 젖꼭지를 잘근잘근 깨물며 열심히 젖을 빨았다. 자기가 뭘 하고 있는지 정확하게 아는 것처럼 보였다. 그러자 젖도 안 나오는 젖꼭지로 아기를 속였다는 죄책감이 들었다. 나는 내 가슴이 에바의 가슴보다도 더 쓸모없다는 걸 아기가 발견할 끔찍한 순간을 예상하며 마음을 단단히 먹었다.

하지만 음식에 대한 기대를 포기한 건지 아니면 너무 지쳐서 신경도 안 쓰는 건지, 아기는 내 빈 가슴을 오랫동안 빨았다. 마치 위로가 젖보다 더 필요하다는 듯이 빨았다. 나는 아기 위로 몸을 굽히고 내 손바닥으로 머리를 감싼 채, 아기의 눈이 천천히 감기고 열심히 젖을 빨던 입이 간혹 깨물기만 하다가 완전히 멈출 때까지 지켜봤다. 마침내 아기는 느슨해진 입을 침 범벅이 된 내 젖꼭지에서 떼더니 잠이 들었다.

아기는 난롯불이 다 타서 숯이 되고 겨울 해가 집 안에서 희미하게 사라질 때까지 잤다. 자는 아기를 안은 팔이 밤새 참나무에 매달려 있었을 때처럼 아팠다. 아기가 몇 시간 동안이나 내 품 안에서 자는 동안, 나는 아기를 굽어보고 그 얼굴 위로 꿈들이 구름 그림자처럼 스쳐 지나가는 걸 지켜봤다. 난 절대로 이 아기가 죽게 내버려 두지 않겠다고 맹세했다.

내 피를 먹이는 한이 있더라도 절대.

양딱총나무 꽃, 말채나무 뿌리, 페퍼민트와 딸기 잎, 산향유, 붓꽃, 서양톱풀은 열을 내려준다. 쇠뜨기 줄기, 다북쑥, 월계수 잎은 경련통을 달래준다. 삼나무 수액, 부에나풀, 산쑥잎은 강장제이고, 로즈힙, 코요테민트, 카모마일은 복통에 좋다. 회향풀 씨, 쐐기풀, 라즈베리, 로즈마리 잎, 카모마일, 적클로버 꽃은 젖 분비를 도와준다.

나는 무슨 지식이나 희망이라도 주워보려고 《북캘리포니아 자생 식물》의 책장을 뒤적인다. 식료품실에 가지고 있지 않은 식물들을 찾아 숲을 뒤지고, 개울 바닥과 목초지, 능선 꼭대기를 헤매고 다니며 한겨울에 그나마 구할 수 있는 것들을 모은다. 답답한 집에 돌아와서는, 내 무지막지한 무지를 생각하지 않으려고, 내가 하고 있는 실험에 대해 생각하지 않으려고 애쓰며, 뿌리 껍질을 벗기고 잎을 으깨고 물을 끓이고 허브를 우린다.

"이거 마셔." 나는 언니를 매트리스에서 일으키고 김이 나는 컵을 갖다 댄다. 언니는 유순하게 조금 마시더니, 그 떫고 껄껄한 야생의 맛에 진저리를 치며 얼굴을 찌푸린다. 그러고는 다시 마신다.

"이건 열 때문에, 이건 젖꼭지에 좋으라고, 이건 젖이 나오라고, 그리고 이건 언니가 기운 나라고 주는 거야." 나는 고약, 습포, 우린 물, 달인 즙을 권하며, 더 많은 물을 끓이고, 더 많은 허브를 우리고, 언니를 낫게 해달라고 숲에 기원한다.

아기가 잠에서 깨 젖꼭지를 찾으며 킁킁대자, 나는 아기를 에바의 뜨거운 가슴에 갖다 댄다. 하지만 에바가 끙끙대며 밀쳐내거나 아기가 뭐가 안 맞는지 힘을 주며 울부짖으면, 다시 내 품에 안아 올려 셔츠를 걷고 젖꼭지를 물린다. 한때 세포 분열 단계를 외우던 창가 자리에 앉아 내 젖을 먹는 아기를 바라보며, 나는 내 가슴에 젖을 채운 사랑과 필요와 생리학의 기이한 연금술에, 아기의 조그만 이마에 담긴 맹렬함에, 완벽한 곡선을 그리는 귀에 깊이 경탄한다.

나는 언니에게 양딱총나무 차와 붓꽃, 서양톱풀, 페퍼민트를 먹였다. 그 허브들 덕분에 언니가 나았는지는 절대 알 수 없는 일이지만, 마침내 열이 내려갔다. 끓인 과일과 도토리 죽, 돼지 육포 수프를 먹이자, 언니는 서서히 기운을 회복하기 시작했다. 마침내 다시 보름달이 떴을 때, 언니는 자기 손으로 컵을 쥐고 혼자 앉을 수 있게 되었다. 라즈베리 잎과 쐐기풀, 회향풀 차를 주자, 젖이 돌기 시작해 이제는 가슴이 평소보다 두 배는 커졌다. 아기가 울면 우리 둘 다 셔츠 앞자락이 젖어들기 시작한다.

에바는 아빠 이름을 따서 아기 이름을 로버트라고 지었지만, 나는 주로 버얼이라고 부른다. 버얼은 늘 나와 함께 있다. 나는 항상 버얼과 언니를 돌보고 음식을 만들고 청소한다. 서서히 에바는 더 건강해지고, 서서히 우리 버얼은 더 통통해지고 더 많은 시간 깨어 있다.

오늘 아침에는 내 주인이 되어버린 것 같은 집에서 잠시 탈출하려고 버얼을 데리고 산책을 갔다. 버얼 할아버지의 셔츠 두 개를 묶어 일종의 포대기를 만들어 아이를 가슴에 묶어 안았다. 나갈 때 에바는 자고 있었다. 우리가 어디 가는지 깨워서 말할까도 생각했지만, 결국 자게 두는 게 좋다고 결론 내렸다. 나는 불을 지피고 채집용 바구니를 들고 밖으로 나와 개간지를 가로질러 아빠 무덤으로 갔다.

회색 하늘이 낮게 걸린, 따스하고 축축한 날이었다. 숲은 촉촉하고 녹음이 우거져 있었다 — 썩어 들어가다 다시 피어나고 있었다. 살구버섯이 흩어진 젖은 낙엽들 사이에 잃어버린 공처럼 나타났다. 동그랗게 말린 부드러운 고사리 새싹이 축축한 땅에 솟아나 있었다. 나는 걸어가면서 바구니를 채웠다.

버얼은 훌륭한 동행이었다. 아기는 대부분의 시간 내 가슴에 따스한 몸을 붙인 채 고양이처럼 얌전하고 조용하게 잤다. 하지만 자고 있어도 난 아이의 존재를 의식하고 있었고, 아이가 같이 있기 때문에 숲이 더 선명하고 신선하고 생생해 보였다.

잠에서 깬 버얼은 조용히 내 쇄골 바로 아래에 부드러운 뺨을 붙인 채 고개를 틀어 내가 자기를 데리고 걸어가고 있는 세상을 내다봤다. 나는 아기에게 숲에 대해, 버섯과 양치류에 대해, 곰과 멧돼지에 대해, 삼나무와 참나무, 마드론 나무에 대해 속삭이며 이야기하기 시작했다. 우리 가족에 대해, 할아버지와 할머니에 대해, 에바와 엘리와 나에 대해 — 이미 버얼을 잡아 놓고 그 주위로 뻗어나가고 있는 거미줄 같은 이야기들을 들려줬다.

도착해서 보니 무덤은 젖은 낙엽들로 뒤덮여, 신선하면서도 케케묵은 냄새가 동시에 났다. 나는 봉분 옆에 쪼그리고 앉아 포대기를 풀고 버얼에게 젖을 물렸다. 나는 하늘에 대고 속삭였다. "손자가 생겼어요."

집에 가자 창가에 앉아 있던 에바가 잔뜩 긴장한 얼굴로 우리를 맞이했다.

"어디 갔다 온 거야?" 에바는 내가 포대기를 풀어 아기를 내리기도 전에 버얼을 향해 손을 내밀며 물었다.

"산책하러."

"깼더니 아무도 없었어."

"버얼을 데리고 애 할아버지 산소에 갔어." 내가 설명했다.

"왜 이야기 안 했어?"

"언니가 자고 있어서."

"그게 나한테도 중요한 일일 거라고 생각 안 하니? 내 아들을 아빠 무덤에 데려가는 게?"

"언니가 기운이 더 나면 다시 가자." 내가 약속했다.

"하지만 그건 처음이 아니잖아." 에바는 마치 두 사람 모두 시련을 겪은 것처럼 버얼을 꼭 안으며 말했다.

"미안해." 내가 말했다. "잘 쉬었어?"

"아니." 에바는 앉아서 블라우스를 풀었고, 버얼은 온순하게 젖을 빨기 시작했다.

"울면서 나 찾지 않았어?" 에바는 버둥대는 아기 팔을 쓰다듬으며 물었다.

"아니." 내가 말했다. "안 그랬어. 버얼은 울지도 않았어."

"애 이름은 버얼이 아냐." 에바는 버얼을 더 꼭 안으며 말했다. "로버트야."

∗

지붕이 침몰하는 배처럼 새고 있다. 난 매 시간 이층으로 올라가 한때는 우리 침실이었던 방을 가득 채우고 있는 물통과 냄비들을 비운다. 그 사이사이에는 백과사전을 읽으려 하지만, 그건 헛되고 무미건조한, 의미 없는 습관일 뿐이다. 글도 조금 쓰지만, 종이도 다 떨어져가고 내 생각은 계속해서 페이지 밖을 떠돈다.

이 모든 고생에도 불구하고 삶이란 좋은 것이어야 한다. 하지만 또다시 뭔가 잘못되었다. 뭐라고 콕 짚어서 말할 순 없지만, 오늘 밤 엄마의 도자기 돌림판 위에 있던 진흙 덩어리가 계속 생각난다. 엄마의 젖은 손 사이에서 돌고 있던 그 진흙 덩어리는 거의 살아 있는 것처럼 보였고, 난 엄마가 그 덩어리를 중간에 모았다가 벌려서 머그잔과 사발과 꽃병을 만드는 걸, 엄마가 원하는 모양으로 빚는 걸 황홀하게 쳐다보곤 했다.

하지만 살아 있는 모든 것에는 자기만의 욕망이 있다. 엄마는 좋은 도공은 진흙의 목소리를 경청해야 한다고 말하곤 했다. 오늘 밤 나는 조그만 기포 하나, 작은 돌 조각 하나, 경미한 헛손질 하나에도 완벽한 도기 전체가 흔들대기 시작한다는 걸 떠올린다. 아무리 미세하기 짝이 없는 동요라도 놓치거나 바로잡지 않으면 점점 더 커지고 강해지고 통제할 수 없이 격렬해져서 마침내 도기를 산산조각 내버린다 — 축축한 진흙 파편을 온 방 안에 날린다.

⚓

이젠 에바가 버얼에게 노래를 불러주고 있을 때 내가 방에 들어가면, 에바는 슬그머니 노래를 멈춘다. 내가 버얼을 안으면 에바는 말한다, *내버려 둬 — 자야 하니까.* 내가 기저귀를 갈면, 에바가 다시 고쳐놓는다. 내가 담요를 덮어주면, 에바가 벗겨놓는다.

이젠 내가 젖을 먹이려 하면, 에바가 내 품에서 아기를 데려간다.

🔥

난 그루터기에서, 혼자 계속 살리려고 애쓰고 있는 조그만 모닥불 옆에서 이 글을 쓰고 있다. 불은 시들시들해졌다가 너울거리기를 반복한다. 연기가 심하게 나, 어떨 때는 올라가 빗속으로 빠져나갔다가 어떨 때는 그루터기 안을 그 쓰라린 깃털로 가득 채운다. 옆에선 회색 비가 계속 내린다. 모든 것들이 물을 뚝뚝 흘리거나 자기 속으로 침잠한다. 여기 있은 지 5일째다. 난 지난가을 쌓아둔 도토리와 베리, 말린 음식을 먹으며, 빗물과 원한을 먹으며 살고 있다.

우린 싸웠다.

나는 숯 한 양동이, 담요들, 옷 한 배낭, 약간의 허브와 도구들, 이 얼룩지고 변색된 공책만 들고 집을 떠나 여기로 이사했다. "나머진 다 가져." 나는 한때 내 언니였던 마녀에게 고함을 질렀다. "중요한 다른 것들도 이미 언니가 다 가져갔으니까."

그래서 이 이야기는 이렇게 끝난다. 이야기의 시작을 찾기 위해서는 얼마나 멀리까지 돌아가야 할지 전혀 알 수가 없다. 에바가 "내 아기 내버려 둬" 하고 소리 지른 순간, 마치 우린 지난 몇 년 동안 싸우고 있었던 것 같았다.

"배고파했다고." 나는 내 가슴에 매달려 있는 버얼에게서 언니에게로 시선을 돌리며 말했다. 잠이 깨서 매트리스에서 일어나고 있는 언니의 얼굴에는 이미 분노가 이글거리고 있었다.

"내가 먹일 수 있어."

"언닌 자고 있었잖아."

"그럼 깨워."

"언닌 쉬어야 해."

"그 애에게는 두 엄마가 필요하지 않아."

"언니가 아플 땐 그랬어."

"이젠 괜찮아졌어."

"왜 우리 둘 다 —"

"넬, 걘 내 아기야."

"언니 아기라." 난 내 가슴에서 젖을 빨고 있는 아기를 내려다보며 되풀이했다. 젖살 통통한 뺨이 젖을 빨 때마다 부풀어 올랐고, 조그만 손가락은 내 가슴을 어루만지고 있었다. "언니 아기라고?"

"내가 아홉 달 동안 품고 있었어, 내가 낳았어. 걘 내 젖을 먹어야 해."

에바는 자기 매트리스에서 내 매트리스로 건너와 버얼을 낚아채 갔다. 에바가 버얼을 내 가슴에서 떼어가자 이가 나지 않은 아기의 잇몸이 젖꼭지를 스치며 멀어졌다.

아기는 울음을 터뜨렸고, 나는 갑자기 분노로 눈이 멀어 비열하게 외쳤다. "언니가 살아서 '언니' 아기를 낳을 수 있도록 요 몇 달 동안 누가 보살펴 줬지? 누가 출산을 도왔어? 언니가 아프고 나서 누가 *언니* 아기 목숨을 구해줬어? 말이 나왔으니 말인데, 누가 언니 목숨도 구해줬어?"

"그러니까 이젠 나도 네 거라는 거야?"

🔥

내 것은 이 그루터기뿐이다 — 비록 이것도 숲과 같이 소유하고 있긴 하지만. 나는 그루터기 안에 앉아 불을 바라보고, 생각하지 않으려고, 기억하지 않으려고 애쓰며 시간을 보낸다. 대신 빗소리를 듣고 비를 보고 비 냄새를 맡고 얼굴에 와 닿는 물안개를 느낀다. 가슴이 주먹처럼 크고 팽팽하다. 아무도 필요로 하지 않는 젖 때문에 부풀어 올라 팽팽하게 땅긴다. 벌레처럼 굵은 혈관이 가슴 위에 얼기설기 얽혀 있고, 내 젖꼭지에서는 – 내 셔츠를 더럽히고 뻣뻣하게 만드는 슬픔으로 – 눈물이 흐른다.

　　　　　　　　　　🜍

　　포모 여인들은 캘리포니아 양귀비를 사용해서 젖을 말렸다. 그래서 나도 끓인 물에 말린 양귀비 꼬투리를 우려내 그 쓴 즙을 마신다. 묽고 달콤한 젖을 축축한 땅에 짜서 버리고 가슴을 칭칭 동여맨다. 젖몸살을 달랠 수 있는 일이라면 뭐든, 젖을 빨던 아기의 느낌을 내 몸이 잊게 만들 수 있는 일이라면 뭐든 한다.

　　　　　　　　　　🜍

　　지금은 동면기다. 회색 비가 내리고 녹색 빛이 비치는 느리고 으스스한 시간. 낮에는 산책을 하고, 꿈을 꾸고, 식용과 약용으로 쓸 수 있는 식물들이 어디서 자라는지 봐둔다. 도토리 가루를 빻고 고사리 잎에 싸서 샘에 담가 쓴맛을 우려낸다. 말린 베리를 씹고, 돼지 육포 조각을 갉작대고, 젖을 말리기 위해 양귀비 차를 홀짝거린다. 나무를 모으고, 불을 지피고, 담요를 털고, 지붕을 수선한다. 때로는 숲 자신만의 언어로 거칠지도 상냥하지도 않게 이야기하는 목소리들이 들리는 것 같다.

다른 동물들도 개간지에 온다. 어린잎들을 따 먹으며 그루터기 쪽을 향해 오던 사슴은 바람 냄새를 맡다 내 냄새에 걸음을 멈추고 우아한 고개를 돌려 나를 바라본다. 그걸 보면 마음이 활짝 열리고 평온해진다. 어젯밤에는 너구리가 모닥불 경계선까지 왔다가 불길 위로 나와 눈이 마주쳤다. 너구리는 목구멍에서 소리 — 가르랑과 으르렁의 중간쯤 되는 긴 웃음소리 — 를 내더니 다시 이지러져가는 달빛 아래서 자기 할 일을 했다. 오늘 아침에는 늙은 검은색 암퇘지가 내 공터에 들어왔다. 그 암퇘지도 잠시 나와 시선을 마주쳤다가 꿀꿀거리며 총총 가버렸다.

나는 몇 시간이고 조그만 모닥불을 들여다보고, 때로는 생각을 떠올리기도 한다. 때로는 다른 자매들, 외톨이 여인과 샐리벨을 생각한다. 우린 모두 잃어버린 혈연을 그리워한다, 우린 모두 홀로 숲에서 사는 법을 배운다.

때로는 엄마와 아빠를, 심지어 지금 이 순간도 내가 누구이며 어떻게 견디고 살아야 할지 모양 짓는 관계망을 생각한다.

네 인생은 네 거야, 엄마는 말했다.

결국 엄마 말이 맞을지도 모르겠다.

때로는 엘리를 추억한다. 내 안에 있던 엘리와, 우리의 맨살에 덕지덕지 붙어 있던 이곳의 잎사귀들을. 엘리의 비웃음을, 떨리던 부드러운 손을 떠올리며, 엘리는 어떤 사람이었는지, 지금은 어떻게 되었을지 궁금해한다. 보스턴에 가 있는 엘리의 모습을 생각하려고 애쓴다. 하지만 그런 곳이 존재한다고 믿는 것이 점점 더 힘들어지는 것 같다. 차와 가로등, 울리는 전화를 상상하려 애쓰지만, 그 이미지들은 희미하고 혼란스럽고, 그것들에 대한 내 그리움에도 진짜 욕망의 날카로운 고통이 없다.

때로는 엘리를 다시 만나고 싶다는 생각이 든다. 하지만 엘리가 지금 돌아온다면, 여기로 — 나만의 불 옆으로 — 나를 찾으러 와야 할 거다.

●

검소한 모닥불이 타고 있다. 나는 말린 자두를 조금 씹고, 꿈을 꾸기 위해 산쑥 차를 마시고, 젖을 말리러 양귀비를 좀 더 먹는다. 불을 바라보고, 안개 소리를 듣고, 글을 쓰기보다는 명상에 잠긴다. 이 글은 오래된 습관이다. 종이가 다 떨어지기 전에 이 습관을 버리지 못하면 어떡하나 생각한다. 내가 여기 쓰고 있는 게 여전히 영어이기는 한지 궁금하다.

나는 빗소리를 듣고 있는, 숨 쉬는 육체 안에 들어 있는 고갱이, 심, 잉걸불이다. 내 삶이 이곳을 채우고 있다. 내 삶은 더 이상 빈약하지도 않고, 길을 잃어버린 것도, 도둑맞은 것도 아니다. 시작되기를 기다리고 있지도 않다.

나는 비를 마시고, 비는 내 오랜 갈증을 씻어준다.

이건 막간이 아니다, 해리성 둔주가 아니다.

달은 이지러져 실 같은 초승달이다. 나는 점점 만족한다.

어제 아침에는 도토리 죽 스튜와 말린 블랙베리를 먹었다. 냄비를 저으며 나는 늦여름 더위 속에서 말라가던 베리들, 윙윙대는 파리와 벌들의 소리, 가시나무에 긁혀 팔뚝에 맺힌 핏방울, 손가락에 물든 과일즙을 떠올렸다. 몇 시간이나 몸을 구부린 채 기어 다니며 도토리를 줍던 그 길고 긴 나날들을 떠올렸다. 얼마나 오래 일했던지, 등은 영구히 굽어버린 것만 같고, 손은 수백만 개의 연약한 참나무 잎에 찔려 따끔거렸고, 눈을 감으면 끝도 없는 도토리들이 보였다.

싸늘한 공기 속에서 스튜의 김이 따스하고 향기로웠다. 배가 고파서 위장이 다른 강한 근육처럼 조여들었다. 하지만 막 한 숟가락 뜨는 순간, '기다려' 하고 말하는 목소리가 들렸다.

놀란 순간 난 생각했다, *엄마다*. 심지어 엄마를 맞으려고 일어나기까지 했지만, 그루터기 밖에는 익숙한 숲과 끝없이 내리는 비밖에 보이지 않았다. 나는 녹색 기운이 서린 촉촉한 공기를 들이마신 다음, 이해할 생각도 없는 충동에 휩쓸려 죽 냄비를 들고 그루터기 주위를 한 바퀴 돌면서, 네 번 걸음을 멈추고 김이 무럭무럭 나는 죽을 떠서 젖은 땅에 뿌렸다.

그러고는 불을 지피고 그루터기 입구에 다리를 꼬고 앉아서 숲에 내리는 비를 바라봤다. 내 위장은 단단하고 조그맣고, 폐는 커다랗고 물렁한 것 같았다. 손은 조용히 무릎 위에 올려놓았다. 비록 왜 그러는지, 무엇인지도 모르면서 뭔가 기다리고 있는 기분이었다. 때로 이런 생각들이 들었다 ─ *땔감을 더 모아 와야 해. 지붕이 잘 버틸지 확인해봐야 해. 물통을 바깥에 내놔야 해.* 하지만 그 생각들은 아무 힘 없이 그저 수동적인 생각으로만 남아 있다가 사라졌다 ─ *하늘이 회색이고 비가 오니, 셔츠가 등에 들러붙는구나.*

숲에 어둠이 내릴 때도 난 여전히 그렇게 앉아 있었다. 공기가 짙어지고, 하늘이 깊어지고, 숲이 사방에서 조여들어, 마침내 시들어가는 모닥불의 마지막 숯들만 비밀의 심장처럼 빛났다. 나는 아침을 땅에 뿌린 후 처음 느낀 진짜 충동, 저 붉은 보석 하나를 재 속에서 꺼내 입안에 집어넣고 싶은 충동과 싸워야 했다.

그 한 줌의 숯은 햇빛보다 훨씬 더 서서히 희미해지긴 했지만, 마침내 완전히 사라졌다. 어찌나 서서히 사라졌던지, 계속 물끄러미 바라보고 있었는데도 언제 꺼졌는지 전혀 알 수가 없었다. 마침내 나는 달도 없는 비 오는 밤의 완전한 어둠에 묻혔고, 남은 불이라고는 숯처럼 타오르고 있는 내 마음뿐이었다.

바로 앞 칠흑 같은 어둠 속에서는 끊임없이 비가 내리며 숲이 품고 있는 온갖 소리를 덮었다. 나는 꺼진 불 앞에서 어둠을 바라보며 공허하게 앉아 있었다. 내 얼굴은 벨벳에 싸여 있는 것 같았고, 뺨과 이마에는 수천 개의 새 눈이 달린 것 같았다. 그래봤자 그 눈들도 어둠밖에 못 보긴 하지만. 잠시 후 나는 여전히 손을 느슨히 무릎 위에 놓고 다리를 꼬고 앉은 채 꾸벅꾸벅 졸기 시작했다.

어둠 속에서 잠을 깼더니, 비는 멈춰 있었다. 서로 다른 꿈한 다스가 말괄량이 천사들처럼 내게서 날아갔다. 배고프고 목마르고 춥고 뻣뻣했지만, 앉아 있는 이 마법을 깨뜨리고 싶지 않았다. 음식이나 물을 가져오고 싶지도 않고, 심지어 아픈 다리의 자세를 살짝 바꾸는 것조차 싫었다.

바로 그때 그것이 왔다.

육중한 발소리가 들리기 훨씬 전부터, 고약한 냄새가 나기 훨씬 전부터 난 그것이 다가오는 걸 느낄 수 있었다. 그것은 쿵쿵대며 그루터기 주변을 돌다가 걸음을 멈추고 차가운 음식 네 덩어리를 게걸스레 먹었다. 그것이 문간에서 잠시 걸음을 멈추자, 나는 뒷벽에 몸을 바싹 붙였다. 그것은 지친 개처럼 들어와 누웠다. 난 그 축축하고 거친 털을 느끼고, 그 숨결에 감도는 썩은 내를 맡을 수 있었다. 난 생각했다, *이건 꿈이 아니야.*

눈이 적응할 수 없는 어둠 속에서 곰의 위용과 의지에 갇힌 채 숲의 빗소리와 곰의 숨소리를 들으며 몇 시간이나 누워 있는 것만 같았다.

곰이 그 뜨거운 수수께끼 같은 자궁 속에서 나를 낳는 꿈을 꿨다. 곰은 산도를 죄어 나를 밀어냈고, 나는 저항도 못 하고 무력하게 바닥에 떨어졌다. 나는 그 거대한 몸을 기어 올라가 헤집고 다니다 마침내 입안 가득 젖꼭지를 물었다. 조금 뒤 곰의 혀가 나를 찾았다. 곰은 벌거벗은 덩어리 상태의 나를 끈덕지게 핥고 또 핥아 모양을 만들었다. 내 몸과 감각을 자신의 거친 투쟁에 맞게 모양 지었다. 곰은 나를 핥고 또 핥아 다시 한 번 태어나게 했고, 그걸 다 마치자 나를 ─ 홀로, 넬 모양으로 ─ 자신의 숲에 둔 채 비틀거리며 가버렸다.

새벽에 잠에서 깨자 곰은 가고 없었다. 나는 그루터기 문간까지 기어가 일어났다. 근육이 경련을 일으키고 관절에서는 우두둑 소리가 났다. 다 꺼진 모닥불의 부드러운 재 위에 남아 있는 앞발 자국을 보자, 부서진 몸에서 나와 새 육체로 들어간 기분이었다. 번데기에서 막 나온 나비의 여윈 날개에 피가 들어가면 나비가 와들와들 떨던 게 생각났다. 나는 뻣뻣하고 춥고 허기진 상태로 개간지를 절뚝거리며 가로질렀다.

그리고 숲으로 들어갔다.

그루터기에 돌아오자, 에바가 포대기에 싸여 잠들어 있는 버얼을 무릎에 놓고 새로 피운 불 옆에 앉아 기다리고 있었다. 그 옆에는 부랑자의 짐 꾸러미처럼 불룩한 침대 시트가 놓여 있었다.

"안녕." 내가 말했다.

"안녕." 에바가 대답했다.

나는 에바의 불을 빙 돌아가 내 땔감 더미 위에 나뭇가지를 한 아름 털썩 놓은 다음, 변덕스러운 연기를 피해 에바 옆에 앉아 손을 내밀어 모닥불 연기를 쪼였다.

"버얼은 어때?" 내가 물었다.

"좋아."

"언닌 어때?"

"좋아." 에바가 말했다. "난 괜찮아. 넌 어때?"

"나도 좋아."

우리는 말이 없었고, 나는 에바의 불을 물끄러미 봤다. 담요에 꽁꽁 싸인 버얼이 몸을 뒤척였다. 에바는 무릎에서 아기를 안아 올려 내게 넘겨줬다. 나는 아기를 품에 안고, 그 따스하고 가벼운 몸을 만지고 냄새를 들이마셨다. 아기가 내 가슴 사이 뼈에 닿도록 꼭 안고, 내 모든 세포로 아기의 촉감과 향기를 들이마셨다. 아기가 코를 들이밀며 내 가슴을 더듬거리자, 나는 슬쩍 에바를 쳐다봤다.

"괜찮아." 에바가 말했다. "원하면 젖을 줘도 좋아."

"남은 게 없어. 젖을 말려버렸거든. 게다가 언니 말이 옳았어 ─ 앤 언니 아기야."

"아냐." 에바가 대답했다. "내가 틀렸어. 애 인생은 애 거야."

잠시 침묵한 후 에바가 다시 말했다. "여기 오니까 좋다. 좋은 곳이야."

"그래." 내가 말했다.

"네가 보고 싶었어."

언니에 대한 그리움이 왈칵 솟아올라, 목이 메어 대답할 수가 없었다. 우리의 눈이 마주쳤다. 나는 고개를 끄덕였고, 에바는 미소 지었다. 나는 일어나서 아들을 언니에게 돌려준 다음, 불 위에 물 냄비를 얹었다. 우린 물이 끓고 로즈힙이 우러나는 동안 기다렸다. 에바가 말린 과일과, 집에서 가져와 여전히 따뜻한 구운 감자를 조금 줬다. 나는 먹고 마셨고, 불기가 내 차가운 야생의 뼛속으로 다시 스며들었다.

음식이 사라지고 컵이 비자, 에바가 말했다. "넬, 우리가 해야 할 일이 있어. 네가 도와줬으면 하는 일이야."

"좋아." 내가 말했다. "뭔데?"

"그동안 우린 계속 과거 속에서, 과거로 돌아가길 기다리며 살았어. 하지만 과거는 사라졌어. 죽었다고. 그리고 어쨌거나 그건 잘못됐어."

"잘못됐다고?"

"봐, 설령 우리가 돌아갈 수 있다 해도, 언젠가 전기가 다시 들어온다면, 우린 어디 있을까?"

에바는 숲과 그루터기가 다 포함되도록 팔로 큰 원을 그렸다. "넌 하버드 기숙사에 사는 거 상상할 수 있어? 아니면 내가 지금 〈코펠리아〉를 추는 걸?" 에바는 손목으로 턱을 받치고 고개를 갸우뚱하며 물었다. 그 포즈가 너무 우스꽝스럽게 수줍고 인형 같아서 웃지 않을 수가 없었다.

"이게 우리 삶이야." 에바는 다시 절박하게 말했다. "좋든 싫든 우리 삶은 여기 있어 ― 함께. 그리고 다시는 그걸 잊지 않도록, 더 이상은 실수하지 않도록 우린 그걸 못 박아야 해."

"무슨 소리 하는 거야?"

"이 위에서 살고 싶어."

"여기? 이 그루터기에서?"

"휘발유 생각나?" 언니는 갑자기 화제를 바꾸며 물었다.

"응."

"내가 땄잖아, 맞지? 로버트가 아들인 쪽에 내기했을 때."

"응."

"우리가 그걸 썼으면 해. 지금. 오늘 밤."

"오늘 밤?"

"내가 보여줄게. 크리스마스라 하자. 오늘 밤 우린 크리스마스를 축하하는 거야. 좋지?"

"좋아." 나는 헨델의 〈메시아〉, 전깃불, 뜨거운 샤워, 춤추는 에바를 상상하며, 몇 세기는 되는 것 같은 긴 시간 동안 계획했던 파티를 상상하며 약속했다.

"좋아." 나는 다시 말했다. "그러자. 파티를 하는 거야. 버얼의 생일잔치라고도 하자."

"휘발유는 내 맘대로 써도 되는 거지?"

"언니 휘발유야." 내가 말했다. "언니 맘대로 써."

에바의 분위기가 달라졌다. 진지함을 버리고, 장난스럽고 쾌활해졌다. 에바는 버얼을 내 품에 휙 안겨주고는 앞으로 달려가 집까지 앞장서서 내려가면서 장난을 치고 최고의 크리스마스를 약속했고, 나는 잠든 아기를 품에 꼭 안고 터벅터벅 따라갔다.

집에 도착했을 때, 나는 깜짝 놀랐다. 집은 짐승 우리 같았다. 화학 물질과 케케묵은 살 냄새가 풍기고, 황량하고 답답하고,

비가 새고 허물어지고 있었다. 잠시 난 숲 속 동물의 눈으로 불신과 혐오를 담아 집을 쳐다봤다. 들어가고 싶지 않았다. 하지만 문지방을 넘자, 다시 내가 아는 유일한 집이 되었다. 여전히 어린 시절 냄새가 났고, 여전히 부모님의 유령과 과거 내 모든 모습의 유령을 품고 있었다.

"그럼," 에바가 아빠를 연상시키는 활기를 띠며 말했다. "난 휘발유 가지러 갈게." 에바는 밖으로 달려 나갔고, 나는 내가 걸음마를 배운 바닥에 서서, 내 일생의 대부분을 담고 있는 방 안에서 버얼을 안고 서서, 집에 오니 정말 좋다고 생각하고 있었다.

에바가 뺨이 빨개진 채 숨이 턱에 차서 휘발유 깡통을 끌고 돌아왔다. 뚜껑을 열자 휘발유 냄새가 방 안에 퍼져나갔다. 그 냄새를 따라 나는 다시 한 번 어린 시절 주유소로 되돌아갔다. 나는 탐욕스럽게 그 냄새를 들이마시며 눈을 감았다. 서두르는 엄마와 부르릉거리는 따스한 차를 만질 수 있을 것만 같았다.

눈을 뜨자, 에바가 휘발유를 소파에 들이붓고 있었다.

"언니!" 내가 고함질렀다. "뭐 하는 거야?"

에바가 매섭게 나를 돌아봤다. "내 마음대로 써도 된댔잖아."

"하지만 도대체 뭘 하는 거야?"

"집을 불태울 거야."

에바는 휘발유를 뿌리며 방에서 나갔고, 뿌려진 휘발유는 기름진 눈물처럼 마룻바닥에 스며들었다. 나는 언니를 쫓아나가, 스튜디오 커튼을 기름에 흠뻑 적시고 부엌으로 가는 에바를 경악하며 지켜봤다.

"멈춰." 나는 울부짖었다. "적어도 이야기라도 해줘."

"좋아." 에바는 깡통을 똑바로 세우고 가슴에 꼭 안았다. 그 눈은 이미 약속된 불로 환하게 빛나고 있었다. "무슨 이야기를 하고 싶은데?"

"뭘 하는 거야?"

"말했잖아."

"하지만 왜?"

"그것도 말했어."

"하지만 그냥 떠나면 안 돼?"

"그럼 돌아오는 게 너무 쉬워져. 난 우리에게 선택이 없으면 좋겠어. 로버트에겐 네가 필요해. 나도 네가 필요하고. 그리고 너도 내가 필요해. 다시는 그걸 헷갈려서는 안 돼."

"안 그럴 거야. 교훈을 얻었잖아."

"이 집은 어쨌거나 오래 버티지 못할 거야."

"고칠 수 있어."

"뭘로? 아빠 작업실에는 지붕을 보수하거나 다용도실을 새로 지을 게 하나도 없어."

"개선할 거야."

"그 시간은 다른 일에 써야 해. 게다가—"

"게다가 뭐?"

"여기 와봐."

에바는 나를 데리고 차가운 황혼이 내리고 있는 바깥으로 나가 길이 숲 속으로 들어가는 지점으로 갔다.

"봐." 에바가 땅바닥을 가리키며 말했다. 웅덩이 옆에 부츠를 신은 발자국이 있었다. 커다란, 내 발보다 3분의 1은 더 큰 발자국이었다. 그 발자국을 남긴 사람이 누구였든지 간에, 그 사람은 진흙에 깊은 발자국을 남길 정도로 오랫동안 그 자리에서 개간지를 바라보고 서 있었다.

"그 사람이 돌아왔구나." 나는 몇 달 동안 몰랐던 공포심을 느끼며 어두워져가는 숲을 둘러봤다.

"응." 에바가 대답했다. "아니면 그 비슷한 사람이거나."

"봤어?" 내가 물었다.

"아니."

"그럼 왜?"

"봐." 에바는 길을 가리키며 다시 말했다.

어스레한 빛 속에서 나는 같은 부츠 발자국을 세 개 더 발견했다. 이번에는 흐릿하고, 서로 멀리 떨어져 있고, 개간지에서 멀어지고 있었다.

"이해가 안 돼." 내가 말했다. "왜 뛴 거지?"

에바는 말없이 나를 데리고 다른 발자국으로 갔다. 그 발자국은 넓고 맨발에다, 내 발보다 조금 더 짧았다. 몸을 숙이고 자세히 보자, 발가락 위마다 발톱 자국이 진흙 속에 찍혀 있었다. 막 지나온 그 밤이 내 온몸을 다시 흔들고 지나갔다.

에바는 내가 그 발자국의 패턴으로 머릿속에 이야기를 구성하는 동안 나를 지켜보고 있었다.

"곰에게 쫓긴 거구나?" 내가 물었다.

"하지만 그건 순전히 운이었어. 절대 두 번은 안 생길 거야."

에바는 나를 잠시 뚫어지게 바라보다가 다시 말했다. "이제 알겠지?"

"알았어." 내가 대답했다. "알았어. 어쩌면 우린 진짜 여길 잠시 떠나야 할지도 몰라. 하지만 왜 집을 태워야 하는 거야?"

"모르겠어? 조만간 누군가 또 우릴 찾으러 올 거야. 여기 집을 두고 가면, 그 사람들이 들어와 살 수도 있어. 하지만 집이 다 타고 우리가 여기 없으면, 누구든 근처를 어슬렁거릴 이유가 없을 거야."

"엘리가 돌아오면 어떡해?" 난 생각도 하기 전에 물었다.

"그루터기가 어디 있는지 알잖아, 안 그래?"

나는 고개를 끄덕였다. 그리고 물었다. "필요한 게 있으면 어떡하지?"

"예를 들면?"

"어, 음식. 옷과 물건들. 그릇들. 도구들."

"그루터기에는 이미 겨울을 날 정도의 음식이 있어."

에바는 집 쪽으로 걷기 시작했다. "오늘 오후에 짐을 좀 쌌어
―칼과 담요, 돋보기. 주전자랑 냄비 좀. 씨앗들. 작업실에 불
이 안 붙는다면, 필요하다면 살짝 내려와서 물건을 가져갈 수
도 있어. 하지만 그중 어떤 것도 영원히 가지는 않을 거야. 벌
써 낡고 있잖아. 정말로 필요한 게 있다면, 숲에서 얻을 거야."

"우린 아직 숲에 대해 잘 몰라." 악취 나는 집 안으로 언니를
따라 들어가며 내가 주장했다.

에바는 다시 어깨를 으쓱했다. "배우면 돼. 우리에겐 모험이
필요해."

"그게 엘리가 한 말이야."

"이게 진짜 모험이야. 그건 그저 도망이고."

"잠깐만 기다리자, 적어도 봄까지는."

"봄은 멀지 않았어. 봄까진 버틸 수 있어. 게다가 그 남자가
곧 돌아올 것 같은 느낌이 들어. 기다리면 너무 늦을지 몰라."

"아, 에바―"

"넬." 에바가 말했다. "네가 이런 것들 다 알잖아."

"다 뭐?"

"사람들은 얼마나 오랫동안 있었어?"

"뭐?"

"그러니까, 언제 진화했냐고?"

"근대 호모 사피엔스는 홍적세 중후반에 나타났어." 내가 대답했다.

"그래서, 그게 무슨 뜻이야?"

"인간은 적어도 십만 년 동안 존재했어." 나는 백과사전을 인용하며 말했다. "어쩌면 그보다 두세 배 더 오래됐을 수도 있고."

"사람들은 적어도 십만 년 동안 존재했어. 그런데 전기는 얼마나 오래됐지?"

"어, 에디슨이 1879년에 백열등을 발명했지."

"봤지? 이 모든 게," 에바는 팔을 활짝 펼쳐 내가 아는 유일한 집의 방들을 둘러쌌다. "그저 ─ 그걸 뭐라고 했지 ─ 해리성 둔주일 뿐이야."

에바는 열린 문 사이로 보이는 어둠을 가리켰다. "우리의 진짜 삶은 저 밖에 있어."

"하지만 식량이 다 떨어지거나 병이 나면 어떡해? 죽을 수도 있어."

"여기서도 식량이 다 떨어지고 아플 수도 있어." 에바는 웃음을 터뜨렸다. "넬리, 사람들은 적어도 십만 년 동안 죽어왔어. 죽는 건 중요하지 않아. 물론 우린 죽을 거야. 봐." 에바는 열렬하게 덧붙였다. "넌 이미 거기서 살아본 사람이잖아. 넌 이 집을 몇 달 동안 증오했어."

에바는 그 말의 의미를 생각하고 있는 나를 지켜보더니, 미소를 지으며 팔을 뻗어 내 얼굴을 만졌다.

"야, 동생." 에바가 말했다. "괜찮을 거야. 무슨 일이 일어나더라도, 이렇게 하는 게 옳아. 버얼을 생각해봐." 에바는 처음으로 그 이름을 부르며 설득했다. "널 위해서 못 하겠다면, 버얼을 위해 해줘."

"좋아." 내가 말했다. "좋아. 그러자." 그리고 나는 너무나 깊게 숨을 내뱉었다. 마치 몇 년 동안 숨을 참고 있었던 것 같았다. "하지만 시간이 좀 필요해. 아주 잠깐만."

"물론이야." 에바가 대답했다. "새벽까지는 몇 시간이나 있어."

그때 버얼이 잠에서 깨더니 젖도 안 나오는 내 가슴에 코를 문질렀다. 나는 버얼에게 키스를 하고 에바에게 넘겨줬다. "난 밖에 있을게." 에바가 말했다. "난 이미 작별을 고했어."

그리고 에바는 부모님이 우리를 위해 지은 집에, 우리가 잉태된 곳에 날 남겨두고 나갔다. 나는 눈물을 흘리며 이층으로 올라가 부모님 침실에 들어갔다. 엄마 옷에 얼굴을 묻고 사라져가는 엄마 냄새를 마지막으로 맡았다. 그리고 벽장문을 닫고, 어린 시절 우리 사진이 든 액자들을 사진을 아래로 해서 서랍장 위에 놓아두고, 방에서 나갔다.

아래층에 내려오자, 휘발유 냄새 때문에 다리가 휘청거릴 지경이어서 작별 여행은 짧게 했다. 나는 부엌을 가로질러, 거실, 에바의 스튜디오, 미완성 태피스트리와 책장들이 있는 엄마의 작업실을 둘러봤다.

책이 빼곡한 책장을 보고 나는 발걸음을 멈췄다. 작업실의 희미한 빛 속에서 나는 그 책들이 가르쳐준 것들과 그 책들로부터 받은 위로와 즐거움, 도전을 생각했다. 그걸 두고 가려니 마음이 너무 아팠다. 나는 없어선 안 될 것 같은 책들을 몽땅 바닥에 미친 듯이 쌓기 시작했다.《플라톤의 대화》,《오만과 편견》,《삼각법의 요소》,《허클베리 핀의 모험》,《휴대용 북아메리카 조류 도감》,《안티고네》,《빌러비드》,《셰익스피어 전집》,《시민 불복종》,《네 개의 문이 있는 도시》,《세계지도》,《이선 프롬》,《양자물리학》,《하울》,《폭풍의 언덕》.

하지만 첫 번째 책장을 마치기도 전에 나는 그 책 더미는 그루터기까지 끌고 가기에 너무 무겁다는 걸 깨달았다. 겨울 곰팡이와 책등을 망가뜨리는 여름 열기에 노출된 숲 속에서 서재를 만들어 다른 데 써야 할 공간을 잡아먹는 건 어리석은 짓이었다.

나는 필사적으로 수를 줄이려고, 절대적으로 필요한 책들만 뽑으려고 해봤다. 하지만 바닥에 펼쳐놓고 보니 모든 책이 스스로의 가치를 웅변했다. 모든 책이 비교 불가능하게 소중해

보였다. 《에밀리 디킨슨 시 모음집》이 《그림동화》보다 더 가치 있다고, 혹은 《종의 기원》을 두고 《제3제국의 흥망》을 가져가야 한다고 어떻게 말할 수 있겠는가?

잠시 동안 모두 다 불태우는 게 더 공평하고, 어쩌면 훨씬 더 자비로운 일 같았다. 난 우리가 들어갈 삶에선 책들은 중요하지 않다고 혼잣말했다. 앞마당에서 나를 기다리고 있을 에바를 생각하고, 에바가 출산할 때 백과사전이 날 저버렸다는 걸, 어떤 책도 아빠 목숨을 구할 준비를 시켜주지 않았다는 걸 상기했다.

그 순간 아빠가 얼마나 책을 사랑했는지, 얼마나 책을 신뢰했는지가 생각났고, 그러자 빈손으로 떠나는 건 아빠의 몸을 묻지 않은 채 돼지들에게 주고 가는 것과 다를 바 없는 신성모독 같았다.

세 권만 가져가자, 나는 스스로와 협상했다 — *에바와 버얼, 나에게 각각 한 권씩.*

영원하진 않아, 난 주장했다. *젖거나 찢어지거나 더 다급한 일에 희생될 거야.*

괜찮아, 나는 생각했다. *언젠가 더 많이 생길 수도 있어. 그렇지 않다 해도, 적어도 내가 천천히 책에서 벗어날 수는 있겠지.*

에바를 위한 책은 고르기 쉬웠다. 나는 에바를 위해 《북캘리포니아 자생 식물》을 골랐다. 이미 이 책은 에바의 목숨을 구했을 수도 있고, 이 책은 에바가 가질 수 있는 유일한 할머니니까.

버얼은 좀 더 어려웠다. 《마더 구스의 노래》? 《피터 래빗》? 《보물섬》? 《전쟁과 평화》? 버얼이 뭘 알고 싶어 할지, 어떤 책 한 권을 애독할지 내가 어떻게 알겠는가? 《오디세이》? 《돈키호테》? 《듄》? 마침내 나는 버얼을 위해, 우리 이전에 숲에서 살았던 그 사람들의 노래와 이야기를 담은 책, 샐리 벨의 이야기, 코요테와 곰의 이야기들, 애도와 감사의 노래들, 행운을 비는 노래들을 담은 책을 가져가기로 결정했다.

이제 내 차례였다. 아이들 중 하나를 택할 처지에 놓인 억척 어멈 같은 기분이었다. 바닥에 골라놓은 책 무더기는 다 내가 좋아하는 책들이었다. 난 그 한 권, 한 권의 냄새와 무게를 다 사랑했고, 표지의 색과 책장의 촉감을 사랑했다. 그 책들이 내게 가진 의미, 그 책들이 내게 가르쳐준 것들, 그 책들과 함께한 내 지난날을 다 사랑했다. 나는 선택의 비극을 깨달았다. 하나를 가져간다는 건 다른 모든 걸 두고 간다는 걸 의미했기 때문이다.

나를 위해선 아무것도 가져가지 않겠다고 거의 결심한 순간, 반쯤 빈 책장에 여전히 꽂혀 있던 책 한 권이 내 눈길을 끌었다. 그 책은 읽어본 적도 없고 수천 페이지들을 슬쩍 훑어본 것 외엔 아무것도 하지 않았지만, 갑자기 그 책이 내가 가져갈 세 번째 책이라는 걸 알았다. 나는 책을 빼내 손가락으로 제목을 훑었다. 《색인 A-Z》.

　모든 이야기들을 지킬 수도, 모든 정보를 보존할 희망도 가질 수 없다 — 너무 방대하고, 너무 이질적이고, 심지어 어쩌면 너무 위험한 일이었다. 하지만 백과사전의 색인은 가져갈 수 있다. 한때 만들어지고, 이야기되고, 이해된 모든 것들의 종합 목록은 간직해보려 할 수 있을 것이다. 어쩌면 우린 새로운 이야기들을 창조할 수 있을 것이다. 우릴 떠받쳐 줄 새로운 지식을 발견할 수도 있을 것이다. 그사이에는 기억할 수 있도록 — 그리고 버얼에게 보여줄 수 있도록 — 우리가 남겨놓고 가야 했던 모든 것들의 지도인 《색인》을 가져갈 것이다.

　나는 책들을 손에 들고 엄마 작업실의 문을 닫았다. 거실에 와서 총을 들고 벽장에서 총알 상자를 꺼냈다. 다른 것들은 다 뒤에 남겨뒀다. 컴퓨터와 계산기, 하버드에서 온 편지, 에바의 토슈즈, CD플레이어, 크리스마스 캐러셀을 남겨뒀다. 한때 생존에 필요하다고 생각했던 모든 것들이 든 집을 뒤로하고, 밖으로 걸어 나왔다.

　보름을 향해가는 실 같은 초승달이 막 나무 위로 떠올랐다. 에바는 캄캄한 마당, 닭장 옆에 모닥불을 피워놓고 버얼을 안고 기다리고 있었다.

　"준비됐어?" 에바가 물었다.

　"암탉들은 어떻게 하지?"

"데려가자. 닭장은 쉽게 만들 수 있어. 게다가 이미 반은 야생 동물이 됐잖아."

"좋아." 내가 말했다.

"네가 하고 싶어?" 에바가 물었다.

"좋아."

우리는 조그만 모닥불을 바라보며 잠시 서 있었다. 에바가 삼나무 가지를 불속에 집어넣었고, 마침내 가지에 불이 붙었다.

"여기 있어." 에바가 횃불을 내게 넘겼다. "조심해."

나는 계단을 올라가 데크를 가로지른 다음, 잠시 주저하다 열린 문 안으로 횃불을 던져 넣었다.

나는 폭발 직전에 가까스로 데크를 빠져나왔다. 달려가는 내 뒤로 숨을 재빨리 들이마시는 소리 같은 게 들리더니 그 직후 무시무시한 폭발이 일어나 지축이 흔들렸다. 창문들이 부서지고 나는 고꾸라지듯 달려 나왔다. 하지만 다음 순간 난 에바 옆에 있었다. 나는 떨면서 뒤로 돌아 솟구치는 불꽃을 바라봤다. 불길이 집을 삼키고, 바깥으로 위쪽으로 모든 방으로 으르렁대며 뻗어나갔다. 에바가 말없이 내 손을 잡았고, 우리는 함께 무너지는 벽들의 비명 소리와 날카로운 쉿 소리, 엄청난 불길의 포효 소리를 들었다.

마침내 내가 말했다. "난 정말 언니가 그 휘발유를 춤을 위해 쓰길 바랐어. 항상 언니가 다시 춤추는 걸 보고 싶었어."

에바는 웃으며 나를 바라보며 말했다. "지금 당장 보여줄게."

에바는 내게 버얼을 넘겨주고, 머리 위 높이 팔을 치켜들더니 춤을 추기 시작했다. 불타는 집 옆에서 에바는 허물 벗듯이 발레를 벗고 새롭고 즐겁고 용감한 무용수를 남긴 춤을 췄다. 씨앗을 뿌리고, 도토리를 줍고, 생명을 낳은 몸으로 춤췄다. 새롭고 이름 없는 동작들로 자신의 춤을 췄다. 야생적이면서 부드럽고 육중하게 움직이다가도 가볍게 도약하는 춤이었다. 거친 땅바닥에서 에바는 불타오르는 우리 집이 만드는 음악에 맞춰 춤을 췄다.

마침내 언니는 환희에 넘쳐 탈진한 채 땅바닥에 털썩 쓰러졌다.

"메리 크리스마스, 넬." 에바가 헐떡이며 말했다.

"메리 크리스마스, 에바." 내가 대답했다.

우린 잠시 아무 말 없이 불타는 집을 바라봤다. 그때 버얼이 내 품 안에서 꼼지락댔다. "이야기는 그렇게 된 거야. 더 좋을 수도 있고 나쁠 수도 있지. 하지만 적어도 그 중심에는 아기가 있잖아."

"궁금해." 에바는 일어나 다시 춤추며 말했다. "사람들은 왜 물 위를 걷고 싶어 할까 ─ 땅 위에서 춤출 수 있는데 말이야."

그래서 언니는 춤추고, 죽은 집은 타 들어가고, 나는 그 불빛 속에서 이 마지막 몇 마디를 휘갈겨 쓴다. 이 이야기 또한 저 화염 속에 던져야 한다는 걸 안다. 하지만 이 페이지들을 태우기에는 난 여전히 너무나 어쩔 수 없는 이야기꾼 — 아니면 적어도 이야기 파수꾼 — 이고, 너무나 어쩔 수 없는 아빠의 딸이다.

이제 바람이 불고 아기가 깨어난다. 곧 우리 셋은 개간지를 가로질러 영원히 숲으로 들어갈 것이다.

인투 더 포레스트

초판 1쇄 인쇄 2016년 6월 25일
초판 1쇄 발행 2016년 6월 30일

지은이 진 헤글런드
옮긴이 권진아

펴낸이 김태광
펴낸곳 도서출판 펭귄카페

디자인 노은하
교정교열 양은희

출판등록 2012년 07월 09일 제2013-000336호
주소 서울 마포구 잔다리로 39 로템아이앤씨빌딩 601
전화 02-323-4762
팩스 02-323-4764
이메일 mellonml@naver.com
블로그 mellonbooks.com

ISBN 978-89-98450-19-9 03840